이형경전

한국
고전
문학
전집
035

이형경전

이상구 옮김

문학동네

머리말

　『이형경전』은 우리 문학사에서 의의와 가치가 남다른 작품이다. 우선 남녀 주인공의 형상부터 주목할 만하다. 여주인공 이형경은 젠더를 거부하고 사회적 자아를 실현하기 위해 전력을 다하며, 남주인공 장연은 능력이 탁월한 여주인공을 진정으로 존중하고 상사병까지 걸릴 정도로 사랑한다. 이전의 고소설에서는 찾아볼 수 없는 캐릭터다. 특히 여주인공 이형경의 면면은 훨씬 뒷시대에 나온 근대소설에서도 찾아보기 쉽지 않을 정도다. 문학사적 의의도 빼놓을 수 없다. 『이형경전』은 우리나라 최초의 여성영웅소설로서 후대의 소설에도 지대한 영향을 미쳤다. 여성영웅소설인 『정수정전』 『홍계월전』 『방한림전』 『하진양문록』 『부장양문록』은 물론 『유이양문록』 등 가문소설도 『이형경전』의 영향을 받아 등장한 작품이다.
　그럼에도 이 작품은 일반 독자는 물론 전공자들에게도 잘 알려지지 않았다. 부끄러운 이야기지만, 오랫동안 고전문학을 연구해온 나도 몇 년 전에야 『이형경전』을 알게 됐을 정도다. 현재까지 전해지고 있는 『이

형경전』의 이본은 총 7종(필사본 5, 구활자본 2)이며, 이본의 제목은『이형경전』『이현경전』『이학사전』등으로 표기되어 있다. 이 가운데 일제강점기 때 나온 구활자본『이학사전』이 비교적 널리 알려져 초기 연구도 주로 이 책을 저본 삼아 이루어졌다. 그러다보니 진취적 의식과 지향을 가진 이형경은 자연스럽게 19세기 말이나 20세기 초 서구 사상의 영향을 받은 캐릭터로 추정하였다. 구활자본『이학사전』만 알고 있었던 나 역시 이런 추정을 당연시해 별 관심을 두지 않았다.

그러다가 18세기 전반의 문헌(『투색지연의』와『이와전』)에 여주인공 '이현경'과 관련한 내용이 삽입된 걸 알게 됐다. 이 작품이 적어도 17세기 말에서 18세기 초에 지어졌다는 의미였다. 현전 최고의 이본으로 거론되고 있는 필사본『이형경전』이 궁금했지만, 해당 자료를 쉽게 구할 수가 없었다. 그래서 한동안『이형경전』에 대한 관심을 접고 있었는데, 2023년 초 어느 연구자가 보내준 박사학위 논문을 읽다보니『이형경전』을 다룬 부분이 등장했다. 그의 도움을 받아 비로소 필사본『이형경전』을 얻어 읽어보게 되었다.

근래 눈이 나빠진데다 재차 복사된 자료라 판독하기 어려운 부분이 적지 않았지만, 글을 읽으며 자못 놀라지 않을 수 없었다. 가장 놀란 부분은 주인공 이형경의 언행이었다. 이형경은 부모의 반대에도 불구하고 어려서부터 남자옷을 입고 글공부에 힘썼으며, 8~9세 때부터는 남자처럼 행세했다. 그러다가 부모가 돌아가신 뒤에는 스스럼없이 재상가의 젊은 자제들과 어울려 시를 지어 읊었다. 또한 수시로 '성인이 남긴 기풍에 따라 붓 아래 문장을 이루고, 입 가운데 직언直言과 정론正論을 머금어 임금과 부모를 섬기겠다' '세속의 여자들처럼 지아비를 두려워하고 시부모를 공경하는 일은 할 수 없다'며 자기 뜻을 밝힌다. 그 당시 평범한 여성의 삶을 거부하고 사회적 자아실현을 확실하게 추구한 인물이었다.

내가 아는 우리 고소설은 물론 근대소설에서도 찾아보기 어려운 여성상이었다. 그래서 『이형경전』을 다 읽은 뒤 '아, 18세기 이전의 소설에 이런 여성상이 나타날 수 있었다니!'라는 감탄이 절로 나왔다. 이후 『이형경전』과 관련된 연구를 찾아 읽으면서 그간 내가 몰랐던 많은 정보와 지식을 얻을 수 있었다. 나뿐 아니라 더 많은 이에게 이 작품의 가치와 의의를 더욱 분명하게 제기하고자 논문을 한 편 발표하였다.

『이형경전』을 읽을 때도 그랬지만, 논문을 쓰면서 『이형경전』과 이형경이라는 캐릭터를 널리 알리고 싶다는 마음이 더 커졌다. 일반 독자들이 이 이야기를 읽는다면 우리 고소설은 고루하다는 잘못된 편견도 적잖이 해소되리라는 생각도 들었다. 그러나 눈도 많이 흐려진데다 이본을 일일이 찾으러 다니기도 쉽지 않고, 현대어역과 역주 작업을 제대로 해낼 자신도 없었다.

한동안 망설이다가 혹시나 하고 「『이현경전』의 이본 연구」라는 논문을 쓴 이병직 선생님께 연락을 드렸더니, 선생님이 내 뜻을 지지해주시며 갖고 있던 이본(사본)을 모두 보내주셨다. 『이형경전』 이본을 모두 확보하면서 현대어역과 역주 작업을 진행할 마음이 좀더 확실해졌으나, 어떻게 대중에게 쉽게 접근할 수 있을까 하는 과제가 남았다.

고민 끝에 앞서 『숙향전·숙영낭자전』 『박씨전·금방울전』 『방한림전』을 함께 작업한 문학동네가 떠올랐다. 여러 차례의 작업을 통해 우리 고전문학의 대중화를 위해 애쓰고 있는 문학동네라면 『이형경전』을 잘 소개해줄 것이라는 믿음이 생겼다. 일단 내가 쓴 논문을 문학동네에 보내고 출간 의사를 물었는데, 기꺼이 소개하고 싶다는 답변이 왔다. 이후 본격적으로 심혈을 기울여 『이형경전』의 현대어역과 역주 작업에 몰두하였다.

부족한 점도 없지 않겠지만, 이 책이 나오게 되어 매우 기쁘다. 그러나 여전히 몇 가지 걱정은 남는다. 무엇보다도 '일반 독자들에게 제목도

생소할 이 작품을 사람들이 얼마나 찾아 읽을 것인가?'가 걱정된다. 40년 이상 고소설을 공부하고 가르쳐왔다. 그러면서 우리 고소설 가운데는 '고전'이라는 이름에 부합하는 작품이 많다는 것을 깨닫고, 미력하나마 우리 고소설의 가치와 의의를 널리 알리고자 애썼다. 그 결과 『숙향전·숙영낭자전』은 7개 국어로 번역되었으며, 『방한림전』은 아르헨티나에까지 소개되기도 했다. 근래 우리나라 독자들은 물론 외국인들도 우리 고소설을 새롭게 주목한 결과라고 생각한다. 다소 낯선 제목의 작품이지만 눈 밝은 독자라면 흥미를 갖게 되지 않을까 한다.

우리 고소설 가운데는 『이형경전』만큼 뚜렷하지는 않을지라도 모두가 자유롭고 평등하게 사는 세상을 만들기 위해 몸부림쳤던, 선인先人들의 삶과 모습을 담은 작품이 매우 많다. 때로는 환상적이고 낭만적인 기법을 통해, 때로는 사실적인 서사를 통해 중세적 이념과 제도에 대해 시비를 걸었다. 그럼에도 여전히 고소설은 허황되고 비현실적이며 권선징악을 주제로 삼은 이야기라는 인식이 강하다. 부디 이 책이 그런 편견을 조금이나마 깨기를 소망한다.

이 책은 이상직 선생님과 문학동네의 기꺼운 응원과 결단이 없었다면 세상에 나오지 못했을 것이다. 다시 한번 깊이 감사드린다.

2024년 겨울
아름다운 고장 순천에서
이상구 씀

【 일러두기 】

1. 『이형경전』은 사재동 교수가 소장한 94장 필사본(약칭: 사재동A본)을 저본으로 삼았다. 현재 『이형경전』의 이본은 총 7종(필사본 5, 구활자본 2)이 있는데, 사재동A본이 최선본으로 알려져 있다.
2. 원전은 소제목 없이 상, 하 2권으로 구성되어 있으나, 독자의 편의를 위해 큰 사건별로 장을 나누고 각 장마다 사건의 특성에 부합하는 소제목을 붙였다. 현대어역본도 이에 따랐다.
3. 현대어법에 맞춰 띄어 쓰고 문장부호를 붙였으며, 인물의 직접 진술은 줄을 바꿔 적고 큰따옴표(" ")를 써서 구분하였다.
4. 역주본의 경우, 저본의 의미가 모호하거나 잘못되었다고 판단되는 구절 또는 내용이 확연히 다른 부분은 [교감]을 통해 다른 이본의 해당 구절을 제시하였다. 이 경우 현대어역본은 저본을 중시하되 부분적으로 교감한 내용을 참고하거나 반영하였다.
5. 현대어역은 저본으로 삼은 원전에 충실하되 오늘날 일반 독자들이 쉽게 이해할 수 있도록 생경한 옛말이나 한자어 등은 현대어로 고치거나 풀어썼다. 다만, 일부 종결어미와 의미 파악이 어렵지 않은 고어와 한자어는 고전소설의 맛을 살리기 위해 원전의 표현을 그대로 살리거나 약간의 윤색을 가했다.
6. 주석의 표제어는 가급적 현대국어의 맞춤법에 맞게 고쳐 표기하고, 한자어의 경우에는 한자어를 병기하였다.
7. 간단하게 설명할 수 있는 어휘는 가독성을 위해 본문에 첨자 형태로 부기하였다.
8. 의미를 분명하게 알 수 없는 어휘나 구절은 주석을 통해 '…인 듯함' 또는 '미상'으로 적시하였다.

머리말 _5

이형경전

형경이 남장을 하고 과거에 급제하다 _15
장연이 형경을 흠모하다 _21
형경이 국구 왕세충을 징계하다 _25
형경이 위영의 구애를 거절하다 _29
형경이 천자 시해 기도를 예견하다 _34
형경이 주왕을 죽이고, 장연과 함께 남만을 평정하다 _37
유모가 장연에게 형경이 여자라고 밝히다 _45
장연이 형경의 본색을 밝히기 위해 형경을 압박하다 _55
영경이 형경에게 본색을 밝히라고 권유하다 _62
형경이 천자에게 본색을 실토하다 _68
형경이 장연의 청혼을 거절하다 _78
천자의 계교로 형경과 장연이 혼인하다 _84

위영의 참소로 형경이 시가를 나오다 _97

위영이 형경을 죽이려 자객을 보내다 _106

위영의 소행이 밝혀지고, 형경이 돌아가다 _113

후처 고씨가 형경을 존경하며 따르다 _123

형경과 장연이 같은 날 세상을 떠나다 _128

원본 『이형경전』 _135

해설 | 사회적 자아실현을 최우선으로 여긴 여성, 이형경 _286

이형경전

형경이 남장을 하고 과거에 급제하다

　중국 명나라 세종 때 청주 땅에 사는 이영도는 충효를 겸비한 남자였다. 매우 효성스럽고 청렴하여 황도㉠황제가 다스리는 나라의 수도에 가서 벼슬이 높이 이부시랑에 올랐으나, 불행하여 부부가 함께 일찍 세상을 떠나고 말았다. 슬하에는 다만 열 살 된 딸과 세 살 된 아들이 있었는데, 본래 아랫지방 사람으로 서울에 올라왔던 고로 사고무친한 처지였다. 그러므로 자연히 의지할 데가 없어 집안의 재산이 모두 흩어지고, 오직 서너 명의 노비만이 남아 있었으나, 아침저녁으로 제사를 올릴 만한 근본이 없었다.
　딸의 이름은 형경이고 아들의 이름은 영경이었는데, 둘 다 매우 총명하고 기상이 뛰어났다. 특히 형경 아씨가 더욱 영특하여 몸은 여자였으나, 뜻은 문득 남자보다 높고 컸다. 세 살 때부터 글 읽기에 힘써 글재주가 날마다 빠르게 발전하니, 여덟아홉 살에 이르자 통하지 않은 것이 없었다. 붓을 잡으면 붓 아래 문장이 이루어지고, 입을 열어 옛날과 지금의 일을 의논하면 고상하고 날카로운 문장이 긴 강과 큰 바다를 헤치는 듯하였다.

부모가 살아 있을 때 형경의 글재주가 뛰어남을 좋아하면서도 여자아이가 너무 활달한 것을 염려하여 경계하였다.

"너는 여자가 되어 마땅히 길쌈 등 여자가 해야 할 일을 다스릴 따름이거늘, 어찌하여 남자의 일만 하느냐?"

이에, 형경이 대답했다.

"사람이 세상에 태어나 성인聖人이 남긴 기풍에 따라 붓 아래 문장을 이루고, 입 가운데 직언直言과 정론正論을 머금어 임금과 부모를 섬기는 것이 즐거운 일일 것입니다. 소녀가 비록 여자이나 뜻은 세상의 용렬한 남자를 비웃나니, 이제부터 여자옷을 벗고 남자의 모습으로 부모를 모셔 자식의 도리를 다하고자 합니다."

부모가 처음에는 망령되다고 꾸짖었으나 형경이 여러 번 간절하게 요구하니, 부친이 '이 아이가 어려서 여자의 도리를 몰라 그러는 것이니, 아직 자기가 하는 대로 두고 보자. 나이가 차면 자기 스스로 부끄러워하리라' 하고 남장을 허락했다. 그러나 부모는 다만 형경의 거동을 살펴보려고 한 말이나 형경은 진심으로 남장을 하기를 원했다. 그리하여 형경이 여덟아홉 살 무렵부터 남장을 하고 부모를 모시니, 벼슬아치들이 모두 그를 이영도의 아들로 알고 여자가 남자처럼 행세한다는 사실을 알지 못했다.

형경이 열 살이 되었을 때 부모가 모두 돌아가시니, 형경이 손수 노비들을 거느려 장례를 도맡아 처리하였다. 어린 형경이 어른처럼 상례喪禮에 맞춰 장례를 잘 치르니, 부친의 친구와 벼슬아치들이 조문을 와서 어린 상주의 기특한 모습을 보고 눈물을 흘리며 말했다.

"이형이 비록 열 살 된 어린 아들을 두었으나, 장례를 치르는 거동은 장성한 열 아들보다 낫다."

세월이 물처럼 빨리 흘러 삼 년이 지나서 형경이 삼년상을 마치니, 이때 형경의 나이가 열두 살이었다. 옥 같은 살빛과 꽃 같은 태도며 달 같은 풍채가 귀신을 놀래키고 사람을 요동케 하였는데, 하물며 삼 년 동안 여막[1]에서 다른 일은 하지 않고 오로지 글에 힘써 날마다 글재주가 화려하게 빛나니, 그 이름이 여러 사람의 입에 떠들썩하게 오르내렸다. 그리하여 재상가의 젊은 자제들과 수시로 모여 마음으로 교유하게 되었다. 특히 예부시랑 장호의 세 아들 장협, 장안, 장연, 처사 정공의 첫째 아들 정관, 태장경 박관의 둘째 아들 박홍, 수찬 위성룡의 아들 위문과 절친하였다.

여섯 소년 모두 스무 살이 안 됐으며, 각각 총명하고 단아하며 풍류를 아는 학생이었다. 하지만 이들 모두 형경에게는 미치지 못하였는데, 오직 장시랑의 셋째 아들 장연만이 형경에게 버금갈 만했다. 장연은 총명하고 호탕하여 풍채는 적선[2] 같고 얼굴은 복사꽃 같았으며, 그 총명함은 한 시대를 풍미한 두목[3]에 뒤지지 않았다. 나이 또한 형경과 같고 뜻도 맞아 서로 마음을 비추는 듯했으니, 여러 친구 가운데 두 사람의 교분이 지극하여 관포지교[4]라 할 만했다.

하루는 형경이 모든 친구들과 함께 외당에서 시를 주고받으며 읊다가 각각 흩어진 후 내당으로 들어가니, 유모가 옷을 벗기며 말했다.

"주인어른이 돌아가시고 어린 공자만 혼자 남아 있으며, 아씨 또한 혼인할 일이 바쁘거늘 규중^{부녀자가 거처하는 방}의 여자로서 예법을 어기고 남자처럼 행세하며 여자의 도리를 조금도 행하지 않으시고, 남이 꺼리고 미워하는 것도 생각하지 않으시니, 첩은 진실로 근심스럽습니다. 이러고 뒷날 어쩌려 하십니까?"

---

1) 여막(廬幕): 무덤 가까이에 지은 상제가 거처하는 초막.
2) 적선(謫仙): 벌을 받아 인간세계로 쫓겨온 선인(仙人). 중국 당나라의 시인 이백을 일컫기도 한다.
3) 두목(杜牧): 중국 당나라 말기의 시인. 두보(杜甫)에 상대하여 소두(小杜)라고도 불렸다.
4) 관포지교: 춘추시대 제나라 때 우정이 두텁기로 유명했던 관중과 포숙아 같은 사이.

이에 형경이 웃으며 말했다.

"어미는 '평범하고 보잘것없다'고 하리로다. 나는 평생 남자옷을 입고 늙을 것인데, 어찌 혼인할 마음이 있겠는가?"

유모가 어이없어하며 물러났다.

이렇게 몇 년이 지났는데, 하루는 장연이 와서 형경에게 말하였다.

"내가 들으니, 올가을에 알성과5)를 실시하려고 했는데, 두 각로내각의 원로가 '급히 선비를 뽑아야 한다' 하여 오늘 공자님 사당에 제사를 올리고 내일 갑자기 과거를 실시한다고 하네. 이형의 재주라면 반드시 과거에 합격할 터이니, 내가 미리 축하하노라."

형경이 웃으며 말했다.

"장형은 모든 일에 익숙하고 능통하니 급제자 명단에 오르겠지만, 나는 재주가 없고 기운이 허약하여 과거를 볼 수 없으니, 장형의 말은 거짓이로다."

"그렇지 않다. 이형의 뛰어난 재주라면 이 기회를 놓치지 않을 것인데, 어찌 아무런 까닭도 없이 과거를 포기하여 조상 신령들이 바라는 바를 잃으려 하는가? 우리와 함께 과거시험장에 들어가길 바라노라."

장연의 말을 듣고 형경이 생각하였다.

'내가 남장한 것이 이미 육 년이 넘었으니, 차라리 과거를 보아 높은 벼슬에 오른다면 또한 아름답지 않겠는가.'

이에 마음을 굳히고 기꺼이 허락하였다.

다음날 친구들과 함께 과거를 보러 가니, 글제는 이른바 책문6)이오, 주어진 시간은 겨우 두어 시간이었다. 글제가 어렵고 시간이 촉박하여

---

5) 알성과(謁聖科): 임금이 공자의 사당에 참배한 뒤 실시하던 비정규적인 과거시험.
6) 책문(策問): 정치에 관한 계책을 물은 과거시험 과목.

태백[7]처럼 신속하고 칠보시[8]를 지었던 조식[9]의 실력이라 해도 여기에는 미치지 못할 정도였다. 과연 뭇 선비들이 글을 짓지 못하고 붓을 거둬 시험장을 떠나려 하니, 형경이 먼저 절친들에게 글을 지어주었다. 그러나 자기는 시험지를 꺼내 글을 짓기는커녕, 두루 걸어다니며 주변 경치를 구경하는 등 글 지을 생각이 없는 듯하였다.

이윽고 끝날 시간이 다 되어 시험관이 글 바치기를 재촉하니, 형경이 비로소 소매 안에서 붓을 꺼내어 먹을 묻혔다. 산호로 만든 붓꼬리를 이기지 못하는 듯이 시험지에 붓을 한 번 휘두르니, 가슴속에 품고 있던 지식과 재능이 큰 바다와 긴 강의 물처럼 쏟아져나와 마치 용이 서리고 봉황이 엎드린 듯하였다. 재주를 마음껏 드날리니 글 쓰는 법이 산뜻하고 신기하여 바람과 구름이 빛으로 변한 듯하고, 글의 뜻이 맑고 웅장하며 밝게 빛나 귀신도 미치지 못할 정도였다. 순식간에 붓을 휘둘러 바치니 정관과 위문 등은 탄복해 마지아니하고, 장연은 칭찬하였다.

"이형의 재주를 안 지 여러 해 되었지만, 오늘처럼 신속하게 글을 지은 것은 칠보시를 지어 바친 조식보다 뛰어나도다."

형경은 미소만 짓고 아무런 말도 하지 않았다.

이윽고 급제자 명단이 거리에 붙었는데, '장원에는 이부시랑 이영도의 아들 형경으로 나이 십오 세요, 둘째 장원에는 예부시랑 장호의 셋째 아들 연으로 나이 십오 세라' 하였더라. 이어서 급제한 사람을 차례로 불러들였는데, 형경이 글을 지어주었던 위문 등 다섯 사람이 다 급제자 명단에 올랐으니, 가히 형경의 문장을 알 수 있으리라.

---

7) 태백(太白): 당나라의 시인인 이백의 자. 시성(詩聖) 두보에 대하여 시선(詩仙)으로 불렸다.
8) 칠보시(七步詩): 일곱 걸음을 걷는 사이에 지은 시.
9) 조식(曹植): 중국 위나라의 시인. 자기를 콩에, 형을 콩대에 비유하여 육친의 불화를 상징적으로 노래한 칠보시를 지었다.

급제자를 다 부른 후, 천자가 장원과 둘째 장원의 깨끗한 풍채와 기특한 재주를 매우 사랑하여 두 사람에게는 특별히 한림학사[10]를 제수하셨다. 나머지 급제자에게도 차례로 벼슬의 품계(品階)를 나누어준 후, 모든 급제자에게 푸른 도포와 어사화를 하사하셨다.

관리들이 보건대, 장원한 사람이 세상에서 뛰어난 것은 다 갖추고 있었다. 기이한 기질과 눈에 띌 정도로 두드러진 거동은 반악[11]의 고움과 두보[12]의 맑음 같았고, 탐스럽고 빼어난 기상과 늠름하고 화사한 골격과 윤택한 얼굴은 태백의 호걸다운 풍모와 두목의 거동이 있었다. 이에 관리들 가운데 칭찬하지 않는 사람이 없었으니, 이로 말미암아 장원의 명성이 일시에 진동하더라.

이날 급제자들의 이름을 부르며 대궐 문을 나오니, 소년 명사와 원로 대신들이 온갖 방법으로 신래[13]의 소임을 보채며 시켰다. 신고식을 마친 형경이 수십 명의 시종을 거느리고 삼일유가[14]를 지낸 후 한림원으로 출근했다. 형경이 조정의 신하로서 학사의 소임을 다하고 한가할 때는 동료들과 직무에 대해서 의견을 나누었는데, 형경의 맑은 의견과 정직한 성품은 진실로 훌륭한 선비의 그것이었다. 황제는 그런 형경을 크게 사랑하여 내년 반드시 크게 내차겠다.

---

10) 한림학사(翰林學士): 한림원 소속으로 임금의 조서를 짓는 일을 담당함.
11) 반악(潘岳): 중국 서진 때 시인 겸 문인. 어릴 때부터 신동이라 불렸고, 미남이었다고 한다.
12) 두보(杜甫): 중국 당나라의 시인. 시성으로 불렸다.
13) 신래(新來): 과거에 급제하여 처음 관직에 나온 사람을 선배가 가리켜 이르는 말.
14) 삼일유가(三日遊街): 과거급제자가 사흘 동안 시험관과 선배 급제자, 친척을 방문하던 일.

장연이 형경을 흠모하다

하루는 한림 장연이 조회[1]를 마친 후 한림원으로 이학사를 찾아갔다가 만나지 못하자, 이학사 집으로 갔다. 곧바로 가운데뜰로 들어가 시동에게 물었다.

"네 상공이 어디 계시냐?"

시동이 대답했다.

"침상에서 글을 보시더이다."

장연이 침소로 들어가니, 형경이 세수도 하지 않고 머리카락이 흩어진 채 망건을 옆에 놓고 잠자리에 기대어 책을 보고 있었다. 장연이 앞으로 나아가 물었다.

"이형은 무슨 연고로 아직 일어나지 않았느냐?"

형경이 문득 놀라 이불과 베개를 물리친 후 허리띠를 차고 일어나 맞이했다.

---

1) 조회(朝會): 모든 벼슬아치가 정전에 모여서 임금에게 문안을 드리고 정사를 아뢰던 일.

"어제 업무를 겨우 마치고 밤늦게 돌아온데다 집안에 할일이 많아 새벽닭이 운 뒤에야 잠자리에 들었더니, 몸이 불편하여 세수도 못하고 누워 있었소. 장형이 수고롭게 오셨구려."

드디어 장연이 자리를 잡고 앉아 형경을 보니, 풍채가 더욱 기이하였다. 옥 같은 귀밑머리는 얼굴 가득히 퍼져 있고, 아직 잠에서 깨어나지 못해 아름다운 눈빛을 낮추었으며, 세수하지 않아 머리카락이 흩어져 있었다. 또한 여유롭고 자연스러운 태도와 아리따운 거동이 마치 동풍에 나부끼는 한 떨기 모란 같았다. 장연이 놀라고 감복하여 그 모습을 크게 사랑하고, 정이 어린 듯이 형경의 눈빛만 바라볼 따름이더라.

형경이 물을 가져와 세수를 마치자, 문득 정생과 박생 두 한림이 이르렀다. 서로 마주보며 담소를 나누는데 이때 옥같이 고운 섬돌에 온갖 꽃이 만발하여 풍경이 빛나 정한림이 칭찬하며 말하였다.

"사람이 저 꽃 같은 아내를 얻으면, 어찌 즐겁지 않으리오?"

그러자 박한림이 말했다.

"꽃은 광채가 없고 얼마 지나지 않아 떨어져 빛을 잃으니, 맑고 깨끗한 달과 따뜻하고 윤기가 있는 옥 같은 아내를 얻으면, 아름답고 즐겁지 아니하랴."

이 말을 들은 장한림의 백설 같은 고운 얼굴이 술기운을 띠어 붉은 모란과 흰 모란이 섞어 핀 듯했다. 샛별 같은 눈을 흘겨 뜨고서 여러 사람을 둘러보고 웃으며 말했다.

"너희는 모두 여색을 좋아하여 이미 결혼을 하고, 각각 아내에게 깊이 빠져 지내면서 꽃과 달은 무슨 일로 생각하느냐? 내 나이 열다섯 살이라, 나도 어진 숙녀를 얻어 결혼하고 싶도다. 마음으로 헤아려보건대, 꽃은 아름다우나 소인처럼 한결같지 못하고, 달은 광채가 있으나 고운 맵시가 없으며, 옥은 깨끗하고 순수하지만 곱다고 할 수는 없으니, 나는 이것들에 관심이 없도다. 다만 의논하여 말하건대, 여자로 비유하자면 옛날 서시[2]와 같은 아내를 구하고, 남자로 말한다면 이형 같은 아내를 얻으면 한이 없으리라. 그런데 서시는 죽은 혼마저 얻어볼 수 없고, 이형은 남자라 어쩔 수 없이 죽을 때까지 결혼하지 못하리로다."

이에 여러 공자가 크게 웃으며 말했다.

"장형 말대로라면, 이형이 여자로 변해 장연의 부인이 되거라."

장연과 친구들이 그 말을 듣고 손뼉을 치며 크게 웃었다. 형경 또한 겉으로는 웃었으나, 마음속으로는 은근히 걱정하며 의심하였다.

'장한림이 나를 마음에 두고 있는가?'

이날 네 사람이 종일토록 글을 지어 서로 시를 주고받으며 읊다가 각각 흩어졌다.

이때 고운 딸을 둔 재상들이, 아직 결혼하지 않은 청년이면서 옥 같은 얼굴과 영웅 같은 풍채에 당대 최고의 문장을 지닌 형경과 장연에게 구혼하기 위해, 두 사람의 집 앞으로 몰려들었다. 그러나 장연은 뜻이 높고 형경은 본래 여자인지라, 둘 다 사양하여 혼인을 허락하지 않았다.

하루는 장연이 형경에게 물었다.

"나는 부모가 계시기 때문에 마음대로 할 수 없고, 또 숙녀 얻기가 어려워 혼인을 늦추고 있지만, 이형은 무슨 까닭으로 혼인의 길이 이리 더딘가?"

형경이 웃으며 대답했다.

"장형도 숙녀 얻기 어렵다고 하는데, 나만 홀로 숙녀 얻기가 쉽겠는가? 하물며 내 나이 어리고 기운이 연약하여 서른 살이 넘은 후 뜻에 맞는 아내를 얻으려 하니, 아직은 생각이 전혀 없네."

장연이 웃으며 말하였다.

"숙녀 얻기 어렵다는 말은 옳지만, 서른 살 이후에 아내를 얻겠다 함

---

[2] 서시(西施): 중국 춘추시대 월나라의 미인.

은 아주 잘못되었도다. 지금 이형이 부모가 계시지 않고 영경 아우도 어리니, 일찍 결혼하여 아내에게 집안일과 제사를 맡기고, 자손을 빨리 두어 조상의 영혼도 위로해야 옳거늘, 서른 살 이후면 어찌 늦지 않겠는가?"

이에 형경이 대답했다.

"장형의 가르침은 감격스러우나, 자식을 얻는 일은 팔자에 달렸으니, 어찌 결혼을 빨리 하고 늦게 하는 것과 관계가 있으리오?"

장연이 웃으며 말하였다.

"이는 이형이 행여 투기가 심하고 악한 부인을 얻으면 기생집에 마음대로 드나들지 못할까 두려워 그러는 것이로다."

형경이 아름다운 눈썹을 찡그리고 가만히 웃고 말을 이었다.

"기생집은 세상에서 방탕하고 도리에 어긋난 사람이 다니는 곳인데, 어찌 마음이 올바른 군자와 현명하고 단정한 선비가 간섭할 일이 있겠소? 장형은 나를 두고 보시라. 비록 나이 서른이 넘도록 독신으로 지낼지라도 창녀의 자취가 문에 이르지 않게 하리라."

장연이 웃으며 대꾸하였다.

"풍성하게 빛나는 재능과 용모와 기상을 지닌 이형을 값은 남자끼리도 사랑하는데, 음란한 창녀에게 붙들리면 그 정부(情夫) 되기 쉬우리라."

형경이 비단부채를 펼치고 낭랑하게 웃으며 말했다.

"내가 전혀 관심이 없는데, 어떤 창녀가 먼저 요동하리오? 장형은 쓸데없는 말 하지 말고, 나중을 지켜보라."

말을 마치고 두 사람이 손뼉을 치며 크게 웃었다.

형경이 국구 왕세충을 징계하다

이때 천자가 형경을 도찰원[1] 도어사^{어사의 우두머리}에 임명하시니, 형경이 천자께 사은하고 도찰원에 나가 맡은 임무를 수행하였다. 당시 왕귀인의 부친인 국구^{임금의 장인} 왕세충은 권세가 한 시대에 경동하였으며, 온 조정이 그를 공경하였다. 왕국구는 선비 유안의 아내 경씨가 자색이 탁월하다는 말을 듣고, 하인 수십 명을 보내 경씨를 강제로 빼앗아 첩으로 삼으려 하였다. 유안이 왕국구의 권세가 두려워 아내를 순순히 차려 보내니, 경씨는 스스로 죽으려 하였다. 그러다가 이왕 죽을 바에는 왕국구의 집에 가서 원통함을 다 말하고 죽을 생각으로, 남편과 자녀를 이별하고 왕국구의 하인들을 따라갔다.

그런데 가는 도중에 하인들이 "도어사가 지나간다!"라 외치며 한쪽으로 비켜섰다. 경씨가 창틈으로 보니, 도어사를 따르는 백여 명의 하인이

---

1) 도찰원(都察院): 벼슬아치를 감찰하던 관아.

벽제 소리²⁾를 외치며 붉은 양산을 받들고 옥 같은 소년 재상을 옹위하여 나왔다. 그 재상은 머리에는 관모(冠帽)를 쓰고, 몸에는 푸른 적삼을 걸치고 허리에는 순금으로 된 관대를 한 채 금 안장을 얹은 백마에 앉아 있었다. 앞에는 푸른 깃발을 드리웠는데, 거기에는 '한림학사 겸 도찰원 도어사 이형경'이라 쓰여 있었다.

경씨가 생각하였다.

'이분은 작년 봄에 장원하여 명망이 진동하던 분이다. 이분께 나의 설움을 아뢰리라.'

이에 가마의 발을 올리고 뛰어나와 하인들을 헤치고 나는 듯이 어사의 말 앞에 나아가 길을 막고 외쳤다.

"존귀하신 어사께서는 소첩의 서럽고 분통한 원한을 깨끗하게 씻어 주소서!"

하인들이 모두 놀라 경씨를 끌어 내치려 하거늘, 어사가 명령하였다.

"멈춰라!"

비단부채를 들어 얼굴을 가리고 어사 형경이 경씨에게 물었다.

"부인의 거동을 보니, 명부(봉작을 받은 부인) 아니면 선비 집안 사람이로다. 무슨 원통하고 억울한 일로 저에게 호소하시나이까?"

경씨가 대답했다.

"첩은 선비 유안의 아내입니다. 남편이 비록 아직 공부하는 선비이나 본래 경화사족³⁾이오, 첩 또한 명문가의 딸입니다. 유씨 집안에 시집와서 십여 년 동안 아들과 딸을 낳고 남편과 함께 늙어왔으니, 비록 도끼가 눈앞에 닥칠지라도 어찌 마음을 바꿔 다른 남자를 섬기겠습니까? 그런데 국구 왕세충이 권세를 믿고 하늘이 맑게 갠 대낮에 수십 명의 하

---

2) 벽제(辟除) 소리: 지위 높은 사람이 행차할 때, 그 하인들이 일반 사람의 통행을 금하기 위해 외치던 소리.
3) 경화사족(京華士族): 번화한 한양과 그 인근에 거주하는 사족.

인을 보내 저를 겁탈하여 자기 첩으로 삼으려 합니다. 남편에게 화가 미칠 듯하여 부득이 치욕을 참고 따라 나와 왕세충 앞에 가 죽으려 했는데, 오늘 뜻밖에도 여기에서 어사 나리를 만나게 되었습니다. 바라건대, 억울하고 원통한 일을 살펴 사람을 구하고 잘못된 풍속도 바로잡으소서."

어사 형경이 듣기를 마치고 크게 화가 나서 좌우 하인들에게 국구의 하인 수십 명을 잡아다가 옥에 가두고, 경씨를 도찰원 부중으로 데려와 위로하였다.

"제가 내일 성상께 아뢰어 부인의 원수를 갚으리다."

그러자 경씨가 거듭거듭 사례하더라.

다음날 아침 모든 벼슬아치가 궁궐에서 조회를 마친 후, 도어사 이형경이 앞으로 나와 천자께 아뢰었다.

"신은 오륜 가운데 삼가야 할 것이 부부라고 들었습니다. 옛날부터 성스러운 황제와 어진 왕이 나라를 다스려 온 백성을 교화할 때, 반드시 인륜을 따른 까닭에 나라가 천 년이 넘도록 쇠퇴하는 일이 없었습니다. 장석지[4]는 태자를 논박하였고 한나라 장서[5]는 두헌[6]이 동생 빼앗은 것을 처벌하였으니, 국가의 법제와 삼강오륜은 마땅히 이렇게 해야 합니다. 우리 명나라가 개국 이후부터 폐하께 이르기까지 법전이 한결같고 인륜이 바로 섰는데, 국구 왕세충이 음악陰惡하고 방자하여 도리에 어긋나고 사나운 행동을 멋대로 저질러왔습니다. 또한 스스로 국척임금의 인척이라는 권세를 빌려 민간에 폐단을 일으키는 일이 많았습니다. 며칠 전

---

4) 장석지(張釋之): 한나라 문제 때의 관리. 태자가 양왕과 함께 수레를 타고 입조할 때 사마문에서 내리지 않자, 두 사람이 탄 수레를 정지시키고 불경함을 탄핵하였다.
5) 장서: 미상.
6) 두헌(竇憲): 중국 후한의 정치가. 누이가 장제의 황후이자 화제의 태후가 되어 막강한 권력을 행사하였다.

에는 선비 유안의 아내를 빼앗아 제 첩을 삼으려고 하인 수십 명을 보내어 강제로 끌고 가던 도중에 신을 만나게 되었습니다. 유안의 아내가 실상을 고하기에 신이 세충의 하인들을 옥에 가두었습니다. 엎드려 바라건대, 폐하께서는 세충의 무례한 행위를 자세히 살펴 제대로 처벌하시고, 방자한 국척들을 징계하소서."

천자께 아뢰기를 마치는데 그 안색이 씩씩하고 그 말뜻이 격렬하고도 절실하여 천자는 안색이 변함을 깨닫지 못하시고 조정의 벼슬아치 가운데 놀라지 않는 이가 없었다.

이에 천자가 왕국구와 유안의 아내 경씨를 부르시니, 두 사람이 대전 大殿 아래에 이르렀다. 천자가 사실관계를 자세히 따져 물으시니, 국구가 감히 속이지 못하고 일일이 사실대로 아뢰었다. 천자가 대노하여 하교하셨다.

"국구의 관직을 삭탈하고 일 년 동안 월급도 지급하지 말라. 또한 칠년 동안 자기 집안에 가둬 출입을 금하게 하라."

또한 유안과 경씨에게는 천금을 내리며 말씀하셨다.

"너희들은 집으로 돌아가 사이좋게 살라."

그런 다음 도어사를 칭찬하며 특별히 어사부중御史府中에 '사직정문'[7]이라는 찬양하는 글을 써서 내려주시니, 형경의 명망에 탄복하지 않는 이가 없었다.

이 이야기가 널리 퍼지자, 조정에서는 벼슬아치들이 장난을 치지 못하고, 저잣거리에서는 남녀가 길을 나눠 다녔으며, 사람들이 길에 떨어진 것도 줍지 않았다. 이 모두가 도어사 형경의 위력과 교화를 두려워했기 때문이었다.

---

[7] 사직정문(司直旌門): 훌륭한 판관을 표창하기 위해 그의 집 앞에 세운 붉은 문. 여기서는 '훌륭한 판관이 근무하는 관아'라는 뜻으로 쓰였다.

형경이 위영의 구애를 거절하다

하루는 천자가 모든 명사^{名士}를 정전^{正殿}으로 불러들여 글을 짓게 하고 그 우열을 판정하셨는데, 과연 한림 장연과 학사 형경이 으뜸을 차지하였다. 두 사람의 얼굴은 관옥[1]처럼 아름답고 풍채도 차이가 없었으니, 천자가 새롭게 사랑하여 즉시 두 사람을 문연각[2] 태학사^{太學士}로 임명하셨다. 두 사람처럼 젊은 나이에 높은 지위에 올라 영화를 누리는 이가 없었으니, 두 사람이 천자의 은혜에 사례하고 물러나더라.

집에 돌아온 형경을 유모가 보니 여자다운 태도가 전혀 없었다. 조복_{관리가 조정에 나갈 때 입던 예복}을 격식에 맞게 차려입고 패옥_{관리들이 허리에 차던 구슬}이 영롱하였으며, 금관을 쓴 머리 아래로 은은하게 풍기는 엄숙한 태도와 빼어난 기상이 바로 재상의 풍모와 골격이었다. 유모가 한편으로는 기쁘나 한편으로는 근심스러워 형경에게 나아가 잘 타일렀다.

---

1) 관옥(冠玉): 남자의 아름다운 얼굴을 비유하는 말.
2) 문연각(文淵閣): 명나라 때 베이징에 있던 궁중 도서관.

"아씨의 몸이 황각^{행정부 최고의 기관}에 깃들어 이 시대 최고의 명사가 되었으니, 지금 즐거운 것은 좋다고 할 수 있겠으나 장차 나중에는 어쩌려 하십니까?"

형경이 발끈 화를 내면서 말했다.

"내가 부모님이 살아 계실 때부터 이미 변복한 남자가 되었으니, 어미가 지금 와서 새삼스럽게 근심할 바가 아니다. 하물며 나의 직품이 조정의 대신이거늘, 이제 어찌하겠는가? 그런데도 어미는 여러 번 이런 말을 해서 즐거운 흥을 깨는가? 내가 비록 여자이나 죽을 때까지 결혼하지 않으리라. 세속 여자들이 지아비를 두려워하여 귀중하게 여기고, 시부모를 공경하여 밥상을 받들고 국을 맛보는 등 시중을 드는 일과 수시로 술을 빚어 손님 대접하기를 불평하며, 문을 닫고 담에 둘러싸인 깊은 규방에서 바느질이나 하는 것은 내가 차마 못할 일이니라. 차라리 붉은 도포를 입고 옥대^{관리가 차던 옥으로 만든 허리띠}를 찬 적거사마[3]로 이름이 역사책에 오르고, 몸은 공후^{公侯}가 되어 임금을 섬기고 나라를 지키는 것이 옳으니, 다시는 그런 말을 하지 말라."

유모가 어이없어하며 물러나더라.

형경은 마음이 불편하여 집에 있지 못하고 장연의 집으로 가니, 장연이 반겨 맞으며 별실에서 대접하였다. 형경이 장연의 취한 모습을 보고 물었다.

"장형이 어느 집 잔치에 갔었더냐?"

장연이 미소를 지으며 말했다.

"집에서 술과 음식을 갖추어 형제끼리 한담하고 있었는데 마침 이형이 왔으니, 함께 참석하는 것이 마땅하도다."

---

3) 적거사마(翟車駟馬): 황후와 높은 벼슬아치 등이 타는 네 마리 말이 끄는 수레. 여기서는 '높은 벼슬아치'를 뜻한다.

형경이 사양하며 말했다.

"내가 요즘 찬바람을 쐬어 감기 기운이 있는 탓에 술을 마실 수가 없으니, 그 자리에 참여하지 못하리로다."

장연이 가만히 웃으며 말했다.

"피차 형제 같은데, 어찌 사양하는가?"

마침내 장연이 형경의 소매를 이끌어 추향각에 올라가니, 장연의 두 형이 붉은 치마를 입은 기녀들을 곁에 두고 거문고를 어루만지며 노래를 부르고 있었다. 그러다 형경을 보자 매우 반겼다.

"형경아, 어디에서 오는가? 너를 본 지 반년이 넘었구나. 네가 소년 재상으로 혁혁한 명사가 되었다고 옛 벗을 잊은 것이냐?"

형경이 웃으며 대꾸하였다.

"두 형님은 밝은 등불 아래서 시와 글 쓰기에 깊이 빠져 지내시고, 저는 나랏일이 분주하여 밥 먹을 겨를과 친구를 찾을 틈도 없습니다. 그런데 할일 없는 선비들이 친구를 찾아보지는 않고, 도리어 저를 꾸짖나이까?"

이 말에 좌중이 크게 웃었다.

이에 자리를 잡고 앉아 풍류를 돋우며 술을 주고받았는데, 그 자리에 참석한 창녀 중 위영이 얼굴도 매우 아름답고 노래도 아주 잘 불렀다. 나이는 열네 살이었으나 아직 공경하여 섬기는 남자가 없었으며, 풍류를 즐길 줄 아는 군자를 섬기고자 원할 뿐이었다. 뛰어난 기상과 옥 같은 용모를 지닌 장연을 우러러 섬기고자 했으나, 장시랑이 아들 연에게 창녀를 엄금하라고 경고한 탓에 뜻을 이루지 못했다. 장시랑은 장연이 일찍 입신하여 벼슬이 재상에 이르고 또 아직 결혼 전이라, 특별히 방탕한 행동을 자제하라고 타일렀던 것이다. 비록 위영은 장연을 섬기고픈 마음이 간절했으나 이 때문에 감히 바라지도 못했으며, 장연 또한 농담 삼아 가만히 위영에게 자기 마음을 비추었을 따름이다. 장연이 교태가 넘치는 위영을 사랑하면서도 부친께 들킬까 두려워하여 전혀 내색하지 않았다. 그러니 위영은 장연의 마음을 알 수가 없었다.

이날 위영이 옥 술잔을 올리다가 어사 형경을 보게 되었는데, 형경은 머리에 금관을 쓰고 몸에 조복을 입고 허리에 푸른 비단 띠를 두르고 있었다. 희고 깨끗한 얼굴은 하얀 연꽃 같고 눈썹은 멀리 보이는 산 같았으며, 두 눈은 가을 물결이 어린 듯하고 두 뺨은 복사꽃이 비친 듯하며, 붉은 입술은 단사[4]를 찍은 듯하였다. 또한 형경의 온갖 태도와 모습이 조화롭고 아름답고 향기롭지 않은 것이 없었으며, 신선과 꽃 같은 풍모와 봉황과 난새 같은 재질이 사람과 귀신을 놀래키고 해와 달처럼 찬란하게 빛났다. 장연도 영웅처럼 우아한 풍채와 매우 뛰어난 기상을 지녔지만, 형경에게는 미치지 못하였다.

위영이 형경을 한참 우러러보다가 크게 감복하여 마음속으로 생각했다.

'세상에 어찌 이렇듯 아름다운 남자가 있으리오?'

위영은 창녀의 춘정(春情)을 억제하지 못해 푸른 저고리와 붉은 치마 차림으로 교태를 머금은 채 원앙 술잔을 들고 형경 앞으로 나아가 아뢰었다.

"첩은 양주 창기인데, 아직 나이가 어려 다른 사람을 모신 일이 없습니다. 오늘 상공을 모실 수 있다면, 더이상 소원이 없겠습니다. 청컨대, 비취 이불과 원앙 베개로 백 년을 모시고자 하나이다."

형경이 붉은 입술을 열어 하얀 치아를 보이며 낭랑하게 웃으며 말했다.

"나는 용렬한 사내일 뿐인데 너처럼 이름난 창기가 따르니, 가히 영화롭다고 하겠다. 그러나 내가 본래 마음속에 다짐한 바가 있어 너의 지극

---

4) 단사(丹沙): 여자가 화장할 때 입술이나 뺨에 바르는 붉은 연지의 재료로 쓰인 광물.

한 소원을 풀어주지 못하노라."

위영이 너무 놀라서 아무런 말도 못하고 뒤로 물러나니, 그 자리에 있던 사람들이 손뼉을 치고 크게 웃으면서 말했다.

"형경은 가히 졸장부로다. 위영은 저런 졸장부를 무엇 때문에 따르려 하는가?"

위영이 탄식하며 눈물을 머금으니, 장연이 웃으며 말했다.

"이형이 평소 큰 소리로 나의 방탕함을 꾸짖은 탓에 겉으로는 위영을 멀리하지만, 사실은 그렇지 않으리라."

형경이 그 말을 듣고 살짝 미소를 머금으며 두 손을 마주잡고 엄숙하고 단정하게 앉아 있으니, 고운 얼굴에 씩씩한 빛을 띠어 차고 맵기가 뼈에 사무치는 듯하였다. 이에 창녀들은 몹시 놀라고, 장협 등은 몸과 얼굴을 바로 하며 형경을 공경하더라.

형경이 천자 시해 기도를 예견하다

 이렇듯 그 자리에 모인 사람들이 종일토록 한가롭게 즐기는데, 문득 천자가 형경과 장연에게 '문연각에 들어와 숙직하라'고 명하셨다. 장연이 형경과 함께 수레를 타고 문연각에 들어가 숙직하면서 한가롭게 담소를 나눴는데, 다음날 아침 갑자기 창밖에서 패옥 소리가 들렸다. 두 사람이 매우 놀라 미처 조복도 입지 못하고 평복만 여민 채 허리띠를 끌며 나와 맞았지만, 두 사람의 이불과 베개는 그대로 펼쳐져 있었다. 놀라 허둥대는 두 학사의 모습을 본 천자가 웃으며 말씀하셨다.
 "군신은 부자와 같은데, 아비가 오는 것을 보고 자식이 놀라는구나! 경들은 안심하라."
 그러고 침상에 앉으시니, 두 학사에 대한 천자의 은총이 이렇듯 깊었다. 형경과 장연이 바닥에 엎드리니, 천자가 두 사람에게 '좌우에 앉으라'고 명하신 뒤, 부드럽고 온화하게 말씀을 이어갔다.
 "짐이 마음속에 울적한 일이 있어 갑자기 미행[1]하니, 경들이 놀랐도다."

두 사람이 공손히 사례하며 말했다.

"소신 등이 궁궐에서 숙직하면서 조심하지 않은 탓에 폐하를 마중나가지 못했으니 죄가 무겁습니다. 황공하기 그지없사온데, 무슨 일로 은밀하게 여기까지 오셨습니까?"

천자가 형경에게 가만히 이르셨다.

"남경 주왕이 승상 태경과 함께 역모를 꾀할 기미가 있다. 태경은 짐이 처치하겠지만 주왕은 짐의 숙부이니, 장차 어찌하면 좋겠느냐?"

형경이 무릎을 꿇고 아뢰었다.

"그 일이 비록 어렵지만 나랏일에는 사사로운 정이 없사오니, 폐하께서 태경을 잡아 와 심문하시면 사실인지 아닌지 알 수 있을 것이옵니다. 만일 주왕이 태경과 한마음으로 반역을 꾀한 것이 확실하다면, 군사를 일으켜 토벌하고 주왕에게는 중벌을 가하는 것이 옳습니다."

장연도 형경과 같은 취지로 아뢰었다. 천자가 기뻐하며 궁으로 돌아가실 때, 형경이 앞으로 나아가 아뢰었다.

"지금 밖에는 적국이 있고 안에는 반역을 꾀하는 신하가 밤낮으로 기미를 엿보고 있으니, 폐하께서는 자세히 살피소서. 비록 대궐 안은 매우 엄숙할지라도 오히려 사람이 많아 눈과 귀가 번잡스러워 더욱 두렵습니다. 청컨대, 폐하께서는 측근 신하들과 함께 행차하여 불측한 변을 방지하소서. 만일 이렇게 미행하시다가 비수를 가진 역적 무리가 으슥한 곳에 숨었다가 주상을 공격하면, 주상께서는 어찌하려 하십니까?"

천자가 문득 깨달아 미행을 멈추고, 환관과 자신을 호위할 사람들을 불러 어가를 타고 환궁하셨다. 장연은 형경의 말을 듣고 '망령되다'고 했으나 과연 그 말처럼 환궁하는 도중에 후원 아래 숨어 천자의 미행을

---

1) 미행(微行): 지위가 높은 사람이 신분을 감추기 위해 남루한 옷차림으로 주변을 몰래 다니는 일.

기다리던 두 자객이 잡혔다. 자객들이 사실대로 아뢰니, 사람들이 모두 형경의 선견지명에 감복하고, 천자는 더욱 형경을 기특하게 여겨 그가 간하는 말은 모두 수용하시었다.

이에 장연이 말했다.

"내가 이형과 더불어 나이도 같고 급제와 벼슬살이도 같은 해에 시작했는데 그의 심정을 믿지 못했으니, 진실로 제비와 참새가 기러기와 고니처럼 큰 새의 뜻을 모르는 것과 같도다."

이때부터 온 조정이 형경의 높은 소견에 깊이 감복하더라.

형경이 주왕을 죽이고, 장연과 함께 남만을 평정하다

이때 천자가 승상 태경을 잡아 와서 문초하시니, 남경 주왕의 모반이 확실하였다. 천자가 태경의 옥사^{반역 내지 살인 등 중대한 범죄}를 다스린 후 주왕을 토벌하기 위해 군사를 일으킬 때, 개국공신 서달의 자손인 위국공 서운을 대원수 겸 대도독^{전군을 지휘하고 통솔하던 벼슬}에 임명하여 상장검[1]을 내리셨다. 또한 태학사 이형경을 대사마^{병조판서} 겸 순무사[2]에 임명하여 '서운을 보좌하라' 하시었다. 두 사람이 천자의 명령을 받드니, 이에 장연이 매우 놀라며 천자께 아뢰었다.

"서운은 장수 집안 출신이라 군대의 일에 능통하여 도적을 물리칠 수 있으나, 형경은 글만 알고 세상 물정을 모르옵니다. 붓을 들어 조서를 작성할 수는 있어도 전장에 나가 도적을 물리칠 줄은 모르니, 국가 대사를 그르칠까 염려되옵니다."

---

1) 상장검(上將劍): 임금이 최고 우두머리 장수에게 주던 칼.
2) 순무사(巡撫使): 전시에 군무를 맡아보던 임시 벼슬.

그러자 천자가 말씀하셨다.

"짐 또한 그것을 모르지 않느니라. 다만 지혜를 발휘하여 '서운에게 승패와 이해를 가르치라'고 보내는 것이니, 어찌 직접 적과 맞서 싸우라고 형경을 보내겠는가?"

이에 장연이 크게 낙심하며 물러나더라.

서원수가 즉시 훈련장에 나아가 군마를 조련하고, 다음날 십만 대병을 징발하여 남경으로 행군하니, 창과 칼은 서리 같고 군마는 비룡 같았다. 행군한 지 몇 개월 만에 비로소 남경에 이르러 도성 삼십 리 밖에 진을 치고 격서^{적군을 달래거나 꾸짖기 위한 글}를 보내니, 주왕이 크게 화를 냈다.

다음날 주왕이 수만 명의 철갑을 입은 기병을 거느리고 나와 진을 치고 명나라 진영을 바라보았다. 붉은 기를 세워둔 왼쪽에는 대도독 서운이 금 갑옷에 붉은 도포를 걸치고 봉황 깃털로 장식한 투구를 쓰고 설종마를 타고 있었다. 오른쪽에는 누런 깃발 아래 한 소년 명사가 자금관^{자줏빛 비단 모자}을 쓰고 신선처럼 나풀거리는 옷을 입고 고운 손으로 산호 채찍을 들고 백마 위에 앉아 있었다. 그 소년은 고운 얼굴과 영웅다운 풍채가 빼어났지만, 행동거지는 매우 어수선했다. 명나라 군사들의 행렬이 난잡하니, 주왕이 단번에 명나라 진영을 깨뜨릴 수 있다고 생각해 크게 웃고, 채찍을 들어 서원수를 가리키며 크고 엄숙한 소리로 외쳤다.

"너는 명장의 자손으로 임금을 섬기기 위해 군마를 이끌고 왔는데, 어찌 군마를 통솔하는 것이 이렇듯 용렬하냐?"

또 대사마 형경을 가리키며 말했다.

"젖비린내나는 어린아이 때문에 속절없이 내 칼을 더럽히랴. 여기까지 왔으니, 네 이름은 무엇이냐?"

형경이 주왕을 보고 웃으며 답했다.

"나는 대사마 겸 순무어사 이형경이다."

주왕이 탄식하며 말했다.

"기둥에 불이 붙어 제비와 참새의 집이 타는데도 제비와 참새가 오히려 불구경을 즐긴다'는데, 바로 너를 두고 한 말이로다."

서원수가 매우 화가 나서 칼을 휘두르며 달려가 주왕과 싸웠는데, 삼십여 합[3)]에도 승부를 결단하지 못했다. 주왕의 용력이 갈수록 더욱 솟아오르자, 서원수가 거짓으로 패한 척하며 서북쪽으로 달아났다. 승세를 탔다고 생각한 주왕이 서원수를 뒤쫓아 오십 리를 가니, 산이 높고 수풀이 부성하며 나무는 하늘을 찌를 듯이 울창했다. 그런데 갑자기 서원수는 보이지 않고 어사 형경이 길을 막고 꾸짖었다.

"나라를 배반한 역적이 부끄러워하지도 않고, 감히 천자 나라의 대신을 핍박하느냐? 네가 진실로 영웅이라면, 나와 싸우는 것이 어떠하겠느냐?"

이 말에 주왕이 크게 화를 내며 곧바로 형경에게 달려들었다. 형경은 미처 갑옷도 입지 못한데다가 손에는 작은 쇠붙이마저 없는지라, 다만 산호 채찍을 들어 주왕의 창을 막다가 십여 합 만에 말을 돌려 달아나니, 주왕이 또 급히 따라갔다. 형경이 갑자기 말머리를 돌려 산 위로 올라가자, 주왕도 뒤쫓아갔다. 이때 돌연 산 아래에서 함성이 진동하고 살기殺氣가 하늘까지 치솟더니, 명나라 군사들이 주왕을 겹겹이 둘러쌌다. 주왕이 매우 놀라 다급하게 좌우충돌했으나 명군의 포위를 뚫지 못하고 갈팡질팡하였다. 이때, 산 위에서 한 무리의 군마가 고함을 지르며 짓쳐 내려오는데, 바로 형경의 군마였다. 형경이 바야흐로 갑옷과 투구를 갖추고 주왕과 교전하면서 생각하였다.

'성상이 어질고 효성스러워 주왕을 생포하면 반드시 죽이지 않으실 터이니, 이 자리에서 그를 죽임이 옳으리라.'

형경이 곧바로 주왕에게 달려들어 맞서 싸웠는데, 십여 합에 형경의

---

3) 합(合): 칼이나 창으로 싸울 때, 두 사람이 칼이나 창을 마주치는 횟수를 세는 단위.

창이 번뜩하며 주왕의 머리가 말 아래로 떨어졌다. 형경이 주왕의 머리를 거둬 말머리에 달고 적진으로 짓쳐 들어가니, 주왕의 후군(後軍)이 모두 서원수의 칼 아래 죽어 있었다. 한 번 싸워 적군을 모두 짓밟아버렸으니, 이는 다 형경이 군사를 적절하게 잘 배치한 공덕이었다.

날이 저문 뒤 꽹과리를 쳐 군사를 거둬들여 본진으로 돌아왔다. 여러 장수가 공적을 바칠 때 형경이 주왕의 머리를 드리니, 서원수가 찬양하였다.

"오늘 성공한 것은 모두 이어사가 군사를 잘 운용했기 때문이오. 이미 역적을 잡았으니, 그대의 공덕은 진실로 으뜸이 되리로다."

형경이 겸손하게 사양했다.

"이것은 다 나라의 큰 복이오, 원수의 신묘한 힘 덕분인데, 어찌 소생의 공이겠나이까? 이제 주왕이 죽어 성안의 인심이 어지러우니, 가히 이때를 놓칠 수 없습니다. 원수께서는 빨리 남경성을 치소서."

원수가 이 말을 옳게 여기고 남경성을 칠 때, 군사를 두 부대로 나눠 공격하였다. 한 부대가 거짓으로 동문을 치는 체하니, 성안의 우두머리 장수가 동문을 막았다. 이 사이 형경이 한 무리의 군사를 이끌고 서문으로 달려가 높은 사다리를 세웠다. 뭇 군사들이 일시에 사다리를 타고 성안으로 들어가 서문을 활짝 열고 서원수의 군대를 맞으니, 주왕의 장수와 병사가 항복도 하고 싸우다 죽기도 하였다. 성안의 인심이 매우 어지럽고 시체가 사방에 즐비하니, 형경이 급히 흰 깃발에 '보국안민(輔國安民)' 네 글자를 써 명령을 내렸다.

"제군이 만일 양민을 한 사람이라도 죽이면 그 머리를 베고, 백성의 재물을 빼앗으면 곤장 100대를 치리라."

형경의 명 덕분에 살아난 성안의 백성들이 매우 기뻐하며 진심으로 복종하였다.

이에 서원수가 칭찬하며 말했다.

"이어사의 지혜는 와룡⁴⁾보다 뛰어나고, 용맹은 마원⁵⁾보다 낫도다."

형경이 겸손하게 사양하며 말했다.

"이것은 다 원수의 힘 덕분인데, 어찌 제 공이라 하겠나이까?"

서원수가 주왕의 가족 팔십여 명을 잡아 옥에 가두고 성안 인민에게 양식을 넉넉하게 지급한 뒤, 첩서싸움에서 승리함을 보고하는 글를 올렸다. 천자가 이를 보고 크게 기뻐하며 군사들에게 표리⁶⁾와 비단 천여 동⁷⁾을 하사하셨다. 또한 주왕의 시신을 공후의 예에 맞춰 장사를 지내고, 그의 가속은 처형하는 대신 유배를 보내시니, 백성들이 매우 기뻐하였다.

이때 남쪽 오랑캐의 선우⁸⁾가 배반하여 쳐들어오니, 천자가 근심하며 서원수에게 '회군하지 말고 선우를 치라'고 하셨다. 그러나 서원수가 노모의 병이 위중하다는 글을 올려 다른 이로 교체해줄 것을 간청하니, 천자가 한참을 망설이다가 서원수의 간청을 들어주셨다. 대신 태학사 장연을 부원수에 임명하여 형경의 직책을 이어받게 하고, 형경을 대원수로 삼으셨다.

천자가 장연에게 십만 대병을 거느려 오랑캐를 치게 하고 서운은 돌아와 노모를 보살피게 하시니, 장연이 천자의 명령을 거역하지 못해 부모와 형들을 이별하고 남경으로 향했다. 남경에 이르러 천자의 명령을 전하니, 서원수가 크게 기뻐하며 형경에게 병사들의 명부와 상장검을 주고 북경으로 돌아갔다. 형경 또한 부원수 관인(官印)을 장연에게 주고 대군을 통솔하니, 군영과 진세가 더욱 엄숙하였다.

이에 장연이 칭찬하며 말했다.

---

4) 와룡(臥龍): 흔히 삼국시대 제갈량을 일컬음.
5) 마원(馬援): 중국 후한 때의 장수. 광무제 때 강족을 평정하였으며, 교지의 난을 진압하고 흉노족을 쳐서 큰 공을 세웠다.
6) 표리(表裏): 임금이 신하에게 내린 옷의 겉감과 안감.
7) 동(棟): 집이나 비단 등을 세는 단위.
8) 선우(單于): 흉노족이 자기네 군주나 추장을 높여 이르던 이름.

"이형이 소년 서생으로 평소 지혜가 뛰어난 것은 알았으나, 이렇듯 대장의 재주가 있는지 생각하지 못했노라."

드디어 대원수 형경과 부원수 장연이 군사를 거느리고 남만으로 들어가니, 선우가 삼십만 군병을 거느리고 나와 명군에 맞섰다. 두 원수가 갑옷과 투구를 갖추고 말머리를 나란히 하여 진영 앞으로 나아가니, 깨끗하고 영웅다운 풍모가 빼어나고 슬기로운 지혜가 적진에까지 넘쳐흘렀다. 모든 오랑캐가 두 원수를 바라보고 서로 칭찬하며 말했다.

"이는 사람이 아니라, 하늘에서 신인神人이 내려왔다."

양쪽 군사가 서로 맞서 싸울 때, 장원수가 먼저 진 밖으로 나와 말을 달리며 비수를 춤추듯 빠르게 움직여 적장 유강을 생포하였다. 번왕諸侯國의 왕이 자기 선봉장이 죽는 모습을 보고 크게 화를 내며 명나라 진영 앞으로 내달려 왔다. 머리에는 명주관을 쓰고 몸에는 금빛 찬란한 곤룡포임금이 입던 정복를 입고서 백마를 타고 손으로 삼지창을 휘두르며 장원수에게 달려들었다. 이원수가 이를 보다가 정광검을 춤추며 곧바로 번왕을 맞아 싸웠다. 몇 합이 못 되어 정광검이 빛나며 번왕의 머리가 말 아래로 떨어지거늘, 이원수가 긴 창을 비껴들고 적진으로 달려들어 적장들을 베었다. 아무것도 거칠 바가 없는 듯이 마음대로 드나들며 적진을 짓밟으니, 핏물이 냇물처럼 흐르고 주검이 산처럼 쌓였다.

두 원수가 한 번에 적진의 십만 대병을 짓밟고 연이어 쳐들어가니, 장연의 기묘한 비기祕技와 형경의 신기한 묘술妙術은 웬만한 용맹으로는 상대할 수가 없었다. 칼을 들면 적장의 머리를 추풍낙엽처럼 베고 활을 잡으면 흐르는 별처럼 백발백중하니, 선우가 장원수와 이원수를 '천지장군天之將軍', 두 원수의 화살을 '신비전神祕箭'이라 일컬었다.

싸운 지 몇 개월이 못 되어 남방을 평정하고 선우가 항복하여 사방이 평안하니, 이원수가 군사들에게 상을 내리고 개선가를 부르며 북경으로 향했다. 북경으로 가는 길에 지나는 곳마다 백성을 조금도 침범하지 않으니, 개와 닭이 놀라지 않고 백성들이 한가로이 지냈다.

　북경에 이르러 궁궐에 선문(언제 도착하는지 알리는 공문)을 보내니, 천자가 문무백관을 거느리고 남문 밖에 나와 맞으셨다. 대군이 진영을 차려 큰길 양쪽에 쭉 늘어섰는데, 하나하나의 동작이 조금도 어그러짐이 없었다. 천자가 탄 수레를 만나자, 두 원수를 비롯하여 모든 군사와 장수가 일제히 '만세'를 외쳤다. 천자가 크게 기뻐하며 이원수를 위로하셨다.

　"경이 스무 살도 되지 않았는데, 어찌 이런 재주가 있는고? 주왕을 죽이고 만민을 평안하게 함은 경의 공이라. 족히 마원의 용맹과 이목[9]의 재주라도 경에게는 미치지 못하리라."

　이원수가 땅에 엎드려 아뢰었다.

　"이것은 모두 폐하의 큰 복이오, 여러 장수가 용감하게 싸운 공덕이옵니다. 소신에게 무슨 공이 있겠나이까?"

　천자가 또한 장원수를 위로하셨다.

　"경이 만 리 전장에 나가 부모 생각으로 슬픔을 이기지 못했는데, 큰 공을 이루고 돌아오니, 아름답게 여기고 또 기뻐하노라."

　장연이 백배사례한 후 형경의 신기한 묘책과 뛰어난 용맹을 일일이 아뢰었다. 형경 또한 장연의 여러 가지 공적을 고하고, 전장에서 여러 장수가 세운 공적을 기록한 장부를 올렸다. 천자가 장부를 살핀 후 크게 칭찬하며 형경을 병부상서 겸 청주후에 봉하고, 장연을 이부상서 겸 기주후에 봉하셨다. 나머지 장수들에게도 공적에 따라 차례로 벼슬을 내려주셨다. 또한 천자께서 환궁할 때 이원수에게 누런 비단을 두른 어가御駕와 백모황월[10]를 하사하시니, 형경에 대한 천자의 특별한 사랑과 부귀를 따를 사람이 없었다.

---

9) 이목(李牧): 중국 조나라의 명장으로 흉노족과 싸워 크게 이김.
10) 백모황월(白毛黃鉞): 하얀 소꼬리를 단 깃발과 황금으로 장식한 도끼. '천자가 정벌할 때 지니는 상징적 도구'를 의미한다.

장연이 기주후라는 작위를 받들고 집에 돌아와 부모님을 뵈니, 부모가 한편으로는 반기고 한편으로는 슬퍼하며 말하였다.

"어린 너를 모진 오랑캐 땅에 보내고 밤낮으로 슬퍼했는데 오늘 무사히 돌아오고, 도리어 제후에 봉해져 부귀하게 될 줄 어찌 알았겠느냐?"

장연이 탄식하였다.

"남방은 불모의 땅이오, 덥고 습해 질병이 많이 발생하는 곳입니다. 소자가 부모를 떠나 험악한 지역에 갈 때 살아 돌아오기를 바랄 수 없었지만, 형경의 기이한 묘술과 뛰어난 용맹으로 저 또한 다시 살아났나이다."

이어서 형경은 기질이 약하지만 싸움이 나면 항우[11]처럼 굳세고 용맹하며, 융통성이 없고 말이 적지만 지혜를 베풀면 신출귀몰하여 장강대해長江大海를 헤치는 듯하던 모습을 이야기하며 거듭 탄복했다.

---

11) 항우(項羽): 중국 진(秦)나라 말기의 무장. 힘이 아주 세서 힘센 사람을 흔히 '항우장사'라고 일컫는다.

유모가 장연에게 형경이 여자라고 밝히다

　형경이 본가로 돌아와 부모 사당에 절하고 아우와 유모를 보니, 반가움과 슬픔이 한층 더했다. 이후 장연과 형경 두 사람은 서로를 새롭게 총애하고 우정도 더욱 두터워져 그 우정이 지극해졌지만, 장연은 끝내 형경이 여자라는 사실을 몰랐다.
　하루는 두 사람이 문연각에 숙직하며 자다가 두 사람 모두 꿈을 꾸었다. 어떤 고귀한 사람이 나타나 장연에게 말하였다.
　"나는 이영도이니라. 내 딸이 고집을 부리니, 그대가 자세히 살펴보라. 그래서 하나는 전생의 좋은 짝을 잃지 말고, 둘은 내 딸의 고집을 꺾어 내 영혼을 위로하라."
　장연이 그 사연을 자세히 물으려다가 문득 깨어보니 남가일몽南柯一夢이었다. 급히 일어나 생각했다.
　'이영도는 형경의 부친인데, 딸이 있단 말은 무슨 말인가? 혹시 형경의 아우 영경이 여자였던가?'
　장연이 의혹에 싸여 있을 때 문득 형경이 잠꼬대를 하거늘, 불러 깨워

꿈속 이야기를 했다. 형경 또한 장연이 자기와 같은 꿈을 꾸어 마음속으로 놀라고 의아했으나, 전혀 내색하지 않으며 마지못해 대꾸했다.

"꿈이란 본래 허탄한 것이라 믿을 수가 없소. 천하에 성과 이름이 같은 사람이 없겠소? 장형은 나의 부친과 이름이 같은 사람에게 딸이 있는가 알아보시라."

"내가 아까 꿈속에서 희미한 가운데 보니, 그대의 부친이 분명하였소. 그러니 이 일이 매우 이상하오."

장연의 말을 듣고 형경이 웃으며 말했다.

"장형의 말이 더욱 가소롭다. 나에게 누이가 없어서 말할 필요도 없지만, 있다고 한들 장형의 아내가 되겠소?"

장연도 웃으면서 허탄한 꿈속 일을 더이상 마음에 두지 않았다. 게다가 형경을 여자라고 의심하는 것은 꿈에도 상상할 수 없는 일이었다.

이런 일이 있고 난 뒤 형경은 마음이 편치 않은지라, 다음날 문연각에 숙직하러 갔다가 '태학사 직책을 갈아달라'는 상소를 올리고는 번거롭게 집밖을 나다니지 않았다. 그러자 조정 관리들의 수레가 문 앞을 가득 메우고, 본부의 긴급한 공무와 수시로 입궐하라는 천자의 명이 도로에 이어져 도리어 번거롭고 괴롭기만 했다.

하루는 중당에 들어가 영경을 어루만지며 탄식했다.

"너는 반드시 지체가 높고 귀하게 될 터이니, 행실을 닦아 조상을 욕되게 하지 말라."

형경이 눈물을 흘리며 매우 슬퍼하니, 유모가 이를 참지 못하고 앞으로 나가 물었다.

"그간 조정에 다니면서 마땅한 인물이 있더이까?"

형경이 말했다.

"사람이 마땅하거나 마땅하지 않거나 나는 전혀 아랑곳하지 않고 마음에도 두지 않았는데, 어떻게 알 수 있겠는가?"

유모가 다시 아뢰었다.

"장상서는 사람들 가운데 재주가 가장 뛰어나고 지상의 신선이니, 상공은 마땅히 유의하여 장상서와 백년가약을 맺으소서."

이에 형경이 화가 나서 얼굴을 붉히며 말했다.

"내가 이미 어미에게 이런 말을 하지 말라고 하였거늘, 어찌 여러 번 일컫느냐? 내가 부모님이 돌아가신 뒤 마음을 둘 곳이 없어 남자 행세를 했으며, 입신한 뒤에는 더욱 여자의 도리를 우습게 여긴 지가 여러 해다. 또 나랏일이 많아 몸이 번거로워 아주 잊고 있었노라. 그런데 어찌 다시 여자가 되어 남편을 둘 마음이 있겠는가? 내가 이미 남자 모습으로 죽으려고 마음을 확고하게 정했는데, 그런 뜻을 두겠는가?"

말을 마치자마자 형경은 소매를 떨치고 밖으로 나가버렸다.

이때 영경의 나이는 열네 살이었는데, 그 누이가 고집을 부리는 것을 민망하게 여겨 조용히 말할 때를 기다리고 있었다. 그런데 형경이 갑자기 병이 들어 침상을 떠나지 못하니, 천자는 매우 놀라 어의御醫에게 간병을 명하시고, 친구들도 연달아 문병을 왔다.

하루는 장연이 곧바로 형경의 침실로 들어가니, 잠깐 기운이 난 형경이 책상에 의지하고 앉아 자기가 지은 글을 살피고 있었다. 장연이 보고 크게 기뻐하며 형경 곁에 앉아 말했다.

"이형이 오늘은 차도가 있는가? 어찌 글을 보느냐?"

"성상께서 걱정하시고 여러 붕우가 진심으로 염려해준 덕분에 잠깐 나은 듯하나, 여전히 머리가 아프고 손발이 뜨거워 더 살기를 바라지 못하리라."

그 말을 들은 장연이 손으로 형경의 머리를 짚고 손을 잡으며 말했다.

"이형은 어찌 불길한 말을 하는가?"

형경이 일찍 장연과 친구가 된 지 칠팔 년이 되었지만, 한 번도 옷자락이 서로 닿거나 소매를 걷어 손끝도 잡은 일이 없었다. 그런데 오늘 문득 장연이 자기 손을 잡자 마음속으로 놀라고 더럽게 여겨 낯빛이 변하고 눈썹을 찡그렸다. 그러자 장연은 형경이 아파서 신음하는가 여겼다.

형경이 병으로 여러 날 고생하다가 몸이 점차 회복돼 병이 다 나은 뒤에 다시 문연각에 나가 업무를 보았다. 그러던 어느 날 꿈에 부모가 나타나 울면서 타일렀다.

"네가 여자의 몸으로 이런 일을 하니, 내가 저승에서도 눈을 감지 못하노라. 빨리 지금까지의 행세를 반성하고 여자의 도리를 시행하면, 우리에게 더욱 효도하는 자식이 될 것이니라."

형경이 대답하려다 놀라 깨어보니 남가일몽이었다. 부모님의 목소리는 분명했으나 얼굴은 희미하니, 마음이 절로 애달프고 처량하여 눈물이 흐르는 줄도 깨닫지 못했다.

다음날 아침, 유모와 영경이 들어와 꿈 이야기를 고했는데, 형경이 꾼 꿈과 같았다. 형경은 비록 그 이야기는 하지 않았으나, 며칠 전 문연각에서 장연과 같은 꿈을 꾼 일이 떠올라 마음이 더욱 우울하였다.

이때 유각로가 조당朝堂에서 잔치를 베푼다며 재상과 뭇 관리를 모두 초청하여 즐기려 했으나, 형경은 몸이 아프다는 핑계로 가지 않았다. 유각로가 다섯 번이나 글을 보내 참석을 요청하자, 형경이 마지못해 조당으로 갔는데, 유각로가 형경을 보고 웃으며 말했다.

"오늘 성상의 명을 받들어 태평연泰平宴을 베푸니, 벼슬아치가 빠지지 않고 모두 다 참석했소. 그런데 그대만 병을 핑계대며 오지 않았소. 이 늙은이는 그대의 말을 곧이들었으나, 도리상 어쩔 수 없어 여러 번 요청한 것이오. 지금 얼굴을 보니 젊고 아름다운 빛이 여전하고 기상이 화려하여 병색이 없는 듯한데, 애초에 오지 않은 것은 무엇 때문이오?"

형경이 몸을 움직이며 대답했다.

"제가 작년부터 병이 있는 것은 각로도 아시는 바요. 비록 잠깐 차도가 있으나, 아직 이리저리 돌아다니면 병이 다시 도질 것이 분명하오. 그래서 집안에 깊이 들어앉아 치료하기 위해 각로의 부르심에 응하지 못한 것인데, 어찌 병을 핑계대었다고 할 수 있겠습니까?"

어사 정현이 형경의 말을 듣고 웃으며 말했다.

"청주후는 어찌 사람들이 보는 눈이 없는 것처럼 말하시오? 눈처럼 깨끗한 그대의 얼굴에는 병색이 없고 붉은 입술은 단사처럼 혈색이 좋기만 한데, 대체 어디가 아프다는 것이오?"

형경이 정색하며 말했다.

"대장부가 죽을 일도 오히려 두려워하지 않을 터인데, 어찌 거짓말을 한다고 하십니까?"

형경이 말을 마치고 일어나려 하거늘, 장연이 곁에 앉아 있다가 급히 형경의 소매를 잡아 앉혔다. 이를 보고 장시랑이 웃으며 말했다.

"이 늙은이가 벼슬은 낮으나 청주후 부친의 친구요, 내 아들이 청주후와 더불어 벗이니, 내가 청주후를 제어할까 하는데, 여러분 생각은 어떻소?"

그곳에 모인 사람들이 모두 좋아 날뛰며 말했다.

"교묘하고 통쾌하도다. 여기에 모인 재상들 가운데 나이가 많은 사람이 일고여덟 명이나 되지만, 대부분 청주후보다 벼슬이 낮소. 청주후의 기상이 강직하고 벼슬이 한층 높은 탓에 청주후를 제어하지 못해 애달 팠는데, 청주후의 부친 이시랑과 직위가 같은 장시랑은 청주후의 벼슬이 높다고 벌하지 못할 것이 없소. 또한 장시랑은 이시랑의 절친이면서 두 집안이 대대로 가깝게 지내왔으니, 청주후가 존경해야 할 어른이오. 그러니 빨리 청주후를 다스려주소서."

장시랑이 웃음을 머금고 형경에게 말하였다.

"나는 그대가 어렸을 때부터 그대를 잘 알고 있었고, 그대 부친과는 관중과 포숙아처럼 절친한 사이였소. 그래서 좌중이 이렇듯 명령함이니, 장차 어찌하겠소? 비록 벼슬이 낮은 내가 그대를 벌한다고 당돌하다 여기지 마소."

형경이 잠깐 웃는 듯하다가 옷깃을 여미며 말했다.

"저는 공경하는 마음을 가지고 어르신에게 순종해야 할 어린아이입니다. 어찌 어르신의 뜻을 거역할 수 있겠습니까? 그러나 천자도 죄 없는 신하를 처벌하지 않으시니, 소생의 허물을 말씀해주시면 벌을 감수하겠나이다."

이에 장시랑이 말했다.

"그대가 병을 핑계댔다는 말을 듣고 대신大臣인 유각로가 화를 내게 되었으니, 그대 때문에 유각로가 체면을 크게 잃었소. 그러니 그대가 벌주 열 잔은 마셔야 하리라."

형경이 웃으며 말했다.

"존공尊公께서 말씀하신 바가 다 맞지만, 저 또한 드릴 말씀이 있습니다. 유각로는 대신이라고 하나, 오직 나이만 저보다 많을 뿐입니다. 유각로와 제가 다 재상의 반열에 들어 있고 제 벼슬이 유각로보다 낮지 않으니, 벼슬로 따질지라도 서로 차이가 없나이다. 또한 존공께서 비록 제 어른이시나 제 신분이 예전과는 다른데, 존공께서 어찌 가만히 앉아서 저에게 벌주를 마시라 하십니까? 이는 저를 다스리는 것이 아니라, 나라의 벼슬을 업신여김입니다. 제가 비록 옹졸하나 제 직위에 따른 예의범절을 잃을 수 없어 존공의 명을 이행하지 못하겠나이다. 청컨대, 여러분은 존장尊長이신 시랑께서 공후 대신公侯大臣을 업신여긴 죄로 먼저 벌주 수십 잔을 마시게 하소서."

형경의 말을 듣고 좌중이 손뼉을 치며 크게 웃으니, 장연이 화를 냈다.

"청주후는 어찌 이렇듯 말을 가리지 않고 하오? 오늘 그대의 말을 들으니, 팔구 년 동안 사귀었던 우애가 끊기고, 대대로 친하게 지내온 집안 간의 의리도 손상되었소."

형경이 가만히 웃기만 하고 대답을 않다가, 몸을 바르게 하고 엄정한 얼굴로 장시랑 앞에 나아가 머리를 조아리며 말했다.

"제가 어르신을 무시한 것이 아니라, 어린 마음에 평소 품은 생각을 놀이 삼아 말씀드렸습니다. 돌이켜보니, 제가 분명히 잘못했습니다. 매우 황송하오며, 또 감히 용서를 구하나이다."

장시랑은 본래 대장부인지라 흔쾌히 웃으며 말했다.

"잠시 농담삼아 한 말인데, 어찌 크게 잘못된 행위라고 하겠소?"

그러자 장연이 낯을 붉히며 말했다.

"청주후가 내 부친께 벌주를 주자 했는데, 어찌 나만 홀로 청주후를 벌하지 못하리오?"

형경이 몸을 돌이키며 크게 웃고 말했다.

"가소롭구나. 그대의 부친은 내 선친돌아가신 아버지의 친구이시며 연세 또한 많으시니, 장시랑께서 좌중의 뜻에 따라 나를 벌하시면 혹 마지못해 벌주를 마실 수는 있소. 그러나 기주후인 그대가 청주후인 나에게 벌주 먹일 날은 아직 멀었을 듯하오."

장연이 버럭 화를 내며 말했다.

"내가 어찌 그대를 벌하지 못하겠소?"

"청컨대, 그 까닭을 말해보시오."

"우리는 서로 친구이면서 작위도 같고 동갑내기이니, 죄가 있다면 어찌 벌하거나 꾸짖지 못하겠소?"

형경이 그 말을 듣고 태연히 좌우시종에게 술 한 병과 옥 술잔을 가져오게 하여 앞에 놓고 유각로에게 말했다.

"제가 상공의 말씀 끝에 내색한 것이 잘못이고, 또한 장시랑께 불순한 것도 경박한 짓이었습니다. 청컨대, 벌주 열 잔을 마시겠으니, 여러분은 저를 용서하소서."

유각로가 형경의 기색이 좋지 않음을 보고 매우 놀라 위로하였다.

"아까 했던 말들은 잠시 농담삼아 한 것일 뿐이오. 기주후는 비록 부친을 위한 것일지라도 어찌 재상의 반열과 지위의 고하를 생각지 않으며, 청주후는 어찌 술을 마셔 이 늙은이의 마음을 불편하게 하시는가?"

그러자 형경이 대답했다.

"그렇지 않습니다. 오늘 잔치를 연 것은 나라가 태평하여 성상의 명에 따라 백관이 모여 태평연을 즐기기 위함인데, 술잔을 겨우 두 번 돌리는 사이에 갑자기 화목한 분위기는 사라지고, 삼공[1]이 모두 화를 내어 좌중이 불편해졌습니다. 또한 살벌한 기운이 조당에 가득하고 상관이 하관에게 모욕을 당하고 질책을 받는 일이 발생했으니, 이 어찌 도리라 하겠소? 밖에는 적국이 없고 나라가 태평하며 백성이 편안하니, 지금이야말로 법을 제대로 밝힐 때입니다. 제가 옛날 현인보다 못하나 허물을 자책하여 벌주를 마시니, 행여 과도한 제 행동을 이상하게 여기지 마소서."

좌중은 말없이 잠잠하고 장연은 도리어 화를 내며 말하려고 했는데, 형경이 좌우시종에게 술을 따르게 하고 거듭 술잔을 기울였다. 백관이 모두 놀라 낱낱이 돌아보는데, 장시랑이 급히 일어나 술잔을 빼앗고 형경의 손을 멈추게 한 뒤, 웃으며 말했다.

"그대가 평소 술 한 잔도 마시지 못하는데 오늘 연달아 열두 잔을 마시니, 이 무슨 도리인가? 청컨대, 노여움을 풀고 술도 그만 마시게."

이에 시중드는 동자가 형경의 술잔을 빼앗으니, 형경이 크게 취해 대답도 하지 않고 좌우시종에게 수레를 가져오라 했다. 조당 뜰로 내려와 수레를 타고 수백 명의 추종_{윗사람을 따라다니는 종}과 천자께 받은 백모황월을 앞세우고 훌쩍 돌아가니, 백관이 뜰에 내려와 전송하였다.

백관이 다시 조당에 올라 자리에 앉으니, 시랑은 장연을 '망령되다'고

---

1) 삼공(三公): 의정부에서 국가 주요 정책을 결정하는 일을 맡아보던 세 벼슬.

꾸짖고, 유각로는 매우 불편하고 흥이 전혀 없어 했으며, 정어사 또한 매우 두려워했다. 이는 형경이 보통 재상이 아니라, 지조가 높고 엄정하며 매몰차고 씩씩한데다, 조정 백관은 물론 천자도 공경하며 아끼는 사람이었기 때문이다. 그런데 순간 술기운에 흥취가 일어나 서로 희롱하는 말을 주고받고 형경이 미안한 마음에 벌주를 무수히 마시고 돌아가니, 백관도 모두 겁을 내어 자연히 흩어졌다.

다음날 장연이 형경의 집에 갔는데 형경이 아프다며 만나주지 않거늘, 장연이 글을 지어 사죄하였다. 그러나 형경이 짐짓 거절코자 절교하는 글을 써서 시녀를 통해 장연에게 전달하니, 장연이 보고 화를 내며 돌아갔다.

이때 유모가 계속 고집하는 형경을 근심해 다시 타이르려 했으나, 형경의 기색이 매우 엄중해 감히 한마디도 꺼내지 못했다. 유모가 이리저리 궁리하다가 하루는 좋은 생각이 떠올라 장연의 집으로 찾아가니, 장연이 홀로 서재에 앉아 있다가 유모를 반겼다.

"요즘 네 상공이 나에게 절교서를 보내고 아프다면서 문을 닫고 나오지 않으니, 조정에 가도 만날 수가 없구나. 네 상공을 본 지 오륙 개월이 되었는데, 오늘 네가 어찌 여기까지 왔느냐?"

유모가 재배하고 말했다.

"우리 아씨가 본래 남장한 여자이기 때문에 짐짓 상공께 절교하는 편지를 보냈으나, 그것이 어찌 본심이겠습니까?"

장연은 매우 놀랐다.

"지금 유랑乳娘이 무슨 말을 하는 것인가?"

유모가 문득 미소를 머금고 좌우를 돌아보았다. 장연은 유모의 말을 듣고 두 눈이 휘둥그레지고 정신이 아득해진지라, 유모를 데리고 방으로 들어가 정성을 다해 물었다. 유모는 형경의 혼인을 매우 중요하게 여겼으니, 어찌 작은 혐의를 돌아보리오? 그간의 사정과 내막을 처음부터 끝까지 하나하나 사실대로 아뢴 다음, 또 이어서 말했다.

"우리 아씨의 고집이 이와 같으니, 상공은 어떻게든 그 깊은 뜻을 헤아리고 잘 알아듣도록 설득해 우리 아씨를 육례(혼인의 여섯 가지 예법)로 맞이하소서."

장연은 유모의 말을 듣고 얼굴빛이 푸르러지고 눈동자가 동그래졌으며, 얼떨떨하여 입을 다물고 팔다리는 묶인 듯이 앉아 몇 시간이 지나도록 움직이지 못했다. 그러다가 반나절이 지날 즈음에 홀연히 책상을 치고 크게 외치며 탄식했다.

"유랑아, 유랑아! 이것이 사실이란 말인가? 모든 것을 똑똑이 살피는 하느님이 보고 계시는데, 네가 어찌 이렇듯 나를 희롱하느냐? 저 이형은 나와 죽마고우요, 조정 대신 중에서도 가장 공이 큰 신하인데, 어찌 그런 일이 있겠는가?"

유모가 말했다.

"옛날에도 목란[2]이 있었는데, 어찌 우리 아씨를 이상하게 여기십니까?"

장연이 한동안 침묵하다가 손뼉을 치고 크게 웃으며 말했다.

"과연 유모의 말이 옳도다! 이형이 모든 일에서 의심을 살 만한 것이 없었으나, 일찍 나와 더불어 한자리에 앉지 않았소. 또한 이형이 매우 호기롭고 활달한데도 내가 제 손을 잡으면 문득 이마를 찡그리며 놀라는 빛이 있었소. '제 마음이 정갈해서 그런가?' 했더니, 과연 옳도다. 이런 까닭 때문이었구나! 내가 반드시 계교로 형경의 항복을 받아내리라."

장연의 말을 듣고 유모는 기뻐하며 돌아갔다.

---

2) 목란(木蘭): 중국의 서사시 「목란사」의 주인공. 아버지를 대신해 남장하고 싸움터에 나간 뒤 공을 세우고 고향으로 돌아왔다고 한다.

장연이 형경의 본색을 밝히기 위해 형경을 압박하다

장연이 어린 듯 미친 듯 다음날 조회에 들어가 천자께 아뢰었다.
"청주후 이형경이 직무를 보지 않고 집에만 들어가 있사오니, 신 등이 그 뜻을 모르겠나이다."

천자가 깨닫고 형경에게 궁궐로 들어오라고 명하셨다. 형경이 마지못해 궁궐로 들어가 천자께 절을 올리니, 천자가 직무를 살피지 않은 것을 엄하게 질책하셨다. 형경이 관을 벗고 사죄하였다.

"소신의 타고난 병이 가볍지 않아 오랫동안 나랏일을 보지 못했사오니, 죄가 크나이다."

천자가 꾸짖으며 말씀하셨다.

"젊은 신하가 어찌 매번 병이 들었다며 나랏일을 다스리지 않느냐? 하물며 경의 안색을 보니 기백이 풍성하게 넘쳐 조금도 병색이 없거늘, 무슨 까닭으로 아프다며 짐을 업신여기느냐? 짐이 만약 예전에 경이 세운 공을 돌아보지 않았다면, 결코 경을 용서하지 않았으리라. 요사이 공무가 밀려 문연각에 산처럼 쌓여 있으니, 너를 문연각 장번[1]을 삼노라.

조금도 게을리하지 말라."

형경이 다만 용서해주시기를 간청하고 즉시 문연각으로 갔다. 이미 장번에 지명되어 향후 궁궐 밖으로 나갈 기약이 없으니, 형경이 마음속으로 놀라고 의아함을 이기지 못했다.

형경이 문연각에만 있은 지 이십여 일이 지나 장연이 숙직하기 위해 들어왔다. 본래 일곱 명의 태학사가 숙직을 맡는데, 형경은 장번이고 나머지 여섯 명의 학사는 일 년에 한 달씩만 숙직을 들어왔다. 그런데 이번에 먼저 들어온 유학사와 교대하여 장연이 들어온 것이다.

장연이 문연각으로 들어와 조복을 벗고 형경에게 머리를 조아리며 사죄했다.

"제가 외람되게 현형친구를 높여 이르는 말과 더불어 친분을 맺어왔는데, 순간적으로 실언한 것 때문에 절교하자는 편지를 받으니, 일찍이 부끄럽고 애달프기 그지없었소. 서로 못 본 지 반년 만에 오늘 비로소 신선 같은 그대의 풍모를 바라보니, 반갑고 감격스럽소. 바라건대 절교하겠다는 마음을 바꿔 다시 절친이 되는 것을 허락하겠소?"

형경은 당시 화가 나서 장연에게 일부러 절교하는 편지를 보냈으나, 다시 만나서도 관을 숙이고 소매로 얼굴을 가리며 장연을 바라보지 않았다. 장연이 예전 같으면 사죄하는 것으로 그쳤을 터인데, 이미 그 본색을 알게 된지라 형경을 대하는 마음이 예전과는 달랐다. 신선처럼 우아하고 꽃처럼 아름다운 형경의 풍모를 보니, 눈과 귀가 어지럽고 정신이 아찔하며, 살이 가려워 절로 사랑과 기쁨을 드러내고 말았다. 능히 그 마음을 억제하지 못하고 급히 나아가 머리를 조아렸다.

"현형아, 십삼 년 절친을 한 번 잘못했다고 이렇듯 매몰차게 구시는가?"

---

1) 장번(長番): 관청에 장기간 머무르며 교대하지 않고 숙직하는 사람.

짐짓 무릎을 꿇은 채 손이 발이 되도록 빌었는데, 황제 면전에서 죄를 청하고 사례하는 것보다 더 공손하였다.

형경이 장연의 체면을 생각하고 마지못해 몸을 돌려 손으로 장연을 붙들어 일으킨 뒤, 무릎을 꿇고 소매를 들어 절하며 말했다.

"이형경은 미천하고 가난한 집에서 태어난 평범한 사내인데, 다행스럽게도 성인의 유풍을 이어 존귀한 그대와 친한 벗이 되고, 또 관계를 주도한 일이 감격스러웠소. 그러나 미천한 제가 어찌 그대와 같은 무리에 섞일 수 있겠소? 그리하여 제가 더이상 감당할 수가 없어 일부러 절교하는 편지를 보냈던 것인데 존귀한 그대가 이렇듯 간청하시니, 청컨대 예전처럼 절친한 관계를 잇는다면 매우 다행이겠소."

장연이 크게 기뻐하며 머리를 조아리며 사죄하고 서로 말을 주고받으니, 맑고 깨끗한 말과 청아한 소리 또한 온화하면서도 맹렬하였다. 장연이 형경의 동정을 다시 살펴보았으나, 여자 같은 태도는 조금도 보이지 않았다. 매우 이상하게 생각하면서도 두어 날이 지나도록 아무런 내색도 하지 않았다. 두 사람이 글을 짓고 읽을 때 친밀한 기색은 예전과 다름이 없고, 서로 사귀면서 쌓인 우정도 전혀 줄어들지 않았다.

그러던 중 오월이 되어 날이 매우 더웠는데, 형경이 비단 적삼과 속옷을 벗지 않고 눕거늘, 장연이 참지 못하고 물었다.

"이형의 가슴 가운데 불에 덴 자국이 있다'던데, 그 말이 맞느냐?"

형경이 웃으며 말했다.

"내게 어찌 그런 이상한 것이 있겠는가?"

장연이 말했다.

"이형이 틀렸도다. 어찌 친구를 모르는 사람처럼 푸대접하느냐? 청컨대, 한번 구경이라도 해보자."

형경이 거듭 없다는데도 장연이 억지를 부리며 보려고 했다. 형경이 조금도 움직이지 않고 장연을 한 번 밀치니, 장연이 돗자리 아래로 거꾸

러졌다. 장연이 다시 일어나 앞으로 다가오자, 형경이 수상하게 여기고 놀라서 일어났다가 다시 앉았다.

"장형은 나와 교분을 맺은 지 십여 년이나 되었는데, 어찌 오늘 갑자기 내 가슴의 허물을 묻고, 또 이렇듯 보려고 하는가?"

장연이 그 말을 듣고 '내가 유모에게 들은 대로 당당하게 말하여 압박해보리라' 하고, 낯빛을 바르게 고치며 말했다.

"내가 이형과 더불어 관포지교를 허락한 지 오래되었지만, 근래 '이형이 목란의 소임을 대신했다'는 말을 들었네. 그게 사실인지 알고 싶을 뿐이네."

형경이 그 말을 듣고 조금도 부끄러워하지 않고 안색도 변하지 않은 채 천천히 대답했다.

"장형의 말을 들으니, 나도 어처구니가 없어 웃음이 터져나오는 것도 깨닫지 못하겠네. 이제 장형이 나를 여자라고 할지라도 내 벼슬은 빼앗지 못할 것이네. 장형의 말에는 시기하는 뜻만 있어 조금도 두렵지 않지만, 대체 누가 그런 말을 장형에게 하던가?"

장연은 형경의 말과 얼굴빛이 태연함을 보고 반신반의하며 대답했다.

"이는 과연 다른 사람의 말이 아니라 바로 이형의 유모가 나에게 여차여차 말한 것인데, 이형은 어찌 나를 속이려 하는가? 또한 남자면 말이 없겠지만, 만일 여자라면 어찌 조금도 꺼리지 않고 해와 달을 가리고 임금을 속이며 세상을 조롱하느냐? 이형이 지금은 이렇게 할지라도 마침내는 세상을 속이지 못할까 하노라."

형경이 크게 웃으며 말했다.

"사납고 괴이한 말이로다! 장형이 갑자기 나에게 '여자가 변복變服해 남자가 되었다'고 하니, 어찌 우습지 않으리오? 장형이 이렇게 나오니 내가 내일 천자께 '여자'라는 상소를 올려 벼슬을 그만두고 물러가리다. 그러니 장형은 근심하지 말라."

장연은 형경이 엄숙하고 정중하며 쌀쌀맞게 말함을 보고 다시 말을 붙이지 못했다. 또한 몸으로 압박해보려고 하나 형경의 기력이 매우 뛰어나고 용맹이 상당해 천군만마 속에서도 적장의 머리 베기를 주머니 속에 든 물건 꺼내듯 하니, 어찌 연약한 세속 여자에게 비기겠는가?

장연 또한 용기와 힘을 겸비해 붓만 휘두르는 세속 문관의 부류는 아니었으나, 형경의 용력에는 미치지 못했다. 장연 스스로 이를 짐작하고 더이상 나아가지 못하니, 형경은 이불을 덮고 태연하게 잠을 잤다.

장연은 마음속으로 애달픔을 이기지 못해 두어 날을 멍하니 보냈는데, 하루는 천자가 형경을 후원으로 불러 오월의 경치를 주제 삼아 글을 지으라 하셨다. 형경이 거침없이 대답하고 그 자리에 서서 칠언사운[2]을 지어 고운 손으로 받들어 올리니, 천자가 칭찬하고 형경에게 자신이 잔치 때 착용하던 옷과 옥대를 주셨다. 형경이 감사 인사를 올리며 이를 받고, 종일토록 천자를 모시다가 문연각으로 돌아왔다. 그런데 갑자기 정신이 어지럽고 손발이 떨려 기운을 수습하지 못하고 눈이 감겨 사람 노릇마저 못할 지경이 되었다.

대체로 맑은 세상에서 속이지 못할 것은 음양陰陽이다. 형경이 십삼 년 동안 남장을 하여 위로는 천자부터 아래로는 조정의 모든 관리와 천하 백성까지 모두 형경을 남자로 알게 하였다. 또한 벼슬은 공후가 되고 공적은 가장 커서 임금이 믿고 아끼는 신하가 되었으니, 어찌 마침내 좋은 일이 완전하게 지켜지며, 장씨 집안의 모든 신령이 장연을 버려두겠는가? 그러므로 형경이 갑자기 병이 들어 뜻하지 않게 혼절한 것이리라.

장연이 매우 놀라 약을 쓰니, 형경이 겨우 정신을 차렸다. 그러나 며칠이 지나도 병이 낫기는커녕 더욱 심해져 식음을 전폐하고 문서도 작성할 수 없게 되니, 형경이 마음속으로 생각하였다.

---

2) 칠언사운(七言四韻): 한시 중 한 구가 일곱 글자로 된 시.

'성상께서 내가 일부러 아픈 척한다고 하셨는데, 이는 진짜 병이니 어찌 견디리오? 또한 장연이 다시 의심해 나를 괴롭히면, 내 기운이 허약한데다 병중에 그 압박을 능히 막지 못할 것이다. 빨리 치료할 장소를 다른 곳으로 옮겨 조리하리라.'

종이를 꺼내 천자께 올리는 글을 쓰려 했으나, 약하고 가느다란 손가락이 떨려 능히 글자를 쓸 수가 없었다. 장연은 위태위태한 형경의 모습을 보고 처연히 눈물을 흘리며 몹시 슬퍼할 뿐이었다.

형경의 글을 본 천자가 "궁궐 밖으로 나가 조리한 뒤에 다시 나와 직무를 살펴라" 이르셨다.

형경이 문연각에서 나올 때 장연이 형경의 손을 잡고 등을 어루만지며 말하였다.

"이형의 병이 이렇듯 위중하니, 내 심장과 간장이 다 녹는 듯하네. 그러니 이형은 내 뜻을 막지 말라."

형경의 허리띠를 끌러 압박하려 했다. 형경이 그 기색을 보고, 병이 든 약한 몸으로 장연의 압박을 견디지 못하겠다 싶어 이마를 찡그리고 안색을 차갑게 하며 말했다.

"장형이 나를 이렇듯 걱정하며 돌보니, 그 은혜는 잊기 어려우리라. 그러나 바람을 맞으면 병이 악화하기 쉬우니, 허리띠를 풀지 말라."

형경이 말을 마치고 장연의 손을 떨치며 의연하게 일어나 앉은 뒤, 목소리를 가다듬어 좌우시종을 불러 관대를 입고 태연히 나가니, 장연이 놀라며 안타까워했다.

형경이 집에 돌아와 벌컥 화를 내며 유모를 꾸짖었다.

"무슨 사람이 뜻을 바르고 떳떳하게 하지 못하고, 마음도 고치지 못하느냐? 내가 부모님이 살아 계실 때부터 남자옷을 입었으나, 당시 부모님도 오히려 내 뜻을 막지 못했다. 그런데 하물며 네가 어찌 내 굳은 마음과 옥돌처럼 단단한 뜻을 바꾸려 하느냐? 이제 장상서에게 내 근본을 일러 내가 음양을 고친 죄인이 되게 하고 나의 영화를 욕되게 하니, 이 무슨 도리냐? 이번에는 나를 양육한 은혜를 생각해서 용서하거니와, 다시 이런 말을 한다면 결단코 자결하여 너의 염려를 그치게 하리라."

형경이 말을 마치고 침상에 누우니, 유모가 형경의 맹렬한 기세를 보고 크게 두려워하며 한마디 말도 못하고 물러났다.

영경이 형경에게 본색을 밝히라고 권유하다

형경의 병세가 심각하고도 위중하여 많은 날이 가고 달이 지나도 달라짐이 없으니, 천자가 크게 근심하여 태의_{임금이나 왕족을 치료하던 의원} 경오문에게 간병하게 하셨다. 이 의원은 당시의 편작[1]인지라, 의술이 오묘할 뿐 아니라 신기하기까지 했다. 이날 천자의 명을 받고 태의가 장연과 함께 형경의 병세를 보기 위해 청주부로 갔다.

이때 영경의 나이는 열네 살이었는데, 늠름한 기골이 누이보다 못하지 않았다. 영경이 태의와 장연을 맞이하여 형경의 침실로 들어가니, 형경이 혼미한 상태로 비단 이불을 덮고 있거늘, 태의가 영경에게 말했다.

"공자께서 잠깐 형님을 붙들어 앉히시면, 제가 맥을 짚어보겠나이다."

영경이 앞으로 나가 형경을 겨우 붙들어 앉히자, 태의가 잠깐 맥을 보더니 놀라고 의아한 눈빛으로 좌우를 돌아보았다. 또한 형경을 오래도록 살피며 아무런 말도 하지 않거늘, 장연이 물었다.

---

1) 편작(扁鵲): 중국 전국시대의 의사로 중국 최고의 명의로 평가됨.

"병세가 어떠하오?"

태의가 대답하지 않고 손으로 영경을 이끌고 침실 밖으로 나왔다.

"제가 일찍 의술을 배워 맞히지 못한 적이 없었으니, 공자는 저를 속이지 마소서. 이상공의 좌우 맥이 다 여자의 맥이요, 남자의 맥이 없으니 이상합니다. 또 병세가 세파에 시달리거나 추위 때문에 생긴 것도 아니요, 몸을 함부로 놀리거나 거처를 옮겨서 생긴 것도 아니옵니다. 하늘이 내린 벌이라 진실을 드러낸 뒤에야 병세에 차도가 있을 것이오, 감히 제 작은 힘과 약으로는 고칠 병이 아니로소이다."

영경이 너무 놀라서 머리를 숙이고 오랫동안 침묵하다가 낯빛을 바로 하며 대답했다.

"선생의 말을 들으니, 저 또한 의심스러운 일이 있소이다. 그러나 우리 형님이 일찍 이런 기색이 없었으니, 저 역시 아는 것이 없소. 혹 형제 사이에도 숨긴 일이 있는가 미심쩍어 조용히 살펴는 보겠지만, 그런 일은 진실로 있을 리 만무하오."

태의가 웃으며 대답했다.

"제가 비록 화타[2]의 『청낭』을 얻지 못했지만, 어찌 화타의 의술을 잘못 알고 지극히 존귀하신 공후대신의 병을 함부로 말씀드리겠나이까? 실로 황명을 받아 대신을 간병하고 돌아가는데, 성상께 어떻게 아뢰어야 할지 모르겠나이다. 바른대로 아뢴즉 진맥을 잘못했다는 벌을 받을 것이오, 거짓으로 꾸며서 아뢴즉 성상을 속인 죄를 면하지 못할 것이옵니다. 이렇듯 상황이 난처해 공자께 아뢰나이다."

영경이 머리를 숙이고 사례하였다.

"제가 자세히 알아보고, 내일 다시 답변하리다."

그러자 태의가 머리를 끄덕이며 물러갔다. 장연은 두 사람의 수상한

---

[2] 화타(華佗): 중국 후한 말기에서 위나라 초기에 유명한 명의. 『청낭』이란 의서를 지었다.

기색을 보고 이상했으나, 물을 사람이 없어 집으로 돌아갔다.

이날 황혼에 형경이 정신을 차려 미음 두어 숟가락을 먹고 영경에게 물었다.

"태의가 병을 보고 무엇이라 하더냐?"

"형의 병이 이상할 뿐 아니라, 매우 놀라운 말을 하더이다."

"그게 무슨 말이냐?"

"이러이러하니 어찌 놀랍지 않으리오?"

형경이 매우 놀라며 말했다.

"이것이 대체 어찌된 말인가? 장차 큰일이 나겠구나. 유모가 장연과 한마음이 되어 헛소문을 퍼뜨린 것이로다."

영경이 머리를 흔들며 답했다.

"그렇지 않습니다. 어찌 그런 일이 있겠습니까? 태의가 진맥해서 스스로 파악한 것이오, 다른 사람에 들어서 안 것이 아니옵니다."

형경이 이슥히 고민하는 듯하다가 영경에게 물었다.

"이제 어찌하면 좋을꼬?"

영경이 누이의 질문에 속으로 기뻐하며, 옷을 여미고 허리띠를 바로 하고 무릎을 꿇고 앉아서 답했다.

"누이가 어린 제 소견을 구하시니, 감히 제 생각을 진심으로 아뢰겠나이다. 누이가 비록 하늘의 조화를 속이는 수단이 있으시나, 근본은 감추지 못할 것입니다. 국가로 말할지라도 여와[3]와 삼국시대 때의 여후[4]와 당나라 때의 무측천[5]이 모두 세상에 이름을 널리 알렸으나, 결국 여자

---

3) 여와(女媧): 천지를 창조했다는 중국 신화 속 여신.
4) 여후(呂后): 중국 전한(前漢)의 시조 유방의 황후. 유방이 죽은 뒤 실권을 잡고 여씨 정권을 수립했으며, 유방의 총비(寵妃) 척부인을 심하게 핍박하는 등 폭정을 저질렀다.
5) 무측천(武則天): 중국 유일의 여성 황제인 측천무후. 당나라 고종 때 국호를 주(周)로 고치고 황제가 되어 십오 년 동안 중국을 통치했다.

다운 태도를 벗지 못했습니다. 하물며 민가民家에서 태어난 조그만 여자가 고집을 부려 남편을 섬기지 않고 처녀로 늙을 수는 있을지언정, 진실로 죽을 때까지 재상 노릇은 못할 것입니다.

현재 누이의 난처함은 네 가지입니다. 첫째는, 누이가 나이를 많이 먹은 뒤에도 수염이 나지 않으면 보는 사람이 수상히 여길 것입니다. 둘째는, 누이가 혼인한 뒤에 제가 혼인해야 하는데, 형이 혼인하지 않고 제가 혼인하면 순서가 바뀝니다. 제가 먼저 혼인한다 해도 어떤 여자를 얻어와 어떻게 다스릴 수 있겠습니까? 셋째는, 여자의 몸으로 십삼 년 동안 세상을 속였으나, 이제 유모가 실언失言하여 장연이 알고 태의도 의심하니 이 소문이 점점 널리 퍼지면 매우 좋지 않을 것입니다. 넷째는, 천자께 말이 들어가고 온 조정이 누이를 여자라고 생각한다면, 누이가 실제 남자일지라도 행세하기 괴로울 터인데, 더구나 여자로서는 얼마나 부끄럽겠습니까? 이렇듯 난처하고 부끄러운 일이 네 가지나 있으니, 청컨대 누이는 잘 생각해보소서. 뭇 사람의 의심을 사고 탄핵을 당하기 전에 누이 스스로 성상께 글을 올려 진심을 아뢰소서. 그리고 관모官帽를 화관花冠으로 바꿔 쓰고 조복을 저고리와 치마로 바꿔 입어, 지덕이 뛰어난 여자로서 성상의 사랑을 받으소서. 누이가 반소6)의 행실을 본받아 규방 가운데 여학사가 되신다면, 제가 더 바랄 것이 없겠나이다.”

형경이 영경의 말을 다 듣고 나서 갑자기 낯빛을 고치고 탄식하였다.

“어질도다, 내 아이여! 바르고 이치에 합당한 의견이로다. 뒷날 입신하면 족히 선친께서 남기신 기풍을 훼손하지 않고, 내 아우가 된 것이 부끄럽지 않으리라. 다만 나의 십 년 공부가 애석하구나. 눈으로는 천하 사람을 업신여기고, 뭇 관료와 재상 가운데서도 내 몸이 머리가 되어 맑

---

6) 반소(班昭): 중국 후한 때의 시인이자 재녀(才女). 동생 반고가 『한서』를 미처 완성하지 못하고 세상을 떠나자 이를 마무리지었으며 황후와 귀인의 스승이 되었다.

은 명망이 천하에 진동했는데, 하루아침에 규중의 변변치 못한 여자가 됨이 슬프구나."

"이는 누이가 하나는 알고 둘은 모르는 것입니다. 한갓 높은 벼슬을 아까워하며, 어찌 이렇듯 구차하게 슬퍼하십니까? 옛날부터 이름이 높고 훌륭한 재상들이 벼슬과 녹봉을 헌 신처럼 버리고, 어떤 사람은 은사隱士가 되고 어떤 사람은 처사處士가 되었습니다. 그런데 어찌 족히 작은 명예를 운운하십니까? 누이가 여자의 몸으로 이렇듯 지체가 높고 귀하게 되었으며, 이미 어떤 남자들보다 뛰어난 업적을 이루었습니다. 그런데 또 무엇이 부족하여 명철보신[7]할 방법을 생각하지 않으십니까? 세상 사람이 모두 누이 같으면 영광스러운 명예를 끝까지 지키지 못할 사람이 없고, 백이숙제[8]도 수양산이 쓸모없어 벼슬길에 나갔을 것이옵니다."

영경이 말을 마치고 손뼉을 치며 크게 웃으니, 형경이 아무런 대답도 하지 않고 손으로 벽을 치며 탄식하였다.

"애석하고, 애석하도다!"

다음날 태의가 와서 병을 보고 성상께 아뢸 말을 물으니, 형경이 얼굴 가득히 침울한 빛을 띠며 말하였다.

"내 스스로 성상께 아뢸 말이 있으니, 여러 말 말고 물러가라."

태의가 재배하며 말했다.

"소인이 당돌한 것이 아니라, 감히 걱정스러워 묻습니다. 성상의 면전에서 청주후의 병환을 무엇이라 아뢰오리까?"

형경이 벌컥 화를 내며 베개를 물리치고 일어나 앉은 뒤, 눈을 부릅뜨

---

7) 명철보신(明哲保身): 총명하고 사리에 밝아 일을 잘 처리하여 자기 몸을 잘 보존함.
8) 백이숙제(伯夷叔齊): 은나라 말에서 주나라 초의 현인인 백이와 숙제. 주나라 무왕이 은나라 주왕을 죽이고 천하를 통일하자, '주나라 음식은 먹지 않겠다'며 수양산으로 들어가 굶어 죽었다.

고 책상을 치며 큰 소리로 꾸짖었다.

"성상께서 너에게 대신을 간병하게 하셨으니, 너는 마땅히 약을 다스리면 될 따름이다. 그런데 감히 도리에 어긋나는 말을 새로 지어 대신을 헐뜯어 비방하니, 이 무슨 도리냐? 만일 성상께서 보내신 바가 아니었다면, 네가 어찌 죄를 면하겠느냐? 내가 본래 험한 시골에서 오랫동안 마음을 썩힌 탓에 병이 났거늘, 네가 감히 하늘이 내린 재앙 때문에 생긴 병이라 하고 여자의 맥이라 하니, 어찌 이렇듯 나를 업신여기느냐?"

천둥소리 같은 형경의 엄숙한 호령에 태의가 놀라고 당황하여 머리를 조아리며 용서를 빌었다. 이때 영경이 급히 나아가 형을 달래어 화를 그치게 하고 태의에게 말했다.

"맥을 짚는 선생의 방법이 신기하고 희한하나, 일찍이 우리 형의 신상에 의심스러운 점이 없었소. 그러니 선생은 마땅히 성상께 오랫동안 마음을 썩힌 탓에 생긴 증세라고 아뢰는 것이 좋겠소."

태의가 큰 소리로 대답하고 돌아가 성상께 오랫동안 마음을 썩힌 탓에 생긴 병이라고 아뢰니, 천자가 태의에게 명하셨다.

"네가 청주부로 거처를 옮겨 밤낮으로 형경을 지켜보며 치료하라."

태의가 천자의 명을 받고 다시 청주부로 갔다. 영경이 태의에게 별실에 머물면서 수시로 형경을 치료하게 하니, 그뒤에는 태의가 감히 다른 말은 드러내지 못하였다. 형경 또한 영경의 말을 들은 후 마음을 잠깐 돌이켜 여자의 소임을 하고자 하니 병세가 날로 좋아졌다. 이로써 가히 하늘의 뜻을 따르는 자는 번창하는 줄 알리라.

형경이 천자에게 본색을 실토하다

형경이 태의를 돌려보낸 뒤 온갖 생각을 다 해보았으나, 죽을 때까지 남자로 행세할 방법이 없었다. 또한 영경이 곁에서 사죄할 것을 간청하니, 목석木石이 아닌 사람으로서 이를 무시할 수도 없었다. 이에 형경이 점점 뜻을 바꾸니, 두어 달이 지난 뒤에 병이 완쾌하였다.

하루는 형경이 집안 사람들에게 큰 잔치를 열어 조정의 대신을 모두 초청하라는 명령을 내렸다. 이때 온 나라가 태평한데다 중병이 완치된 청주후가 큰 잔치를 베푼다는 소식을 듣고, 수천 명의 관리가 일시에 몰려들었다.

이날 형경이 머리에 자금관을 쓰고 몸에 홍금포붉은 비단 도포를 입고 허리엔 옥대를 빗겨 차고 손님들을 맞이한 뒤, 벼슬에 따라 차례로 자리를 정해 앉혔다. 모든 재상과 관료가 형경의 병이 완치됨을 축하하니, 형경이 사례하였다.

"소생이 성상의 은혜를 입고 여러분이 진심으로 염려해주신 덕분에 살길을 얻었습니다."

손님들이 일시에 치하하는 글을 올렸다. 형경이 그 글을 받아 시종에게 주어 벽 위에 둘러 붙이게 하고, 눈을 들어 그 글들을 다 읽고 나서 공손하게 말했다.

"미천하고 보잘것없는 소생을 여러 상공께서 이렇듯 칭찬하시니, 어찌 부끄럽지 아니하겠습니까?"

드디어 술을 내와 술잔을 두어 차례 돌리니 유각로가 웃으며 말했다.

"이후李侯가 평생 사람을 모으지 않았는데 오늘 갑자기 큰 잔치를 베푸니 그 이유를 모르겠노라."

형경이 문득 마음이 슬퍼져 옥 같은 얼굴과 거울 같은 두 눈에 몇 줄기 눈물을 흘리며 말했다.

"소생의 운명이 기박해 어려서 부모님을 모두 여의는 한을 면치 못하고, 외롭게 남동생과 더불어 서로 몸을 의지하며 여러 해를 지냈습니다. 그간 계절에 따라 변하는 경치를 보면 근심이 일어나고, 술잔을 잡으면 슬픈 마음이 절로 일어났습니다. 그래서 능히 술자리를 마련할 줄 몰랐는데, 이번에 병이 들어 살길을 바라지 못하다가 여러분이 염려해주신 덕분에 다시 살아나게 되었습니다. 이렇듯 제가 장수하게 됨이 기뻐 여러분을 모시고 술잔을 돌리고자 함입니다. 무슨 이유가 있겠습니까?"

형경의 말을 듣고 좌중이 크게 취해 절로 감격하고 슬퍼하였다.

형경이 시종에게 영경을 불러오게 하니, 영경이 옷을 바르게 갖춰 입고 나와서 예를 마치고 말석에 앉았다. 영경의 태평한 거동과 관옥 같은 용모가 맑고 깨끗하며 기이하고 빼어났다. 또한 풍성한 얼굴에는 위엄이 서려 있고 고운 입술은 붉은 꽃을 머금은 듯하였다. 기질은 늠름하고 풍채는 버드나무처럼 늘씬하니 좌중이 모두 놀랐다.

이때 장시랑이 영경에게 물었다.

"진실로 현후[1]의 아우요, 이시랑의 소공자로다. 나이는 몇이나 되었는가?"

영경이 공손하게 자리에서 일어나 대답했다.

"세상을 알게 된 지 십사 년이로소이다."

장시랑이 '앞으로 나오라' 하여 영경의 고운 손을 잡고 탄식하였다.

"이시랑이 비록 돌아가셨으나, 족히 애석하지 않으리로다. 현후는 청춘 소년으로 청주후에 봉해져 부귀를 누리고, 이 아이의 기골 또한 현후 못지않으니, 어찌 아름답지 않으리오?"

이어서 형경에게 말했다.

"현후가 일찍 아우의 혼사를 생각하고 있다면 나에게 못난 딸이 하나 있으니, 마땅히 두 사람에게 원앙의 쌍을 이뤄줌이 어떠하시겠는가?"

형경이 크게 기뻐하며 사례하였다.

"어르신이 만일 더럽게 여기지 않고 어린 제 아우를 사위로 삼으신다면, 그 은덕을 어찌 헤아릴 수 있겠나이까?"

장시랑이 크게 기뻐하며 언약을 굳게 하니, 형경의 죽마고우인 어사 박홍과 예부시중 위성용이 웃으며 말하였다.

"현후도 아직 결혼하지 않았는데, 어찌 아우를 공물 바치듯이 먼저 정혼시키느냐?"

형경이 웃으며 대답했다.

"나는 본래 서른 살이 넘은 뒤에나 장가들려 하는데, 스무 살에 혼인하는 것은 너무 이르지 않겠소?"

그러자 위시중이 말했다.

"그렇다면 영경 아우도 마흔 살이 넘은 뒤에나 장가들라."

형경이 대답했다.

"사람의 마음은 각각 다르고 내 아우도 분명 나와 같지 않으니, 올해

---

1) 현후(賢侯): 청주후인 형경을 높여 이르는 말.

라도 택일하여 혼례를 올리려 하오."

이때 장연이 못 참고 웃으며 말했다.

"아우를 먼저 혼인시키고 형이 나중에 아내를 얻으면, 선후가 바뀐 것이 아니겠소?"

그러자 형경이 말했다.

"이 일은 권도[2]로 행하는 것이오. 예절에 드나듦은 다소 있으나, 허물은 되지 않을 것이오. 또한 이는 선친의 가르침이기도 하니, 저는 신경 쓰지 않으리다."

좌중이 모두 형경의 맑고 깨끗한 논리를 칭찬하는데, 오직 장연은 한갓 어린아이처럼 술도 마시지 않고 형경만 바라보았다.

이날 소년 명사들이 춤추고 노래를 부르는데, 형경이 홀로 붉은 입술에 옥 술잔을 대기만 하고 술은 마시지 않았다. 사람들이 춤추라고 권해도 따르지 않고, 노래를 부르라고 해도 끝내 응하지 않았다. 여러 사람이 거듭 권하니, 형경은 "노래는 부를 줄 모르오"라며 곡조를 갖춰 옛날 가사歌詞를 맑게 읊었다. 그 소리가 완전하여 버들 위에 꾀꼬리가 울고 꽃핀 연못에 앵무가 말하는 듯했다. 아름다운 목소리가 낭랑하면서도 구슬프고 처량하니, 좌우에 칭찬하지 않는 사람이 없었다. 모두 형경이 읊은 가사의 뜻에 무심했으나, 장연만은 형경이 벼슬을 버리고 물러날 것임을 알았다.

해가 서녘에 기울고 잔치가 끝나 손님들이 흩어질 무렵, 형경이 좌중 앞으로 나아가 잔을 잡고 눈물을 흘리며 오열하다가 천천히 말했다.

"소생이 어린 나이에 분수에 넘치도록 관직과 녹봉이 높았습니다. 듣건대 '즐거운 일이 다하면 슬픈 일이 닥쳐오고, 고생 끝에 낙이 온다'고 했습니다. 소생이 어린 나이에 벼슬이 족한 줄을 모르고 관직과 녹봉을

---

2) 권도(權道): 목적을 달성하고자 그때그때 형편에 따라 임기응변으로 일을 처리함.

탐하면, 하느님이 벌을 내리실 것입니다. 그래서 조만간 벼슬을 버리고 깊은 산속에 들어가 은거하려고 합니다. 오늘 즐기던 일이 한바탕 봄날의 꿈처럼 덧없어질 것이니 어찌 슬프지 않겠소? 비록 지하에 돌아가더라도 여러분의 지극한 정을 어찌 잊겠소? 또한 성상의 은택을 받들어 모실 날이 끊어지니 어찌 슬프지 않겠소? 내일 성상께 글을 올려 사직할 터인데, 여러분도 소생을 위해 성상께 '형경의 벼슬을 갈아달라'고 아뢰어주십시오. 그러면 소생의 몸이 다하도록 여러분의 풍성한 은혜를 가슴 깊이 새기겠습니다."

여러 빈객이 놀라며 물었다.

"현후는 바야흐로 기운이 왕성하고 활발하게 활동할 나이이며, 국가의 공신으로 지금의 관직과 녹봉이 외람되지 않소. 그런데 어찌 벼슬을 그만두려 하시오?"

형경이 아름다운 얼굴에 슬픈 빛을 띠고 탄식하였다.

"기쁘고 즐겁도다, 그 말씀이여! 소생인들 어찌 벼슬을 헌 신처럼 버리고 싶겠습니까? 그러나 부득이한 일이 있습니다. 이미 뜻을 정했으니, 여러분의 말씀을 따르기 어렵습니다. 오늘 여러분을 이별하면 언제 어느 때 다시 뵐 수 있으리오? 돌이켜보건대, 두 번 만날 날이 없고 두 번 즐길 날이 없을까 합니다. 여러 대신과 모든 관료는 공명을 죽백[3]에 드리우길 일만 번 바라고, 중도에 포기한 저를 본받지 마소서."

또 여러 친구를 돌아보며 말했다.

"지난날 장형과 더불어 관포지교를 맺었는데, 제가 불행히 벼슬길에 뜻이 없어 물러납니다. 이제 여러분과 이별하면 다시 만날 날이 없을 듯합니다. 바라건대 형들은 충효를 한결같이 닦아 임금과 부모를 잘 섬기고, 옛날 교유하던 저도 잊지 마소서."

---

3) 죽백(竹帛): 서적. 그중에서도 역사를 기록한 책.

말을 마치고 자리를 뜨면서 넓은 소매로 얼굴을 가리고 크게 슬퍼하며 눈물을 흘리니, 맑은 눈물이 줄줄 흘러 비단 도포를 가득 적셨다. 손님들이 매우 놀라고 의아해하며 좋은 말로 위로하면서도, 그 내력은 모른 채 슬퍼하는 형경을 보고 마음이 흔들려 함께 눈물을 흘렸다.

이미 해가 서산으로 저문 뒤, 손님들이 각각 형경에게 절하며 이별할 때 장연은 슬퍼하는 형경을 보고 의심하였다.

'형경의 성격이 본래 맹렬한지라, 차마 여자옷을 입지 못해 자결함으로써 난처한 처지를 벗어나려 하는가?'

이런 생각에 이별하면서 형경의 손을 잡고 팔을 어루만지며 말했다.

"현형아, 내가 내일 다시 올 것인데, 집안에 별다른 일은 없느냐?"

형경이 장연의 손을 뿌리치며 말했다.

"내일 별다른 일이 없으면 장형을 청하리다."

장연이 묵묵히 돌아갔다.

형경이 빈객들을 다 송별하고 내당으로 들어가 난간을 두드리며 무수히 통곡하니, 영경이 거듭 위로하였다. 형경이 바야흐로 눈물을 거두고 탄식하였다.

"아깝고, 아깝도다. 즐길 날이 오늘뿐이로다!"

다음날 형경이 조복을 갖추고 거울을 들어 얼굴을 보았다. 은은한 재상의 골격이 거울에 비치는지라, 옥대를 어루만지며 탄식했다. 겨우 탄식을 멈춘 뒤 천자께 올릴 글을 지어 소매에 넣고 궁궐로 들어가 천자께 올리니, 그 글은 다음과 같았다.

"대원수 겸 청주후 병부상서 태학사 소신 이형경은 머리를 조아려 백배하고, 일만 번 죽기를 무릅쓰고 감히 주상 폐하께 글을 올리나이다. 소신은 본래 규중에서 바느질하는 여자이옵니다. 신의 아비가 일찍 죽어 가산이 흩어졌는데, 그때 남동생은 세 살이 넘지 못했고 신의 나이는 열

살이었습니다. 장차 죽은 부모의 관을 선영에 묻는 것마저 바라지도 못한 처지라, 이리저리 생각하다가 부득이 여자의 행실을 버리고 남자처럼 행세하며 부모의 장례를 치렀습니다. 삼년상을 모신 뒤에도 어린 마음에 계속 남자옷을 입었으며, 또 강포한 사람이 저를 겁탈할까 두려워 항상 남자처럼 행세하며 일을 처리했습니다. 그러던 중 폐하께서 인재를 뽑으신다는 소식을 듣고, '과거를 보아 요행히 급제해 벼슬길에 오르면 가문을 보전할 수 있으리라' 하여 과거에 응시했는데, 천은이 망극하여 합격자 명단에 올라 옥당[4]에 들게 되었습니다. 또한 폐하께서 소신을 귀중히 여기시어 작은 공으로 벼슬이 재상에 이르고 공후가 되어 부귀를 누리게 되니, 어찌 외람되고 황송하며 감격하지 않겠나이까? 옛날부터 '사람이 만족할 줄 모르면 하늘이 재앙을 내린다'는데, 신이 세상을 속인 지 십 년이 넘사옵니다. 여자의 몸으로 주상의 총애를 받고 또 이렇듯 높은 관직과 봉록을 누렸으니, 어찌 천벌이 없겠나이까? 두려움을 이기지 못해 조용히 물러나려고 했으나, 감히 어질고 총명하신 주상을 속이지 못할 것이기에 삼가 진심을 담아 이 글을 올리나이다. 대사마 청주후 금인(金印)과 병부상서 명패와 태학사 관모를 드리고 대궐 아래서 처벌을 기다리옵나이다. 우러러 빈건대, 내내 건강하소서."

천자가 형경의 글을 다 읽고 매우 놀라 책상을 치며 말씀하셨다.
"세상에 이런 일이 어디 있으리오?"
형경의 글을 다시 보고 탄식하셨다.
"놀랍고 아름답다, 형경의 일이여! 작고 어린 여자가 어찌 이런 담력과 지략을 갖췄는가? 짐이 마땅히 표창하고 또 위로하리라."

---

4) 옥당(玉堂): 조선시대에 궁중의 경서, 문서 등을 관리하고 임금에게 자문하던 홍문관(弘文館)의 다른 이름.

그러면서 즉시 다음과 같은 답변을 내리셨다.

"경의 아름다운 상소를 살펴보고 매우 놀라며 칭찬하노라. 또한 경이 약한 여자의 몸으로 십여 년을 남장했으나, 천하가 몰랐음을 탄식하노라. 고금을 의논함에 경 같은 사람이 몇 명이나 되었던고? 웅장한 용맹은 목란과 염파[5]와 마원에 뒤지지 않고, 또 문필을 겸하여 옥당에서 붓을 휘두르면 글자마다 용이 살아 움직이는 듯했노라. 적진에 나아가면 적장 베기를 손 뒤집는 것처럼 쉽게 하고, 군사를 거느려 적병을 마주하면 주아부[6]의 풍모가 있었으며, 문연각에 참여하면 제갈공명보다 뛰어났노라. 짐을 섬긴 지 팔 년에 출장입상(出將入相)하여 남긴 그윽한 발자취와 화려한 공적이 조정에 진동하니, 짐이 손발같이 아끼고 골육같이 사랑했노라. 태자는 며칠을 보지 못해도 족히 견디되, 경은 하루만 보지 못해도 천년을 보지 못한 듯하여 문연각 장번을 삼아 곁에 두었느니라. 또한 경이 급암[7]의 절개와 지조를 겸비하였기에 짐이 마음으로 사랑하고 또 공경했노라. 그런데 이제 여자가 변해 남자가 되었다는 말과 그 남자가 다시 여자로 변했다는 상소를 보니, 짐이 좌우 손발을 잃은 듯하노라. 경의 뜻이 크고 기이하여 남장한 것을 도리어 탄복하나니, 어찌 죄가 있으리오? 다만 병부상서와 대사마는 여자의 소임이 아니기에 그 인장을 거두려니와, 경이 비록 여자일지라도 전투에서 세운 공로가 더없이 커서 청주후 금인과 태학사 관모는 도로 내리니, 마음 편히 부귀를 누리거라. 또한 태학사가 해야 할 직무는 하지 않을지라도 궁궐 출입을 금하지 않을 터이니, 태학사 관모를 가지고 돌아가 오래도록 제후의 직위를 편안하게 누

---

5) 염파(廉頗): 중국 조나라의 백전노장이자 전국시대를 대표한 용장 겸 의인.
6) 주아부(周亞夫): 중국 한나라 때 흉노의 침략을 막았던 장군.
7) 급암(汲黯): 전한 무제 때의 정치가. 황제의 명령서를 고쳐 이재민을 구휼했으며, 무제의 잘못을 고치도록 직언하여 무제가 그를 두고 '사직(社稷)을 지탱하는 신하'라 칭송하였다.

리길 바라노라."

형경이 천자의 답변을 다 읽고 성은에는 감격했으나, 외람된 마음을 금하지 못해 사양하여 아뢰었다.

"청주후와 태학사도 거두어주소서."

천자가 다시 조서[8]를 내려 형경의 마음을 위로하고, 태감 환관의 우두머리 에게 청주후 금인과 태학사 관모를 거듭 보내셨다. 형경이 망극한 천은에 감격해 네 번 절을 올려 감사를 표하고, 눈물을 흘리며 태감에게 말했다.

"부덕한 몸으로 음양을 바꿔 세상을 속인 죄인인데 천자께서 이처럼 성대한 덕을 베푸시니, 일만 번 죽을지라도 폐하의 은혜를 어찌 잊으리오? 이제 규중에 깊이 들어가게 되었으니, 그간 견마지로[9]를 다 베풀지 못한 것을 더욱 슬퍼하노라. 어느 때 다시 성상의 얼굴을 뵐지 알 수 없구나."

형경이 말을 마치자마자 옥석(玉石)마저도 감동할 듯이 슬퍼하니 태감이 칭찬하였다.

"어질구나, 허후의 충효기 이렇듯 깊으시노나!"

태감이 안으로 들어가 천자께 형경의 거동을 아뢰니, 천자가 더욱 감동하고 기특하게 여겨 말씀하셨다.

"형경이 비록 조정에 출근하지는 않더라도 모든 일을 여느 재상과 같게 하라."

형경이 조서를 받들어 병부상서와 대사마 인장은 되돌려 드리고, 청주후 금인은 거두어 허리에 빗겨 찼다. 또한 붉은 도포와 옥대와 상아홀

---

8) 조서(詔書): 임금의 명령을 적은 문서.
9) 견마지로(犬馬之勞): 개나 말 정도의 하찮은 힘. 윗사람에게 충성을 다하는 자신의 노력을 낮추는 말이다.

을 도로 받아 추종을 거느리고 네 마리 말이 끄는 수레를 타고 집으로 돌아오니, 지나는 길에 광채가 새롭게 빛났다. 이를 본 사람마다 칭찬하며 말했다.

"남자로 있을 때는 백관 가운데 으뜸이오, 본색이 나타났어도 오히려 태학사와 청주후의 직위는 예전과 같고 존엄과 부귀도 완전하니, 어떤 영웅과 공후가 청주후의 짝이 될꼬?"

형경이 집으로 돌아와 한동안 탄식한 뒤, 비록 벼슬은 예전과 같으나 이미 여자가 되었는지라, 사내종들에게 분부를 내렸다.

"백여 명씩 번갈아가면서 대문을 지키되, 누가 오든 내 명령 없이는 절대 들이지 말라."

그러고는 아예 문밖은커녕 문 근처에도 가지 않았다.

이때 조정 백관 중에 형경의 근본을 듣고 놀라지 않는 사람이 없었으며, 재상 진손은 그 이야기를 듣고 책상을 치며 탄식하였다.

"나라에 주춧돌처럼 중요한 구실을 하는 신하가 없고, 조정에 직언하는 신하가 없으며, 온 천하에 인재가 없어졌으니, 이제부터 우리 명나라는 명분과 충효가 점점 줄고 국력도 약해지리라. 조정이 형경보다 더 불행하도다."

말을 마치고 진손은 넋이 나간 듯이 눈물을 흘렸다. 그러니 온 나라에 형경보다 어진 신하가 없단 말이 옳다고 하리라. 또한 예전 한림이었던 엄생은 형경의 본색을 듣고 크게 기뻐하며 말했다.

"이제야 비로소 나의 뜻을 펼치게 되었구나."

이로써 형경의 충성과 정직과 문장이 얼마나 대단한가를 알 수 있으리라.

형경이 장연의 청혼을 거절하다

이때 장연이 조보[1]를 보고 비로소 유모의 말이 사실임을 깨닫고 그간의 일을 하나하나 자세히 생각하니, 심신이 황홀하여 아무것도 할 수가 없었다. 부모와 형들도 함께 모여 이리저리 생각하던 중 시랑이 장연에게 말했다.

"영경의 나이가 어리고 형경 또한 규중처자라기보다는 공후 대신이니, 네가 편지를 써서 형경의 뜻을 알아봄이 좋겠구나. 형경이 평소 너와 교분이 지극했고, 재주와 외모와 나이 또한 서로 걸맞으니, 두 사람의 혼사가 이루어지지 못할까 근심할 일은 없을 것이다."

장연이 부친의 명을 받고 나오니 두 형이 웃으며 말했다.

"아우는 무슨 복으로 요조숙녀와 으뜸 공후를 겸한 대장 부인을 얻으려 하는가? 네 뜻대로 이 혼사가 순탄히 흘러가지 못할까 하노라."

"형들은 어찌 큰일에 불길한 말을 하여 제 심장과 간장을 희롱하시나

---

1) 조보(朝報): 승정원에서 처리한 일을 매일 기록하여 반포하던 관보.

이까?"
 장연이 웃으며 대꾸하니 모두 서로 바라보며 웃었다.
 장연이 정신을 가다듬어 마음을 진정하고 편지 한 통을 써서 형경의 부중에 보내니, 대문을 지키던 수문장이 받아 내관^{內官}에게 주고, 내관이 받아 형경의 책상에 올려놓았다. 형경이 그 편지를 책상에 놓고 봉투를 열지도 않은 채 한동안 침묵하니 영경이 다가가서 물었다.
 "형은 무엇 때문에 기뻐하지 않으십니까?"
 형경이 대답하지 않고 천천히 봉투를 열어보니, 그 편지의 글은 다음과 같았다.

 "장연은 머리를 조아려 두 번 절하고, 삼가 편지를 닦아 청주후 이학사께 올리나이다. 슬프다! 옛날 죽마고우로 같은 나이에 같이 벼슬길에 올라 관포지교를 배우고, 유비, 관우, 장비가 같은 날 죽지 않은 것을 안타까워했습니다. 같은 방에서 함께 지내면서 그대가 자면 나도 자는 등 서로 뜻이 통하고 우정이 돈독해, 오륜 가운데 둘을 겸하고 삼강 가운데 하나에 참여했었나이다. 그런데 너무나 뜻밖에도 그대가 규방 가운데 여학사가 되었다고 하니, 저는 간담이 무너지는 듯 황홀하여 아무런 말도 할 수가 없었나이다. 또한 그대와 같은 절친을 잃게 됨을 슬퍼하며 탄식하고, 하늘을 우러러 그대를 여자로 태어나게 한 것을 원망했나이다. 그대의 화사한 용모와 장강대해 같은 재주는 말할 것도 없고, 그대처럼 갑옷과 투구를 갖추고 창검을 춤추듯 휘두르며 활을 메고 적진을 향해 말을 달려나가는 여자는 옛날부터 지금까지 단 한 명도 없었나이다. 그런데 하늘은 어찌 이런 재주를 지닌 사람을 남자로 태어나지 못하게 하여 십 년의 공명이 그림의 떡이 되고, 제가 특별히 정해서 만난 절친을 잃게 하셨는고?
 저는 요즘 그대와 함께 지내던 날들이 하나하나 생각나는지라, 한 번

밥을 먹을 때마다 여러 번 탄식하며, 한 번 잠잘 때마다 세 번 흐느끼곤 하나이다. 그러다가 이 또한 천명인가 싶어 저도 모르게 매우 놀라며 기뻐했나이다. 어린 소견에 아뢰건대, 바라건대 제 청혼을 기꺼이 허락하여 애초 그대와 더불어 절친이 되었던 일을 헛되게 하지 마소서. 뜻밖에 그대는 규중처녀요 저는 외간남자가 되어 만 리나 떨어진 것처럼 서로 내외하는 사이가 되었나이다. 또한 그로 인해 마침내 절친의 관계를 온전하게 보존하기가 어려워졌으니, 애달픈 마음이 가슴속에 가득하나이다. 만일 우리의 관계를 온전하게 하고자 한다면, 그 또한 어렵지 않으리다. 그대는 아직 구혼의 뜻이 담긴 글을 읊은 일이 없고, 저 또한 마음에 드는 숙녀를 만나지 못했나이다. 만일 제 재주와 미천한 가문을 싫어하지 않는다면 군자와 숙녀가 짝을 이뤄 길이 부부의 정을 나누고자 하니, 기꺼이 허락해주기 바라나이다. 그대가 허락하시면 제가 즉시 택일하여 육례를 갖추리다. 요행을 바라며 미천한 마음을 전하노라. 모월 모일에 기주후 장연은 재배하고 쓰노라."

형경이 보기를 마친 뒤 이마를 찡그리고 탄식하였다.
"장연은 아름다운 선비인데, 어찌 이처럼 구차하여 내 뜻은 모르는가?"
"누이의 근본이 드러나고 혼사가 아직 늦지 않았다고 하신다면, 장상서를 버리고 어떤 사람을 취하려 하시나이까? 적당한 때를 보아 답장을 차차 보내시면 아름다울까 하나이다."
영경의 말에 형경이 웃으며 말했다.
"네가 하나만 알고 둘은 모르는구나. 내 몸이 비록 아녀자이나 성상의 총애를 입어 작위가 공후이거늘, 어찌 졸지에 쓰다 남은 물건처럼 규중에 매몰될 수 있겠느냐? 그럼에도 너의 좋은 의견을 받아들여 성상께 진실을 아뢰는 글을 올렸으나, 나는 여전히 제후의 직책을 지녀 지금도 백관의 으뜸이란다. 매월 초하룻날과 보름에 조회에 들어가 성상의 얼굴을 뵙고, 때때로 풍월을 읊으며 죽을 때까지 규중의 재상으로 즐기다가 죽은 후 비석에 '명나라 청주후 태학사 이형경의 비'라 새겨지길 바란다. 또한 성상의 은혜를 잊지 않고 명나라의 사직을 밝게 빛내 내 뜻을 시원하게 펼치려고 하는데, 어찌 장연의 아름다운 부인이 되기를 원하겠느냐?"

영경이 어이없어 대답할 말을 생각하는데, 형경이 오랫동안 침묵하다가 답장을 쓰더니 '장연의 부중에서 온 시종에게 주라'고 하였다. 하인이 답장을 받들어 장연의 시종에게 전하니, 그가 이를 가지고 돌아가 장연에게 올렸다. 장연이 몹시 급한 마음에 서둘러 봉투를 떼어보니, 그 편지에 쓰인 글은 다음과 같았다.

"태학사 이형경은 공경하는 마음으로 장상공께 글을 올리노라. 천만뜻밖에 그대의 편지를 보고 몹시 부끄럽고도 놀라고 당황스러워 답서를 쓸 수 없었소. 하지만 예전에 그대와 함께 성상을 모시던 의리를 생각해 염치를 무릅쓰고 우려를 전하노라. 청컨대, 잘 살펴보시라.

애초 온 천하에 망령된 죄를 짓고 수많은 집안과 사람에게 비웃음을 산 것은 모두 내가 어리석고 둔한 탓이로다. 이제 잘못을 깨달아 몹시 후회하고 있으며, 낯을 들어 사람 보기가 부끄러울 따름이로다. 그러던 차에 그대의 편지에 담긴 뜻을 보고 장차 땅을 파고 들어가고 싶으나, 능히 뜻대로 못함을 한탄하노라.

비록 예전에 그대와 맺은 교분이 두터우나, 그것은 불과 한 조정에서 자주 보아 얼굴이 익은 것일 뿐이었소. 어렸을 때 함께 공부한 뒤 서로 만나 자주 의견을 나누었으나 어찌 관중과 포숙아처럼 절친이 되고, 또 내가 그대를 본받는 일이 있었으리오? 유비, 관우, 장비는 만고 영웅으로 이름을 역사에 남겼지만, 오히려 '한날한시에 죽자'는 약속을 온전히 지키지 못했소. 하물며 나는 규중 여자요 그대는 조정 대신이라, 남녀의 길이 다르고 내외함이 현격하오. 또한 내가 그대에게 특별히 마음을 쓰지 않았고, 그대도 일부러 글을 올려 나와 약속한 일도 없었소. 이제 그대와 내가 혼인하여 지아비와 지어미가 된다면, 온 백성이 나의 어리석음을 조롱하며 비웃을 것이오. 그런데 어찌 서로 사귀어 혼인하자고 하시나이까? 또한 나는 몸을 잘 다스려 종신토록 공직을 지켜 나라 벼슬을 욕되게 할 생각이 없고, 남의 집에 들어가 며느리 되기를 원치 않소. 그러므로 감히 그대의 명을 받들지 못하겠소. 행여 나의 우직함을 용서할지어다. 관직을 그만둔 청주후 태학사 이형경은 재배하여 올리노라."

장연이 다 읽고 매우 놀라 황망히 책상을 두드리며 말했다.
"이 혼사가 손을 뒤집는 것처럼 쉬우리라 생각했지, 어찌 이럴 줄 알았으리오?"
두 형이 크게 웃으며 말했다.
"우리가 말하지 않더냐? 이학사가 순순히 응할 리가 없다고."
이에 장연이 도리어 원망하며 말했다.
"두 형이 좋은 일에 불길한 말을 해서 혼사가 정해지지 못했으니, 이는 형들 탓이오."
이때 장시랑이 내당에서 나와 보고 웃으며 물었다.
"이학사가 편지에 무엇이라 썼기에 저리 낙담하느냐?"
장연이 두 손으로 형경의 편지를 받들어 올리니, 시랑 또한 보고 놀랐다.
"이학사가 평소 성격이 시원하고 솔직하니 살아생전에 마음을 바꾸지 않으리라. 편지를 보건대 혼사가 이루어지지 않을 것이니, 너는 너무 헛된 염려를 하지 말라. 내가 다시 아름다운 숙녀를 구해 너의 재주를 저버리지 않으리라."

"소자 또한 숙녀가 없을까 근심하는 것이 아니옵니다. 다만 형경 같은 사람은 다시 없을 터이니, 소자는 형경이 아니면 맹세코 혼인을 원하지 않나이다."

"네 뜻이 굳으나 이학사 또한 강경하니, 어찌하리오?"

장시랑의 말에 장연은 아무런 말도 하지 않고 침묵하였다.

이때부터 장연은 마음이 답답하고 우울하여 앉으나 누우나 몸이 편안하지 않았다. 또한 잠도 못 자고 먹지도 못해 병이 깊이 드니, 풍채가 날로 줄어들고 아름다운 용모도 몹시 수척해졌다. 몇 개월이 지난 뒤에는 기운이 쇠약해져 비단옷마저 이기지 못하니, 부모와 형들이 이상하게 여겼다. 그러나 어찌 형경과의 혼사 문제로 병이 난 줄 알았겠는가? 가족들이 힘써 의약으로 다스리되 효험이 없고, 또한 병이 대단치는 않은 듯해 특별히 염려하지는 않았다.

천자의 계교로 형경과 장연이 혼인하다

때마침 천자가 장연을 진왕의 태부왕세자의 교육을 담당한 벼슬로 임명하여 성현의 도를 가르치게 하셨는데, 진왕은 황후가 낳은 천자의 친아들이었다. 바야흐로 그때 진왕의 나이는 열한 살이었으며, 천자가 태자보다 더욱 사랑하셨다. 그러므로 조정 관리 중에 덕행을 겸비한 대신을 뽑아 태부를 삼으려 하셨는데, 장연이 뽑힌 것이다. 이는 장연이 비록 나이는 어리지만 재주와 덕을 겸비했음을 천자가 높게 평가하셨기 때문이다.

이후 장연은 하루도 빠지지 않고 궁궐에 나가 요임금과 순임금의 도리로 진왕을 인도하였다. 하루는 진왕이 없는 때를 틈타 장연이 풍월을 읊었다. 문득 형경을 생각하고 임을 그리는 뜻이 담긴 절구네 구로 이루어진 한시체 두 수를 지어 읊었다. 장연은 자신이 소리 내어 읊는다는 사실도 깨닫지 못하였는데, 갑자기 뒤에서 패옥 소리가 났다. 돌아보니 바로 진왕인지라 장연은 매우 놀랐다.

원래 진왕은 나이에 비해 타고난 성품이 어른스럽고 영민하였다. 이날 처소에서 나와 스승의 거동을 보니, 이마에 시름이 가득한 채 글을 읊고 있었다. 진왕이 패옥 소리가 날까 염려하여 양손으로 패옥을 붙들고 가만가만 걸어들어가니, 스승이 바로 임을 그리워하는 시를 읊고 있었다. 진왕이 듣기를 마치고 패옥을 놓으니, 패옥이 쟁그랑쟁그랑거렸다. 진왕이 온 것을 알고 장연이 급히 일어나 맞았다.

"전하께서 어찌 자취 없이 와서 신을 놀래키시나이까? 옛글에 이르기를, '문에 들어갈 때 소리를 내는 것은 사람이 옴을 알리기 위함이오, 대청 위에 오를 때 눈을 두리번거리지 않는 것은 다른 사람의 허물을 볼까 염려함이라' 하였습니다. 한데 당당한 제후국의 군왕이신 전하께서 어찌 사람의 뒤를 쫓아 가만히 걸어와 엿들었나이까?"

진왕이 몸가짐을 단정히 하고 사례하며 말했다.

"선생의 말씀을 제자가 어찌 느릿느릿 더디게 실행하겠소? 순간적으로 처신을 잘못했으니, 선생은 너그럽게 용서하라. 다만 과인의 일도 잘못되었거니와, 선생도 잘못한 일이 있는 듯하오."

장연이 옷깃을 여미며 단정하게 하고 그 까닭을 물으니, 진왕이 웃으며 대답했다.

"과인이 들으니, '장태부는 천하를 꿰뚫어보는 식견이 있는 사람'이라 하고 또 작위가 공후이거늘, 무슨 이유로 방탕하고 경박한 사람이나 외우는 상사편想思篇을 숭상하여 읊조렸소? 이 때문에 과인이 선생을 의심한 것이오."

장연이 다 듣고 나서 몹시 슬퍼하며 사죄하였다.

"신이 전하의 덕업을 돕지 못하고 방탕하고 안일한 글을 지존께 들리게 했사오니, 그 죄는 만 번 죽어도 아까울 것이 없나이다. 다만 가슴에 맺힌 것이 간절했기 때문이오니, 전하께서는 이상하게 여기지 마소서."

슬퍼하는 태부를 보자 진왕이 놀라 좌우를 물리치고 정성을 다해 그 연고를 물었다. 장연 또한 속일 수가 없어서 사실을 진솔하게 아뢰니, 진왕이 웃으며 말했다.

"이는 아주 쉬운 일이오. 과인이 황상께 청하여 선생의 소원을 이뤄주려 하는데, 선생 생각은 어떻소?"

장연이 사례하며 말했다.

"만일 전하께서 신의 남은 한을 풀어주신다면, 소신이 어떻게 그 은덕을 갚을 수 있겠나이까? 다만 형경의 굳은 뜻은 천자의 위엄으로도 바꾸지 못할까 하나이다."

"과인이 지존께 자세히 아뢰어 일이 되도록 할 테니, 선생은 염려하지 말라."

이에 장연은 사례하고 물러났다.

진왕이 조복을 단정하게 입고 궁궐 안으로 들어가 천자를 모시고 조용히 말씀을 나누다가 장태부의 사연을 자세히 아뢰니, 천자가 듣고 크게 기뻐하셨다.

"장연과 이형경 두 사람은 옥황상제께서 명하신 천상의 인연이다. 짐이 일찍 명령을 내려 두 사람의 혼인을 허락하려고 했는데, 장연이 이미 그런 뜻이 있었다면 더욱 아름답도다. 내일 짐이 흔쾌히 조서를 내려 혼인하게 하리라."

그러자 진왕이 다시 아뢰었다.

"비록 성상께서 명령을 내리셔도 성사되기 어려울 것이옵니다."

"그것이 무슨 말인고?"

천자가 질문하자 진왕이 혼인을 거부하는 형경의 뜻을 자세히 아뢰었다.

천자가 진왕의 이야기를 듣고 웃으며 말씀하셨다.

"계교가 하나 있도다."

다음날 장연을 궁궐로 불러들이셨다.

장연이 즉시 궁궐로 들어가니, 천자가 대전에서 만나 물으셨다.

"짐이 진왕의 말을 듣고 경의 지극한 소원을 이뤄주려고 하니라. 경이 예전에 형경과 재주를 겨룰 때, 역사와 제자백가^{춘추전국시대의 여러 학파}에 대한 식견은 거론할 필요도 없고, 잡술^{雜術}은 누가 더 나은가?"

장연이 이슥히 생각하다가 땅에 엎드려 아뢰었다.

"잡술도 형경이 신보다 빠르고, 신은 둔하나이다."

"활 쏘는 재주는 어떠한가?"

"형경은 백발백중하고, 신은 백 번 쏘면 팔십여 번은 맞추나이다."

"검무^{劍舞}는 어떠한가?"

"신의 검무는 서리 같고, 형경의 검무는 무지개 같나이다."

"그러면 경의 검무가 더 뛰어나도다."

"그렇지 않나이다. 보검이 서리 같다면 한갓 칼빛이 서리처럼 번득일 따름이니, 어찌 두어 자 칼로 열 길 무지개를 만드는 검무를 당할 수 있겠나이까?"

천자가 실망하여 한동안 침묵하다가 말씀하셨다.

"경이 이미 한 가지도 이길 수 없다면, 장차 형경을 어떻게 굴복시키리오? 계교를 쓸 수밖에 없도다. 짐이 내일 글제를 내어 두 사람에게 줄 터이니 경은 미리 글을 지어 여차여차하라."

그러고는 장연에게 미리 글제를 알려주셨다. 장연이 황공해하며 사은하고 집으로 돌아와 평생 재주를 다하여 글을 짓고 기다렸다.

다음날 천자가 서옥패^{천자의 지위를 상징하는 구슬 패} 두 개를 내려 청주후 이형경과 기주후 장연을 자정전¹⁾으로 부르셨다. 형경이 전혀 의심하지 않고 조복을 갖춰 입고 주렴을 드리운 수레를 타고 대궐로 들어갔다. 태감의 인도에 따라 자정전에 이른 뒤 빠른 걸음으로 섬돌 아래에 이르러 천자를 뵙고 '만세'를 부르니, 천자 또한 매우 반기며 왼쪽에 자리를 내어주고 웃으며 말씀하셨다.

---

1) 자정전(資政殿): 임금이 평소에 거처하던 궁전.

"경은 지난날 짐의 손발과 같았노라. 지금은 비록 규중에 깊이 들어가 있지만, 내 경을 아직도 차마 잊지 못하고 있노라. 또한 경의 종신대사를 근심하여 아름다운 남편을 얻어주어 공덕을 갚으려 했는데, 지금 다시 보아도 경은 해와 달처럼 엄숙하고 웅장한 빛을 발하는 군자로다. 의심컨대, 경이 남자이면서 여자라고 짐을 속이는가 하노라."

형경이 천자의 말을 듣고 놀라 정색하고 죄를 청하였다.

"소신이 성상을 속인 죄는 만 번 죽어도 아깝지 않으나, 오늘 말씀을 듣사오니 더욱 황공하나이다."

"짐이 오늘 경을 부른 것은 다른 일이 아니라, 경의 혼사 때문이니라. 경이 아직 젊고 부모 없는 처녀인지라, 짐이 임금과 부모를 겸하였기에 마음을 놓을 수가 없구나. 한미한 선비는 경에게 불가하고, 재상 중에 나이 어린 대신이면서 재주를 갖추고 아직 혼인하지 않은 사람이 적당하리라. 그런 사람은 장연밖에 없으니, 경은 사양하지 말라. 진정으로 권하나니, 이번달이라도 택일하여 육례를 갖춰라."

형경이 용모를 바르게 고치고 머리를 조아려 아뢰었다.

"오늘 이렇듯 명령을 내리시니, 미천한 소신이 백 번 죽더라도 어찌 성은을 태만히 하오리까? 물과 불 속이라도 피하지 못할 터인데, 더욱 혼인을 어찌 사양하겠나이까? 다만 어린 소견에 뜻하는 바가 있어 성교 聖敎를 받들어 행하지 못하오니, 매우 황공하나이다."

천자가 쌀쌀한 말투로 물으셨다.

"그 뜻이 무엇이냐?"

형경이 다시 일어나 절한 뒤 땅에 엎드려 아뢰었다.

"소신은 세속 여자의 일을 답답하게 여겨 애초부터 여자의 도리를 행할 생각이 없었습니다. 부모가 돌아가신 뒤 때를 틈타 망령된 생각으로 남장을 하여 폐하와 온 조정을 속인 것은 차마 여자의 행실을 할 수 없어서였사옵니다. 이제 마침내 성상을 속이지 못하고 비록 몸을 규방의 담장 안에 깊이 감추었으나, 다행히 폐하께서 총애와 은정을 베푸시어 후직을 간직하게 되었나이다. 소신은 천자의 위엄을 빌려 외적을 막고 마음을 맑게 하여 평생을 마치고자 하나니, 폐하께서는 살펴주소서."

천자가 순한 말로는 풀지 못할 줄 알고 말씀하셨다.

"짐이 경의 평생을 염려하고 장연의 재주도 사랑하여 두 사람을 짝으로 맺어주려 했는데, 경이 끝내 사양하니 한 가지 방법을 제시하노라. 짐이 경과 장연에게 같은 글제로 글을 짓게 할 테니, 글을 지어 바친 선후를 따져 결정하라. 경이 글을 먼저 바치면 경의 뜻에 따르고, 경이 나중에 바치면 경의 뜻을 포기하고 짐의 뜻을 따르라."

형경이 곧바로 그럴 수 없음을 아뢰려다가 문득 생각을 고쳤다.

'장연이 비록 칠보시를 지은 조식과 세상을 꿰뚫어보는 눈을 가진 서서[2] 같은 재주가 있으나, 예전에 나와 함께 수차례에 걸쳐 글을 지을 때마다 항상 내가 다 지어 두어 번 읊조린 뒤에야 장연이 글을 완성하였다. 그러니 성상의 명령을 순순히 따르되, 먼저 글을 지어서 이기고 유쾌하게 돌아가리라.'

"성교를 받들어 따르겠나이다."

형경의 대답을 듣고 천자가 기뻐하며 장연을 부르셨다. 장연이 바삐 들어와 뵈니, 천자가 웃으며 글 지을 뜻을 말씀하셨다. 장연은 어제 이미 글을 다 지었는지라, 거짓으로 사양하였다.

"신은 본래 배운 것이 노둔한데, 어찌 감히 신선 같은 형경의 재주와 다툴 수 있겠나이까? 겨루지 않는 편이 더 좋겠습니다."

장연이 거듭 사양하였으나 천자가 들어주지 않고 태감에게 문방사우를 가져와 각각 두 사람 앞에 놓고 그림 하나를 벽 위에 걸라 하셨다. 두

---

[2] 서서(徐庶): 『삼국지연의』에 나오는 유비의 책사. 무예와 학문에 뛰어났으며, 유비에게 제갈량을 와룡에 비유하며 천거하였다.

사람이 눈을 들어보니, 매화 한 가지가 은은히 붉은 기운을 머금고 있고 청학 한 쌍이 날아오는 형상이었다.

글제가 비록 풍치가 있고 우아했으나, 너무 순박하여 글을 짓기가 어려웠다. 게다가 천자가 다시 오십 수씩 지으라 하시니, 실로 장연과 형경 두 사람이 아니면 글을 완성하기가 어려웠다. 더욱이 기이한 재주를 지닌 형경이 아니라면 누구든 순식간에 완성할 수 없는 글제였다. 천자 또한 그 글제가 매우 어려운 줄 알고 장연에게 미리 알려줘 글을 짓게 한 것이다.

천자가 형경을 굴복시키려고 일부러 글제를 어렵게 한 것인데, 형경이 어찌 그 꾀를 알 수 있으리오? 다만 붓과 벼루를 끌어오고 종이를 펼쳐 글을 지을 따름이었다. 형경이 고운 손과 가느다란 손가락을 부지런히 놀리니, 붓 아래 바람과 구름이 일어나고 글자마다 용이 살아 움직이는 듯하였다. 또한 수놓은 비단에 붉은 구슬이 흩어지듯 짧은 시간 동안 글이 종이에 퍼져나가니, 향기로운 바람이 사방에서 일어났다.

형경이 쓰기를 마치고 종이를 걷어 올리려다가 문득 보니, 성상이 벌써 장연의 글을 보고 계셨다. 마음속으로 매우 놀라 낯빛이 변했는데, 천자가 장연이 글을 보고 흠친히 셨다. 그런 다음 형경이 쓴 글을 가져다 보셨는데, 문장이 매우 뛰어나고 훌륭했으며 글자가 맑고 깨끗하여 장연의 글보다 좋았다. 천자가 몹시 놀라 마음속으로 탄복하였다.

'장연의 시도 극히 아름다우나 오히려 미리 지은 것이오, 형경은 순식간에 지었음에도 큰 강과 바다의 물이 쏟아지는 것처럼 전혀 옹색하지 않고 뜻은 더욱 공교하고 기묘하구나. 이렇듯 시원하고 산뜻하며 씩씩한 글재주는 진실로 따를 사람이 없으리로다.'

이렇게 새삼 형경을 기특하게 여기셨다. 그러나 내색하지 않고 다만 이르셨다.

"좋은 글이로다."

이어서 장연에게 말씀하셨다.

"짐이 경을 위해 아름다운 부인을 천거하니, 경은 마땅히 황제의 딸처럼 공경하라."

또 형경에게 말씀하셨다.

"짐이 경과 함께 언약한 말을 두 번 이르지 않겠노라. 경은 육례로서 장연을 맞아 아내의 덕을 닦고, 짐이 혼사를 주관한 뜻을 부디 저버리지 말라."

형경이 어쩔 수 없이 땅에 엎드려 사례하였다.

"성상의 은혜가 이와 같으시니, 소신이 어찌 거역하겠습니까? 하오나 이 몸이 재상의 아내로서 명부봉작을 받은 부인가 되면 겸임할 수 없으니, 삼가 청주후 금인을 도로 드리고 물러날까 하나이다."

형경이 말을 마치고 인장과 관모를 끌러 정전 아래 내려놓고 네 번 절하니, 형경이 기뻐하지 않는 것을 천자가 알고 가만히 웃으며 말씀하셨다.

"경은 당당한 대신으로서 명부가 된 것이니, 금인 위에 꽃을 더 올렸다고 생각하라. 경은 사양하지 말고 편안한 마음으로 짐의 뜻을 따르라. 금인과 관모는 거두어 가져가되, 매월 초하룻날과 보름에 궁궐에 들어와 짐을 조회하라."

형경이 굳이 사양하고 받지 않으니 천자가 화를 내셨다.

"짐이 특별히 경에게 은총을 내리거늘, 경은 어찌하여 거만하고 무례하게 짐의 명령을 따르지 않는가?"

형경이 머리를 조아리며 아뢰었다.

"신이 애초 후직을 사양하지 않은 것은 벼슬을 지키려 한 것인데, 이제는 그렇지 않사옵니다. 장연이 공후인데 신 또한 공후로서 장연의 아내가 되면 만대萬代에 기이한 이야기가 될 터입니다. 그리하여 사람마다 어리석고 용렬하다고 신을 비웃고 또 폐하께서 신의 벼슬을 거두지 않음을 탄식할 것이니, 청컨대 주상께서는 잘 살피소서."

천자가 웃더니 위로하셨다.

"경은 마음을 편히 가져라. 짐이 비록 현명하지는 못하나 모든 일을 잘 살피고 있는데, 큰 공을 세운 경이 어찌 이리 사양하는가? 다만 청주후의 직위를 가지고 장연을 맞이하여 짐의 뜻을 헛되이 하지 말라."

형경이 어쩔 수 없이 금인과 관모를 도로 거두고 섬돌 아래에서 감사 인사를 올리니, 장연은 얼굴에 가득 기쁜 빛을 띠고 감사를 올린 뒤 수레를 몰아 바람에 나부끼듯 집으로 돌아갔다.

형경이 몹시 성난 기색으로 가죽 수레를 재촉하여 집에 돌아오니, 영경이 나와 성상이 부르신 까닭을 형경에게 듣고는 은근히 기뻐하였다. 그러나 형경은 이슥히 화가 나서 밤낮으로 번민하다가 병이 들었다.

이때 장연이 집으로 돌아와 천자의 뜻을 전하고 앞뒤 상황을 자세히 아뢰니, 시랑이 기뻐하며 어사 정중도를 청주후 부중에 보내 중매를 서게 했다. 형경이 영경에게 정어사를 대접하게 하고 정신이 몽롱한 상태로 장연과의 혼인을 허락하였다.

장연과 형경이 길일을 택하여 혼례를 올릴 때, 천자가 조정의 모든 관리와 어전풍류^{임금 앞에서 베푸는 풍류}를 보내 '장연의 신랑 행차와 차림새를 도우라' 하시고, 또 '형경의 신부 치장과 행차에 소용되는 금은과 채단^{채색 비단}과 모든 기구를 공주와 조금도 다름이 없게 하라'고 명하셨다. 이처럼 천자가 장연과 형경을 여느 후백^{侯伯}과 달리 여기셨으니, 이는 고금에 없는 일이었다.

마침내 길일이 되어 혼례식을 거행하니, 그 기구와 형세가 입으로 다 말하기 어려울 정도로 풍성하고도 화려하였다. 장연은 아름다운 얼굴과 영걸다운 풍채에 기쁨을 머금은 채 길복을 갖춰 입었고, 붉은 양산을 쓰고 금 안장을 한 백마에 올라탔다. 조정의 백관이 좌우로 옹위하고 앞뒤로 여러 악기가 공중에 어리어 풍류 소리가 십 리 밖까지 들렸다. 장연의 행렬이 청주후 부중에 이르니, 그 거룩함 또한 두 집안에 차이가 없었다.

좌우 시녀들이 장연을 중청(中廳)으로 인도하자, 장연이 진주로 만든 기러기를 유리로 된 상에 올려 신부측에 전했다. 이어서 채색 저고리와 붉은 치마를 입은 시녀들이 쌍쌍이 향촉을 받들고 장연을 내청(內廳)으로 인도하였다. 내청에는 수놓은 비단 차일(遮日)이 하늘을 가리었고, 오색 장막은 사면을 둘렀으며, 휘황찬란한 채석(彩石)이 땅을 가렸다. 요지연3)과 다름없는 광경이었다.

형경이 신부 단장을 마치고 마침내 패옥 소리를 쟁쟁거리며 내청으로 나오니, 향기로운 냄새가 사방에 가득하였다. 이윽고 칠보로 단장한 시녀 수백 명이 형경을 옹위하여 운모로 만든 병풍을 반쯤 열어 둘러친 내청으로 인도하자, 장연과 형경이 천천히 단상으로 나아가 맞절을 올렸다. 맞절을 마치고 장연이 잠깐 눈을 들어 형경을 살펴보니, 예전에는 남장을 하여 조복 가운데 웅장하고 뛰어난 재상의 풍채였는데 오늘은 옥과 꽃 같은 얼굴이 천연하게 곱고 아름다워 곤산4)의 미옥(美玉) 같았다. 가냘프고 여린 허리는 촉나라 비단을 묶은 듯 신부 치장을 이기지 못하였다. 그 거동이 마치 여린 풀이 봄바람을 만나 하늘거리는 듯하였다. 진실로 신부 형경의 용모와 거동은 요조숙녀 그 자체였다.

'저렇게 연약한 사람이 장창과 대검을 들고 적진을 드나들며 적장의 머리를 추풍낙엽같이 베는 용맹을 지녔다고 어찌 생각할 수 있으리오?'

장연은 이런 생각으로 더욱 반갑고 기쁜 마음이 온몸에 가득하여 희희낙락한 빛을 감추지 못했다.

하객들이 신랑과 신부를 바라보니, 장연의 아름다운 얼굴과 영걸다

---

3) 요지연(瑤池宴): 중국 신화 속 선녀 서왕모가 산다는 연못인 요지에서 베푸는 잔치. 서왕모가 삼천 년에 한 번씩 이곳에서 잔치를 열어 옥황상제에게 반도를 진상했다는 이야기가 전한다.
4) 곤산(崑山): 중국 전설상의 높은 산. 중국의 서쪽에 위치하며, 좋은 옥이 난다고 한다.

운 풍채는 화초가 봄바람을 만난 듯했으며, 형경의 탐스럽고 아름다운 용모와 기질은 난초가 화사한 꽃을 피운 듯했다. 실로 두 사람은 차이가 없고 잘 어울리는 한 쌍이었다. 이에 모두 탄복하였다.

"장연과 형경은 진실로 오래전부터 상제가 명하신 좋은 배필이도다."

해가 서산으로 저물어 하객들이 각각 흩어진 뒤, 장연이 동방5)으로 나아갔다. 이윽고 붉은 치마를 입은 시녀가 화촉을 잡고 유모가 형경을 붙들고 들어왔다. 신랑과 신부가 각각 반상牀床에 앉아 합환주合歡酒를 마셨다. 장연이 기쁨을 참지 못하고 웃으며 말했다.

"제가 운이 별로 없는데도 그대의 사랑에 힘입어 절친이 되었다가 오늘 다시 부부의 즐거움을 누리게 되니, 이는 천고의 미담이 될 것이오. 저는 마음이 흔쾌한데, 그대는 어떠하오?"

형경이 정색하고 말했다.

"내가 용렬하여 의논할 줄 모르니, 어떻게 여기겠소? 다만 그대가 진왕에게 부탁하여 갖은 수단과 방법으로 나를 속였으니, 이는 장부의 행실이 아니오. 그래서 나는 항복할 수가 없소. 오늘 비록 늦었으나 그대는 최장시6)를 짓고 나는 합중시7)를 짓되, 누가 먼저 짓는지 겨뤄봅시다. 내가 만일 다시 지거든 그대와 함께 살고, 그대가 지거든 먹고 자는 것을 따로따로 해서 부부의 의리를 끊읍시다."

장연이 깜짝 놀라며 말했다.

"내 재주가 둔한 것은 그대도 이미 아는 바인데, 어찌 붓을 들어 선후를 다투겠소?"

형경이 화를 내며 말했다.

"성상 앞에서 짓던 것처럼 신속하게 글을 지으면 될 것이오."

---

5) 동방(洞房): 신랑과 신부가 첫날밤을 보내도록 새로 꾸민 방.
6) 최장시: 미상.
7) 합중시: 미상.

장연이 형경의 말을 듣고 다급하게 몸을 굽혀 칭찬하였다.
"제가 성상께 먼저 글을 바치게 된 사정을 그대가 이미 꿰뚫어 알고 있는데, 어찌 또다시 그런 말로 저를 부끄럽게 하십니까? 빌건대, 잘 헤아려주소서."
형경이 비로소 화를 풀고 역시 웃으며 말했다.
"내 나이가 그대와 같고 가문의 위상도 서로 어울리니, 그대와의 혼인이 나에게 욕될 것은 없소. 어찌 여러 번 말하겠는가마는, 본래 내가 혼인 자체를 구차하게 여겨 싫어했던 것뿐이오."
두 사람이 이야기를 마치고 반상에서 일어나 부용당을 깨끗하게 정리한 뒤 원앙금침鴛鴦衾枕에 눕더니, 서로 오랫동안 맺었던 정이 태산과 하해 같았다.
다음날 신랑과 신부가 함께 이시랑 부부의 사당에 가서 참배하니, 말할 것도 없이 형경과 영경은 슬픔에 젖었고 유모와 비복 등도 한편으로는 슬퍼하고 한편으로는 기뻐하였다.
이날 장시랑 집에서는 예의범절을 갖춰 신부를 맞을 준비를 했다. 나이 어린 부인네들이 젊고 아름다운 빛을 머금고 향기를 띠어 해마저 빛을 잃은 듯하였다.
신부가 화장을 곱게 하고 칠보로 치장한 수레가 끄는 덩공주나 옹주가 타던 가마에 오르니, 푸른 저고리와 붉은 치마를 입은 시녀 수천 명이 앞뒤로 옹위하여 장연 부중에 이르렀다. 장씨 집안의 시녀 수백 명이 덩을 맞아 내청을 향해 가니, 이미 장시랑 부인이 여러 며느리와 친인척 부인네와 하객 부인네를 거느리고 대청마루에 가득히 서 있었다.
신부의 덩이 열리고 유모가 형경을 붙들고 나오니, 붉은 치마를 입은 무수한 시녀들이 좌우로 모시고 칠보로 단장한 시녀 두 쌍이 비단부채와 파리채를 잡고 길을 인도하였다. 형경이 섬섬옥수로 대추와 밤을 높이 들어 시부모께 나아가니, 장시랑 부부가 폐백을 받고 눈을 들어 신부를 보았다. 조용하고 품위 있는 거동과 곱고 아름다운 태도가 어찌 곱게 단장한 세속의 미녀와 비기겠는가? 시랑 부부는 신부를 보자마자 눈이 시리고 목이 말라 자리에 앉는 차례마저 잊어버렸다.

형경이 예를 마치니, 시랑이 여러 며느리 가운데 별도로 자리를 정해주는 등 형경을 황녀皇女처럼 사랑하고 두려워하였다. 또한 기쁜 빛을 얼굴에 가득 띠고 신부를 위로하였다.

"그대가 고심하다가 이제 이렇게 되었으니, 이 또한 천명이리라. 비록 그대는 편안하지 않겠지만, 우리 가문의 경사요 이 늙은이의 복이로다."

형경이 두 손을 땅에 짚고 공손히 절한 뒤 옥처럼 하얀 이를 열고 대답했다.

"소첩이 지난날 망령되게 남장으로 세상을 속인 죄가 많사온데, 이렇듯 말씀해주시니 부끄러움을 이기지 못하겠습니다."

말을 마친 형경의 몸빛이 태연자약하고 태도가 맑고 깨끗하니, 시랑이 몹시 매혹되어 더욱 사랑하는 마음으로 형경을 거듭 위로하였다.

이때 나이 어린 부인네들이 젊고 아름다운 빛을 머금고 광채를 자랑하더니, 한 번 형경을 보고 낯빛을 잃어 꽃 같은 얼굴이 흙처럼 시커매졌다. 형경의 엄정하고 씩씩한 모습을 바라보면서 가가 자기 몸을 돌아보며 두려워 조심하였다. 하객들이 종일토록 마음껏 즐기고 실컷 취해 놀다가 해가 서산에 기울자, 각자 돌아가면서 형경의 아름다움을 입이 마르도록 치하하였다.

위영의 참소로 형경이 시가를 나오다

형경이 장씨 집안에 있으면서도 본래 자기 집에 있던 시종들을 거느리고 유순하게 처신하니, 온 집안에 화평과 기쁨이 가득하였다. 또한 성격이 맹렬하고 기질이 맑고 깨끗하여 사치를 취하지 않고, 항상 굵은 비단옷에 잡다한 노리개는 모두 빼고 옥패 한 줄만 차니, 형경의 덕이 이토록 청렴하였다. 비록 채색옷을 입은 시녀들이 수풀처럼 모여 한가하게 놀되, 형경의 침소에는 두 쌍의 계집아이가 방안의 일을 받들며 간혹 향불도 밝히고 술도 따를 뿐이었다.

형경이 이렇듯 고요하며 단정하고도 엄숙하게 처신하니, 장연 또한 더욱 공경하여 한순간도 형경의 곁을 떠나지 않으려 했다. 그러나 형경은 이를 좋아하지 않아 한 달에 보름만 침소에 머물게 하고, 남은 기간은 허락하지 않고 외당으로 보냈다. 장연이 형경의 뜻을 막을 수가 없어 웃으며 물었다.

"나를 방밖으로 내치시니, 장차 혼자 자라고 하시는 것이냐?"

형경이 답했다.

"그대가 혼자 자거나 둘이 자거나 내가 알 바 아니오. 단지 내 방안에만 있지 마시오. 내 방의 일은 내 뜻대로 하리라."

장연이 어이없어 크게 웃고 나가니, 유모가 가만히 형경에게 말했다.

"아까 '상공께 혼자 자라' 하신 때 '창녀와 자소서' 하신 건 상공이 부인의 덕을 더욱 공경케 하시려는 것 아닙니까?"

형경이 크게 웃으며 대답했다.

"어미는 가소로운 말을 하지 마라. 그가 내 침소에 괴로이 머물기에 '나가 자라' 하여 이미 외당으로 나갔으니, 창녀를 찾고 싶으면 찾아볼 것이다. 그가 어린아이가 아닌데 남이 가르치는 대로 하겠는가? 내가 이리해라 저리해라 권하면 족히 번거로울 뿐만 아니라, 남들이 나를 비웃으리라. 그런데 어미는 나에게 교묘한 꾀를 내어 총애를 얻으라는 것이냐?"

이에 유모는 묵묵히 미소만 지었다.

이때 영경의 나이는 열다섯 살이었는데, 아름답고 영걸다운 풍채가 날로 새로워 비길 데가 없었다. 장시랑 집에서 택일하여 혼례를 올리니, 그 웅장한 차림과 행렬은 장연이 혼인할 때와 다름이 없었다.

이날 영경이 길복을 갖춰 입고 시위를 거느려 장부張府에 이르렀다. 맞절을 마치고 온갖 구색을 갖춰 장소저를 맞아 돌아올 때, 장시랑 부부가 맑고 우아한 사위의 풍채와 태도를 매우 사랑하여 소저에게 각별히 경계하였다. 이부李府로 돌아오는 길에 생황과 피리와 북 소리가 하늘까지 울려퍼졌다. 부중에 이르러 곧바로 사당에 올라 참배하니, 형경과 영경이 슬픔을 이기지 못하였다.

이어서 장소저가 형경에게 재배하고 물러나 자리에 앉으니, 아름답고 어여쁘며 온화하고 공손하며 바르고 씩씩한 장소저의 모습이 마치 곤산의 아름다운 옥 같았다. 형경은 크게 기뻐하며 장소저를 몹시 아끼고 사랑하였다. 장소저가 편안하게 시집에 정착하니, 부부가 화목하고 즐거워 서로 사랑하는 마음이 날로 깊어졌다.

영경이 혼인한 뒤에는 형경이 한 달에 보름은 장부에 있고 보름은 이부에 와서 영경 부부와 함께 평화롭게 즐기니, 장소저는 형경을 시아버지처럼 모시고 영경은 형경을 엄한 아버지처럼 공경하고 두려워하였다. 이해가 지나서 영경 또한 과거에 급제하여 한림에 뽑히니, 집안의 명성을 잇고 누이의 풍도風度와 내력을 조금도 잃지 않았다.

이때 장연의 애첩 위영은 옛날 형경을 섬기려고 했던 창녀였으나, 결국 장연의 그물에 걸려 그의 총애를 받고 있었다. 그러나 형경이 장부에 들어온 뒤에는 위영이 총애를 잃고 길 가는 행인처럼 취급받게 되었다. 이에 위영이 원한을 품고 형경을 해칠 뜻을 가졌으나, 감히 실행하지는 못했다.

시랑 부인 여씨는 성질이 어긋나고 사나웠으며, 그 됨됨이가 패악하고 바르지 못했다. 시랑이 항상 여씨를 꾸짖으며 집안을 다스렸으나, 여씨는 조용히 따르긴 하되 본성은 고치지 못했다. 그리하여 항상 맑고 깨끗하며 강직한 형경을 못마땅해했지만, 형경은 시원하고 산뜻한 사람이라 구차하게 굴지 않았다. 여씨는 성품과 도량이 느슨하여 강단이 없고 재물을 아끼며 간교한 사람을 좋아했으니, 하늘이 내린 재주를 지니고 만고의 영웅인 며느리와 뜻이 맞겠는가? 형경을 매우 그릇되게 여겨 항상 시랑과 장연을 꾸짖었다.

"셋째 며느리 이학사는 조정 대신이라 하여 교만하고 방자하니, 내 집에 둘 수가 없다."

장연은 여씨의 말을 듣기만 했으나, 시랑은 머리를 가로저으며 못마땅해했다.

"셋째 며느리 이학사는 소소한 여자가 아니오. 허리에 금인을 빗겨 찼으며 그 작위 일품이되, 온순한 사덕[1]과 맑고 깨끗함과 엄숙한 기개를 갖춘 고금에 드문 사람이오. 이는 우리 아이에게는 큰 복이고 가문에는 빛나는 경사인데, 그대는 차마 어찌 그런 말을 하시오?"

여씨가 불만스러워하며 대답하지 않았다.

형경은 영특하고 민첩한 위영을 사랑하여 자주 불러 만나고, 장연에게도 '위영을 우대하라'고 권하였다. 장연 또한 모친의 명에 따라 한 달에 사흘씩 위영을 찾아보니, 위영이 더욱 방자해져 항상 여씨에게 형경을 헐뜯었다. 여씨는 위영의 말을 곧이듣고는 형경을 매우 미워했으나, 감히 꾸짖지도 못하고 오로지 마음만 졸일 뿐이었다.

하루는 여씨가 첫째 아들 협, 둘째 아들 안, 셋째 아들 연, 첫째 며느리 김씨, 둘째 며느리 하씨 등과 함께 초당에 모여 놀다가, 위영을 불러 손을 잡고 등을 두드리며 웃으며 말했다.

"이 사람은 속세의 사람이 아니라 선녀가 하강한 것이니, 연은 모름지기 이 사람을 높은 산처럼 소중하게 대접하라."

장연이 웃으며 말했다.

"대장부가 이미 숙녀를 두고 어찌 창녀를 소중하게 대접하오리까?"

여씨가 낯빛을 바꾸고 말하였다.

"이학사는 음란하고 포악한 계집이다. 얼굴인들 위영에게 미치겠느냐?"

김씨와 하씨 등은 이 말에 웃고, 아들들은 아무 말도 하지 않았다.

이때 문득 시녀가 아뢰었다.

"이후李侯가 오시나이다."

모두 돌아보니, 형경이 머리에 자금관을 쓰고 몸에 붉은 저고리를 입고 나는 듯이 좌중 앞에 이르렀다. 가을 물결처럼 아름다운 두 눈은 햇빛과 달빛보다 밝고 맑았으며, 복사꽃처럼 화사한 두 뺨은 옥으로 가다듬은 듯하고, 검푸른 머리는 검은 구름이 서린 듯하고, 곱고 가는 허리

---

1) 사덕(四德): 여자로서 갖춰야 할 네 가지 덕으로 마음씨, 말씨, 맵시, 솜씨를 의미함.

와 봉황 같은 어깨는 바람에 나부끼는 제비 같으니, 그 기이하고 오묘한 거동이 진실로 만고에 다시 볼 수 없는 사람이었다. 금관의 면류^{면류관의 앞} 뒤에 늘어뜨린 구슬꿰미가 얼굴을 가려 검은 구름 속에서 밝은 달이 솟아나는 듯했으며, 수려한 골격과 여유 있는 풍채와 태도가 좌우에 요동하고, 맑고 깨끗한 광채가 휘황찬란하게 온 초당을 비추었다. 향기가 진동하는 가운데 옷 사이에서 옥패가 맑게 울리니, 멀리서 볼 때는 형경의 자태가 너무 아름답고 황홀하여 넋이 나갈 정도였다. 형경이 가까이 와서 옷을 여며 공손하게 인사하니, '어진 사람은 좋게 여기고 부정한 사람은 미워한다'는 말이 여기에서도 바로 드러났다.

여러 사람이 일시에 일어나니, 여부인 또한 급히 일어나 맞이했다.

"현후가 이르시니, 잔칫상의 광채가 두 배나 더 빛나오이다."

드디어 방석을 놓고 앉기를 청했다. 형경이 절하고 사례하였다.

"부인이 이렇듯 두텁게 사랑하시니, 그 덕을 어찌 갚을지 모르겠습니다. 첩은 단지 부인 슬하에서 부인을 우러러 사모하는 사람일 뿐인데, 시어머니께서 어찌 첩이 드나들 때 반드시 일어나 맞으시어 첩을 황공하게 하십니까? 말씀 또한 너무 예의를 차리시니, 이는 첩이 바라는 바가 아니옵니다."

여부인이 사례하여 말했다.

"현후는 국가 대신인데, 이 늙은이가 어찌 이런 자식에게 시어미인 체할 수 있겠소?"

형경이 묵묵히 몸을 돌려 동서들이 앉은 데로 가서 앉으니, 장협 등이 함께 공부하며 사귀던 옛일을 이야기한 뒤, 크게 웃으며 말했다.

"그때는 어찌 그대가 연의 부인이 될 줄을 알았겠소?"

형경 또한 웃고 화답하니, 그 유순한 기질과 빼어난 용모에 어찌 위영이 미치겠는가? 여씨는 속으로 불만스러워했지만 겉으로 이를 드러내지 않았다. 하지만 형경은 시어머니의 기색이 이상하자 문득 일어나 침소로 돌아갔다. 장연의 두 형이 새로이 형경의 아름다움을 탄복하면서 장연의 큰 복을 입이 마르도록 치하하니, 여씨가 몹시 화가 나 안으로 들어가면서 다른 사람들도 각각 흩어졌다.

하루는 형경이 우울한 마음을 달래기 위해 화원과 누각을 두루 걷다가 한곳에 이르니, 위영이 거문고를 다스리며 당상에 걸터앉아 있었다. 위영은 채 형경을 보고도 전혀 움직이지 않았다. 형경이 매우 화가 나서 꾸짖었다.

"시부모님도 오히려 내가 출입할 때 귀한 몸을 움직이시고, 시아버지와 손윗동서들도 당에서 내려와 나에게 예의를 갖추느니라. 그런데 하물며 너처럼 미천한 사람이 어찌 감히 이렇듯 태만하게 구느냐?"

그러면서 추종에게 영을 내렸다.

"칼을 씌워 하옥하라."

형경이 숙소로 돌아와 장연을 꾸짖었다.

"그대는 조정 대신으로서 어찌 집안을 이렇게 다스리는가? 천첩 위영이 분수와 도리를 차리지 못하니 한심하도다. 내가 비록 여자지만 그대와 같은 남자에게는 복종하지 않으리라."

장연이 웃으며 말했다.

"그대의 말씀도 옳거니와, 옛사람이 이르기를, '집안의 어진 아내와 나라의 어진 재상이라' 했소. 내가 비록 나랏일을 하느라 집안을 엄하게 다스리지 못했을지라도 부인이 잘 다스리면 될 터인데, 어찌 남의 집 일처럼 여기시오? 또한 아내의 도리를 전폐하고 구구절절이 남편인 나만 꾸짖으시는가?"

형경이 웃으며 말했다.

"그대는 가히 말을 잘하는 사람이로다."

장연이 크게 웃으며 말했다.

"요사이 어머니가 위영을 편애하시니, 그 버릇이 사납다오."

이에 형경이 한참 동안 침묵하다가 창문을 열고 부하 정현 등을 불러 분부했다.

"창녀 위영이 매우 무례하니, 벌로 곤장 삼십 대를 엄중하게 쳐라."

형경의 호령이 가을 서리처럼 매서우니, 이윽고 정현이 형경의 명을 받들어 위영을 엄하게 다스렸다.

이후 몇 개월이 지나도록 위영은 뼈에 사무치도록 형경을 원망하였다. 그러던 어느 날 형경의 글씨를 얻어 형경이 간부(간통남)에게 보내는 편지처럼 꾸미고, 그 편지로 형경을 여부인에게 참소하였다. 여씨가 매우 화가 나서 시랑 앞에서 날뛰고 울며 말하였다.

"내가 원래부터 형경이 더러운 인물인 줄 알고 반기지 않았거늘, 그대와 연이가 형경에게 미혹되어 미쳐 있었소. 오늘 보니 어떠하신가?"

시랑이 머리를 흔들며 말했다.

"그렇지 않소. 이는 반드시 간사한 사람이 간사한 꾀를 낸 것이니, 더 이상 입 밖에 내지 마시오."

여씨가 벌컥 화를 냈다.

"영감은 형경의 위세가 두려워 아첨하느냐? 그리 두렵거든 내가 처치하리라."

그러면서 세 아들을 불러 큰 소리로 말했다.

"너희는 이 편지를 보아라."

또 장연을 꾸짖었다.

"네가 요괴로운 것에 미혹되어 체면과 위신을 아주 잃어버렸구나. 위영은 내가 사랑하는 며느리거늘, 죄가 없는데도 형경에게 곤장 삼십 대를 치게 하니, 이것이 무슨 일이냐? 장차 형경을 내칠 만하냐, 그대로 둘 만하냐?"

장연이 비록 곧이듣지는 않았으나, 그러면서도 의심하여 천천히 대답하였다.

"소자 또한 의심이 없지 아니하오니, 장차 어찌하면 되겠나이까?"
여씨가 말했다.
"빨리 내쫓아라."
장협 등이 곧이곧대로 아뢰었다.
"저 사람이 그런 일을 할 리 없으니, 모친은 잘 살피소서."
그러자 여씨가 매우 화를 냈다.
"당나라 때 무측천은 위왕후(韋皇后)와 천자를 겸했어도 행실이 사나워 쫓겨났는데, 어찌 사나운 행실을 한 일개 명부와 제후를 참고 보겠느냐? 빨리 내쫓아라."
여씨가 말을 마쳤을 때, 한 부인이 부드러운 얼굴에 웃음을 머금고 낭랑하게 대답했다.
"부인 말씀이 지극히 마땅하옵니다."
모두 돌아보니, 바로 형경이었다. 여씨가 놀라서 무슨 말을 하려고 했는데, 형경이 이마에 성난 빛을 가득 띠고 장연을 가리키며 꾸짖었다.
"네가 나를 의심해 난처하게 여기니 내가 당당하게 돌아가리라. 그러나 평소 네가 나를 마음을 알아주는 벗이라 했는데 그 말이 부끄럽지 않은가? 위영이 여씨 부인의 총애를 믿고 나를 모함한 일에 불과한데, 장연 너 같은 필부가 곧이듣는 것이 이상하지 않으리라. 내가 비록 용렬하여 시부모 앞에서 위영의 소행을 자세히 조사해 밝히고 싶지만, 그러면 사람들이 다 나를 구차하다고 비웃으리라. 그리하여 듣고도 못 들은 척하고 돌아가겠다."
그러면서 시아버지 장시랑에게 나직이 하직 인사를 올렸다.
"첩이 여자의 행실에서 크게 벗어난 죄를 지었나이다. 여기 머물러 귀댁의 맑은 덕을 더럽힐 수 없어 제 집으로 물러가 행실을 닦겠나이다."
여씨는 아무런 말도 못하고 잠잠하게 있는데, 시랑이 탄식하였다.
"늙은 내가 집안을 엄하게 다스려 요괴로운 일을 제어하지 못한 탓에 그 화가 현후의 신상에 미치니, 참담함을 이기지 못하겠도다. 이제 현후가 집으로 돌아가기를 청하니, 내가 감히 금하지 못함은 현후의 뜻을 순순히 따르려는 것이다. 훗날 장연의 죄를 용서하여 다시 합치기 바라노라."

형경이 문득 얼굴빛을 고쳐 공손하게 재배하며 하직 인사를 올리고, 수레를 재촉하여 아름다운 얼굴에 황월을 손에 들고 자기 군졸들을 거느려 훌쩍 돌아가니, 좌중은 멍하니 서 있고 여씨는 매우 기뻐하였다.

위영이 형경을 죽이려 자객을 보내다

형경이 집으로 돌아와 영경과 장씨에게 그 곡절을 말하니, 영경이 매우 화가 나서 장씨를 꾸짖었다.

"나의 누이는 국가 대신이오, 장상서와 죽마고우로 부부의 의리를 맺었다. 그런데 네 집에서 음란한 말로 누이를 구박했으니, 그 나머지는 말해 무엇하겠느냐? 내 비록 그대와 몇 년 동안 쌓은 정이 소중하지만 결단코 함께 살 수 없으니 그대는 집으로 돌아가 다른 남자를 얻어 살라."

장씨가 아무런 말도 못하고 묵묵히 있거늘, 형경이 급히 말렸다.

"아우는 일찍부터 성현의 글을 읽었으니 예의에 어긋나는 말은 삼가야 하거늘, 장씨를 능욕하여 선비의 행실을 훼손하는가?"

영경이 말했다.

"저 장가張哥가 누이를 욕하니, 제가 어찌 저를 욕하지 못하리오?"

형경이 웃으며 말했다.

"그렇지 않다. 내가 너에게 만 권의 책을 가르쳤거늘, 어찌 그리 통달

하지 못했는가? 오랜 옛날부터 사람 중에는 어진 이도 많고 사나운 이도 많았거늘, 네 말 같다면 어찌 공자와 도척[1]이 현격히 다르겠는가? 어질지 못한 자는 위대한 현인을 본받지 못하고, 위대한 현인은 어질지 못한 자를 보면 더욱 행실을 닦는 법이다. 그런데 너는 어찌 무도한 장연처럼 구느냐? 하물며 장씨는 어진 부인이니라. 네 누이처럼 사납지 않으니, 마땅히 장씨를 공경하라."

영경이 어쩔 수 없이 형경에게 사례하였다.

하지만 영경이 그뒤로 장씨의 얼굴을 쳐다보지도 않으니, 형경이 영경에게 권하였다.

"네가 비록 형제를 사랑하는 마음에서 그런다 해도, 어찌 종갓집 후손의 귀중함을 깨닫지 못하고 죄 없는 여자를 박대하느냐? 장씨가 어떻게 사나운 자기 오라비를 가르치겠느냐? 하물며 너마저도 내 말을 듣지 않으니, 장씨를 꾸짖지 못하리로다."

이에 영경은 '누이가 괴로이 장씨를 박대하지 말라고 권하는 것은 가문의 대를 이을 후손 때문이니, 내가 마땅히 아름다운 여자를 얻어 누이가 권하는 바를 막고 나의 분함도 풀리라' 하고, 가만히 구혼하여 태학사 백홍의 딸을 다시 얻으려 했다. 영경이 본래 신중하고 단정하고도 엄숙하여 재혼을 주도면밀하게 추진하니, 형경은 그 사실을 전혀 몰랐다.

며칠 후 영경이 혼례를 올리기 위해 길복을 입고 내당으로 들어와 하직 인사를 올리니, 형경이 매우 놀랐다.

"아우가 어찌 신랑의 옷을 입었는가?"

영경이 웃으면서 사실대로 고하니 형경이 어리둥절하여 말없이 앉았다가 낯빛을 바꾸고 말했다.

"내가 비록 용렬하나, 네가 어찌 나에게 묻지도 않고 이런 일을 저지

---

[1] 도척(盜跖): 중국 춘추시대의 큰 도적. 공자와 같은 성인과 대조되는 악한 사람을 비유한다.

를 수 있느냐?"
 누이의 기색이 좋지 않음을 본 영경이 즉시 죄를 청했다.
 "제가 실로 잘못했습니다. 하지만 단지 장씨와 함께 살지 않으려는 것일 뿐입니다. 어찌 누이를 업신여겼기 때문이었겠습니까?"
 형경이 말했다.
 "네가 콩과 보리를 분별하지 못하는구나. 부모가 계시지 않은데 나에게 말하지 않으면 누구에게 말하리오? 네가 이미 나에게 말하지 않았으니, 재혼한 뒤에는 내 눈앞에 나타나지 마라."
 영경이 낯빛을 고치고 꿇어앉았다.
 "그러시다면 오늘 혼사를 파기하고, 누이의 곁을 떠나지 않겠나이다."
 드디어 길복을 벗고 사죄하였다. 장씨가 이 말을 듣고 들어와 형경을 뵈니, 영경은 눈을 나직이 하고 고개를 숙여 장씨를 바라보지 않았다.
 형경이 장씨를 보고 탄식하였다.
 "내가 사리에 어두워 동생 하나도 제대로 가르치지 못했구려. 동생이 이상하게 아집을 부려 낭자를 이유 없이 박대하고 재혼하려 하니, 어찌 사람 대하기가 부끄럽지 않으리오?"
 장씨가 몸가짐을 단정히 하고 사례하며 말했다.
 "부인께서 보잘것없는 첩을 걱정해주시니, 그 은혜 죽어 백골이 되어도 잊지 못하오리다. 그러나 남자가 처첩을 두는 일은 이상하지 않습니다. 오늘 혼사를 파기하면 사달이 되고 그 집 여자도 평생 불쌍해질 것이옵니다. 비록 제 지아비가 처신을 잘못했으나, 한번 용서해주시면 더 없이 다행이겠나이다. 삼가 마음속 생각을 아뢰옵니다."
 형경이 이슥히 고민하다가 영경에게 말했다.
 "내가 결단코 허락하지 않으려 했으나, 장소저의 말이 옳구나. 너는 길일을 어기지 말라."
 영경이 사례하고, 마음속으로 장씨를 더욱 기특해했으나 내색은 하지 않았다.

　영경이 다시 혼례에 맞는 차림새를 갖추고, 여러 가지 의식에 따라 신부를 맞이하여 돌아왔다. 신부가 젊고 아름다워 매화처럼 고운 빛을 띠었으나, 얌전하고 정숙한 면모는 장씨에게 미치지 못했다. 그러나 영경이 짐짓 후처에게 미혹되어 장씨에게 소홀해지니, 장씨는 비록 한이 깊었으나 내색은 하지 않았다.

　형경이 이를 짐작하고 매번 영경을 꾸짖고 달래었다.

　"네가 이렇게 하면 장씨 집안에서 '내가 부족한 탓이라' 하고 더욱 구차하게 여길 것이니, 너는 고집을 부리지 말라."

　그렇게 말해도 영경은 장모 여씨를 밉게 여겨 끝내 뜻을 돌리지 않았다.

　이때 장연은 형경이 화를 내고 원통해하며 돌아가니, 한마디 말도 못 하고 우울한 마음으로 나날을 보냈다. 위영은 형경이 분한 마음을 먹고 자기를 해칠까 두려워하여 가만히 자객을 보내 형경을 죽이려 했는데, 그 자객은 복건중국의 지명 사람이었다. 나이는 서른두 살이었으나 키가 석 자가 안 되었으며, 담력과 꾀가 매우 뛰어나고 행동이 재빨라 보통 자객과는 달랐다. 또한 날카로운 칼을 하나 가지고 있어서 형가[2]의 칼이 날래지 못함을 비웃곤 했다. 성명은 장휘영이었다. 위영이 천금을 주고 형경 죽이는 일을 의논하니, 휘영이 반겨 말하였다.

　"이는 제가 알아서 할 테니, 낭자는 근심하지 마소서."

　장휘영은 집으로 돌아와 아내 황씨에게 전후 사정을 말한 뒤, 혼자 보검을 품고 청주후 부중으로 갔다.

　이날 형경이 대청마루에 나와 주변 경치를 바라보며 거문고를 타는

---

2) 형가(荊軻): 중국 전국시대의 자객. 위나라 사람으로, 연나라 태자 단이 부탁해 진시황을 암살하려 했으나 실패하고 처형당하였다.

데, 문득 바람이 거세게 몰아쳐 티끌을 날리며 불어와서는 형경이 쓰고 있는 관을 날려버렸다. 옆에 있던 시종들이 매우 놀라니, 형경도 이상히 여겨 점을 쳐보고 웃으며 말했다.

"이놈들이 속절없이 죽음을 재촉하는구나."

그러고는 시녀에게 관을 가져와 불태우게 하였다. 날이 저문 뒤 형경이 침실로 돌아와 긴 촛불을 여러 개 밝히고, 예전에 쓰던 보검을 잘 갈아서 베개 밑에 넣고 태연하게 잤다. 이에 좌우 시녀들은 감히 묻지도 못하고 매우 이상하게 여겼다.

밤이 깊어 집안 사람들이 모두 쓰러져 자거늘, 자객 휘영이 창틈으로 보고 기뻐하며 몸을 흔들어 한줄기 바람이 되어 형경의 침실로 들어갔다. 칼을 들어 침상에 누워 있는 형경을 치니, 형경이 문득 사라져 보이지 않았다. 휘영은 '내가 아까 창밖에서 보니, 형경이 분명 베개에 누워 있었다. 그런데 어찌 보이지 않는가?' 하고, 놀라서 급히 좌우를 돌아봤다. 그러자 왼쪽 촛불 아래 한 미인이 붉은 치마를 끌고 짙푸른 적삼을 여미며 미소 짓고 있었다. 휘영이 물었다.

"너는 어떤 사람이냐?"

그 사람이 대답은 하지 않고 오른쪽으로 갔다. 휘영이 청주후인 줄 알고 비수를 꺼내어 치니, 또 그 미인이 문득 사라져 어디로 갔는지 알 수가 없었다. 급히 돌아서 보니, 그 미인이 동쪽 촛불 아래 서 있었다. 자객이 또 비수를 들어 내리쳤는데, 그 칼이 쨍그랑 소리를 내며 땅에 떨어졌다. 미인이 또 서쪽 촛불 아래 서 있거늘, 휘영이 다급하게 땅에 떨어진 비수를 집어들고 미인의 머리를 베려 하였다. 그러나 또 미인은 보이지 않고 한줄기 무지개가 방안에 비쳤으며, 음산한 바람이 일어나면서 서리와 눈이 방안에 가득히 쌓여서는 찬 기운이 뼈에 사무쳤다. 눈이 아리고 넋이 황홀해진 휘영이 매우 놀라 다시 비수를 휘날리며 대적했는데, 온 방에 찬 기운이 가득하고 미인은 서쪽으로 걸어가고 있었다.

휘영이 동쪽으로 돌아가 맞서 싸우니, 살기가 등등하되 촛불은 조금도 흔들리지 않았다. 과연 형경의 재주는 기이하다고 할 만했다.

두 사람이 싸울 때 시녀 한 명이 잠에서 깨어 보니, 방안은 고요한데 이따금 서릿빛과 번갯빛이 일어났다. 이상하게 여겨 오래도록 바라보았으나, 사람은 전혀 보이지 않았다. 매우 놀라 형경을 깨우려고 침실 머리맡에 친 병풍을 향해 가니, 문득 형경이 크게 외쳤다.

"빨리 저것을 쓸어내라."

그 소리에 모든 시녀가 놀라 동시에 일어나 보니, 한 사람이 땅에 거꾸러져 있고 핏물이 방에 가득했다. 하녀들이 넋이 나가 정신을 못 차렸다. 그러다가 다시 보니, 형경이 나비 같은 눈썹을 거사리고 봉황 같은 눈을 부릅떴으며, 오른손에는 사람의 머리를 잡고 왼손에는 징광검을 들고 동쪽 촛불 아래 서 있었다. 살기가 등등하고 위풍이 늠름한 그 모습은 마치 용이 바다 가운데 있고 맹호가 산골짜기에 앉아 있는 듯하였다.

시녀들이 혼비백산하여 손발을 덜덜 떠는데, 형경이 피가 흐르는 머리를 땅에 던지고 느긋하게 침상 위에 걸터앉아 웃으며 말했다.

"만일 내 보검이 아니었다면, 저놈을 제어하지 못했으리라."

한 시녀가 무릎을 꿇고 여쭈었다.

"이것이 어찌된 일이옵니까?"

"이제 저것을 쓸어내거라."

이렇듯 집안이 온통 시끄러우니, 영경이 듣고 급히 나와 보고 매우 놀랐다.

"이것이 어찌된 일입니까?"

"이는 바로 위영이 시킨 짓이다."

휘영의 시신 곁으로 다가가 그가 찬 요패[3]를 보니, '복건 장휘영'이라는 다섯 글자가 쓰여 있었다. 형경이 영경에게 말하였다.

"저 요패를 끌러 잘 간직하고 있거라.

그뒤 시신을 거둬 내치고 다시 침상에 올라가 편히 잠을 잤다.

이때 천자가 백관에게 잔치를 베푸셨는데, 황후도 내전(內殿)에서 잔치를 열어 조정의 모든 명부를 초대하였다. 장시랑 부인 여씨도 시랑을 따라 궁궐로 들어갔다.

---

3) 요패(腰牌): 군졸, 사령, 별배 등이 허리에 차던 신분을 나타내는 패.

위영의 소행이 밝혀지고, 형경이 돌아가다

이날 천자가 형경을 대전 앞으로 불러 환하게 웃으며 물으셨다.
"경이 장연의 부인이 된 것을 어떻게 생각하느냐?"
형경이 붉은 도포를 붙이고 옥대를 추슬러 네 번 절하고 땅에 엎드려 아뢰었다.
"소신이 성은을 입사와 명부 되었으나 본래의 명분과 의리가 없어졌는지라, 지금은 시가에서 나와 본가에 머물면서 처음의 뜻을 지키고 있습니다."
천자가 그 말을 듣고 놀라며 이유를 물으시니, 형경이 조금도 숨김없이 사실대로 아뢰었다. 천자가 들으시기에, 형경의 말이 조용하고 조리가 있었다. 형경은 구태여 장연과 여씨를 분명하게 언급하지 않고서도 본인의 애매함을 명백하고 적절하게 드러내었다. 또한 말에 담긴 뜻이 평안하고 고요하여 마치 사랑하는 아버지 앞에서 말하는 것과 다르지 않으니, 천자가 더욱 공경하고 사랑하여 형경에게 '일어나거라' 하시고, 장시랑과 장연을 불러 꾸짖으셨다.

"태학사 이형경은 조정의 큰 신하요 내각의 으뜸이라, 짐이 수족처럼 총애하였노라. 그런데 장연이 '형경은 제가 사랑하는 여자'라고 하길래 짐이 애달픈 마음을 머금고 형경에게 청주후와 태학사의 직위를 그대로 맡긴 채 장연과 혼례를 올려 형경의 공덕을 갚으려 했노라. 형경이 장연의 아내 되기에 무엇이 부족하며, 경의 며느리 되기에 무엇이 못마땅한가? 음란한 말로 형경을 모함하여 내치니, 이는 형경을 업신여긴 것이 아니라 벼슬을 업신여긴 것이니라. 또한 벼슬을 업신여기기에 앞서 짐을 능멸한 것이로다."

천자가 말을 마치고 소리를 버럭 지르시니, 시랑 부자가 너무 황공하여 대답하려고 했다. 그러나 천자가 대답할 틈도 주지 않고 호령하여 곧바로 위영을 잡아다가 엄하게 문초하셨다. 위영이 전후 죄상과 자객 보낸 일을 아뢰니, 천자가 물으셨다.

"그 자객은 어디 갔느냐?"

위영이 아뢰었다.

"그날 칼을 품고 청주후 부중으로 간 뒤에는 어찌된 줄 모르옵니다."

천자가 형경에게 물으시니, 형경이 실상을 아뢰고 사람을 시켜 요패를 가져다가 천자께 바쳤다. 천자가 대궐을 지키는 장수에게 장휘영의 아내를 잡아다가 대전 앞에 꿇리게 하고, 자객의 머리를 보였다.

"이것이 네 지아비가 맞느냐?"

"네, 바로 첩의 지아비이옵니다. 하루는 금과 비단을 많이 가져와 집에 두고 나갔는데, 나간 지 몇 개월이 되었으나 아직도 종적을 모르옵니다. 일을 못 이뤄 다른 지방에 머무는가 했는데, 이리될 줄 어찌 알았겠습니까?"

천자가 '자객은 벌써 죽었고, 그 처는 죄가 없다' 하여 자객의 처는 복건으로 돌려보내고, 위영은 '죄가 크니 요참중죄인의 허리를 베어 죽이는 형벌하라' 명하셨다. 그런 다음 좌우를 돌아보고 웃으며 말씀하셨다.

"장연 부자는 들어라. 세상 사람이 연지분으로 낯을 가리고 기름으로 머리를 꾸며 좋은 방석에 앉아 바느질하는 여자일지라도 죄 없이는 내치지 못하느니라. 형경이 비록 사나울지라도 짐의 낯을 볼 것이거늘, 어디를 나무라고 무슨 재주가 부족하여 박대하였는가?"

장시랑이 땅에 엎드려 사죄하였다.

"신은 선조 때의 늙은 신하이온데, 저희 부자가 그간 폐하의 은총을 과도하게 입었사옵니다. 겸하여 형경 같은 숙녀를 제 자식놈에게 혼인을 허락하시니, 하해 같은 은덕이 하늘 끝까지 사무치옵니다. 그런데 어찌 형경을 박대했겠나이까? 다만 신이 용렬하여 집안을 제대로 다스리지 못한 까닭이니, 그 죄가 더없이 크나이다."

장연은 부끄러운 얼굴로 묵묵히 머리만 조아릴 뿐이었다.

해가 서산에 기울어 후원의 모든 명부가 조정에서 물러나고 장연 부자도 물러날 때, 형경도 천자께 하직 인사를 올렸다. 천자가 금과 비단을 특별히 하사하고 웃으며 말씀하셨다.

"경은 장씨 집안으로 돌아가 여자가 지켜야 할 도리를 닦도록 하라. 짐에게 경은 공주와 조금도 다름이 없노라."

형경이 눈물을 흘려 성은에 사례하고 시가로 돌아가지 않을 뜻을 아뢰자 천자가 입을 닫고 더이상 말씀을 하지 않으셨다. 이때 장시랑이 집으로 돌아와 성상의 명령과 위영의 자백을 일일이 거론하며 여부인을 크게 꾸짖으니, 여씨는 아무 말도 하지 못했다.

다음날 장시랑이 장연에게 호위할 시종들을 거느리고 가서 형경을 맞아 오라 하였다. 장연이 부친의 명대로 청주후 부중으로 갔다. 부중에 이르러서 보니, 이층으로 된 문루(門樓)에 여러 사람이 앉아 있고 문루 아래 붉은 대문은 굳게 닫혀 있었다. 대문 앞으로 나아가 '문을 열라' 해도 대답하는 소리가 없었다. 다시 누상에 앉아 있는 사람들을 불러 '문을 열라' 했으나, 그것들이 모르는 체하고 대답하지 않았다. 장연이 크게 화를 냈다.

"너희가 비록 이한림 댁 종이나, 어찌 공후의 수레를 보고도 누상에 앉아서 내가 묻는 말에 응하지 않느냐?"

좌우시종들에게 명하였다.

"사다리를 놓고 올라가 저놈들을 잡아 오라."

그러자 누상에 앉아 있던 사람들이 '하하' 하고 크게 웃으며 말했다.

"상공도 재상이지만, 우리도 재상의 집안사람이오."

장연이 화를 내며 말했다.

"너희는 청주후의 문지기에 불과하고, 나는 청주후의 남편이니라. 너희 상공도 오히려 내 아랫사람이라고 할 수 있거늘, 더욱이 문지기인 너희들이 어찌 이렇듯 무례하게 구느냐?"

그 문지기들이 손뼉을 치고 '하하' 하고 크게 웃으며 대답했다.

"상공이 비록 청주후의 남편이지만 서로 별거중이고, 우리 현후는 장원이시고 상공은 부장원입니다. 또한 우리 현후는 대도독이시고 상공은 부도독이시니, 품계로 겨루면 누가 더 낫겠습니까?"

장연이 매우 화가 나 칼을 빼어 들고 크게 소리치며 몸을 날려 누상에 올라가 문지기들을 죽이려 하니, 문지기들이 누상에서 뛰어내려 달아났다. 장연이 더욱 화가 나서 칼을 들고 뛰어서 쫓아가 후원으로 가다가 문득 보니, 형경이 앞 난간에 태연히 앉아 거문고를 다스리고 옆에는 징광검 같은 보검을 놓아두고 있었다. 형경의 좌우에 사람이 없어 주위가 조용하거늘, 장연이 처음에는 노기등등하여 곧바로 당상으로 치달려 올라가 형경을 찌르려 하였다. 그러나 형경이 모르는 체하고 조용히 거문고를 타거늘, 장연이 큰 소리로 말했다.

"이형경아, 진실로 모르는 체하며 교만을 떨 테냐?"

형경이 들은 체도 하지 않으니, 장연이 크게 꾸짖었다.

"너처럼 작고 천한 사람이 어찌 문지기를 부추겨 공후 대신을 욕하고,

내가 들어왔으되 어찌 조금도 움직이지 않느냐? 빨리 날 욕하던 집안사람들을 잡아들여야 죄를 면할 것이다."

형경이 듣기를 마치고 거문고 타기를 그치려다가 다시 탔다. 장연이 달려들어 거문고를 빼앗으니, 형경이 비로소 물었다.

"이곳이 비록 피폐하나 성상께서 하사하신 집이오, 주인이 비록 미미하나 조정의 명관名官이며, 가문은 비록 한미하나 벼슬은 재상이오. 그런데 머리에 관을 쓰고 몸에 옷을 입은 사람이라면, 어찌 감히 칼을 들고 밝은 대낮에 지엄한 후백侯伯의 땅에 들어와 더러운 욕이 규중에 미치게 하리오?"

"나 또한 후백인데, 어찌 여기 못 오겠는가? 네가 갈수록 방자하구나."

"내가 이미 네 계집이 아니거든, 무슨 일로 들어와 핍박하느냐?"

"내가 부모의 명을 받고 좋은 뜻으로 너를 데리러 여기에 왔거늘, 네가 어찌 하인들을 시켜 나를 욕하느냐?"

형경이 쌀쌀하게 비웃으며 말했다.

"내가 하인들에게 너를 욕하라고 시키는 것을 보았느냐?"

"비록 본 적은 없으나, 어찌 네 평소 생각을 모르겠느냐?"

"짐작을 잘도 하는구나. 그 하인들이 무엇이라 하더냐?"

장연이 형경의 하인들이 꾸짖던 말을 다 이르니, 형경이 말했다.

"그 하인들의 말이 다 옳도다. 한마디도 치졸한 욕이 없는데, 너는 어찌 그것을 욕이라 하느냐?"

장연이 이때 노기가 잠깐 풀어져 아까 난동을 피운 걸 뉘우치고 있는데, 형경이 문득 칼을 들고 크게 꾸짖었다.

"내가 너와 더불어 여덟아홉 살 때부터 친구가 되었다가 십삼 년 만에 네 아내가 되었으나, 일찍 잘못한 일이 조금도 없었다. 그런데 혼인한 지 삼 년 만에 위영의 참소를 들은 여부인의 말과 기색이 좋지 않아 내가 집으로 돌아왔노라. 네가 황상의 명령을 듣고 진실로 좋은 뜻으로 나를 데려가려고 왔다면, 마땅히 사죄하는 마음으로 나를 보는 것이 옳을 것이다. 그런데 문득 칼을 들고 와서 나를 죽이려고 하니, 이를 어찌 좋은 뜻이라고 하겠느냐? 부부의 정이 이런 것이냐? 네가 기꺼이 돌아가면 그만두겠지만, 그렇지 않으면 내가 곧바로 이 자리에서 죽어 너의 마음을 시원하게 하고 내 분노도 잊으리라.”

말을 마치고 바로 자결코자 했는데, 갑자기 집 뒤에서 한 사람이 급히 나와 칼을 빼앗고 형경을 붙들고 들어가며 크게 외쳤다.

“모든 하인은 저 도적을 끌어 내치거라.”

이는 바로 한림 영경이었다.

장연이 무참하여 그 누이도 만나보지 못하고 바로 집으로 돌아왔다. 부친에게는 감히 청주후 부중에서의 일을 사실대로 고하지 못하고, 다만 “오지 않겠다고 하더이다”라고 아뢰었다.

그러자 시랑이 “네가 내일 다시 가서 좋은 말로 달래보아라” 하였다.

장연이 부친의 명을 받고 숙소에 돌아와, 낮에 꽉 막혀 소통하지 못했던 자기 언행을 생각하며 깊이 뉘우쳤다.

‘형경이 나를 시험삼아 떠본 것이었는데, 내가 도리어 급하게 성질을 부리다가 형경의 시험에 빠졌으니, 어찌 부끄럽지 않으리오? 내일 다시 가서 용서를 청하리라.’

장연은 밤새도록 잠을 이루지 못했다.

다음날 부모님께 하직하고 청주후 부중에 이르니, 본부의 사내종과 하급 관리들이 문간에 모여 있었다. 이들은 바로 청주후 형경을 조회하던 하급 관리들이었는데, 장연은 문간에 머무르며 그들이 물러가기를 기다렸다. 그들이 물러간 뒤, 장연이 정당正堂으로 들어가 계단 아래 엎드려 말했다.

“졸부 장연을 죽여 원한을 씻으소서.”

형경이 급히 자리에서 일어나 하인들에게 장연을 부축해 올라오게 하니, 장연이 그윽이 기뻐하면서도 사양하였다.

"죄지은 사람이 어찌 정당에 오를 수 있겠습니까?"

형경이 정색하고 말했다.

"피차 같이 유학을 공부하는 선비인데, 비록 원한이 있을지라도 어찌 후작(侯爵)이 되어 몸을 가볍게 움직이리오?"

그 말을 듣고 장연이 비로소 정당 위로 올라와 앉았다. 형경이 좌우시종에게 명하여 장연에게 다과를 드리게 한 뒤, 겸손한 태도로 감사의 뜻을 표했다.

"존귀한 분이 누추한 곳에 오시니, 비천한 사람인 제가 감히 옆에서 모시지 못하겠습니다. 청컨대, 허물치 마소서."

그리고 내당으로 들어갔다. 장연이 형경의 행동거지를 보건대, 옛날 친구로 대접하고 부부의 의리는 조금도 없었다. 서글픈 마음에 전날의 일을 천 번 뉘우치고 만 번 애달파했지만, 장연은 처남인 영경을 찾아보지도 못하고 누이를 불렀다. 그러나 누이가 아프다며 나오지 않는지라, 어쩔 수 없이 집으로 돌아왔다.

빈손으로 돌아온 장연을 보고, 장시랑이 다음날 직접 청주후 부중으로 갔다. 한림 영경이 공손하게 시랑을 정당으로 모시고 인사를 올리자 시랑이 말했다.

"네가 화가 나서 나와 장연의 형제를 보지 않는 것은 옳거니와, 어찌 내 딸조차 보내지 않는 것이냐?"

영경이 비록 할말이 많았으나, 집안 대대로 친교를 맺었던 어른인데다 장인인지라 아무런 말 없이 묵묵히 사례하니, 그 기개와 도량이 청아하고 풍채는 더없이 맑고 깨끗하였다.

장시랑이 왔다는 말을 들은 형경이 자리를 깨끗하게 정리한 뒤, 시녀에게 시랑을 모셔 오라고 하였다. 시랑이 형경을 보니, 공손하고 예의 바른 몸가짐과 부드럽고 온화한 기상이 으뜸 재상다웠으며, 주고받는 말과 말씨도 태연자약하여 조금도 흐트러짐이 없었다. 시랑이 여부인과 장연의 잘못을 말한 뒤 시가로 돌아올 것을 요청하니, 형경이 옷깃을 여미고 사례하였다.

"대인께서 몸소 찾아와 부르시니, 몸 둘 바를 모르겠습니다. 그러나 제가 철이 덜 든 탓에 예의범절을 거행하지 못한 허물이 있으니, 여기서 조용히 여자의 행실을 닦겠습니다."

시랑이 재삼 위로하고 다시 간청하니, 형경이 문득 면관해대[1]하고 죄를 청하였다.

"첩이 존명尊命을 거역한 죄가 무거우니, 용서해주시옵소서."

시랑이 형경의 뜻이 굳음을 보고 장연을 불러 서로 화해하라고 타일렀다. 형경이 비록 활달한 성격이었지만 대의를 알기에 온순하고 나직이 거절하니, 그 언행이 마치 물 흐르는 듯하였다. 날이 저물자, 시랑은 장연을 청주후 부중에 머물게 하고 혼자 돌아갔다.

장연이 형경의 침소로 가니, 형경이 낯빛을 붉히고 꾸짖었다.

"네가 사람의 얼굴을 한 짐승이 아니거든, 무슨 면목으로 내 침소에 들어오느냐?"

그러고는 시녀에게 분부했다.

"장상공을 모시고 한림 처소로 가라."

장연이 몹시 부끄러워 탄식하며 형경을 달래려고 했으나, 형경은 얼굴에 노기가 등등했다. 장연이 다시 말하면 틀림없이 좋지 않은 일이 벌어질 것 같아 묵묵히 생각하였다.

'내가 비록 무릎을 꿇고 빌지라도 어찌 나의 명망이 손상하고 벼슬이 무너지겠는가? 세상에는 용렬한 여자에게도 비는 사람이 많은데, 하물

---

1) 면관해대(免冠解帶): '관을 벗고 허리띠를 푼다'는 뜻으로, 사죄하는 동작이나 몸짓을 의미함.

며 형경 같은 부인에게 빌지 못하겠는가? 위징[2]은 비록 아내에게 맞아 낯을 다친 일이 있었으나 사람들이 위징을 용렬하다고 말하지 않았고, 소인종[3]은 박후[4]에게 목이 베였지만 사람들이 소인종을 어리석다고 비웃지 않았다. 내가 이 두 사람보다 뛰어나지 않으니, 아내와 자식에게 못 빌겠는가.'

그리하여 침상 머리에 나아가 슬피 애걸했으나, 형경은 전혀 반응하지 않았다. 장연이 쇠와 돌도 녹일 듯한 말로 다섯 번이나 사죄하니, 형경이 비로소 잠깐 분노를 삭이고 말했다.

"침상 아래서 자라."

이에 장연은 옷을 입은 채 누워 밤을 지새우면서도 감히 형경 가까이 다가가지는 못했다. 형경 또한 분노가 깊었으나 마침내 장연을 끌어내지 못하니, 형경도 지아비가 소중함을 잘 알았기 때문이다. 형경이 그 기상과 성격으로 장연의 몸을 용납하여 방안에 머물게 하니, 형경은 본래 이렇듯 인정이 깊은 사람이었다.

다음날 장연이 입궐한 뒤에 형경이 영경과 장씨에게 어젯밤 장연의 거동을 말하며 화를 내기도 하고 웃기도 하였다. 이날 장씨 부중에서 격식을 엄숙하게 갖춰 보내어 형경에게 돌아오라 요청하고, 시랑도 편지로 그간의 곡절을 자세히 언급하면서 돌아올 것을 간청하였다. 형경이 어쩔 수 없이 장씨 부중으로 가서 시부모님을 찾아뵈니, 시랑은 돌아온 것을 치하하고 여씨는 부끄러워 공손히 대접하면서도 형경을 두려워했다.

형경이 내당에서 물러 나와 시아주버니와 손윗동서들을 만나 보니, 모두 반기며 특별히 모임을 베풀어주었다. 이때부터 형경은 장씨 부중

---

2) 위징(魏徵): 당나라 초기의 공신이자 학자. 아내에게 맞아 얼굴을 상한 일이 있었다고 한다.
3) 소인종: 미상.
4) 박후: 미상.

에 머물되 온화하고 고요하여 조금도 화를 냈던 사람 같지 않았으며, 장연과 더불어 부부 사이의 은정도 두터워져 마침내 서로 친구처럼 대접하였다.

이때 영경도 비로소 장씨를 후대하고 위로하며 사죄하였다.

"내가 지난 일 년 동안 그대를 박대한 것은 그대가 잘못해서가 아니라, 실로 장모님을 혼내기 위한 것이었소."

후처 고씨가 형경을 존경하며 따르다

하루는 장연이 퇴조하여 돌아오는 길에 술을 마시고 한림 고경전을 찾아가니, 경전이 다급하게 관대를 바르게 다스리고 나와 맞이했다.
"상공이 누추한 곳에 오시니, 더없이 감격스럽나이다."
장연이 취한 얼굴을 들고 환하게 웃으며 대답하였다.
"며칠 동안 계속 노형老兄을 보지 못한 탓에 제가 죽을 듯하여 산처럼 쌓인 나랏일을 버려두고 왔소."
경전이 사례하고 술과 안주를 내와 권했다.
원래 경전은 장연과 같이 벼슬길에 올랐는데, 그의 딸이 용모가 아름답고 재주가 민첩하여 부모가 매우 사랑하였다. 이날 그 딸이 장연을 가만히 엿보다가 어린 마음에 크게 매혹되었다. 그리하여 부모에게 장연의 배필이 되고 싶다고 말하니, 부모가 망령되다고 꾸짖었다. 이 때문에 상심한 고소저가 병이 깊게 들고 말았다.
경전이 어쩔 수 없이 장시랑을 찾아가 전후 사정을 자세하게 말하고, 장연이 자기 딸을 후처로 맞게 해달라고 간청하였다. 이에 장시랑이 생각하였다.

'형경이 내 집에 온 지 팔 년이나 되었으되 부부가 화락하지 않아 매번 장연을 외당으로 내친다는데, 고씨를 들이면 불에 더욱 기름을 부을까 두렵구나.'

일단 희미하게 대답하고 내당으로 들어가 형경을 청하였다. 형경이 급히 내당으로 들어가니, 시랑이 몸을 일으켜 맞으며 형경을 자리에 앉혔다. 그런 다음 고한림이 구혼하고 그 딸이 병든 내막을 자세히 이야기하며 형경의 뜻을 묻자 형경이 기꺼운 마음으로 대답하였다.

"어찌 그런 일을 첩에게 물으십니까? 육례를 갖춰 그 집 여자의 원한을 풀어주소서."

시랑이 칭찬하며 사례하였다.

"그대의 어진 덕은 임사[1]의 어질고 너그러운 마음씨도 따르지 못하리라."

형경도 사례하고 물러났다.

시랑이 경전에게 기별한 후 택일하여 고씨를 맞아 오니, 장연이 불만스러워하며 생각했다.

'여자가 남자 때문에 상사병에 걸렸다 하니, 매우 가소롭구나. 족히 그 인물이 어떤지 알겠도다.'

이후 장연은 혼례를 올려 고씨를 집안에 두었으나, 그 안부를 묻기는커녕 단 하루도 고씨를 찾아가지 않았다. 이는 장연이 그 인물됨을 구차하게 여긴 탓이었다. 고씨는 그런 줄도 모르고 종종 형경의 숙소로 와 신선 같은 형경의 얼굴을 바라보면서 그 뒤를 따라다녔다. 장연은 이를 이상히 여겼으나, 형경은 고씨가 오면 불쌍해서 반드시 후하게 대접

---

1) 임사(任姒): 현모양처의 전형으로 알려진 주 문왕의 어머니인 태임과 주 무왕의 어머니인 태사.

하였다.

하루는 밤이 깊어 형경이 침상에 누우려는데, 문득 고씨가 찾아왔다. 형경이 웃음을 머금고 함께 이야기를 나누던 중 고씨가 물었다.

"현후가 '일찍 문장을 이루었다'던데, 모르겠지만 첩도 주옥같은 글을 얻어 볼 수 있겠습니까?"

형경이 고씨의 무례함을 불편해하며 마음속으로 생각하였다.

'내가 비록 저와 같은 위치라고 하나 실제로는 현격히 다르거늘, 어찌 깊은 밤에 찾아와 재주를 겨루고자 하는가?'

형경은 그 뜻이 불만스러워 억지로 대답하였다.

"내가 본래 재주가 없으니, 네가 헛소문을 들었도다."

고씨가 웃으면서 말했다.

"'상공과 함께 서로 주고받으신 글이 만 편이나 된다'던데, 어찌 그것이 거짓말이겠습니까? 첩도 잠깐 글눈을 떴으니, 오늘 촛불 아래에서 현후와 함께 글을 지어 우열을 정하고자 하나이다."

형경이 웃으며 답했다.

"그것이 뭐가 어려우리오? 네가 먼저 지어보아라."

고씨가 소매에서 좋은 종이를 꺼내 글을 써서 드리거늘, 형경이 천천히 펼쳐보니 사운율시네 개의 각운으로 이루어진 율시였다. 필법과 글의 뜻이 아름답거늘, 형경이 매우 칭찬하였다.

"네 문장은 나보다 낫도다. 우리 같은 사람은 붓을 꺾고 멀리 피하리로다."

두 사람이 잠깐 말을 멈춘 사이 장연이 들어와 웃으며 물었다.

"부인은 무엇을 피한다고 하시오?"

형경이 고씨의 글을 보이며 말했다.

"이 글이 아름다워 칭찬한 것이오."

장연이 그 글을 자세히 보고 있는데, 고씨가 말하였다.

"현후께 화답하는 글을 청하나이다."

형경이 웃으며 답했다.

"네 글을 보니, 평소 내가 지니고 있던 약간의 글재주마저 사라져버린 듯하구나. 스스로 학사의 벼슬을 그만두고 멀리 피하여 아랫사람의 비웃음을 면하고자 하노라. 그런데 어찌 감히 네 시의 운자(韻字)를 따서 시를 지을 수 있겠느냐?"

형경이 끝내 글을 짓지 않으니, 장연은 매우 괴로워했다.

고씨가 잠깐 장연의 기색을 보고 돌아가니, 장연이 웃으면서 말했다.

"가소롭다, 고씨 여자여! 이는 온순한 일이 아니로다."

형경이 웃으며 말했다.

"내 글보다 낫더이다."

장연 역시 웃으면서 말했다.

"신선 같은 부인의 재주는 나도 감히 우러러보지 못하거늘, 하물며 고씨가 어찌 따라오겠소?"

형경은 미소만 짓고 대답은 하지 않았다.

다음날 고씨가 형경에게 글을 지어달라고 요구하니, 형경이 불만스러운 표정으로 대꾸하였다.

"굳이 보고 싶거든 이달 초삼일 성상께서 태감을 시켜 내게 글과 시를 구할 것이니, 그때 와서 보아라."

형경의 말을 듣고 고씨가 마음속으로 웃었다.

'저 사람이 분명 글을 알지 못하기에 핑계 대는 것이로다.'

그리하여 초삼일에 맞춰 또 형경에게 갔다. 마침 형경이 대궐에 보낼 글을 지어놓고 읊조리고 있었는데, 그 소리가 옥처럼 맑고 깨끗했다. 음운 또한 변화무쌍하여 형산백옥[2]을 보는 듯하니, 고씨가 마음속으로 놀

---

2) 형산백옥(荊山白玉): 중국 형산에서 나는 백옥. 보물로 전해오는 흰 옥돌을 이르는 말이다.

라 안으로 들어가 그 글을 빼앗아 보았다. 필법은 사람을 놀래고 문체는 귀신을 통하니, 어찌 글자와 글자의 뜻을 모아 지은 자기의 시에 비교하리오? 한없이 넓고 크며 눈에 띄게 두드러져 이백의 재주와 다름없었다. 마음속으로 매우 놀라 형경이 전날 자기를 희롱하였음을 깨닫고 매우 부끄러워하며 사죄하니, 형경은 그저 웃을 따름이었다.

형경이 그달 보름 대궐에 가서 천자께 조회한 뒤, 집으로 돌아와 조복을 벗어 머리맡 병풍에 걸어놓고 시부모를 뵈려 내당에 들어갔다. 그 사이 고씨가 형경의 침소에 가니, 형경은 없고 조복만 걸려 있었다. 그 옷을 보고 갑자기 입고 싶어 관을 들어 머리에 쓰고 관에 늘어진 면류를 보니, 진주와 옥으로 꾸민 비단이 영롱하게 빛났다. 고씨가 탄복하고 있는데, 갑자기 시녀 향연이 들어와 그 모습을 보고 매우 놀라며 말했다.

"소저는 그것이 누구 옷이라고 감히 입었소? 빨리 벗으시오."

고씨가 겁을 내어 옷을 벗고 달아나니, 그 이야기를 들은 형경이 크게 웃으며 말했다.

"자기가 이미 입고자 하니, 무엇이 어려우리오?"

형경이 마침내 황상께 글을 올려 부인 직첩^{조정에서 내리는 벼슬아치 임명장}을 얻어 고씨에게 주니, 고씨도 이로부터 봉관화의^{신분이 높은 여성이 입던 예복}한 명부가 되었다.

형경과 장연이 같은 날 세상을 떠나다

　형경은 장부에 있은 지 삼 년이 지났으나, 예전의 한을 잊지 못해 장연과 부부의 정을 즐기지 않았다. 장연도 비록 은정은 깊었으나, 감히 바라보지 못하고 밤낮으로 초조해하였다. 하루는 장연이 술에 취해 들어와 형경을 보니, 형경이 잠깐 찬바람을 쏘인 탓에 아파 몸을 베개에 기대어 반쯤 누워 있었다. 그 모습을 자세히 보니, 속자림 아름다운 얼굴과 봉황처럼 고귀한 눈, 봄의 산처럼 고운 눈썹이 더욱 기이하여 하늘과 땅의 신령한 기운을 머금은 듯하였다. 그런데 초승달 같은 눈썹을 찡그리고 가을 물결 같은 두 눈을 나직이 뜨고 있는 등 은은하게 병색이 있었다. 장연이 매우 놀라 병을 물으며 위로하였다. 또한 촛불 아래서 형경의 곱고 아름다운 얼굴을 보고 능히 춘정남녀 간의 정욕을 억제하지 못했으나, 감히 드러내지는 못하고 몹시 슬퍼할 뿐이었다. 장연이 복숭아꽃 같은 두 뺨을 맑은 눈물로 적시니, 형경이 놀라고 의아하여 물었다.
　"그대는 무엇 때문에 그토록 슬퍼하오?"
　장연이 좌우에 인적이 없는 것을 보고 다급하게 침상 아래 무릎을 꿇고 구슬프게 빌었다.

"형경아, 내가 그대와 어떤 부부이냐? 시운(時運)이 나빠 위영의 참사가 일어났으나, 나는 단지 모친의 말씀을 순순히 따랐을 뿐 다른 말을 하지 않았소. 칼을 가지고 그대에게 무례하게 군 것도 타고난 성격이 급한 탓이었소. 이러함을 그대도 분명히 아실 텐데, 아직도 옛날 원한 때문에 나를 용납하지 않고 있소. 내가 장차 장부의 위신과 대신의 체면을 잊고 애걸하니, 오늘밤이라도 용서하소서."

형경이 아름다운 얼굴에 불쾌한 빛을 가득 띠고 대답하였다.

"내가 그대를 싫어하는 것이 아니라 본마음에 부끄러움이 가득하여 감히 함께 즐기지 못하였으니, 무엇을 근심하리오? 내가 본래부터 미천한 뜻을 한번 정하면 고치지 못하는 것은 그대도 알고 있을 터이오. 스스로 청렴한 것을 기뻐하여 태평스럽게 그대를 받들지 못하였으니, 행여 이상하게 여기지 말고 지나치게 걱정하지도 마소서."

장연은 더욱 마음이 조급해졌다.

"그대는 어찌 이렇듯 무지하오? 나와 그대가 거의 서른 살이 다 되고 부부가 된 지도 오륙 년이 되었으나, 우리에겐 아직 자식이 없소. 언제 자식을 많이 낳아 소중한 우리의 훗날을 의탁할 수 있겠소?"

형경이 정색하였다.

"그대가 나를 조롱하도다. 고씨 또한 네 부인인데, 어찌 구태여 내가 자식 낳기를 기다리시는가?"

장연이 탄식하며 더욱 구슬프게 말했다.

"만일 그대 말 같다면 우리 두 사람은 이승은커녕 죽은 뒤라도 부부라 이르지 못하리로다. 형경아, 벗으로 사귀던 옛날에는 온화하더니, 어찌 부부의 정이 도리어 벗만 못해 장차 내가 어린 사나이가 되게 하는가? 오늘밤이라도 용서하소서."

말을 마치자마자 눈물이 비단 적삼을 적시니, 형경이 그 거동을 보고 잠깐 감동하였다.

'내가 살아생전에는 부부의 정을 나누지 않고 벗으로 사귀던 옛날처럼 끝까지 지내려고 했는데, 이제 이렇듯 하니 감격스럽구나. 또한 장연이 나의 기개 때문에 점점 구차해져 위신과 체면을 다 잃으니, 이는 능히 지아비 섬기는 예가 아니리라.'

이에 형경은 웃으며 천천히 대답했다.

"그대가 만일 칼을 들고 나를 죽이려 하지 않으면, 그대의 뜻에 따르리라."

장연이 급히 사례하고 간절히 청하니, 형경이 비로소 부부의 정을 나누었다. 두 사람의 은은한 애정이 매우 흡족할 뿐만 아니라, 서로 공경하며 소중하게 여기는 마음은 이루 다 기록하지 못하리라.

세월이 많이 흐른 뒤에도 장연과 형경이 옛일을 잊고 평화롭고 즐겁게 지냈는데, 하루는 형경이 고씨의 외로움을 거론하였다. 장연이 그 말을 듣고도 무심하게 여기자, 형경이 말하였다.

"저도 사족이고 나도 사족이며 그대도 공후인데, 어찌 조금이나마 신분의 차이가 있겠소?"

장연이 웃으며 말했다.

"저 사람은 어리석고 음란한데 어찌 사랑하겠으며, 또 그대와 같겠소?"

형경이 다시 말했다.

"그렇지 않소. 고씨가 비록 어리석고 구차하지만, 어찌 이를 핑계삼아 고씨를 박대하겠소? 예전에 위영 같은 자도 사랑했으니, 이는 옳지 않은 일이오."

마침내 장연에게 '한 달에 보름은 자기 침소에 머물라' 하고, '나머지 기간은 나가서 자라'고 하였다. 장연 또한 도량이 넓은지라, 형경의 뜻에 따라 간혹 고씨에게 가서 잤다.

이때 천자가 장상서 부부를 날로 더 총애하여 상으로 하사하신 것이 도로에 이어지니, 그 높은 지체와 고귀함을 따를 사람이 없었다. 형경이 연달아 아들 여섯과 딸 하나를 낳고 고씨는 아들 셋과 딸 둘을 낳으니, 장연의 성대한 영화를 비길 데 없었다. 장연은 매번 자녀를 어루만지며 놀고, 형경과는 옛날 일을 이야기하며 즐겼다.

장시랑 부부가 영화를 누리다가 천수天壽에 맞춰 돌아가시니, 여러 아들과 며느리가 매우 슬퍼하며 위의를 갖춰 예로써 선산에 안장하였다.

이때 한림 영경의 벼슬이 올라 재상이 되었으며, 장부인이 아들 여덟과 딸 셋을 낳고 박부인이 아들 다섯과 딸 여섯을 낳았다. 형경이 한편으론 기뻐하고 한편으론 슬퍼하며 모든 조카를 친자식보다 더 사랑하고, 두 남매가 모일 때마다 서로 탄식하였다.

"우리가 예전에 남겨진 한을 면하지 못해 부모를 여의고 의지 없이 지내던 일과 지금의 영화가 어찌 하늘의 뜻이 아니겠는가?"

그러면서 복을 많이 받은 것을 더욱 조심하였다.

이렇게 오랜 세월을 거침없이 시원하게 보내면서 각각의 자녀가 영화롭게 사는 모습을 보았는데, 그러다가 승상 영경 부부가 환갑이 지난 후 세상을 떠났다. 형경이 본부로 돌아가 기둥을 붙들고 통곡하니, 초목이 다 슬퍼하는 듯했다.

세월이 물처럼 흘러 어느덧 태학사 형경의 나이도 여든이 넘었다. 하루는 형경이 목욕재계하고 침소를 깨끗하게 청소한 뒤, 새 옷으로 갈아입고 붓을 들어 자기 명정[1]과 유서 한 장을 써 자녀에게 맡겼다. 이어서 입으로 절구 백여 수를 읊조리니, 그 곡조가 매우 애원하고 구슬펐다. 자녀들이 다 눈물을 흘리며 슬피 우니, 형경이 손을 저으며 자녀들을 꾸짖었다.

---

1) 명정(銘旌): 죽은 사람의 관직과 성씨 따위를 적은 기.

"내가 즐거워하거늘, 너희가 어찌 슬퍼하느냐?"

드디어 관모와 조복을 비단 보자기에 싸 봉했다. 또 청주후 금인을 끌러 천자께 올리는 글을 써서 자녀에게 맡기며 말했다.

"천자께 올려라."

또 몸을 돌려 장연에게 일렀다.

"그대도 곧 천명이 다하리라."

형경이 다른 말은 하지 않고 오직 입으로 글 읊기를 그치지 않다가 이윽고 죽으니, 향년 여든두 살이었다.

장연이 매우 슬프게 통곡하다가 기운이 다하자, 자녀들에게 말했다.

"내가 이제 죽으리로다."

장연이 유서와 명정을 친히 쓴 후 이날 삼경밤 11시에서 새벽 1시 사이에 죽으니, 자녀들의 슬픔을 어찌 다 헤아리겠는가? 부부가 한날에 돌아가니, 향기로운 구름이 집을 둘러쌌다. 관을 빈소상여가 나갈 때까지 관을 놓아 두는 방에 모실 즈음에는 향내가 자욱하여 상을 당한 집 같지 않았다.

천자 또한 듣고 크게 슬퍼하며 상서 부부를 '왕후의 예로 장례하라' 명하시고, 장연에게 '충렬공忠烈公'이라는 시호2)를, 형경에게 '문창공文昌公'이라는 시호를 내리셨다. 또한 장연 부부의 비를 우뚝 세우고, 각각의 행적을 비문에 새겨 후세 사람들이 알게 하시었다.

고씨도 마침내 세상을 떠나니, 자녀들이 예로써 안장하였다. 상국3) 영경의 자손이 대대로 창성하니, 사람들이 모두 그 부모의 음덕陰德이라 하였다.

장연 부부의 장례를 지낼 때, 장연과 형경이 자녀의 꿈에 나타났다.

---

2) 시호(諡號): 제왕이나 재상 등이 죽은 뒤 그들의 공덕을 칭송하여 붙인 이름.
3) 상국(相國): 영의정, 좌의정, 우의정 삼정승을 뜻함.

"우리는 애초 태을진⁴⁾과 문창성⁵⁾이었는데, 태을진은 장씨 집안에서 태어나고 문창성은 이씨 집안에서 태어났노라. 또한 옥황상제가 '문창성은 아름다운 여자가 되어 남자의 사업을 이루고 태을진과 백년 부부가 되었다가, 기한이 찬 뒤 다시 천상으로 올라와 옛날 소임을 다하라' 하셨기에 이제 가노라."

말을 마치고 두 사람은 학을 타고 하늘로 올라갔다. 자녀들이 모두 똑같은 꿈을 꾸고 새로이 슬퍼하면서도 기이하게 여겼다. 자손이 대대로 번성하여 후세에까지 가문의 영광이 그치지 않았다.

---

4) 태을진(太乙眞): 북쪽 하늘에 거주하면서 병란, 재화, 생사 따위를 다스린다는 신령.
5) 문창성(文昌星): 북두칠성의 여섯째 별인 개양. 학문을 다스리는 신령으로 알려져 있다.

필사자 후기

이때 선비 유안의 처 경씨가 왕국구에 잡혀가다가 어사 형경이 구해 준 은혜를 잊지 않고 이씨 부중의 문객[1]이 되어 있었는지라, 이씨 집안의 일을 모르는 바가 없었다. 그러므로 특별히 전[2]을 지어 후세에 전파하노라.

기축년 음력 십이월 초파일 사시오전 9시에서 11시 사이에 붓을 휘둘러 낙서落書하노라. 글씨가 망측망측하고 잘못된 글자도 많사오니, 보시는 사람은 참고 살피소서. 비록 글씨는 망측하나 짧은 글재주로 종이와 붓을 끌러 베끼느라 공은 지극하게 들였사오니, 보시는 사람은 웃지 마소서.

---

1) 문객(門客): 세력 있는 집에 머물면서 밥을 얻어먹으며 지내는 사람.
2) 전(傳): 한문 문체의 하나. 어떤 사람의 독특한 행적을 기록하고, 여기에 교훈적인 내용이나 비판을 덧붙인 글이다. 여기서는 '일대기, 곧 소설'이라는 뜻으로 쓰였다.

|원본|

이형경전

형경이 남장을 하고 과거에 급제하다

　대명(大明) 가졍(嘉靖)1) 연간(年間)의 쳥쥐 ᄯᅩ 이영도는 츙효(忠孝) 남지라. 효렴(孝廉)의 쎼이여 황도(皇都)의 이르러 벼슬이 놉하 이부시랑(吏部侍郎)의 올낫더니, 불힝ᄒᆞ야 부쳐(夫妻ㅣ) 기셰(棄世)ᄒᆞ니, 슬ᄒᆞ(膝下)의 다만 십 셰 여아(女兒)와 삼 셰 ᄋᆞ자(兒子) 잇스나, 본디 ᄒᆞ방(下方) 사람으로셔 경사(京師)의 이르러는 고로 사고무친(四顧無親)ᄒᆞ더라. 이려므로 자연(自然) 의지(依支) 업서 가산(家産)이 훗터지니, 오직 슈삼(數三) 기(個) 노복(奴僕)이 나마시나 죠셕(朝夕) 졔사(祭祀)홀 근본(根本)이 업더라.
　여아의 명은 형경이요2) 자아의 명은 연경이니, 다 총명영긔(聰明英氣)과인(過人)ᄒᆞ고 형경 소졔(小姐ㅣ) 더옥 긔특ᄒᆞ야3) 몸은 여자나 ᄯᅳ

---

1) 가졍(嘉靖): 중국 명나라 세종 때의 연호(1522~1566).
2) [교감] 여아의 명은 형경이요: 경북대본 '일홈을 현경이라 ᄒᆞ고 자는 자덕이라 ᄒᆞ고'.
3) [교감] 긔특ᄒᆞ야: 사재동B본 '긔이ᄒᆞ야'. 단국대본 '긔묘ᄒᆞ야'.

젼 문득 남ᄌ의 지나미 잇셔⁴⁾ 삼 셰붓터 글 일기⁵⁾를 힘써 지화(才華) 일일 댱진(長進)ᄒ니, 팔구 셰예 다다(라)는 통치 아인 곳이 업셔 붓슬 잡으믹 붓 아릭 문쟝(文章)을 일우고, 입을 여러 고금(古今)을 의논 ᄒ믹 첨첨혼⁶⁾ 문댱(文章)이 댱강디히(長江大海)을 혜치는 듯ᄒ니, 부모 싱시(生時)의 그 지문(才文)을 두굿기나⁷⁾ 녀ᄌ 되여 녀머 활발혼 쥴 깃거 아이ᄒ냐 경계 왈(曰),

"네 여ᄌ 되여 맛당이 여공(女工)을 다사릴 짜람이예날 남ᄌ의 사업(事業)을 ᄒ믄 엇지미요?"

형경이 응셩(應聲) 디왈(對曰),

"사람이 셰상의 나셔 셩인(聖人)의 유풍(遺風)을 짤와 질ᄒ의⁸⁾ 문댱(文章)을 일우고 입 가온딕 직언젹논(直言正論)을 머금어 ᄉ군ᄉ친(事君事親)ᄒ미 쾌(快)ᄒ니, 소예(少女ㅣ) 비록 여ᄌ나 쓰즌 셰상의 용열혼 남ᄌ을 웃느이, 원컨딕 예복(女服)을 벗고 남쟝(男裝)으로 부모를 뫼셔 ᄌ이(子女) 도(道)를 ᄒ리다".

부모 쳐암은 망영되말 칙(責)ᄒ더니 소졔(小姐ㅣ) 여려 변 간구(懇求)ᄒ니, 시랑이 싱각ᄒ딕,

'이 아히 나히 어러 여도(女道)을 몰나 이려탓 ᄒ니, 아직 져 ᄒ는 딕로 ᄒ야 년괴(年高ㅣ) ᄎ면 졔 스ᄉ로 붓그려 들거시라'

ᄒ고 혀락(許諾)ᄒ느, 부모는 거동(擧動)을 보라 홈이요 형경은 실졍(實情)이라. 소졔 팔구 셰붓터 남댱(男裝)을 ᄒ야 시랑 젼(前)의 뫼셔

---

4) [교감] 쓰견 문득 남ᄌ의 지나미 잇셔: 사재동B본 '셰상의 용열혼 남ᄌ을 웃난 고로'. 단국대본 '뜻즌 문득 남ᄌ의 지나미 잇셔'.
5) 일기: 읽기.
6) [교감] 쳠쳠혼: 사재동B본 '쳡쳡혼'. 단국대본 '고명혼'.
7) 두굿기나: '사랑하여 좋아하나'의 옛말.
8) [교감] 질ᄒ의: 단국대본 '필하(筆下)의'.

시니 빅관(百官)이 다 이영도의 아달노 알고 아지 못ᄒᆞ더라.⁹⁾

소졔 십 셰 되미 시량 부쳬 구몰(俱沒)ᄒᆞ니, 소졔 슈소¹⁰⁾ 노복을 거나려 쥬댱(主掌)ᄒᆞ미 어룬 갓고 집상(執喪)ᄒᆞ미 과도(過度)ᄒᆞ니, 시랑의 친우(親友)와 빅관이 니라러 조문(弔問)ᄒᆞ고 어린 상인(喪人)의 져갓치 긔특ᄒᆞ믈 보고 눈물지고 왈,

"이형이 비록 십 셰 아ᄌᆞ을 두어시나 치상거동(治喪擧動)은 댱셩(長成)ᄒᆞᆫ 열 아달의 지나도다"

ᄒᆞ더라.

셰월이 여류(如流)ᄒᆞ야 삼 연이 지나미 형경이 탈상(脫喪)¹¹⁾ᄒᆞ이 시연(時年)이 십이 셰(歲)라. 옥 갓튼 살빗과¹²⁾ 꼿 갓탄 태도며 달 갓탄 풍광(風光)이 귀신을 놀ᄂᆡ고 사ᄅᆞᆷ을 요동케 ᄒᆞ니, ᄒᆞ말며 삼 연(三年) 여막(廬幕)¹³⁾의 일 업시 글을 힘써 일일(日日) 지홰(才華) 기룰 기우려¹⁴⁾ 셩명(姓名)이 ᄌᆞᄌᆞ(藉藉)ᄒᆞ니,¹⁵⁾ 지상가(宰相家) 소연공ᄌᆞ(少年公子) 시(時)로 모다¹⁶⁾ 심(心)으로 교유ᄒᆞ니, 예부시랑(禮部侍郎) 장호의 ᄋᆞ돌 댱협 당안 당연 셰 사ᄅᆞᆷ, 쳐ᄉᆞ(處士) 정공의 일ᄌᆞ(一子) 뎡관, 퇴댱경 박관 ᄎᆞ자(次子) 박홍과 슈춘(修撰) 위셩용의 아달 위문으로 더부려 지극 졀친(切親)ᄒᆞ니, 여삿 소연(少年)이 다 이십 젼(前) 사람이라. 기기(箇箇) 영오단아(英悟端雅)ᄒᆞ야 풍유학ᄉᆡᆼ(風流學生)이나 다 형

---

9) [교감] 이영도의 아달노 알고 아지 못ᄒᆞ더라: 사재동B본 '그 얼골 풍도을 사랑ᄒᆞ야 녀화위남ᄒᆞ믈 아지 못ᄒᆞ더라'. 단국대본 '그 얼골 풍도롤 사랑ᄒᆞ야 여화위남홈을 아지 못ᄒᆞ더라'.
10) [교감] 슈소: '손수'의 옛말. 사재동B본 '시랏우'.
11) 탈상(脫喪): 어버이의 삼년상을 마치는 일.
12) [교감] 살빗과: 단국대본 '용모와'.
13) 여막(廬幕): 혼백이나 신위를 모신 궤연 옆 혹은 무덤 가까이에 지어둔 상제가 거처하는 초막.
14) [교감] 지홰 기룰 기우려: '기루기룰'의 오기인 듯함. 사재동B본 '지화 일시을 기우려'. 단국대본 '재화 일시룰 기우려'.
15) [교감] 셩명이 ᄌᆞᄌᆞᄒᆞ니: 회동서관본 '문장이 당셰에 대두ᄒᆞ리 업스며'.
16) [교감] 시로 모다: 사재동B본 '서로 모다'. 단국대본 '시로 모다'.

경의계눈 밋지 못ᄒᆞ되, 오직 쟝시랑의 삼ᄌᆞ(三子) 당연이 춍명효샹(聰明豪爽)ᄒᆞ야 풍치(風采)눈 젹선(謫仙)17) 갓고 얼골은 도화(桃花) 갓ᄒᆞ며, 춍명 일듸(一代)ᄒᆞ미 쇼두(小杜)18)의 아리 되지 아니ᄒᆞ고, 연이 ᄯᅩᄒᆞᆫ 형경과 ᄒᆞᆫ 히라, 셔로 ᄯᅳᆺ지 마ᄌᆞ며 마음이 빗최여 여러 붕우 즁 양인(兩人)의 교되(交道ㅣ) 지극ᄒᆞ야 관표(管鮑)19)의 지긔(知己)20)러 라.

일일은 형경이 모든 붕우로 더부려 외당(外堂)의셔 시(詩)을 챵화(唱和)21)ᄒᆞ두고 각각(各各) 훗터진 후 안의 드러오니, 유뫼(乳母ㅣ) 오살 볏기고 일오듸,

"쥬인(主人)이 기셰(棄世)ᄒᆞ시고 올노22) 쇼공ᄌᆞ(少公子)만 잇고, 쇼졔 ᄯᅩᄒᆞᆫ 혼취(婚娶)여 일이23) 밧부거날 규즁(閨中)의 졋최로 의볍(違法)ᄒᆞᆫ 남ᄌᆞ 되야 죠곰도 녀도(女道)을 아니시고 혐의(嫌疑)로오믈 싱각지 아니시니, 진실노 쳡(妾)의 근심이라. 이리 ᄒᆞ고 어이 ᄒᆞ랴 ᄒᆞ시나니닛가?"

형경이 소왈(笑曰),

"어미ᄂᆞᆫ 녹녹(錄錄)다 ᄒᆞ리로다. 내 평싱 남복(男服)으로 늙으리니, 엇지 온취올 ᄆᆞ음이 잇시리요?"

유뫼 어히업셔 물너ᄂᆞ듸.

---

17) 젹선(謫仙): 벌을 받아 인간세계로 쫓겨온 선인(仙人). 중국 당나라의 시인 이백을 일컫기도 한다.
18) 소두(小杜): 당나라 말기의 시인인 두목(杜牧)을 일컬음. 자는 목지(牧之). 호는 번천(樊川). 두보(杜甫)에 상대하여 소두라고도 불렀다.
19) 관포(管鮑): 춘추시대 제나라의 정치가인 관중과 포숙아. 두 사람의 우정이 아주 돈독하여 이에 관포지교라는 고사가 유래하였다.
20) 지기(知己): 서로 마음이 잘 통하는 친구.
21) 창화(唱和): 한쪽에서 시나 노래를 부르면 다른 쪽에서 화답함.
22) [교감] 올노: 사재동B본 '홀노'. 단국대본 '홀노'.
23) [교감] 혼취여 일이; 사재동B본 '혼쥐예 길이'. 단국대본 '혼취의 길리'.

이려구러 슈연(數年)이 지나더니, 일일은 댱연이 이라려 형경다려 왈,

"드르니 금연(今年) 츄(秋)의 알셩(謁聖)²⁴⁾ᄒᆞ려 ᄒᆞ시더니, 두 각뇌 션비 ᄲᅢ기²⁵⁾ 밧뷰다 ᄒᆞ여 (문묘의) 졔ᄉᆞᄒᆞ고 명일(明日)노 급히 셜과(設科)ᄒᆞ시니, 형(兄)의 고즈로²⁶⁾ 등용(登用)ᄒᆞ미 반닷ᄒᆞ니 졔(弟)ᄂᆞᆫ 미리 ᄒᆞ라(賀禮)ᄒᆞ노라."²⁷⁾

형경이 소왈,

"형은 빅ᄉᆞ(百事) 관슉(慣熟)ᄒᆞ니 옥졔(玉階)흠무로 금방(金榜)²⁸⁾의 올으려이와, 소졔(小弟)ᄂᆞᆫ 지조 업고 긔운이 유약(幼弱)ᄒᆞ야 과유(科儒)²⁹⁾의 드지 못ᄒᆞ리니, 거즛 일이로다."

연 왈,

"불연(不然)ᄒᆞ다. 형의 긔특ᄒᆞᆫ 지조로 잇씨을 일치 아이ᄒᆞ리니, 엇지 무고(無故)이 폐과(廢科)ᄒᆞ야 조션(祖先) 션영(先靈)의 브ᄅᆞᄂᆞᆫ 바롤 일흐리오. 소졔(小弟) 등으로 더부려 ᄒᆞᆫ가지로 드려가ᄆᆞᆯ 바라노라."

형경이 싱각ᄒᆞ디,

'내 임의 남장ᄒᆞ야 뉵 연이 지나시니, 츌ᄒᆞ리 과거 보와 쳥운(靑雲)³⁰⁾의 오라면 ᄯᅩᄒᆞᆫ 아람답지 아니랴.'

쥬의(主義)³¹⁾룰 증(定)ᄒᆞ고 흔연이 허락ᄒᆞ더라.

명일의 졔싱(諸生)이 ᄒᆞᆫ가지로 과거 볼ᄉᆡ, 글졔ᄂᆞᆫ 갈온³²⁾ 칙문(策

---

24) 알셩(謁聖): 임금이 공자의 사당에 참배한 뒤 실시하던 비정규적인 과거시험.
25) ᄲᅢ기: 뽑기.
26) 고즈로: 정확한 의미는 알 수 없으나, '재죄'의 오기인 듯함.
27) [교감] ᄒᆞ라ᄒᆞ노라: 사재동B본 'ᄒᆞ례ᄒᆞ노라'. 단국대본 '하례ᄒᆞ노라'.
28) 금방(金榜): 과거에 급제한 사람의 이름을 써서 거리에 붙이던 글.
29) 과유(科儒): 과거시험을 보는 선비.
30) 쳥운(靑雲): 높은 지위나 벼슬을 비유하는 말.
31) 주의(主義): 한 개인이나 집단이 굳게 지키는 주장이나 방침.
32) 갈온: '가로대'의 옛말.

問)³³⁾이요 시직(時刻)은 계요³⁴⁾ 두어 시(時)라. 어렵고 급ᄒ여 태빅(太白)³⁵⁾의 신속(迅速)홈과 ᄌ건(子建)³⁶⁾의 칠보시(七步詩)³⁷⁾도 밋지 못ᄒ지라. 형경이 과연³⁸⁾ 그 친붕(親朋)들은 몬져 지어쥬고, 져는 명지(名紙)³⁹⁾을 나와 글을 짓지 아니ᄒ고 두로 거려 완경(玩景)ᄒ며 글 지을 의ᄉ(意思)을 아니ᄒ더니,⁴⁰⁾ 임의 시각(時刻)이 다다라 글 밧치기롤 직촉ᄒ니, 형경이 비로소 듕인⁴¹⁾의셔 붓슬 쪠여 먹을 뭇치며 조희을 디ᄒ야 산호(珊瑚) 붓소리롤 이기디 못ᄒ야 훈 변 두루쳐 흉즁(胸中)의 만이(萬里) 디히(大海)와 쳔이(千里) 댱강(長江)을 쏘다 농(龍)니 셔리고 봉(鳳)이 업드린 닷ᄒ되, (지)조롤 썰치미 필법(筆法)이 쇄락신긔(灑落神奇)⁴²⁾ᄒ야 풍운(風雲)이 빗츨 변(變)ᄒ여 ᄉ의(辭意) 묽고 댱(壯)ᄒ며 빗나믈 디신⁴³⁾도 밋지 못ᄒᆯ너라. 슌식간의 휘질ᄒ야⁴⁴⁾ 밧치니, 뎡싱 위싱 등이 항복(降服)ᄒ기롤 마지아니하고, 연이 칭츈 왈,

 "이형의 ᄌ조는 아란 지 여러 히여이와 금일 신속ᄒ면 진실노 칠보

---

33) 책문(策問): 정치에 관한 계책을 물은 과거시험 과목.
34) [교감] 계요: 사재동B본 '겨유'.
35) 태빅(太白, 701~762): 당나라의 시인인 이백의 자. 호는 청련거사(靑蓮居士). 칠언절구에 특히 뛰어났고 이별과 자연을 다룬 작품이 많다. 시성(詩聖) 두보에 대하여 시선(詩仙)이라 칭한다.
36) 자건(子建): 중국 위나라의 시인 조식의 자. 자기를 콩에, 형을 콩대에 비유하여 육친의 불화를 상징적으로 노래한 칠보시를 지었다.
37) 칠보시(七步詩): 일곱 걸음을 걷는 사이에 지은 시나 즉석에서 읊은 시. 혹은 그런 재능을 지닌 시인. 중국 위나라 황제인 문제 조비가 그의 동생 조식에게 일곱 걸음을 걷는 동안 시를 못 지으면 벌하겠다고 하자, 조식이 즉석에서 시를 지었다고 한다. 이 일에서 비롯한 말이다.
38) [교감] 형경이 과연: 사재동B본 '계시 다 붓슬 들고 믈너나고져 ᄒ는지라 형경이 과연'.
39) 명지(名紙): 과거시험을 볼 때 쓰던 종이.
40) [교감] 져눈 명지을 나와 글을 짓지 아니ᄒ고 두로 거려 완경ᄒ며 글 지을 의ᄉ을 아니ᄒ더니: 회동서관본 '현경은 한가히 비회ᄒ더니'.
41) 듕인: 중인. '옷소매'나 '허리춤'인 듯한데, 정확한 뜻은 알 수 없음.
42) 쇄락신긔(灑落神奇): 깨끗하고 신기함.
43) [교감] 디신: 사재동B본 '귀신'. 단국대본 '귀신'.
44) [교감] 휘질ᄒ야: 사재동B본 '휘필(揮筆)ᄒ야'.

셩경45)의 지나도다." 형경이 미소부답(微笑不答)ᄒ더라.

　이윽고 방(榜)46)이 나미 당원(壯元)의ᄂ 니부시랑(吏部侍郞) 이영모의 당ᄌ(長子) 형경이 나히 십오 셰요, 둘지ᄂ 예부시랑(禮部侍郞) 당호의 솜ᄌ(三子) 연이 나히 십오 셰라. ᄎᄎ 불너드리니 당연이 동졉(同接) 형경이 글 지어쥬던 위경 등과 다삿 사ᄅᆷ이 다 참방(參榜)47)ᄒ니, 가히 그 문당(文章)을 알너라. 부르기ᄅᆯ 맛ᄎᄆᆡ 쳔지(天子ㅣ) 그 당원과 둘지의 쇄락ᄒᆫ 풍도(風度)와 긔특ᄒᆫ 지조ᄅᆯ 과ᄋᆡ(過愛)ᄒ사 특별이 당원으로 ᄒᆫ임혹사(翰林學士)48)을 ᄒ이시고, 기ᄎ(其次)로 분관(分官)49)ᄒ니신 후 쳥삼어화(靑衫御花)50)ᄅᆯ 쥬시니, 빅관(百官)이 보건ᄃᆡ 당원의 졀셰(絶世)ᄒᆞᄆᆡ 모와 그이(奇異)ᄒᆫ 긔질과 표표(表表)ᄒᆫ 거동이 반악(潘岳)51)의 고옴과 두잠(杜潛)의 말금 갓고, 탐화쥰ᄆᆡ(探花俊邁)ᄒᆫ 긔상과 늠늠ᄒᆫ 화(華)ᄒᆫ 골격이며 윤퇴ᄒᆫ 얼골이 젹션(謫仙)의 호풍(豪風)과 두목지(杜牧之)의 거동이 잇ᄂ지라. 빅관이 아니 칭춘ᄒ리 업더라. 연좌52) 물망(物望)이 일시의 진동ᄒ더라.

　이날 창방(唱榜)53)ᄒ야 궐문(闕門)을 나ᄆᆡ 소연 명사(少年名士)와 원임ᄃᆡ신(原任大臣)54)이 빅(百) 가지로 실ᄂᆡ(新來) 소임(所任)55)을 시켜 보

---

45) [교감] 칠보셩경: 사재동B본 '칠보경경(七步敬물, 일곱 걸음 만에 지어 바침)'. 단국대본 '칠보경경'. 회동서관본 '칠보시 짓든 조심의게 지나리로다'.
46) 방(榜): 여러 사람에게 어떤 일을 알리고자 길거리 등에 써붙이는 글.
47) 참방(參榜): 과거에 급제하여 문과 급제자 인명록인 방목(榜目)에 이름이 오르던 일.
48) 한림학사(翰林學士): 한림원 소속으로 임금의 조서를 짓는 일을 담당함.
49) 분관(分官): 벼슬의 품계를 나눠줌.
50) 청삼어화(靑衫御花): 임금이 과거에 급제한 사람에게 하사하던 푸른 도포와 종이꽃. 이 종이꽃을 흔히 '어사화(御賜花)'라고 한다.
51) 반악(潘岳): 중국 서진 때 시인 겸 문인. 어릴 때부터 신동이라 불렸고, 또 미남이었다고 한다. 정서적 표현에 뛰어나 애상적인 시와 산수시 등에 걸작을 남겼다.
52) 연좌: 정확한 의미는 알 수 없으나, '연이어' 또는 '이로 말미암아' 정도의 뜻인 듯함.
53) 창방(唱榜): 방목에 적힌 과거 급제자의 이름을 부름.
54) 원임대신(原任大臣): 대신을 지낸 벼슬아치.
55) 신래(新來)의 소임: '신래'는 과거에 급제하여 처음 관직에 나온 사람을 선배가 가리키는

치다가 허여지니, 형경이 슈십(數十) 인(人) 방하(傍下)⁵⁶⁾롤 거나려 삼일유가(三日遊街)⁵⁷⁾을 맛고 직임⁵⁸⁾의 나갈 시, 형경이 학ᄉ(學士)의 소임을 ᄒ야 몸이 근신(近臣)⁵⁹⁾이 되니, 옥당한원(玉堂翰院)⁶⁰⁾의 호가이 잇셔 모든 동유(同僚)로 더부러 직ᄉ(職事)를 치찰(治察)ᄒ니, 말근 의논(議論)과 졍직(正直)ᄒ 인물(人物)이 신진노⁶¹⁾ 명ᄉ(名士)의 바라는 비라. 황졔 크게 사랑ᄒ야 춍이(寵愛)ᄒᄉ미 빅노(百僚)의 읏듬일너라.

말. '신래의 소임'은 과거에 급제하여 처음으로 벼슬길에 나아가는 신임 관원이 선임자에게 베풀던 잔치를 뜻함. 처음에는 신임 관원의 오만함을 제거하고 상하를 엄격히 구분짓고자 했으나, 허참례(許參禮) 또는 면신례(免新禮)라는 통과의례가 생기며 많은 폐단을 낳기도 했다.
56) 방하(傍下): 시중을 드는 하인.
57) 삼일유가(三日遊街): 과거급제자가 사흘 동안 시험관과 선배 급제자, 친척을 방문하던 일.
58) [교감] 직임: 사재동B본 '직임(職任)'.
59) [교감] 근신: 사재동B본 '조신(朝臣)'.
60) 옥당한원(玉堂翰院): 궁중의 경서, 문서 따위를 관리하고 임금의 자문에 응하던 관아.
61) [교감] 신진노: 사재동B본 '진실노'.

장연이 형경을 흠모하다

일일은 댱한림이 조회(朝會) 후 니학ᄉᆞ을 ᄎᆞ주 잇젓¹⁾ 못ᄒᆞ야 이학ᄉᆞ 부즁(府中)의 이르려 ᄇᆞ로 즁졍(中庭)의 드려가 시동(侍童)다려 문왈(問曰),

"녜 상공이 어ᄃᆡ 겨시요?"

ᄃᆡ왈,

"침당(寢堂)의셔 글 보시더이다."

ᄒᆞ거날, 침소(寢所)로 드려가니, 학ᄉᆞ 소셰(梳洗)를 아니ᄒᆞ고 두발(頭髮)을 헛트려 망건(網巾)을 겻히 노코 침셕(枕席)을 비겨 ᄎᆡᆨ(冊) 보거날, 한임이 나아가 문왈,

"현형(賢兄)²⁾은 무슴 연고(緣故)로 지금 이지³⁾ 아낫다냐?"

---

1) [교감] 잇젓: 사재동B본 '엇지'.
2) 현형(賢兄): 친구를 높여 일컫는 말.
3) 이지: 일어나지.

혹ᄉ 문득 놀나 금침(衾枕)을 물이치고 씌를 씌며⁴⁾ 이러나 마즈 왈,

"작일(昨日) 직사를 겨유 맛고 야심(夜深) 후 돌아오니, ᄯᅩ 우리 가즁시(家中事) 변드(繁多)ᄒᆞ야 계명(鷄鳴) 후 취침ᄒᆞ니, 신긔(身氣) 불평ᄒᆞ여 소셰도 못 ᄒᆞ고 누엇더니 형이 슛고로이 이라도라."

드디여 좌졍(坐定)ᄒᆞ고 당훈임이 이학ᄉᆞ를 보건디, 풍광(風光)⁵⁾이 더옥 긔특ᄒᆞ야 옥빈(玉鬢)⁶⁾ 편만(遍滿)의 잠을 ᄭᅢ지 못ᄒᆞ야 츄파(秋波)⁷⁾을 낫초고 두발(頭髮)을 헛트려 소셰를 아냐시니, 풍영ᄌᆞ약(豐盈自若)⁸⁾혼 틔도와 아릿다온 거동이 모란화(牡丹花) 동풍(東風)의 부리눈 듯ᄒᆞ더라. 당한님이 경복(敬服)ᄒᆞ고 크게 ᄉᆞ랑ᄒᆞ야 졍(情)이 어린 듯시 그 안광(眼光)을 바라볼 ᄯᆞ람이려니, 혹시 셰슈(洗水)을 가져다가 관셰(盥洗)⁹⁾를 ᄆᆞᄎᆞ민, 문득 명싱 박싱 두 혼님이 이라려 셔로 보고 담소(談笑)홀시, 잇ᄯᅢ 옥게(玉階)예 빅화만발(百花滿發)ᄒᆞ야 풍경이 빗나니, 명학시 칭츈 왈,

"ᄉᆞ룸이 져 갓호 안히을 어드면 엇지 쾌(快)치 아니리요?"

박한림 왈,

"ᄭᅩᆺ친 광치(光彩) 업고 오라지 아냐 ᄯᅥ려져 빗치 업나니, 달의 쇄락(灑落)홈과 옥(玉)의 온눈(溫潤)홈 갓툰 안히롤 어드면 아람답고 쾌치 아니랴."

당한림이 빅셜 갓튼 옥면(玉面)의 취기(醉氣)을 ᄯᅴ여시니, 홍빅(紅

---

4) [교감] 씌를 씌며: 사재동B본 '씌을 쓰르며'. 단국대본 '씌롤 쓰으며'.
5) 풍광(風光): 사람의 용모, 품격.
6) 옥빈(玉鬢): 옥 같은 귀밑머리. 흔히 젊고 아리따운 여자의 얼굴을 이른다.
7) 추파(秋波): 은근한 정을 나타내는 여자의 아름다운 눈길.
8) 풍영자약(豐盈自若): 생김새가 풍만하고 기름지며 태도가 자연스러움.
9) 관세(盥洗): 손발을 씻음. 또는 그러한 물.

白) 모란이 섯겨 픳 듯ᄒ더라. 시별 갓탄 눈지를10) 흘이 써 졔ᄌᆡᆨ(諸客)을 보며 소왈,

"너희ᄂᆞᆫ 다 ᄎᆔ쳐(娶妻)ᄒᆞᆫ 호ᄉᆡᆨ지인(好色之人)으로, 각각 쳐(妻)를 침혹(沈惑)ᄒᆞ야 두고 화월(花月)은 무슨 일노 ᄉᆡᆼ각ᄒᆞᄂᆞ다? 니 누히 십오 셰라. 어진 슉여를 어더 ᄎᆔ쳐코져 ᄒᆞᄂᆞ, ᄡᅳ지 혜오ᄃᆡ 꼿치 빗나ᄂᆞ 소인(小人)과 갓치 혼졀치 못ᄒᆞ고, 달이 광치 잇ᄉᆞ나 ᄌᆞᄐᆡ(姿態) 업고, 옥(玉) 쉬연(粹然)11)ᄒᆞᄃᆡ 고은 거슨 아니라. 다 불관(不關)ᄒᆞ거이와, 다만 의논(議論)ᄒᆞ야 일을진ᄃᆡ 여ᄌᆞ로 비(比)ᄒᆞ건ᄃᆡ 옛날 셔시(西施)12) 갓튼 쳐를 구ᄒᆞ고, 남ᄌᆞ로 일을진ᄃᆡ 이형 갓튼 안히을 어드면 혼(恨)이 업ᄉᆞᄃᆡ, 셔시ᄂᆞᆫ 죽은 혼(魂)도 어더 보지 못ᄒᆞ고, 니형은 남ᄌᆞ라 속졀업시 죵신(終身)토록 ᄎᆔ쳐(娶妻)치 못ᄒᆞ리로다."

졔(諸) 공ᄌᆡ(公子ㅣ) ᄃᆡ소(大笑) 왈,

"ᄌᆞ균13)의 말로 홀진ᄃᆡ 이ᄌᆞ직14)이 남화위여(男化爲女)ᄒᆞ(야) 즁ᄌᆞ균의 부인이 되랴."

즁연과 좌즁(座中)이 벽ᄌᆞᆼᄃᆡ소(拍掌大笑)ᄒᆞ니, 니학ᄉᆡ ᄯᅩ흔 우으나 심즁(心中)의 그윽키 깃거 안냐,

'즁호님이 져을 유의(有意)ᄒᆞᄂᆞᆫ가 의심ᄒᆞ더라.'

이날 죵일토록 글을 나와 시ᄉᆞ(詩詞)을 충화(唱和)ᄒᆞ다 각각 훗터지ᄃᆞ.

---

10) [교감] 눈지를: 사재동B본 '눈씨롤'. 단국대본 '눈씨롤'.
11) 수연(粹然): 순수한 모습이나 모양.
12) 서시(西施): 중국 춘추시대 월나라의 미인. 월나라 왕 구천이 오나라에 패하자 서시를 부차에게 보냈다. 부차가 서시의 용모에 빠진 동안 구천이 오나라를 멸망시켰다.
13) ᄌᆞ균: 장연의 자(字).
14) ᄌᆞ직: 이형경의 자(字). [교감] 경북대본에는 '일홈을 현경이라 ᄒᆞ고 ᄌᆞᄂᆞᆫ ᄌᆞ듸이라 ᄒᆞ고'라는 구절이 있다.

의[15] 각노(閣老)[16] 집의셔 이학ᄉ와 즁흔임의 쳥츈 소연(靑春少年)으로 유모영풍[17]과 긔특흔 문중이 당디(當代) 무쌍(無雙)ᄒ말 ᄉ랑ᄒ야 옥여ᄌ(玉女子)을 두고 구혼(求婚)ᄒ야 문의 몌여시나,[18] 즁한임은 ᄯᅳᆺ이 놉고 이학ᄉ노 이학[19] 본디 여ᄌ라 츄ᄉ(推辭)[20]ᄒ야 허혼(許婚)치 안이 터니, 일일은 즁흔임이 이학ᄉ다려 문왈,

"소졔(小弟)[21]ᄂᆞᆫ 부모 겨셔니 당(當)치[22] 못ᄒ고 슉여(淑女) 엇기 쉽지 안야 혼인을 느츄거니와, 이형은 무삼 연고로 ᄒ츄예[23] 길이 더디요?"

학시 웃고 왈,

"형의 ᄯᅳ지 슉여 어려올졔 소졔(小弟) 홀노 슉여 쉬우라. ᄒ물며 니 나희 어리고 긔운이 유약(柔弱)ᄒ니, 삼십(三十) 후 ᄯᅳ지 맛츤 쳐(妻)을 취(取)ᄒ려 ᄒ노라. 아직 의ᄉ(意思) 업노라."

한님이 답소(答笑)[24] 왈,

"슉여 엇기 어렵다 ᄒ문 가(可)커이와, 삼십 후 취쳐(娶妻)ᄒ문 가장 그라도ᄃᆞ. 이졔 형이 부모 업고 영경 영졔(令弟)[25] 어리니, 일즉 취쳐

---

15) [교감] 의: 사재동B본 'ᄎᆞ시'. 단국대본 'ᄎᆞ시의'. 회동서관본 '이씨'.
16) 각로(閣老): 내각의 원로.
17) [교감] 유모영풍: 사재동B본 '옥모영풍(玉貌英風, 옥처럼 아름다운 용모와 영걸스러운 풍채)'.
18) [교감] 각노 집의셔 이학ᄉ와 즁흔임의 쳥츈 소연으로 유모영풍과 긔특흔 문중이 당디 무쌍ᄒ말 ᄉ랑ᄒ야 옥여ᄌ을 두고 구혼ᄒ야 문의 몌여시나: 회동서관본 '각로 집에서 리학ᄉ와 장한림에 명망을 흠양ᄒ야 ᄉ룸을 보니여 통혼흔디'.
19) 이학ᄉ노 이학: '이학' 중복 표기 오류.
20) 추사(推辭): 직책 등을 물러나며 사양함.
21) 소졔(小弟): 말하는 이가 대등한 관계인 경우나 윗사람을 대할 때 자기를 낮추어 이르는 말.
22) [교감] 당치 못ᄒ고: 회동서관본 'ᄌ당치 못ᄒ고'.
23) [교감] ᄒ츄예: 회동서관본 '혼츄(婚娶)'.
24) 답소(答笑): 웃으면서 대답함.
25) 영제(令弟): 다른 사람의 아우를 높여 이르는 말.

ᄒᆞ야 가ᄉᆞ(家事)을 맛겨 졔ᄉᆞ(祭祀)을 일우고, 들은 ᄌᆞ손(子孫)을 밧비 두어²⁶⁾ 죠션신영(祖先神靈)을 위로ᄒᆞ미 올커날, 삼십이 엇지 늦지 안이리오?"

학시 왈,

"형의 가라침은 감격ᄒᆞ나 지어 ᄌᆞ식(子息)의 ᄃᆞ다라논²⁷⁾ 팔ᄌᆞ(八字)의 달엇시니, 엇지 취ᄎᆡ 조만(早晚)에 잇스리요."

한림이 소왈,

"이논 형이 힝혀 투악(妬惡)ᄒᆞᆫ 부인을 어면²⁸⁾ 쳥누졔가(青樓諸家)²⁹⁾의 길³⁰⁾ 막힐가 두려 이려툿 ᄒᆞᄂᆞᆫ쏘다."

혹시 아미(蛾眉)³¹⁾롤 씽긔고 줌소(潛笑) 왈,

"쳥누졔가논 셰상 방탕ᄑᆡ려(放蕩悖戾)³²⁾ᄒᆞᆫ 스름의 단일 비라. 엇지 경인군ᄌᆞ(正人君子)와 현명단ᄉᆞ(賢明端士)³³⁾의 간셥(干涉)ᄒᆞᆯ 비 잇스리요? 형은 소졔(小弟)롤 두고 보라. 비록 나히 삼십이 너무나 독보(獨夫)³⁴⁾로 잇셔 창여(娼女)의 ᄌᆞᄎᆡ 문의 이라지 아니케 ᄒᆞ리라."

당한님이 우어 왈,

"형의 풍옥ᄌᆡ질(豐沃才質)³⁵⁾과 용모 긔상이 갓튼 남ᄌᆞ로도 ᄉᆞ랑하거든, 음논(淫亂)ᄒᆞᆫ 창기(娼妓)의게 붓들이면 그 졍뷔(情夫) 되기 쉬오

---

26) [교감] 졔ᄉᆞ을 일우고 들은 ᄌᆞ손을 밧비 두어: 단국대본 '졔ᄉᆞ롤 일우고 ᄌᆞ손을 밧비 두어'.
27) [교감] 지어 ᄌᆞ식의 ᄃᆞ다라논: 경북대본 'ᄌᆞ식 엇기논'.
28) [교감] 투악ᄒᆞᆫ 부인을 어면: 사재동B본 '투악ᄒᆞᆫ 부인을 어더면'.
29) 쳥루졔가(青樓諸家): 창기(娼妓)나 창녀들이 있는 여러 집.
30) [교감] 쳥누졔가의 길: 경북대본 '쳥누의 길'.
31) 아미(蛾眉): 가늘고 길게 굽은 아름다운 눈썹. 흔히 미인의 눈썹.
32) 방탕ᄑᆡ려(放蕩悖戾): 언행이나 성질이 방탕하고 도리에 어그러지거나 사나움.
33) 현명단사(賢明端士): 현명하고 단정한 선비.
34) [교감] 독보: 사재동B본 '독부(獨夫)'.
35) 풍옥재질(豐沃才質): 풍부하고 기름진 재주와 기질. [교감] 사재동B본에는 '붕유지질(風流才質)'로 되어 있다.

랴."36)

학시 금션(錦扇)37)을 치며 낭낭(朗朗)이 우어 왈,

"엇던 창여 내 유의(有意)치 아냐셔 요동(搖動)ᄒ리요?38) 형은 훈셜(閑說)39)을 말고 나종을 보라."

셜파(說罷)의 양인(兩人)이 박장디소(拍掌大笑)ᄒ더라.

---

36) [교감] 그 경뷔 되기 쉬오랴: 경북대본 '그 경부 되기 쉬오리라'.
37) 금션(錦扇): 비단부채.
38) [교감] 요동ᄒ리요: 사재동B본 '몬져 요동하리요'.
39) 한셜(閑說): 한가하거나 쓸데없는 말.

형경이 국구 왕세충을 징계하다

잇찌 쳔지 형경으로 도출원(都察院)[1] 도어사(都御史)[2]을 ᄒᆞ이시니, 궐하(闕下)의 ᄉᆞ은(私恩)ᄒᆞ고 직임(職任)을 출히더니, 왕귀인 부친이라[3] 졔[4] 일셰(一世)룰 경동(驚動)ᄒᆞ고 만죠(滿朝ㅣ) 공경ᄒᆞ더라. 국귀(國舅ㅣ)[5] 셰력으로쎠[6] 션빅 유안의 안히 ᄌᆞ식(姿色)이 탁월ᄒᆞ말 듯고 슈십 가졍(家丁)[7]을 보니여 아ᄉᆞ다가 쳡(妾)을 숨으려 ᄒᆞ니, 유안이 셰(勢)룰 두려 안히룰 순(順)이 찰혀 보니니, 경시[8] 스스로 죽고져 ᄒᆞ디 녀젼이 돈탁의 가 말ᄒᆞ고 죽고져 ᄒᆞ야 가부(家夫) ᄌᆞ

---

1) 도찰원(都察院): 벼슬아치를 감찰하던 관아.
2) 도어사(都御史): 어사의 우두머리.
3) [교감] 왕귀인 부친이라: 사재동B본 '왕국구논 왕귀인 부친이라'. 경북대본 '왕두논 왕부인의 족딜이라'.
4) [교감] 졔: 사재동B본 '권셰(權勢)'.
5) 국구(國舅): 임금의 장인.
6) [교감] 국귀 셰력으로쎠: 회동서관본 '이찌 국구 왕셰츙이 권셰를 미더'.
7) 가졍(家丁): 집에서 부리던 남자 일꾼. 하인.
8) 경시: '경씨'의 오기.

여(子女)룰 이별ᄒᆞ고 가정을 ᄯᆞ라 가더니,9) 듕노(中路)의 다다라 모든 챵뒤(蒼頭ㅣ)10) 이로되,

"도어사 지나간다!"

ᄒᆞ고 ᄒᆞ편의 치워 셔거날, 경시 창틈으로 보니 벽졔(辟除) 소리11) 나며 츄죵(騶從)12) 빅여 인이 홍양산(紅陽傘)을 밧치고 옥 갓탄 소연 지상(宰相)을 옹위ᄒᆞ야 나오니, 그 지상이 머리예 사모(紗帽)13)을 쓰고 몸의 쳥나삼(靑羅衫)을 입고 허리예 슌금(純金) ᄯᅴ을 ᄯᅴ고 빅마금안(白馬金鞍)의 단졍이 안잣는되, 압피 쳥긔(靑旗)을 드리오고 긔(旗)에 써시되, '한림학ᄉᆞ 겸 도찰원 도어사 니형경이라.'

ᄒᆞ엿거날, 경시 싱각ᄒᆞ되,

'이왕(已往) 년춘(年春)의 댱원(壯元)ᄒᆞ야 명망이 진동ᄒᆞ던 스룸이라. 내 이 셜음을 고ᄒᆞ리라.'

ᄒᆞ고, 교ᄌᆞ(轎子) 불을 들고 쒸여나(와) 추죵을 헤치고 나는 다시 어사 말 알피 나아가 길을 막아 웨여 왈,

"존당노야(尊堂老爺)는 이 셔리고 분ᄒᆞᆫ말14) 신셜(伸雪)ᄒᆞ야주소셔!"15)

모든 ᄒᆞ인(下人)들이 놀나 ᄯᅳ어 내치려 하거날, 어ᄉᆞ 영(令)ᄒᆞ야,

"긋치라!"

---

9) [교감] 녀젼이 돈탁의 가 말ᄒᆞ고 죽고져 ᄒᆞ야 가부 ᄌᆞ여룰 이별ᄒᆞ고 가정을 ᄯᆞ라 가더니: 경북대본 '말미암지 못ᄒᆞ여 잡혀 가더니'.
10) 챵두(蒼頭): 종살이하는 남자.
11) 벽졔(辟除) 소리: 지위가 높은 사람이 행차할 때, 그 하인들이 일반 사람의 통행을 금하기 위해 외치던 소리.
12) 추종(騶從): 상전을 따라다니는 종.
13) 사모(紗帽): 관복을 입을 때 벼슬아치들이 쓰던 모자.
14) 분ᄒᆞᆫ말: '분ᄒᆞᆫ말'의 오기.
15) [교감] 존당노야는 이 셔리고 분ᄒᆞᆫ말 신셜ᄒᆞ야주소셔: 경북대본 '어ᄉᆞ노야는 눈샹의 변을 다스리쇼셔'.

ᄒᆞ고 금션(錦扇)을 드려 면ᄎᆞ(面遮)ᄒᆞ고 왈,

"부인의 거동을 보니 명뷔(命婦ㅣ)16) 아니면 ᄉᆞ족(士族)이라. 무슴 원억(冤抑)ᄒᆞᆫ 일이 이셔 학ᄉᆡᆼ(學生)의게 쳥ᄒᆞ시난닛가?"

경시 답왈,

"쳡은 션븨 유안의 안히라. 비록17) 서ᄉᆡᆼ(書生)이나 경화ᄉᆞ족(京華士族)18)(이)오, 쳡이 ᄯᅩᄒᆞᆫ 명문지혀(名門之女)19)라. 유가의 ᄉᆞᄅᆞᆫ 지 십예(十餘) 연의 유ᄌᆞᄉᆡᆼ여(有子生女)ᄒᆞ고 히로(偕老)ᄒᆞ니, 비록 부월(斧鉞)20)이 당젼(當前)ᄒᆞ나 엇지 ᄆᆞ음을 변ᄒᆞ야 이셩(二姓)을 셤기릿고ᄆᆞᄂᆞᆫ, 국구 왕셰충이 젼혜 셰룰 밋고21) 쳥쳔비일(靑天白日)의 슈십 가졍을 보니여 쳡을 겹측ᄒᆞ야 앗ᄉᆞ다가 제 쳡을 솜으랴 ᄒᆞ니, 가부(家夫)의게 홰(禍ㅣ) 연누(連累)홀ᄁᆞ ᄒᆞ야 욕을 참고 쩌나가 셰충의 알픠가 죽으려 ᄒᆞ더니, 금일 노야(老爺)를 만나오니 쳔만의외(千萬意外)라. ᄇᆞ라옵건디 원억ᄒᆞ믈 슬펴 사람을 구ᄒᆞ시고 풍화(風化)22)를 졍(正)이 ᄒᆞ소셔."

어시 듯기를 마ᄎᆞ며 발연디로(勃然大怒)ᄒᆞ야 좌우로 ᄒᆞ여금 국구의 가졍 슈십 인을 즙아다가 ᄒᆞ옥(下獄)ᄒᆞ고, 경씨로써 부즁(府中)의 드려 위로 왈,

"학ᄉᆡᆼ이 명일(明日)의 황상긔 알외와 부인의 원수를 갑흐리라."

ᄒᆞ니, 경씨 ᄌᆡ삼 ᄉᆞ례ᄒᆞ더라.

명조(明朝)의 문무ᄇᆡᆨ관(文武百官)이 궐중(闕中)의 조회홀시, ᄎᆞ례로

---

16) 명부(命婦): 봉작(封爵)을 받은 부인을 이르는 말.
17) [교감] 비록: 사재동B본 '가븨 비록'.
18) 경화사족(京華士族): 번화한 한양과 그 인근에 거주하는 사족.
19) [교감] 명문지녀: 사재동B본 '명문지녀(名門之女)'.
20) 부월(斧鉞): 작은 도끼와 큰 도끼.
21) [교감] 젼혜 셰룰 밋고: 사재동B본 '젼혀 셰룰 밋고'. 단국대본 '젼혀 셰룰 미더'. 경북대본 '권셰룰 밋고'.
22) 풍화(風化): 교육이나 정치를 잘하여 풍습을 잘 교화하는 일.

녜(禮)룰 파(罷)혼 후 한님학시 이형경이 츌반(出班)23) 쥬왈,

"신은 듯ᄉ오니 오륜(五倫) 가온ᄃᆡ 삼가는 거슨 부뷔(夫婦 l)라. ᄌ고로 승졔명왕(聖帝明王)24) 치국(治國)ᄒᆞ야 만민을 교훈ᄒᆞ니,25) 반다시 일눈(人倫)을 바리는 고로26) 쳔츄(千秋)의 쇠(衰)ᄒᆞ미 업고, 댱격지27)는 틱ᄌ(太子)룰 논박(論駁)ᄒᆞ고 훈(漢) 댱셰(將帥) 두헌(竇憲)28)의 동셩 아ᄉᆞᆷ을 죄주니,29) 국가 볍졔(法制)와 삼강인눈(三剛人倫)의 맛당이 맛당이30) 이려틋 홀지라. 아국(我國) ᄃᆡ명(大明) 상젼(相傳)ᄒᆞ야 폐하긔 니르미 볍젼(法典)이 훈갈곳고 인눈이 졍(正)ᄒᆞ더니, 국구 왕셰츙이 음악방ᄌ(陰惡放恣)ᄒᆞ고 피려무힝(悖戾無行)ᄒᆞ야 스스로 국쳑(國戚)31)의 셰(勢)룰 비러 민간의 죽폐(作弊)ᄒᆞ는 일이 만ᄉᆞᆷ더니, 션비 유안의 졍실(正室)을 아ᅀᆞ다가 계 쳡을 숨으려 가졍 수십 인을 보니여 겁칙ᄒᆞ야 ᄀᆞ옵다가 듕노(中路)의셔 신을 만나 유안의 쳐 실상을 고ᄒᆞ기로 신이 셰츙의 가노(家奴)을 가도왓ᄉᆞ오니, 복원(伏願) 폐ᄒᆞ논 상츨(詳察)ᄒᆞᄉᆞ 셰츙의 무상(無常)ᄒᆞᄆᆞᆯ 다스려 죄 졍(正)히 ᄒᆞ시고 국쳑(國戚) 방ᄌᆞᄒᆞ말 징계ᄒᆞ소셔."

주(奏)ᄒᆞ기룰 ᄆᆞᄎᆞᆷ에 안ᄉᆡᆨ(顔色)이 싁싁ᄒᆞ고 ᄉᆞ의(辭意) 격졀(激切)ᄒᆞ니, 쳔지(天子 l) 안ᄉᆡᆨ이 경아(驚訝)치 아니 리 업더라.32)

---

23) 츌반(出班): 여러 신하 가운데 따로 나아가 임금에게 아룀.
24) 성졔명왕(聖帝明王): 덕이 높고 지혜로운 임금.
25) [교감] 교훈ᄒᆞ니: 경북대본 '교화ᄒᆞ미'.
26) [교감] 일눈을 바리는 고로: 경북대본 '인눈을 붉히시고 국법은 사시 업는 고로'.
27) [교감] 댱격지: 사재동B본 'ᄌᆞᆼ셕지'. 장셕지(張釋之)는 한나라 문제 때 형벌을 관장하는 관리로 공평한 법 운용으로 유명하다.
28) 두헌(竇憲): 중국 후한의 정치가. 누이가 장제의 황후이자 화제의 태후가 되어 막강한 권력을 행사하였다. 흉노를 토벌해 대장군이 되었으나 화제를 암살하려다 발각되어 자살하였다.
29) [교감] 훈 댱셰 두헌의 동셩 아ᄉᆞᆷ을 죄주니: 사재동B본 '훈 쟝셔 두현의 동셩 아ᄉᆞ믈 죄주니'.
30) 맛당이 맛당이: '맛당이' 중복 필사 오류.
31) 국쳑(國戚): 임금의 인척.
32) [교감] 쳔지 안ᄉᆡᆨ이 경아치 아니 리 업더라: 사재동B본 '만조 빅관이 경아치 아니 리 업더라'. 단국대본 '쳔지 안ᄉᆡᆨ이 변ᄒᆞ시믈 씨닷지 못ᄒᆞ시고 만조빅관이 경아치 아니 리 업더라'.

쳔지 이예 왕국구와 유안의 경시 등을 불너 전(殿) 아릭 니라려 실
〈(實事)룰 힐문(詰問)ᄒ시니, 국귀(國舅ㅣ) 감이 긔망(欺罔)치 못ᄒ야
일일이 직고(直告)ᄒᄃᆡ, 상(上)이 ᄃᆡ로ᄒ사 국구를 삭직(削職)ᄒ야 일
연(一年) 월봉(月俸)을 거두시고,

"본부(本府)의 가도와 칠 연을 지닌 후 출입(出入)ᄒ라!"

ᄒ시고, 유안 경시 등을 쳔금(千金)을 상〈(賞賜)ᄒ시고,

"도라가 조희 솔나."

ᄒ신 후예, 어〈을 칭춘ᄒ야 특별이 어〈부즁(御史府中)의 춘표(讚
標)33)을 이어 '〈직졍문(司直旌門)'34)이라 ᄒ시니,35) 그 명망을 안니
탄복ᄒ리 업더라. 일노 말이 나믹 조정의 즁논(作亂) 못ᄒ고,36) 져ᄌ
거리예 남여 길을 난화 단니고, 들인 것도 줏지 안니ᄒᄃᆡ,37) 이 다 니
어사의 풍역(風力)38)과 교화(敎化)을 두려ᄒ미려라.

---

33) 찬표(讚標): 찬양하여 기리는 뜻이 담긴 표지.
34) 사직정문(司直旌門): 훌륭한 판관을 표창하기 위해 그의 집 앞에 세운 붉은 문. 여기서는 '훌륭한 판관이 근무하는 관아'라는 뜻으로 쓰였다.
35) [교감] 어〈부즁의 춘표을 이어 〈직졍문이라 ᄒ시니: 사재동B본 '어〈부듕의 찬표을 니어 〈직졍문이라 ᄒ시니'. 단국대본 '어〈부즁의 찬표룰 이어 〈작청문이라 ᄒ시니'. 경북대본 '그 집 문의 글을 지어 찬표ᄒ여 왈 어〈청문이라 ᄒ시고'.
36) [교감] 일노 말이 나믹 조정의 즁논 못ᄒ고: 회동서관본 '일노브터 어〈부즁의 문을 열고 원억혼 빅셩이 잇거든 고관ᄒ라 ᄒ니'.
37) [교감] 들인 것도 줏지 안니ᄒᄃᆡ: 회동서관본 '도불습유ᄒ더라'.
38) 풍력(風力): 사람을 변화시키는 힘.

형경이 위영의 구애를 거절하다

일일은 쳔지 정젼(正殿)의셔 일시의 명초(命招)¹⁾ㅎ수 모든 명수(名士)로 글을 지으수 울열(優劣)을 졍(定)ㅎ시니,²⁾ 오직 흔님 당연과 학수 형경이 웃뜸이니, 얼골은 관옥(冠玉) 갓고 풍치 추등(差等)이 업수니, 시로이 사랑ㅎ샤 즉시 양인(兩人)으로 문연각(文淵閣)³⁾ 틱혹사(太學士)⁴⁾롤 ㅎ이시니, 그 조달(早達)흔 영홰(榮華ㅣ) 결우리 업더라.

양인이 수은ㅎ고 물너나 집의 도라오니, 유뫼 보건디 의복 정제(整齊)ㅎ고 픠옥(佩玉)이 영농ㅎ야 금관(金冠) ♀리 엄슉흔 위의(威儀)와 표일(飄逸)흔 긔샹(氣像)이 은은흔 지상의 골격이오, 조곰도 여티(女態) 업논지라. 일변(一邊) 깃거ㅎ며 일변(一邊) 근심ㅎ야 나아가 긔유

---

1) 명초(命招): 임금의 명령으로 신하를 부르는 일.
2) [교감] 일일은 쳔지 졍젼의셔 일시의 명초ㅎ수 모든 명수로 글을 지으수 울열을 졍ㅎ시니: 경북대본 '일일은 샹이 편젼의셔 소년명수롤 명초ㅎ샤 글을 지으시니'.
3) 문연각(文淵閣): 명나라 때 베이징에 있던 궁중 도서관.
4) 태학사(太學士): 홍문관 대제학을 달리 일컫던 말.

(開諭) 왈,

"쇼졔(小姐ㅣ) 몸이 황각(黃閣)5)의 깃드려 잇찌 명亽(名士) 되여시니, 아직 즐거오면 조커니와 쟝찻 나죵을 엇지랴 ᄒᆞ시ᄂᆞ이잇가?"

학亽 불연(怫然) 왈,

"내 임의 부모 게실 젹부터 변복(變服)호 남지 되여시니, 니졔 어미 시로이 근심홀 비 아니라. ᄒᆞ물며 조졍ᄃᆡ신(朝廷大臣)의 직품(職品)이 여날 이졔 엇지ᄒᆞ리요? 여러 번 일ᄏᆞ르 즐거온 흥을 감초ᄂᆞᆫ다? 내 비록 여지나 죵신토록 혼취(婚娶)치 아니리라. 셰쇽(世俗) 여ᄌᆞ의 지아비를 두려ᄒᆞ야 듕(重)히 넉이며, 싀부모를 공경ᄒᆞ야 상(床)을 밧들고, 국을 맛보아 건즐(巾櫛)6)을 밧드ᄂᆞᆫ 소임과 셰슌ᄃᆡ각(歲醇待客)7)의 불평ᄒᆞ며 문을 닷고 당(墻)을 지워 심규(深閨)의셔 슈션(修繕) 다ᄉᆞ리믄 나의 ᄎᆞ마 못 홀 비라. 출ᄒᆞ리 홍포옥ᄃᆡ(紅袍玉帶)의 격거ᄉᆞ마(翟車駟馬)8)로 일홈이 ᄉᆞ칙(史冊)의 오르고 몸이 공후(公侯) 되야 ᄉᆞ군보국(事君保國)ᄒᆞ미 흘이9) 다시 이라지 말나."

유민 어이업셔 물너나다.

학ᄉᆞ ᄂᆡ렴(內念)의 불평ᄒᆞ야10) 당학사 부듕(府中)의 이라니, 연이 반겨 마주 별실(別室)의셔 ᄃᆡ졉홀시, 형경이 연의 취(醉)ᄒᆞ말 보고 문 왈,

"형니 뉘 집 연셕(宴席)의 갓더뇨?"

연이 미소 왈,

---

5) 황각(黃閣): 조선시대 행정부의 최고 기관.
6) 건즐(巾櫛): 수건과 빗을 아우르는 말. 흔히 '여자가 아내로서 남편을 받드는 일'을 비유한다.
7) 세슌대객(歲醇待客): 해마다 술을 빚어 손님을 대접함.
8) 젹거사마(翟車駟馬): 황후와 높은 벼슬아치 등이 타는 네 마리 말이 끄는 수레.
9) 흘이: '올흐니'의 오기.
10) [교감] 학ᄉᆞ ᄂᆡ렴의 불평ᄒᆞ야: 단국대본 '학시 내렴의 불평ᄒᆞ야 집의 안즈지 못ᄒᆞ고'.

"가즁(家中)의 쥬식(酒食)을 갓초와 형졔 훈담(閑談)ᄒ더니, 현형이 참예(參與)ᄒ도다."11)

학ᄉ 시양(辭讓) 왈,

"소졔(小弟ㅣ) 요ᄉ이 촉풍(觸風)ᄒ야 ᄇᆡ작(拜爵)을 불음(不飮)ᄒ니, ᄀ히 빈셕(賓席)의 춤예치 못ᄒ리로다."

당연이 잠소(潛笑) 왈,

"펴ᄎ(彼此)12) 형졔 갓ᄐ니 엇지 취ᄉ(取辭)ᄒ리요?"

드듸여 ᄉ믜을 잇그려 추향각의 올나가니, 연의 양형(兩兄)이 홍상(紅裳)을 것지녀13) 오현금(五絃琴)을 어라만져 가성(歌聲)을 ᄂᆞ리ᄃᆞ가14) 혹ᄉ을 보고 반기며 깃거 소왈,

"ᄌᆞ직아, 어디로셔 오ᄂᆞ다? 너 본 지 반년(半年)이라. 비록 소년 ᄌᆡ상으로 혁혁훈 명ᄉ 된들 옛 버솔 이저나냐?"

학ᄉ 소왈,

"양형은 명창(明窓) 등ᄒ(燈下)의셔 시셔(詩書)ᄅᆞᆯ 좀심(潛心)ᄒ고, 소졔ᄂᆞᆫ 국ᄉ(國事)의 분쥬ᄒ야 밥 먹을 결을도 업ᄉ니,15) 일 업손 유ᄉ(儒士)들이 ᄎᆞᄌᆞ보지 아니ᄒ고 도로혀 날을 척(責)ᄒ나냐?"

좌즁(座中)이 디소(大笑)ᄒ더라.

이에 좌졍(坐定)ᄒ고 풍뉴(風流)을 도도며 주ᄇᆡ(酒杯)을 난홀ᄉᆡ, 창여(娼女) 즁 위영이 가무(歌舞) 명창(名娼)이요16) 용모 졀식(絶色)이라. 연긔(年紀) 십ᄉ 셰나 ᄉ람을 지니지 아냣고17) ᄯᆞ지 풍유군ᄌ(風

---

11) [교감] 현형이 참예ᄒ도다: 단국대본 '현형이 이라니 한가지로 춤예ᄒ미 맛당하도다'.
12) [교감] 펴ᄎ: 단국대본 '피ᄎ(彼此)'.
13) [교감] 홍상을 것지녀: 단국대본 '홍상을 것지어'. 회동셔관본 '창기를 것히 두고'.
14) [교감] 오현금을 어라만져 가성을 느리ᄃᆞ가: 회동셔관본 '거문고를 ᄐᆞ며 노다가'.
15) [교감] 밥 먹을 결을도 업ᄉ니: 단국대본 '밥 먹을 결을도 업고 친구 ᄎᆞ즐 틈이 업ᄉ니'.
16) [교감] 위영이 가무 명창이요: 경북대본 '우영이란 기녜 나와 풍뉴을 희롱ᄒ니'.
17) [교감] ᄉ람을 지니지 아냣고: 경북대본 '일즉 경인훈 비 업더니'. 회동셔관본 '일직 ᄉ룸을 만나지 못ᄒ야'.

流君子)룰 셤기고져 원ᄒᆞᄂᆞᆫ 고로, 학ᄉᆞ 쟝연의 표표(表表)ᄒᆞᆫ 긔상과 옥
ᄀᆞᆺ튼 용모룰 우려려 셤기고져 ᄒᆞ나, 당시랑이 오직 그 ᄋᆞᄌᆞ(兒子)의
일직 입신(立身)ᄒᆞ야 작품(爵品)이 지샹이 되고, 겸ᄒᆞ야 취쳐(娶妻) 젼
(前)이라. 아ᄌᆞ을 경계ᄒᆞ고 층여(娼女)을 엄금ᄒᆞ야 학ᄉᆞ의 방탕ᄒᆞᆷ말
기유(開諭)ᄒᆞ니, 비록 ᄆᆞ음은 가득ᄒᆞ나 감히 바라도 못ᄒᆞ고, 연니
쏘ᄒᆞᆫ 희롱으로 창여룰 ᄀᆞ만이 유졍(有情)ᄒᆞ미 잇ᄂᆞᆫ지라. 위영의 교연
(巧然)[18]ᄒᆞᆯ말 ᄉᆞ랑ᄒᆞ나, 겨룰 권연(眷然)[19]ᄒᆞ다가 그 부친긔 들일가
두려 ᄉᆞ식(辭色)지 아니ᄒᆞᆷ, 지ᄎᆞ(再次) 그 뜻즌 모라더니, 이날 옥
비(玉杯)룰 드려 진지ᄒᆞ다가[20] 그 뜻ᄉᆞ을 만나니,[21] 그윽이 보건듸
머리에 금관을 쓰고 몸에 팔과도의[22]룰 입고 허리에 금관 셰포(細布)
ᄯᅴ[23]룰 둘너시니, 옥면(玉面)은 빅연(白蓮) 갓고 아미(蛾眉)ᄂᆞᆫ 원손(遠
山) ᄀᆞᆺ투며, 양목(兩目)은 츄파(秋波) 어린 ᄃᆞᆺ, 양협(兩頰)은 도화(桃花)
비최엿고, 주순(朱脣)은 당[24] 찍은 듯 빅틱쳔샹(百態千像)이 아니 맛존
거시 업고, ᄌᆞ틱(姿態)롭고 향긔(香氣)롭지 아닌 곳이 업고, 선풍화모
(仙風花貌)와 난봉ᄌᆡ질(鸞鳳才質)[25]이 경인귀동(驚人鬼動)ᄒᆞ야 일월
(日月) ᄀᆞᆺ호 광틱(光態) 좌우의 빗취니, 당학사의 옥빈영풍(玉鬢英
風)[26]과 표일쥰미(飄逸俊邁)ᄒᆞᆫ 긔샹(氣像)으로도 오히려 바라지 못홀

---

18) 교연(巧然): 예쁜 모습.
19) 권연(眷然): 사모하여서 뒤돌아봄.
20) 진지ᄒᆞ다가: '밥을 올리다가'의 옛말.
21) [교감] 그 뜻ᄉᆞ을 만나니: 사재동B본 '니어ᄉᆞ을 만나니'. 회동서관본 '이날에 이어ᄉᆞ를 만나니'.
22) 팔과도의: '도인이 입는 옷처럼 소매가 몇 갈래로 나뉘어 나풀거리는 옷'인 듯함. [교감] 사재동B본 '팔관ᄀᆞᆺ의'. 단국대본 '팔과도의'.
23) [교감] 금관 셰포 ᄯᅴ: 사재동B본 '푸란 셰표 ᄯᅴ'. 단국대본 '푸른 셰포 ᄯᅴ'.
24) [교감] 당: 사재동B본 '당ᄉᆞ'. '당사'는 '단사(丹沙)'의 오기인 듯하다. '단사'는 여자가 화장할 때 입술이나 뺨에 바르는 붉은 연지의 재료로 쓰인 광물이다.
25) 난봉재질(鸞鳳才質): 난새와 봉황 같은 재질. 덕이 높은 군자의 재질을 비유한 표현이다.
26) 옥빈영풍(玉鬢英風): 아름답고 영웅다운 풍채.

비라.

위영이 우러러 보기를 다ᄒᆞ미 심중(心中)의 크게 항복ᄒᆞ야 스스로 혜아리디,

'셰상의 엇지 이런 미쇡(美色)의 남지 잇ᄉᆞ리요?'

평상(平常) 바라던바 너무니,²⁷⁾ 챵녀의 츈졍(春情)을 억졔치 못ᄒᆞ야 교ᄐᆡ(嬌態)를 머금고 녹의홍상(綠衣紅裳)으로 원앙비(鴛鴦盃)를 놉히 들고 나아와 고왈(告曰),

"쳡은 양쥐 창기라. 일쟉 나히 어려 ᄉᆞ룸을 지니지 아냣삽나니,²⁸⁾ 금일 샹공을 뫼오미 쳡의 원(願)이 족(足)ᄒᆞ지라. 쳥컨디 취금(翠衾) 원앙침(鴛鴦枕)의 빅 년(百年)을 뫼셔지니다."

어ᄉᆡ 다만 쥬순호치(朱脣皓齒)를 여려 낭낭이 우어 왈,

"나는 뇽녈(庸劣)ᄒᆞᆫ 지상(宰相)이어날,²⁹⁾ 너 갓탄 명창(名娼)이 ᄯᆞ로니 가히 영화롭다 ᄒᆞ거니와, 내 본디 졍심(定心)이 이시니 너히 지극ᄒᆞᆫ 원(願)을 푸지 못ᄒᆞ리로다."

위영이 아연(啞然)³⁰⁾ 무류(無聊)ᄒᆞ야 퇴(退)ᄒᆞ니, 좌위(左右ㅣ) 박쟝디소 왈,

"ᄌᆞ직은 가히 졸(拙)ᄒᆞ다 ᄒᆞ리로다. 위영은 져 소졸(疏拙)ᄒᆞᆫ ᄌᆞ직을 ᄯᅩᆯ와 무엇ᄒᆞ러 ᄒᆞᄂᆞᆫ두?"

위영이 탄식 홈누(含淚)ᄒᆞ거날, 당학ᄉᆡ 소왈,

"니형이 날다려 큰 말을 ᄒᆞ야 방탕ᄒᆞᆯ말 칙(責)ᄒᆞ야심으로 밧그로 위영을 멸이 ᄒᆞᄂᆞ 그려치 아니ᄒᆞ리라."³¹⁾

---

27) [교감] 평샹 바라던바 너무니: 경북대본 '평ᄉᆡᆼ 원이 죡ᄒᆞ오니'.
28) [교감] 일쟉 나히 어려 ᄉᆞ룸을 지니지 아냣삽나니: 경북대본 '일즉 경인ᄒᆞᆫ 비 업더니'.
29) [교감] 뇽녈ᄒᆞᆫ 지상이어날: 경북대본 '용졸ᄒᆞᆫ 쟝뷔여눌'. 회동서관본 '소쟝뷔라'.
30) 아연(啞然): 너무 놀라 어안이 벙벙한 모양. [교감] 사재동B본 '이연(哀然)'. 단국대본 '이연'.
31) [교감] 위영을 멸이 ᄒᆞᄂᆞ 그려치 아니ᄒᆞ리라: 사재동B본 '위영을 멸니 ᄒᆞ나 기실은 그려치 아니ᄒᆞ리라'. 경북대본 '우영을 믈니치나 실졍이 아니니라'.

니학시 쳥파(聽罷)의 미미함소(微微含笑)ᄒ며 손을 좁고 엄연이 단좌(端坐)ᄒ니, 고은 얼골의 씩씩ᄒᆫ 빗츨 씌여 ᄎ고 믜우미 ᄲᅧ의 ᄉᆞ못ᄒᆫ 듯ᄒᆫ지라. 모든 시여(侍女) 의연(毅然)ᄒ고,32) 당협 등이 몸을 곳치며 얼골을 졍(正)이 ᄒ야 공경ᄒ더라.

---

32) [교감] 모든 시여 의연ᄒ고: 경북대본 '모든 기녜 다 악연이 실망ᄒ고'.

형경이 천자 시해 기도를 예견하다

종일토록 혼가이 즐기더니 문득 상(上)이 양(兩) 학ᄉᆞ랄 입변(入番)¹⁾ ᄒᆞ라 ᄒᆞ니, 년이 형경으로 더부러 수리ᄅᆞᆯ 모라 문연각으로 드려가 양인(兩人)이 ᄒᆞ담(閑談) ᄒᆞ더니, 니날 명조(明朝)의²⁾ 문득 창밧긔 픠옥 소리 나거날, 양인이 디경ᄒᆞ야 밋쳐 조의(朝衣)를 입지 못ᄒᆞ고, 다만 평복(平服)으로 오ᄉᆞᆯ 염의오고 ᄯᅴᄅᆞᆯ ᄯᅴ을며 마ᄌᆞ나, 오히려 이인(二人)의 금침(衾枕)을 것지 아야난지라. 상이 양 학ᄉᆞ의 황망(慌忙)ᄒᆞ물 보시고 우어 가라사ᄃᆡ,

"군신(君臣)은 부ᄌᆞ(父子) ᄀᆞᆺᄐᆞ니 아비 오믈 ᄌᆞ식이 놀ᄂᆡ도다.³⁾ 경(卿)은 안심ᄒᆞ라."

---

1) 입변(入番): 관아에서 차례로 숙직함. 또는 차례로 당직함.
2) [교감] 양인이 ᄒᆞ담ᄒᆞ더니 니날 명조의: 회동서관본 '이날 리학ᄉᆞ와 쟝학시 문연각에 드러가 입번홀시 등ᄒᆞ에셔 담화ᄒᆞ더니'.
3) [교감] 군신은 부ᄌᆞ ᄀᆞᆺᄐᆞ니 아비 오믈 ᄌᆞ식이 놀ᄂᆡ도다: 회동서관본 '자식이 아비 옴을 보고 놀나미 잇ᄉᆞ리오'.

드듸여 양 학ᄉ(의) 이불 우희 안즈시니,4) 그 은총(恩寵)이 이려틋 ᄒᆞ더라.

이 인이 복지(伏地)ᄒᆞ미 샹이 좌우로 ᄉᆞ좌(侍坐)ᄒᆞ시고,5) 윤음(綸音)6)을 나리와 유화(柔和)이 ᄀᆞᄅᆞᄉᆞ듸,

"짐이 심즁의 울(鬱)ᄒᆞ미 잇ᄂᆞᆫ 고로 불의(不意)예 미ᄒᆡᆼ(微行)7)ᄒᆞ니, 경등이 놀ᄂᆡ도다."

이 인이 ᄇᆡᄉᆞ(拜謝) 왈,

"소신이 익궁(掖宮)8)의 직슉(直宿)ᄒᆞ와 능히 조심치 못ᄒᆞ므로 폐ᄒᆞ를 맛줍지 못ᄒᆞ오니 죄 즁ᄒᆞ온지라.9) 불승황공(不勝惶恐)ᄒᆞ오니 무례ᄒᆞ온 죄 즁ᄒᆞ온지라. 불승황공ᄒᆞ오며 젼지의 이라신 바 무슴 일이니잇가?"10)

샹이 학사을11) 나아오라 ᄒᆞᄉᆞ 가만이 이라ᄉᆞ듸,

"남경 쥬왕이 승샹 퇴경으로 더부려 모의(謀議)홀 긔미가 잇ᄂᆞᆫ지라. 짐이 퇴경은 쳐치ᄒᆞ려이와, 남경왕은 짐의 슉뷔(叔父ㅣ)라 쟝찻 읏지 ᄒᆞ리오?"

형경 쳥파의 ᄭᅮ려 쥬왈(奏日),

"일이 비록 어려우나 국ᄉᆞ(國事)ᄂᆞᆫ ᄉᆞ졍(私情)이 업ᄉᆞ오니, 폐ᄒᆡ(陛

---

4) [교감] 경은 안심ᄒᆞ로. 드듸여 양 학ᄉ 이불 우희 안즈시니: 경북대본 '경등은 안심ᄒᆞ라 ᄒᆞ시고 드듸여 침샹의 안즈시니'.
5) [교감] 샹이 좌우로 ᄉᆞ좌ᄒᆞ시고: 단국대본 '샹이 좌우로 ᄉᆞ랑ᄒᆞ시고'. 경북대본 '샹이 좌룰 명ᄒᆞ고'. 회동서관본 '샹이 좌우를 물ᄂᆡ치시고'.
6) 윤음(綸音): 임금이 신하나 백성에게 내리는 말씀.
7) 미행(微行): 지위가 높은 사람이 신분을 감추기 위해 남루한 옷차림으로 주변을 몰래 다니는 일.
8) 액궁(掖宮): 대궐 안.
9) [교감] 죄 즁ᄒᆞ온지라: 사재동B본 '무례ᄒᆞ온 죄 즁ᄒᆞ온지라'.
10) [교감] 젼지의 이라신 바 무슴 일이니잇가: 회동서관본 '밀ᄉᆞᄂᆞᆫ 무슴 일이온지 신등에 의혹이 자심ᄒᆞ여이다'.
11) [교감] 샹이 학사을: 사재동B본 '샹이 니학ᄉᆞ을'.

下ㅣ) 퇴경을 줍아 죄주시면[12] 그 입 가온디 말이 이실 거시니, 만일 주왕이 동심(同心) 반역호미 적실(的實)호면 가히 발군(發軍)호야 중칙(重責)호고 춋별[13] 죄호미 올흐니이다."

당학시 혼가지로 주(奏)호니, 상이 깃그스 환궁(還宮)호실시, 이학시 압희 나아가 주왈,

"밧긔 젹국(敵國)이 잇고 안희 반신(叛臣)이 이셔 쥬야(晝夜) 긔틀을 여오니,[14] 지존(至尊)은 샹심(詳審)호소셔. 익궁이 지엄(至嚴)호오나[15] 오히려 사롬이 만하 니목(耳目)이 번다(繁多)호오니, 심히 두려온지라. 쳥컨디 폐하는 좌우 모라게 힝(行)치 마라스 불측(不測)혼 변(變)을 졔방(制防)하소셔. 만일 이리 힝호시다가 역적의 무리 비수(匕首)을 가져 그윽혼 고디 숨엇다가 역적의 무리면 아지 못게이다.[16] 주상(主上)이 엇지랴 호시난잇가?"[17]

상이 문득 씨다라사 미힝(微行)을 머추시고[18] 환관(宦官) 시위인(侍衛人)을 부르스 모여[19]룰 타고 환궁호시니, 당학시 형경을 '망영(妄靈)되다' 호더니, 과연 후원(後苑) 아리 두 주긱(刺客)이 길의 숨어 황야(皇爺)의 미힝을 기다리다가 잡펴 복주(伏奏)호니, 일시(一時) 사람이 니형경의 선견(先見)을 항복호고, 쳔지 더옥 긔특니 녁이사 그 각졍[20]호논 말을 수쳥(收聽)호시니, 당학시 왈,

---

12) [교감] 죄주시면: 회동서관본 '호문호옵시면'.
13) [교감] 춋별: 단국대본 '토벌(討伐)'.
14) [교감] 쥬야 긔틀을 여오니: 경북대본 '쥬야 틈을 어드니'.
15) [교감] 익궁이 지엄호오나: 회동서관본 '익궁이 심엄호오나'.
16) [교감] 역적의 무리면 아지 못게이다: 사재동B본 '셩가을 막주호면 아지 못게이다'.
17) [교감] 만일 이리 힝호시다가 역적의 무리 비수을 가져 그윽혼 고디 숨엇다가 역적의 무리면 아지 못게이다. 주상이 엇지랴 호시난잇가?: 회동서관본 '폐호계셔 이럿탓 미힝호시다가 역신의 불초혼 일이 잇셔 셩가를 요동호면 엇지호시리 잇고'.
18) 머추시고: '멈추시고'의 오기.
19) [교감] 모여: 경북대본 '어가(御駕)'.
20) 각졍: '간쟁(諫爭, 어른이나 임금에게 그릇되거나 잘못된 일을 고치도록 간절히 말함)'의

"내 ᄌᆞ직 형의로 더부려 동연(同年) 동관(同官) 동방(同榜)이나 그 심졍(心情)은 밋지 못ᄒᆞ니, 진짓 홍곡(鴻鵠)21)의 ᄯᅳ졀 연작(燕雀)22)이 모라ᄂᆞᆫᄯᅩ다."

일노 좃ᄎᆞ 놉흔 소견을 만죠(滿朝ㅣ) 항복ᄒᆞ더라.

오기인 듯함. [교감] 사재동B본 '간졍'. 단국대본 '간징'.
21) 홍곡(鴻鵠): 큰 기러기와 고니. 포부가 원대하고 큰 인물을 비유하는 말이다.
22) 연작(燕雀): 제비와 참새. 도량이 좁은 사람을 비유하는 말이다.

형경이 주왕을 죽이고, 장연과 함께 남만을 평정하다

잇찌 텬지 승상 태경을 즈바 죄 주시니, 남경왕의 반(叛)ᄒ미 적실ᄒ지라. 옥ᄉ(獄事)를 두ᄉ린 후 발군(發軍)ᄒ야 주왕을 별죄(伐罪)ᄒᆯ시,[1] 위국공 셔운은 기국공신(開國功臣) 셔달의 ᄌ손이라. 대원슈(大元帥) 겸 디도독(大都督)을 ᄒ이ᄉ 상장검(上將劍)[2]을 주시고, 틱혹ᄉ 이형경으로 디ᄉ마(大司馬)[3] 슌무ᄉ(巡撫使)[4]을 봉(封)ᄒᆞᄉ 셔운을 종ᄉ(從事)ᄒ라 ᄒ시니, 이 인(二人)이 젼지(傳旨)를 밧ᄌ오미, 당연이 디경(大驚)ᄒ야 주왈,

"셔운은 당물지재(將物之才)라[5] 군미(軍馬ㅣ)[6] 졍숙(精熟)ᄒ야 도젹을 치려니와, 형경은 빅면셔싱(白面書生)이라. 다만 부슬 드려 조

---

1) [교감] 별죄ᄒᆯ시: 경북대본 '문죄ᄒ실시'.
2) 상장검(上將劍): 임금이 최고 우두머리 장수에게 주던 칼.
3) 대사마(大司馬): '병조판서'를 달리 이르던 말.
4) 순무사(巡撫使): 전시에 군무를 맡아보던 임시 벼슬.
5) [교감] 셔운은 당물지재라: 경북대본 '셔우는 쟝종이라'. 회동서관본 '셔운은 장종이라'.
6) [교감] 군미: 회동서관본 '무예'.

젹7) 작셔(作書)눈 ᄒᆞ려이와 출젼(出戰)ᄒᆞ야 도젹 칠 줄은 모라리니, 국가디ᄉᆞ(國家大事) 그릇될가 ᄒᆞ노이다."

샹 왈,

"짐이 ᄯᅩ흔 모라미 ᄋᆞ니라, 다만 혜(慧)룰 운종(運從)ᄒᆞ야8) 승픽(勝敗) 이히(利害)룰 ᄀᆞ르치라 보니니, 엇지 결진(結陣)9)ᄒᆞ랴 ᄒᆞ리오?"

년이 무연(憮然)이 퇴(退)ᄒᆞ다.

셔운디10) 즉시 교장(敎場)의 나아가 인마(人馬)룰 조련ᄒᆞ고, 명일(明日)의 십만 디병을 조발(調發)ᄒᆞ야 힝군(行軍)홀ᄉᆡ, 검금11)이 서리ᄀᆞᆺ고 군마(軍馬)눈 비룡(飛龍) 갓ᄒᆞ야, 남경을 향흔 지 수 월(數月)의 비로소 남경의 이라려 성 삼십 이(里)의 ᄒᆞ칙(下寨)12)ᄒᆞ고 격셔(檄書)룰 젼ᄒᆞ니, 왕이 디로(大怒)ᄒᆞ야 명일(明日)의 슈만 쳘긔(鐵騎)을 거나러 나와 진(陣)을 치고 젹병(敵兵)을 바라보니, 좌편(左便)의 홍기(紅旗)을 밧치고 디도독 셔운이 금갑홍표(金甲紅袍)의 봉시(鳳翅)13) 투룰 쓰고 셜총마룰 타고 섯고, 우편(右便) 누른 긔ᄒᆞ(旗下)의 흔 소연 명시 ᄌᆞ금관(紫錦冠)을 쓰고 몸의 팔과선의룰 입고 옥수(玉手)의 산호치룰 들고 빅말을 탓시니, 옥모녕풍(玉貌英風)이 비이나고14) 거지(擧止) 창눈(錯亂)ᄒᆞ지라. 군힝(軍行)이 눈줍(亂雜)ᄒᆞ니,15) 혜컨디 흔진의 쥬칠

---

7) 조젹: '조서(詔書, 임금의 명령을 일반에게 알리기 위해 적은 문서)'의 오기.
8) [교감] 다만 혜룰 운종ᄒᆞ야: 사재동B본 '다만 지혜을 운종ᄒᆞ야'. 단국대본 '다만 지혜룰 운용ᄒᆞ야'.
9) [교감] 결진: 사재동B본 '결젼(決戰)'.
10) [교감] 셔운디: 단국대본 '셔운쉬'.
11) [교감] 검금: 경북대본 '검극(劍戟)'.
12) 하채(下寨): 작은 성을 만들어 주둔함.
13) 봉시(鳳翅): 봉황의 날개.
14) [교감] 옥모녕풍이 비이나고: 사재동B본 '옥모영풍이 원근의 비이나'.
15) [교감] 거지 창눈ᄒᆞ지라 군힝이 눈줍ᄒᆞ니: 사재동B본 'ᄀᆞ지 충눈ᄒᆞ고 군힝이 눈줍ᄒᆞ니'. 단국대본 '거지 챡난ᄒᆞ고 군힝이 난잡ᄒᆞ니'.

굿투니,16) 왕이 크게 웃기를 마지아니호고 치룰 드려 셔원수을 가르쳐 졍졍엄호(鼎盛嚴號)17) 왈,

"너는 명장(名將)의 즈손으로 스군(事君)호야 인병(引兵)호미 이려툿 뇽열(庸劣)호뇨?"

(坐) 딕사마(大司馬)을 가라쳐 왈,

"황구소아(黃口小兒)18) 속졀업시 내 칼을 더려이랴. 니라러시니 네 셩명은 무어신다?"

어시 딕호야 웃고 왈,

"나는 대사마 겸 슌무어사 이형경이라."

왕이 탄왈(歎曰),

"'기동의 불이 붓터 연죽(燕雀)의 집이 타미 연작이 즐긴다' 호니,19) 진짓 너를 이라미라."

원쉬(元帥ㅣ) 더욱 딕분(大憤)호야 칼을 둘너 삼십여 합(合)의 승부를 결단치 못호고 쥬왕의 용역(勇力)이 승승(乘勝)호거날, 셔원딕20) 양피21)호야 셔북(西北)을 바라며 다라나니, 왕이 승셰(乘勢)호야 뒤을 달와 오십 이(里)랄 힝(行)호니, 뫼히22) 놉고 수풀이 무셩호며 수목(樹木)이 착쳔(鑿天)23)혼딕, 문득 셔원논24) 보지 못호고 이어시 필마(匹馬)로 길을 막아 꾸져 왈,

---

16) [교감] 혼진의 쥬칠 굿투니: 사재동B본 '혼진의 쥬칠 듯호니'. 단국대본 '혼진의 즛칠 듯호니'.
17) 졍성엄호(鼎盛嚴號): 우렁차고 엄숙하게 외침. 사재동B본 '경경엄호'. 단국대본 '졍셩엄호'.
18) 황구소아(黃口小兒): 젖내 나는 어린아이. 철부지.
19) [교감] 즐긴다 호니: 화동셔관본 '오히려 아지 못호다 호니'.
20) [교감] 셔원딕: 사재동B본 '셔원쉬'.
21) [교감] 양피: 사재동B본 '양피(佯敗)'.
22) 뫼히: '뫼히'의 오기.
23) 착쳔(鑿天): 하늘을 뚫을 정도로 높이 치솟음. [교감] 사재동B본 '참쳔(參天)'.
24) [교감] 셔원논: 사재동B본 '셔원슈논'.

"반국역젹(叛國逆賊)이 붓그럽지 안이ᄒᆞ야 감희 쳔도디신(天朝大臣)을 피박25)ᄒᆞᆫ다? 네 진짓 영웅이여던 날과 ᄉᆞ홈이 엇더ᄒᆞ요?"

왕이 디로ᄒᆞ야 부로 어ᄉᆞ을 췸ᄒᆞ니, 어ᄉᆡ 미쳐 의갑(衣甲)을 ᄃᆞ스리지 못ᄒᆞ야고26) 손의 촌쳘(寸鐵)이 업스니, 두만 산호 치을 드려 왕의 충을 막아 십여 홉의 말을 두루혀 피ᄒᆞ니, 왕이 또 급히 ᄯᅩ라오니, 어ᄉᆡ 문득 말을 루혀27) 산상(山上)으로 오라거날28) 왕이 조ᄎᆞ랴 ᄒᆞ더니, 문득 산ᄒᆞ(山下)의셔 함셩이 진동ᄒᆞ며 술기(殺氣) 연쳔(連天)ᄒᆞ야 왕을 겹겹이 ᄊᆞ이, 왕이 디경ᄒᆞ야 급피 좌츙우돌(左衝右突)ᄒᆞ되 희치29) 못ᄒᆞ고 졍(正)희 황황(遑遑)ᄒᆞᆯ 젹 산상(山上)의셔 납홈(吶喊)30)ᄒᆞ고 일지군미(一枝軍馬ㅣ) 즛쳐 나려오니, 이논 곳 이사디31)라. 어ᄉᆡ 바야흐로 갑주롤 ᄀᆞ초오고 왕으로 더부려 교젼(交戰)ᄒᆞᆯ시, 어ᄉᆡ 싱각ᄒᆞ되,

'셩상(聖上)이 인효(仁孝)32)ᄒᆞᄉᆞ 싱금(生擒)ᄒᆞ면 반다시 죽이지 아니ᄒᆞ시리니, 쥭이미 올타.'

ᄒᆞ야 십여 합의 창이 변듯ᄒᆞ며 왕의 머리 마하(馬下)의 ᄶᅥ러지거날, 거두어 말머리에 달고 젹진을 디ᄒᆞ니,33) 잇찌 왕의 후군(後軍)이 다 원슈의 칼 아릭 죽은디라. ᄒᆞᆫ 변 ᄊᆞ화 다 즛부라니,34) 이 다 이어ᄉᆞ의 비치(排置)ᄒᆞᆫ 공덕이러라.

쳔식(天色)이 느즈미 징(錚)을 쳐 수군(收軍)ᄒᆞ야 본진의 도라와 졔

---

25) [교감] 피박: 사재동B본 '핍박(逼迫)'.
26) [교감] 못ᄒᆞ야고: 사재동B본 '못ᄒᆞ엿고'.
27) [교감] 루혀: 사재동B본 '치쳐'.
28) [교감] 말을 루혀 산상으로 오라거날: 회동서관본 '말을 치쳐 산상으로 다라나거놀'.
29) [교감] 희치: 사재동B본 '헤치지'.
30) 납함(吶喊): 여럿이 함께 큰 소리를 지름.
31) [교감] 이사디: 사재동B본 'ᄂᆡᄉᆞ미'.
32) [교감] 인효: 경북대본 '인후(仁厚)'.
33) [교감] 젹진을 디ᄒᆞ니: 회동서관본 '젹진에 짓치니'.
34) 즛부라니: 짓밟으니.

장(諸將)이 공(功)을 밧칠시 어시 남경왕의 머리룰 드리니, 셔원쉬 층양(讚揚) 왈,

"금일 성공ᄒ면 두 댱군(將軍)의 보군(保軍)ᄒ미라.35) 역젹(逆賊)을 임의 잡아시니 그ᄃᆡ 공덕(功德)은 진실노 읏씀이 되리로다."

어시 겸양 왈,

"이게 다 국가의 너부신 덕이요,36) 원슈의 신소ᄅᆞᆯ 힘입으미라.37) 엇지 소ᄉᆡᆼ(小生)의 공일잇가? 이졔 주왕이 죽어 셩ᄂᆡ(城內) 인심이 쵹난(錯亂)ᄒ니, 가히 잇ᄯᅵ롤 일치 못홀지라. 원슈는 ᄲᆞᆯ리 진(陣)을38) 치소서."

원쉬 올히 여겨 발병(發兵)ᄒ야 남경성을 칠시 군을 두 쩨예 ᄂᆞ화 그ᄌᆞᆺ39) 동문(東門)을 치ᄂᆞᆫ 쳬ᄒ니, 셩즁(城中) 주장(主將)이 동문을 막거ᄂᆞᆯ, 어시 일지병(一枝兵)을 거ᄂᆞ려 셔문(西門)의 이ᄅᆞ려 셔문의 이ᄅᆞ려40) 운졔(雲梯)41)ᄅᆞᆯ 셰워 졔군(諸軍)이 셩의 홈긔 드려 문을 크게 열고 셔원슈을 마ᄌᆞ니, 주병42) 졔장(諸將)이 혹 흉복(降服)ᄒ며 혹 죽어 인심이 살난(散亂)ᄒ고 죽엄이 편야(遍野)ᄒ니, 어시 급히 ᄇᆡᆨ긔(白旗)예 '보국안민(輔國安民)' 네 글ᄌᆞ롤 쎠 하령(下令) 왈,

"졔군(諸軍)이 만일 흔 ᄉᆞ룸이나 죽이면 그 머리ᄅᆞᆯ 베히고, ᄇᆡᆨ셩의 ᄌᆡ물을 아살지면 결구43) 일ᄇᆡᆨ(一百)을 치리라."

---

35) [교감] 금일 성공ᄒ면 두 당군의 보군ᄒ미라: 경북대본 '오ᄂᆞᆯ 디공 일으믄 쟝군의 공이로소이다'.
36) [교감] 국가의 너부신 덕이요: 회동서관본 '황샹의 홍복이오'.
37) [교감] 원슈의 신소ᄅᆞᆯ 힘입으미라: 사재동B본 '원슈의 신묘을 힘입으미라'. 회동서관본 '원수의 신묘훈 도량이라'.
38) [교감] 진을: 사재동B본 '셩을'. 경북대본 '셩을'.
39) [교감] 그ᄌᆞᆺ: 사재동B본 '거즛'.
40) 셔문의 이ᄅᆞ려 셔문의 이ᄅᆞ려: 중복 필사 오류.
41) 운졔(雲梯): 성을 공격할 때 쓰는 높은 사다리.
42) 주병: 주왕의 병사.
43) 결구: 곤장으로 죄인을 치는 형벌을 집행함. 결곤(決棍).

ᄒᆞ니, 일노쎠 ᄉᆞ룸이 살고 인심이 열복(悅服)ᄒᆞ더라.[44]

서원쉬 칭찬 왈,

"현졔(賢弟)의 지혜ᄂᆞᆫ 와룡(臥龍)[45]의 넘고, 용밍이 마완(馬援)[46]의 지나도다."

어시 겸양 왈,

"이 다 원슈의 힘이라. 소졔(小弟) 공이잇가?"

원쉬 쥬왕의 가속(家屬) 팔십여 인을 줍아 다사린 후[47] 인민(人民)을 후상(厚賞)ᄒᆞ고 쳡서(捷書)[48]을 올이니, 상이 디열(大悅)하사 표리(表裏)[49] 치단(綵緞) 쳐여(千餘) 동(棟)[50]을 시러 보니ᄉᆞ 군ᄉᆞᄅᆞᆯ 상(賞)ᄒᆞ라 ᄒᆞ시고, 쥬왕의 시신을 공후 예로 ᄒᆞ고 가속을 감ᄉᆞ(減死)ᄒᆞ야 경비(定配)ᄒᆞ시니, 인심이 흡(洽)ᄒᆞ더라.

잇ᄯᅢ 경 선위(單于ㅣ)[51] 반(叛)ᄒᆞ야 드려오니, (상이) 근심ᄒᆞ사 원슈로 ᄒᆞ야곰 회군(回軍) 말고 선우ᄅᆞᆯ 치라 ᄒᆞ시니, (원쉬) 표(表)[52]ᄅᆞᆯ 올여 노모(老母)의 병 중ᄒᆞ물 올외고 교디ᄒᆞ물 간쳥ᄒᆞ니, 상이 유예(猶豫)ᄒᆞ시다(가) 틱학ᄉᆞ 장연으로 부원슈(副元帥)를 봉ᄒᆞ야 연이 형경으로 교디(交代)ᄒᆞ고 니형경을 써서 디도독(大都督)을 교디ᄒᆞ야, 연으로 십만 군을 거나려 오랑키ᄅᆞᆯ 치고 서운은 도라와 노모ᄅᆞᆯ 보라 ᄒᆞ

---

44) [교감] ᄉᆞ룸이 살고 인심이 열복ᄒᆞ더라: 회동서관본 '셩즁 빅셩이 다 안돈ᄒᆞ야 도로혀 질겨 ᄒᆞᄂᆞᆫ 소리 진동ᄒᆞ더라'.
45) 와룡(臥龍): 앞으로 큰일을 할, 초야에 묻힌 큰 인물을 비유하는 말. 흔히 중국 삼국시대 때의 제갈량을 일컬음.
46) 마원(馬援): 중국 후한 때의 장수. 광무제 때 강족(羌族)을 평정하였으며, 교지(交趾)의 난을 진압하고 흉노족을 쳐서 큰 공을 세웠다.
47) [교감] 쥬왕의 가속 팔십여 인을 줍아 다사린 후: 회동서관본 '쥬환에 가속 팔십여 구를 다 가도고'.
48) 쳡서(捷書): 싸움에서 승리함을 보고하는 글.
49) 표리(表裏): 임금이 신하에게 내린 옷의 겉감과 안감.
50) 동(棟): 집이나 비단 등을 세는 단위.
51) [교감] 경 선위: 사재동B본 '남경 선위'. 회동서관본 '남만 션위'.
52) 표(表): 임금에게 마음에 품은 생각을 올리는 글.

시니, 당학시 군명(君命)을 거역지 못ᄒ야 부모 졔형(諸兄)을 비별(拜別)ᄒ고 남경의 이라러 성지(聖旨)를 젼ᄒ니, 서원수 디희ᄒ야 니어사를 병부(兵簿)와 상장검(上將劍)을 교디ᄒ고 경ᄉ(京師)로 가니, 이어시 ᄯ흔 부도독 인신(印信)53)을 당학사을 괴디(交代)ᄒ야 디군(大軍)을 총득(總督)ᄒ믜, 군영(軍營)과 진셰(陣勢) 더옥 엄숙ᄒ지라. 장연이 칭춘 왈,

"이형이 소연서싱(少年書生)으로 평일 지혜 족(足)ᄒ나, 이려툿 디장의 지죄(才操ㅣ) 잇ᄉ말 싱각 못게라."

드디여 병을 거나려 드려가니, 선위 삼십만 군병(軍兵)으로 디군(大軍)을 마자니, 양(兩) 원쉬 갑주를 갓초고 말머리를 갈와54) 진뎐(陣前)의 나아가니, 옥모영풍(玉貌英風)이 바외고55) 디뫼(智謀ㅣ) 양양(洋洋)ᄒ야 격진(敵陣)의 쏘이니, 모단 오랑키 바라보고 서로 칭찬 왈,

"이난 ᄉ람이 아냐 텬상신인(天上神人)이 왓다."

ᄒ더라.

이예 졉젼(接戰)ᄒ믜 당원쉬 혼 변(番) 진 밧긔 나와 말을 달이며 비수(匕首)를 춤추어 뉴강56)을 싱금(生擒)ᄒ니, 변왕(藩王)57)이 졔 션봉(先鋒) 죽으말 보고 디로(大怒)ᄒ야 진젼의 내다라니, 머리에 명주관(明紬冠)을 쓰고 몸의 금용포(金龍袍)를 입으며, 쳥총마(青驄馬)58)를 타고 손의 셰 날긴 진 창을 두로며 바로 당원슈를 취ᄒ디, 니원쉬 보다가 졍광검을 춤추어 바로 변왕을 마즈 디젼(對戰)ᄒᆯ시 슈 합

---

53) 인신(印信): 도장이나 관인 따위를 통칭하는 말.
54) 갈와: 나란히 하여.
55) 바외고: '빼어나고'의 옛말.
56) [교감] 뉴강: 회동서관본 '유돌'.
57) 변왕(藩王): 제후국의 왕. 여기서는 선우의 보호와 감독을 받는 토후국 왕을 일컫는다.
58) 쳥총마(青驄馬): 갈기와 꼬리 부분이 파르스름한 흰말.

(數合)이 못 ᄒ야 검광(劍光)이 빗나며 변왕의 머리 마하의 쩌려지거날, 댱창(長槍)을 빗기들고 젹진(敵陣)의 다라드려 젹쟝(敵將)을 버히며 진즁(陣中)의 츌입(出入)ᄒ기ᄅᆞᆯ 무인지경(無人之境)갓치 즛쳐 바리이, 혈쉬(血水ㅣ) 내 갓고 죽엄이 뫼 갓ᄒ니, 혼 진의 십만 군을 즛바라고 연(連)ᄒ야 쳐드려가니, 당연의 긔묘비기(奇妙祕技)와 니형59)의 신긔묘슐(神奇妙術)은 부죡지용이 ᄀᆞᄅᆞ눈 부60)의 능히 당치 못ᄒᆞᆯ너라. 칼을 들면 젹쟝(敵將)의 머리 벼히기ᄅᆞᆯ 추풍낙엽(秋風落葉)갓치 ᄒ고, 활을 즙으면 흐라는 별곳치 빅발빅즁(百發百中)ᄒ니, 션위 당이(張李) 양(兩) 원슈ᄅᆞᆯ 일홈지어 '쳔지쟝군(天之將軍)'이라 ᄒ고, 살을 일홈ᄒ야 '신비젼(神祕箭)'이라 ᄒ니, 수 월(數月)이 못 ᄒ야 남방(南方)을 평졍(平定)ᄒ고 위션61)이 항복ᄒ야 사방이 평안ᄒ니, ᄉᆞ졸(士卒) 샹(賞)ᄒ고62) 기가(凱歌)을 부르며 도라올시 지ᄂᆞ는 부의 츄호(秋毫)을 불범(不犯)하니, 계견(鷄犬)이 놀ᄂᆡ지 안니ᄒ고 빅셩이 한가ᄒ더라.

북경(北京)의 일으려 션문(先文)63)을 보(報)ᄒ니, 샹이 문무빅관(文武百官)을 거느려 남문 밧긔 ᄂᆞ와 마즐시 딕군(大軍)이 길을64) 추리믹 일동일졍(一動一靜)이 충눈(錯亂)ᄒ미 업고, 거가(車駕)65)을 만나믹 양 원슈와 만군쟝시(萬軍將士ㅣ) 일시의 산호(山呼)66)을 부라니, 샹니 크게 깃거하사 이원슈을 무위(撫慰) 왈,

"경이 나희 약관(弱冠)이 못하야셔 엇지 이련 지죄 잇스리오. 쥬왕

---

59) 니형: '형경' 또는 '니원슈'의 오기.
60) 부죡지용이 ᄀᆞᄅᆞ는 부: 미상.
61) 위션: '션우'의 오기.
62) [교감] ᄉᆞ졸 샹ᄒ고: 사재동B본 '사졸을 샹ᄉᆞᄒ고'. 회동서관본 '원쉬 숨일 호군ᄒ고'.
63) 션문(先文): 중앙 관리가 지방에 갈 때 언제 도착하는지 알리던 공문.
64) [교감] 길을: 사재동B본 '진옹'. '진옹'은 '진영(陣營)'의 오기.
65) 거가(車駕): 임금이 타던 수레.
66) 산호(山呼): 산호만세(山呼萬歲)의 준말. 황제나 임금이 만수무강길 바라며 신하들이 두 손을 치켜들고 만세나 천세를 외치던 일을 일컫는다.

을 죽기고 만민(萬民)을 식평(削平)ᄒᆞ미 경의 공이라. 족키 마완(馬援)의 용장(勇壯)과 포목67)의 지죄라 의게68) 밋지 못ᄒᆞ리로다."

원쉬 부복(俯伏) 주왈,

"이 다 폐하의 홍복(弘福)과 졔장(諸將)의 회명(驍名)69)ᄒᆞᆫ 공덕이라.70) 소신이 무삼 공이 잇ᄉᆞ리잇가?"

샹이 댱원슈을 쏘한 위로 왈,

"경이 만 이(萬里) 젼쟝(戰場)의 ᄉᆞ친(思親)ᄒᆞ야 경시71) 슬품을 이긔지 못ᄒᆞ더니, 디공(大功) 일워 도라오니 아람답고 깃거ᄒᆞ노라."72)

쟝연이 빅비ᄉᆞ례(百拜謝禮)ᄒᆞ고, 인(因)ᄒᆞ여 형경의 신긔묘산(神奇妙算)과 긔특ᄒᆞᆫ 용밍을 일일리 알외니, 형경이 ᄯᅩ한 즁연의 여러 가지 공역(功役)을 고ᄒᆞ고 군졍ᄉᆞ(軍政師丨)73) 졔장(諸將)의 공덕 치부(置簿)ᄒᆞᆫ 거슬 올이이, 샹이 어람(御覽)ᄒᆞ신 후 디찬(大讚)ᄒᆞ시고, 형경으로 병부샹셔(兵部尙書) 졍츄후를 봉ᄒᆞ시고, 댱연으로 이부샹셔(吏部尙書) 긔쥬후를 봉ᄒᆞ시고, 기(其) 여러 졔장(諸將)으로74) ᄎᆞᄎᆞ 봉죽(封爵)ᄒᆞ신 후, 거기(車駕丨) 환궁ᄒᆞ실시 황나어가(黃羅御駕)75)와 빅모황

---

67) [교감] 포목: 사재동B본 '파묵'. 회동서관본 '리목'. 이목(李牧)은 중국 조나라의 명장. 흉노족이나 진(秦)나라 등과의 전투에서 대승을 거둬 조나라를 지키는 데 크게 공헌하였다.
68) [교감] 포목의 지죄라 의게: 사재동B본 '파묵의 지죄라도 경의게'.
69) [교감] 효명(驍名): 무예와 용맹이 뛰어나 알려진 이름. 또는 무인으로서의 명예. [교감] 사재동B본 '호명호'. 단국대본 '효명호'.
70) [교감] 졔장의 회명ᄒᆞᆫ 공덕이라: 회동서관본 '졔장의 용밍을 힘닙은 비오니'.
71) [교감] 경시: 사재동B본 '평시(平時)'.
72) [교감] 경이 만 이 젼쟝의 ᄉᆞ친ᄒᆞ야 경시 슬품을 이긔지 못ᄒᆞ더니 디공 일워 도라오니 아람답고 깃거ᄒᆞ노라: 회동서관본 '경이 만 리 젼장에 가 디공을 이우고 도라오니 짐이 아름답고 깃거ᄒᆞ노라'.
73) 군졍사(軍政師): 전시나 전후에 점령지에서 임시로 군대의 행정을 담당하던 관리.
74) [교감] 기 여러 졔장으로: 사재동B본 '기여 졔쟝으로'.
75) 황라어가(黃羅御駕): 누런 비단으로 치장한, 임금이 타던 수레.

월(白旄黃鉞)⁷⁶⁾을 이원수⁷⁷⁾룰 주시니, 그 영총부디⁷⁸⁾ 결우 리 업더라.

 댱원쉬 봉쟉(封爵)을 밧조와 집의 도라와 부모긔 뵈온디, 시랑 부톄(夫妻]) 반기고 슬허 왈,

 "너 ᄀᆞ탄 어린 거살 모진 오랑키 짜히 보니고 쥬야(晝夜) 슬허하더니, 엇지 오날날 무사이 환죠(還朝)ᄒᆞ고 도로혀 봉후(封侯) 부귀(富貴)룰 밧들 줄 알이요?"

 연이 탄 왈,

 "남방은 불노지지⁷⁹⁾요 댱여지향⁸⁰⁾이라. 부모룰 쪄나 악지(惡地)룰 힝ᄒᆞ오니 ᄉᆞ라 도라오말 바라리잇가ᄆᆞ는, 니원슈의 긔특흔 묘술(妙術)과 쟝흔 용밍으로 소지 쏘흔 지싱(再生)ᄒᆞ야ᄂᆞ이다."

 인ᄒᆞ야 형경이 약흔 긔질이 싸홈의 나면 항우(項羽)⁸¹⁾의 강용(强勇)이 잇고, 용죵(擁腫)⁸²⁾ᄒᆞ고 조논(拙論)흔⁸³⁾ 셩졍(性情)이 지혜룰 볘풀면 신츌귀몰(神出鬼沒)ᄒᆞ야 댱강디히(長江大海)룰 혜치ᄂᆞᆫ 듯ᄒᆞ던 바룰 니르고 탄복ᄒᆞ말 마지아니ᄒᆞ더라.

---

76) 백모황월(白毛黃鉞): 하얀 소꼬리를 단 깃발과 황금으로 장식한 도끼. '천자가 정벌할 때 지니는 상징적 도구'를 의미한다.
77) [교감] 이원수: 사재동B본 'ᄂᆞᆼ 원슈(兩元帥)'.
78) [교감] 영총부디: 사재동B본 '영총부귀(榮寵富貴)'.
79) [교감] 불노지지: 사재동B본 '불모지지(不毛之地)'. 회동서관본 '불모지향(不毛之鄕)'.
80) [교감] 댱여지향: 사재동B본 '댱여지향(瘴癘之鄕), 기후가 덥고 습하여 유행성 열병이나 학질이 많이 발생하는 지역)'.
81) 항우(項羽): 중국 진나라 말기의 무장. 힘이 아주 세서 힘센 사람을 흔히 '항우장사'라고 일컫는다.
82) 옹종(擁腫): 마음이 좁음. 옹졸.
83) [교감] 조논흔: 사재동B본 '졸흔'.

유모가 장연에게 형경이 여자라고 밝히다

니상셰 본부(本府)의 도라와 (부모) 스당(祠堂) 허비(虛拜)¹⁾ㅎ기 무ㅊ미, 아오와 유모을 보미 반기고 슬푸미 층가(層加) 업더라.²⁾ ㅊ후(此後) 댱이(張李) 양인(兩人)의 영총(榮寵)이 시롭고 졍(情)이 더옥 두터워 지극흔 붕우(朋友)로디 무춤니 그 닉력(來歷)은 모로라고,³⁾ 일일은 분연각의 드러 입번(立番)ㅎ더니⁴⁾ 양인(兩人) 일몽(一夢)을 어드니, 흔 귀인(貴人)이 압픠 와 장상셔드려 왈,

"느눈 이영도연이와 니 여이(女兒ㅣ) 고집ㅎ니, 영공(令公)은 스힉(査覈)⁵⁾ㅎ야⁶⁾ ㅎ느흔 젼싱(前生) 호구(好逑)⁷⁾을 일치 말고, 둘은

---

1) 허배(虛拜): 신위에 절함. 또는 그 절.
2) [교감] 반기고 슬푸미 층가 업더라: 사재동B본 '반기고 슬허ㅎ더라'.
3) [교감] 무춤니 그 닉력은 모로라고: 사재동B본 '맛춤니 그 닉력은 모로더니'. 회동서관본 '오작 그 쯧을 아지 못ㅎ거든 방금 마음을 엇지 알니오'.
4) [교감] 입번ㅎ더니: 사재동B본 '입번ㅎ고 즈다가'.
5) 사핵(査覈): 실제 사정을 자세히 조사해 밝힘.
6) [교감] 니 여이 고집ㅎ니 영공은 스힉ㅎ야: 회동서관본 '니 너를 위ㅎ야 후스를 졍코즈 ㅎ느니'.

여으의 고집을 걱재 니 영혼을 위로ᄒ라."

연이 뭇고져 ᄒ더니, 문득 씨ᄃ르니 남가일몽(南柯一夢)이라. 급피 이러 싱각(ᄒ)되,

'이영도는 ᄌ직의 부친(父親)이[8] 여아(女兒) 잇단 말은 어인 말인고? ᄌ직의 아오 영경이 혹 여진가?'

의혹ᄒᆯ제 문득 니상셔 몽암(夢唵)[9]ᄒ거날, 불너 씨와 몽중ᄉ(夢中事)를 이라니, 형경이 쏘ᄒᆫ 졔 몽ᄉ(夢事)와 갓ᄒᆫ지라. 심ᄒ(心下)의 경아(驚訝)ᄒ나 신식(身色)을 강잉(强仍)ᄒ야 답왈(答曰),

"몽시는 허탄ᄒ니 밋지 못ᄒ려이와, 쳔ᄒ(天下)의 동성동명(同姓同名)ᄒᆫ 지(者ㅣ) 읍술가? 나의 부친과 동명(同名)ᄒᆫ 사람의 여ᄌ(女子) 잇는가 형은 유의ᄒ야 듯볼지어다."

당상셰 답왈,

"소졔(小弟ㅣ) 앗가 희미(稀微) 즁(中) 보니, 완연이 영ᄃᆡ인(令大人)[10]이라. 이 가장 고이(怪異)ᄒ다."

형경이 소왈,

"형의 말이 더욱 가소롭다. 나의 미졔(妹弟) 업기는이라도 말여니와, 잇신들 형의 가뫼(家母ㅣ)[11] 되랴?"[12]

연이 다만 웃고 몽ᄉ 허탄ᄒ말 다시 유의(有意)치 아니ᄒ며, 쏘 형경의 의심ᄒ면 더옥 몽이(夢裏)의도 두지 아니ᄒ더라.[13]

---

7) 호구(好逑): 좋은 짝.
8) [교감] 부친이: 사재동B본 '부친이여니와'.
9) 몽암(夢唵): 잠꼬대.
10) 영대인(令大人): 남의 아버지를 높여 이르는 말.
11) 가모(家母): 다른 사람에게 자기 어머니를 겸손하게 이르는 말. 여기서는 '아내'나 '부인'이라는 뜻으로 쓰였다.
12) [교감] 나의 미졔 업기는이라도 말여니와 잇신들 형의 가뫼 되랴: 경북대본 '나의게 누의 업기는 니루디 말고 쏘ᄒᆫ 이신들 엇디 형의게 속ᄒ리오'.
13) [교감] 쏘 형경의 의심ᄒ면 더옥 몽이의도 두지 아니ᄒ더라: 회동서관본 '쟝상셰 쏘ᄒᆫ 웃고

(이)상셰 스스로 심시(心事ㅣ) 불평ᄒᆞ야 명일 츌번(出番)ᄒᆞ고 상소(上疏)ᄒᆞ야 퇴학사ᄅᆞᆯ 가라 번거이 나단이지 아니ᄒᆞ되, 만조빅관(滿朝百官)의 슐위14) 문의 머엿고 본부(本府) 관긴(關繁)호 공ᄉᆞ(公事)와 시시(時時)로 명조(命招)ᄒᆞ시ᄂᆞᆫ 도지15) 도로의 이어시니, 도로혀 번뇨(煩勞)ᄒᆞ믈 괴로와,16) 일일은 즁당(中堂)의 드려가 영경을 어라만져 탄식 왈,

"네 반다시 영귀(榮貴)ᄒᆞ련이와, 힝실(行實)을 닷가 션조(先祖)ᄅᆞᆯ 욕(辱)지 말나."

인ᄒᆞ야 눈물을 흘여 슬허하말 마지아니하더라. 유뫼 참지 못ᄒᆞ야 나가 니로되,

"조졍의 나단이시미 뉘 맛당혼 인물이 잇던잇가?"

상셰 왈,

"사룸 맛당ᄒᆞ나 맛당치 아니나 아롱곳업ᄂᆞᆫ 거ᄉᆞᆯ 유의치 아나셔 엇지 알이요?"17)

유뫼 쏘 이로되,

"당상셔난 인즁(人中) 옥쉬(玉樹ㅣ)18)오 지상션인(地上仙人)이라, 샹셔19)ᄂᆞᆫ 맛딩이 유의ᄒᆞ야 빅연가긔(百年佳期)ᄅᆞᆯ 졍ᄒᆞ소셔."

샹셰 불연(怫然) 작식(作色) 왈,

의심홈을 마지아니ᄒᆞ더라'.
14) 슐위: '수레'의 옛말.
15) [교감] 도지: 사재동B본 '교지(敎旨)'.
16) [교감] 본부 관긴혼 공ᄉᆞ와 시시로 명죠ᄒᆞ시ᄂᆞᆫ 도지 도로의 이어시니 도로혀 번뇨ᄒᆞ물 괴로와: 회동서관본 '공새 연면ᄒᆞ고 시시로 텬지 명효ᄒᆞ시니 도로혀 번거홈을 괴로이 녁이더라'.
17) [교감] 샹셰 왈 사룸 맛당ᄒᆞ나 맛당치 아니나 아롱곳업ᄂᆞᆫ 거ᄉᆞᆯ 유의치 아나셔 엇지 알이요: 회동서관본 '샹셰 소 왈 맛당혼 ᄉᆞ룸이 잇셔도 내게 간셥홀 빅 아니라. 굿타여 유의치 아니ᄒᆞ얏시니 엇지 알노'.
18) 옥수(玉樹): 아름다운 나무라는 뜻. 재주가 뛰어난 사람을 이른다.
19) [교감] 샹서: 경북대본 '소졔(小姐)'.

"니 임의 어미다려 이런 말 말나 ᄒᆞ엿거날, 엇지 어려 번 일콧ᄂᆞ요? 니 부모 기셰(棄世)ᄒᆞ시고 심ᄉᆞ(心事) 둘 듸 업셔 남지 되야 입신(立身) 후눈 더욱 녀ᄌᆞ의 도를 우니²⁰⁾ 녁여 여려 히 되니, 국ᄉᆞ(國事)의 드ᄉᆞ(多事)홀 몸이 변거ᄒᆞ야 아조 이젓거날, 엇지 여ᄌᆞ 되야 가부(家夫) 삼자 유의ᄒᆞ리오? 니 정심(定心)이 남장(男裝)으로 죽으려 ᄒᆞ니 그련 쓰즐 두리요?"

셜파(說罷)의 사미를 썰치고 밧그로 나아가니, 잇ᄯᅢ 영경이 연(年)이 십ᄉᆞ 셰라. 그 미랑(妹娘)의 고집ᄒᆞ믈 민망ᄒᆞ야 조용혼 ᄯᅢ를 여더니,²¹⁾ 상셰 홀연 유병(有病)ᄒᆞ야 침셕(寢席)을 ᄯᅥ나지 못ᄒᆞ눈지라. 쳔지(天子ㅣ) 듸경ᄒᆞᄉᆞ 니의²²⁾로 간병(看病)ᄒᆞ시고 모든 붕위(朋友ㅣ) 연(連)ᄒᆞ야 병을 뭇더니, 일일은 당상셰 바로 병침(病寢)의 도라가니,²³⁾ 상셰 긔운이 잠간 나아 셔안(書案)을 의지ᄒᆞ야 지은 글을 슬피거날, 당연이 보고 크게 깃거 것티 안지며 왈,

"형이 오날은 ᄎᆞ도(差度) 잇ᄂᆞ냐? 엇지 글을 보나요?"

형경 왈,

"셩상(聖上)의 ᄒᆞ렴(下念)ᄒᆞ심과 군형(群兄)의 셩여(誠慮)ᄒᆞ심말 입어 잠간 나은 듯ᄒᆞ되, 오히려 알푸고 수족(手足)이 열(熱)ᄒᆞ야²⁴⁾ 싱도(生道)를 ᄇᆞ루지 못ᄒᆞ리로다."

당상셰 쳥파(聽罷)의 머리이를 딥흐며 옥수(玉手)를 잡아 왈,

"형은 엇지 불길혼 말을 ᄒᆞ나요?"

상셰 일직 장연으로 붕우 되연 지 칠팔 연의 혼 변도 옷ᄌᆞ락을 두치

---

20) 우니: '우습게'의 옛말.
21) [교감] 조용혼 ᄯᅢ를 여더니: 회동서관본 '조용혼 ᄯᅢ를 엇고ᄌᆞ ᄒᆞ되'.
22) [교감] 니의: 사재동B본 '어의(御醫)'.
23) 도라가니: '드러가니'의 오기.
24) [교감] 오히려 알푸고 수족이 열ᄒᆞ야: 회동서관본 '오히려 증셰 쾌소치 못ᄒᆞ니'.

안케 주며, 스미룰 이어²⁵⁾ 손짓출 잡지 아니ᄒᆞ더니, 오날 문득 집슈(執手)ᄒᆞ말 보고 심듕(心中)의 놀나며 추(醜)이 넉여 낫빗출 변ᄒᆞ고 미우(眉宇)룰 찡긔니, 당상서ᄂᆞᆫ 신음(呻吟)홀가 넉이더라.²⁶⁾

 상셰 여러 날 신고(辛苦)ᄒᆞ다가 ᄎᆞ도(差度)의 든지라. 병이 하린²⁷⁾ 후 다시 츌사(出仕)ᄒᆞ야 단이더니, ᄒᆞ로ᄂᆞᆫ 꿈룰 어드니 부뫼 이라러 울며 기유(開諭) 왈,

 "네 녀ᄌᆞ의 몸으로서 이러ᄒᆞᆫ 일을 ᄒᆞ니, 니 지하의 잇ᄉᆞ나 눈을 감지 못ᄒᆞ노라. ᄯᆞᆯ이 젼일(前日)을 자칙(自責)ᄒᆞ고 여도(女道)룰 힝ᄒᆞ면 우리게 더옥 호도(孝道)의 ᄌᆞ식이 되리로다."

 ᄒᆞᆫᄃᆡ, 상셰 ᄃᆡ답고저 ᄒᆞ다가 놀닉 ᄭᆡ다라니 남가일몽(南柯一夢)이라. 부모의 셩음(聲音)이 졍졍(亭亭)ᄒᆞ나 얼골이 의희(依稀)ᄒᆞ고 마암이 감동ᄒᆞ야 쳐창(悽愴)ᄒᆞ니, 추연(惆然) 타루(墮淚)ᄒᆞ믈 ᄭᆡᄃᆞᆺ지 못ᄒᆞ더니, 명조(明朝)의 유모와 영경이 드려와 몽ᄉᆞ(夢事)을 알외니 상서의 몽ᄉᆞ와 갓ᄒᆞ니, 상셰 비록 이라지 아니ᄒᆞ나 젼일(前日) 문연각의서 당연과 ᄒᆞᆫ가지로 꿈 ᄭᅮᆫ 일을 ᄉᆡᆼ각고 깃거 아니ᄒᆞ더니, 문득 유각뢰 죠당(朝堂)²⁸⁾의 셜연(設宴)ᄒᆞ고 즐기랴 공경빅관(公卿百官)을 다 쳥(請)ᄒᆞ니, 상셰 칭병(稱病)ᄒᆞ고 ᄀᆞ지 아니ᄒᆞᄃᆡ, 뉴각뢰 셔(書)룰 젼(傳)ᄒᆞ야 다삿 볏슬²⁹⁾ 쳥ᄒᆞ니, 상셰 마지못ᄒᆞ야 조당의 이라니, 뉴공이 소왈,

 "금일 셩상(聖上) 명을 밧ᄌᆞ와 틱평연(太平宴)을 비셜(排設)ᄒᆞ미 모든 빅관이 ᄶᅥ러지미 업거날 현휘(賢侯ㅣ)³⁰⁾ 칭병ᄒᆞ니, 노뷔(老夫ㅣ)

---

25) 이어: '여미어'의 옛말.
26) [교감] 당상서ᄂᆞᆫ 신음홀가 넉이더라: 회동서관본 '쟝상셰 마음에 혜오되 병즁에 불편ᄒᆞ야 그리ᄒᆞ민가 ᄒᆞ더라'.
27) 하린: '나은'의 옛말.
28) 조당(朝堂): 임금이 신하들과 나라의 정치를 의논하거나 집행하는 곳.
29) [교감] 다삿 볏슬: 사재동B본 '다삿 번을'.
30) 현후(賢侯): 청주후인 이형경을 높여 일컫는 말.

고지 드라나 도리(道理)의 그려치 못ᄒᆞ므로 여러 변 쳥ᄒᆞ야 이라니, 안식(顔色)을 보미 츈식(春色)이 의구(依舊)ᄒᆞ고 긔샹(氣像)이 화려ᄒᆞ야 병식(病色)이 업ᄉᆞ니, 당초(當初) 아니 오미 무ᄉᆞᆫ 연괴(緣故ㅣ)뇨?"

상셰 몸을 움죽여 답왈,

"하관(下官)이 셕연(昔年)으로붓터 병이 잇ᄉᆞᆷ은 각노(閣老)의 아실 비라. 비록 잠간 ᄎᆞ되(差度ㅣ) 잇사나, 오히려 운동(運動)ᄒᆞ면 복발(復發)ᄒᆞ미 반닷훈 고로 깁히 드려 치로(治療)코져 ᄒᆞ야 부롤시말 죵시(終是) 응(應)치 못ᄒᆞ나, 엇지 칭병ᄒᆞ미 잇ᄉᆞ리오?"

어사 뎡현이 소왈,

"니휘(李侯) 엇지 사람을 눈 업시 넉이시나냐? 현휘 낫빗치 눈 갓ᄒᆞ야 병식(病色)이 업고 쥬슌(朱脣)이 단사(丹砂) ᄀᆞᆺᄒᆞ야 혈긔(血氣ㅣ) 잇ᄉᆞ니, 어디롤 가히 아라시던요?"

상셰 작식(作色) 왈,

"딕장뷔(大丈夫ㅣ) 쥭을 일도 오히려 두리지³¹⁾ 아니려든, 엇지 그즛말ᄒᆞ다 ᄒᆞ나뇨?"

셜파의 이러나고져 ᄒᆞ거날 당휘 곗퇴 안잣다가 급히 ᄉᆞ미 줍아 안치니, 당시랑이 소왈,

"노뷔(老夫ㅣ) 벼살이 나지나 현후의 부친 붕우요, 니 아히 이후(李侯)로 더부려 버지니, 니 ᄌᆞ직을 졔어(制御)ᄒᆞ리니, 좌즁(座中)은 엇덧타 ᄒᆞ시나뇨?"

만좌(滿座) 슈무죡두(手舞足蹈)³²⁾ 왈,

"묘(妙)ᄒᆞ며 쾌(快)ᄒᆞ다. 칠팔(七八) 빅관졔공(百官諸公)이 나 만흐니 잇시되 혹 아릭 관원이요, 그 긔상이 졍직(正直)홀 분 아니라 훈갓

---

31) 두리지: '두려워하지'의 옛말.
32) 수무족도(手舞足蹈): 몹시 좋아서 날뜀.

벼살 호층 놉흔 거살 졔어치 못ᄒᆞ니 이달와 ᄒᆞ더니, 당시랑이 이시랑과 동관(同官)이니 쳥쥐후 벼살 놉다 수죄(授罪) 못홀 것 업고, 이시랑과 친우요 겸ᄒᆞ야 통가(通家)³³⁾ᄒᆞᆫ 어룬 존장(尊丈)이라, 발이³⁴⁾ 쳐치(處置)ᄒᆞ소셔."

당시랑이 우음을 먹음고 니상셔를 향ᄒᆞ야 ᄀᆞ로되,

"하관(下官)이 당돌ᄒᆞ미 아니라, 항혀³⁵⁾ 어린 ᄌᆞ직과 교되(交道ㅣ) 잇고 영존(令尊)³⁶⁾으로 관표(管鮑)의 지음(知音) 잇ᄂᆞᆫ지라. 좌중(座中) 영(令)이 이려탓 ᄒᆞ니, 당ᄎᆞ(將次) 엇지ᄒᆞ리오?"

상셰 잠간 웃ᄂᆞᆫ 듯ᄒᆞ나, ᄯᅩᄒᆞᆫ 수렴(收斂)³⁷⁾ 디왈(對曰),

"학싱(學生)이 존공(尊公)긔 경순치ᄌᆞ(敬順稚子)³⁸⁾라. 엇지 긔역(拒逆)ᄒᆞ리오마ᄂᆞᆫ 쳔ᄌᆞ(天子)도 신ᄒᆞ(臣下)를 무죄(無罪)히 수죄(授罪)치 아니ᄒᆞ시ᄂᆞ니, 소싱(小生)의 허물을 이라시면 죄를 감수ᄒᆞ리이다."

시랑이 디왈,

"뉴각노ᄂᆞᆫ 디신(大臣)이여날 탁병(托病)ᄒᆞᆫ 말을 ᄒᆞ미 노(怒)ᄒᆞ야 이려나니, 크게 사쳬(事體)³⁹⁾를 일려 작품(爵品)이 ᄎᆞ례(次例) 업ᄂᆞᆫ지라.⁴⁰⁾ 별작(罰爵)⁴¹⁾ 십 비(杯)를 무지 못ᄒᆞ리라."

상셰 웃고 왈,

"족히 이라시ᄂᆞᆫ 바와 갓거니와 소싱도 ᄯᅩᄒᆞᆫ 소회(所懷) 잇써이다.

---

33) 통가(通家): 대대로 서로 친하게 사귄 집안.
34) 발이: 빨리.
35) 항혀: '행여'의 방언.
36) 영존(令尊): 남의 아버지에 대한 높임말.
37) 수렴(收斂): 몸과 마음을 단속함.
38) 경순치자(敬順稚子): 공경하는 마음으로 순종해야 할 어린아이.
39) 사쳬(事體): 사리와 체면.
40) [교감] 사쳐를 일려 작품이 ᄎᆞ례 업ᄂᆞᆫ지라: 회동서관본 '사쳬 극히 미안흔지라'.
41) 별작(罰爵): 예전에, 군신이 술자리를 함께할 때 예의에 벗어난 사람에게 벌주를 마시게 하던 일.

뉴각노는 디신이라 ᄒ시나 불과 년긔(年紀) 소싱이 여셔⁴²⁾ 놉흘 짜롬이라. 뉴공과 소싱이 다 입학시(入學士ㅣ)요, 또 소싱(小生)의 품쉬(品數ㅣ)⁴³⁾ 뉴공긔 쪄려지지 아니ᄒ니 디신(大臣)을 가게(加計)⁴⁴⁾ 홀진디⁴⁵⁾ 피치(彼此) 업고, 존공(尊公)이 비록 학싱의 존장(尊長)이시나 전일(前日)과 다라거날, 존공이 엇지 안ᄌ셔 수죄(授罪)ᄒ야 별죽(罰爵)ᄒ라 ᄒ시니,⁴⁶⁾ 니는 소싱을 다사림이 아냐 나라 벼살을 업수이 넉이미라. 소싱이 비록 용졸(庸拙)ᄒ나 소임(所任)을 족히 출와 위의(威儀)난 일치 아일 거시니, 존공 호령(號令)을 힝(行)치 못홀가 ᄒ나니, 쳥컨디 열위(列位)논 이 존당(尊長) 시랑의 공후디신(公侯大臣) 업수이 넉이논 일관을⁴⁷⁾ 몬져 수십 비(杯)롤 나오ᄉ이다."⁴⁸⁾

좌중이 고당디소(鼓掌大笑)ᄒ디, 댱샹셔 노왈(怒曰),

"현휘(賢侯) 엇지 이럿툿 말 가리지 아잇나요? 금일 ᄎ언(此言)을 드라니, 팔구 년 친졀(親切)ᄒ던 소졔(小弟ㅣ) 붕우지의(朋友之義) ᄭᆞ체지고⁴⁹⁾ 통가지의(通家之誼)⁵⁰⁾ 손(損)ᄒ도다."

니휘 다만 좀소부답(潛笑不答)ᄒ더니, 연용(斂容) 정식(正色)ᄒ고 댱시랑 압히 나아가 ᄉ모(紗帽)롤 숙이고 돈수(頓首) 왈,

---

42) 소싱이 여셔: 여기서는 '소생보다'의 뜻으로 쓰임.
43) 품수(品數): 벼슬 등급의 차례.
44) 가계(加計): 더하여 셈함. 여기서는 '비교하여 따짐'의 뜻으로 쓰였다.
45) [교감] 디신을 가계홀진디: 사재동B본 '디신을 가계홀진디'. 단국대본 '디신을 갸셰홀진디'.
46) [교감] 디신을 가계 홀진디 피치 업고 존공이 비록 학싱의 존장이시나 전일과 다라거날 존공이 엇지 안ᄌ셔 수죄ᄒ야 별죽ᄒ라 ᄒ시니: 경북대본 '디신을 벌작ᄒ실진디 본디 지은 죄 업고 존장이시나 수가의 쳐홈과 달나 조당 연셕의 공복으로 안ᄌ 벌작ᄒ려 ᄒ시믄'.
47) 일관을: '일로'의 오기.
48) [교감] 쳥컨디 열위논 이 존당 시랑의 공후디신 업수이 넉이논 일관을 몬져 수십 비롤 나오ᄉ이다: 경북대본 '금일 존공이 마니 실쳬ᄒ샤 공후디신을 업슈이 너기실시 일노 존공이 벌비 수십 비을 면치 못ᄒ리로소이다'.
49) ᄭᆞ체지고: '끊어지고'의 방언.
50) 통가지의(通家之誼): 절친한 친구끼리 친척처럼 내외 없이 지내는 정.

"학싱이 션싱(先生)을 경만(輕慢)ㅎ미 아니라, 소연지심(少年之心)의 먹은 쁘줄 감초지 못ㅎ얏더니,⁵¹⁾ 싱각ㅎ미 십분(十分) 그란지라. 불승황공(不勝惶恐)ㅎ야 감쳥ᄉ죄(敢請謝罪)로소이다."

(당)시랑은 활달훈 당뷔(丈夫ㅣ)라. 흔년(欣然) 소왈,

"일시 희롱(戱弄)이여날, 엇지 거죄(擧措ㅣ)⁵²⁾ 디단ㅎ리오?"

당휘 낫빗츨 불히고 왈,

"니휘 나의 부친을 별즉(罰爵)ㅎ쟈 ㅎ니, 니 홀노 쳥쥐후롤 별(罰)치 못ㅎ랴!"

니휘 몸을 두로혀 크게 우어 왈,

"가히 가소롭다. 영존디인(令尊大人)은 망친(亡親)의 친위(親友ㅣ)시고 춘취(春秋) 고심(高深)ㅎ시니, 날을 별(罰)ㅎ시면 혹 공논(公論)으로 직언(直言)ㅎᄂ이, 써곰 마지못ㅎ야 먹으려니와, 긔주후로셔 쳥주후 니형경을 별 먹일 날은 머러씰가 시부도다."⁵³⁾

긔주후 발년디로(勃然大怒) 왈,

"니 엇지 연형⁵⁴⁾을 별치 못ㅎ리요?"

형경 왈,

"쳥컨디 고ㅎ(故何)⁵⁵⁾롤 드려지라."⁵⁶⁾

당연 왈,

---

51) [교감] 소연지심의 먹은 쁘줄 감초지 못ㅎ얏더니: 경북대본 '일시 소년지심으로 유희ㅎ미러니'.
52) 거조(擧措): 말이나 행동 등을 하는 태도.
53) [교감] 날을 별ㅎ시면 혹 공논으로 직언ㅎᄂ이 써곰 마지못ㅎ야 먹으려니와 긔주후로셔 쳥주후 니형경을 별 먹일 날은 머러씰가 시부도다: 경북대본 '혹 날을 벌ㅎ시려이와 긔쥬후 능히 벌홀쇼냐'.
54) [교감] 연형: 경북대본 '현경'.
55) 고ㅎ(故何): 연고. 또는 그 까닭.
56) [교감] 긔주후 발년디로 왈 니 엇지 연형을 별치 못ㅎ리요? 형경 왈 쳥컨디 고ㅎ롤 드려지라: 경북대본 '당휘 발연디로 왈 니 엇디 현경을 벌치 못ㅎ랴. 쳥컨디 벌치 못홀 연고롤 니르라'.

"서로 친붕우(親朋友)오 죽위(爵位) 갓고 년셰(年歲) 혼가지니, 쏘혼 죄 잇스면 별호야 칙(責)지 못호랴?"

니휘 쳥파(聽罷)의 안식이 즈약(自若)호야 좌우로 호야금 일호주(一壺酒)와 옥준(玉盞)을 가져다가 노코 뉴강노57)룰 향호야 왈,58)

"학싱이 션싱 말숨 쯧히 나삭59)호미 그르고, 쏘혼 당시랑긔 불순(不順)호미 경박(輕薄)호니, 쳥건디 이 수60) 십 비롤 먹으리니, 좌중은 용스(容赦)호라."

뉴공이 니후의 긔식(氣色)이 좃치 아니말 보고 십분(十分) 경아(驚訝)호야 위로 왈,

"앗가 말은 일시 희롱이라. 당휘 비록 위친(爲親)호나 엇지 노(怒)호미 잇써 지열(宰列)의 고하(高下)룰 싱각지 아니며, 현휘 엇지 술을 먹거 쳬면(體面)을 밧고며 노부(老夫)의 마암을 불평(不平)케 호시나뇨?"

니휘 답왈,

"불년(不然)호다. 오날날 셜년(設宴)은 히니(海內) 승평(昇平)호야 셩교(聖敎)룰 밧드려 빅뇌(百僚ㅣ) 모다 티평년(太平年)을 표(表)호야 즐길 날이여놀, 겨유 두 순바(巡杯)룰 지나서 문득 하긔(和氣)는 보지 못호고 삼공(三公)61) 홈노(含怒)호야 좌중이 불평호니, 살긔(殺氣ㅣ) 만당(滿堂)호고 하관(下官)의게 수욕(受欲)고 칙(責)호믈 바드니,62)

---

57) [교감] 뉴강노: 사재동B본 '뉴각노'.
58) [교감] 당연 왈~칙지 못호랴? 니휘 쳥파의 안식이 즈약호야 좌우로 호야금 일호주와 옥준을 가져다가 노코 뉴강노롤 향호야 왈: 경북대본 '니휘 소 왈~책션호미 붕우니 엇디 얼골을 변호여 닷토리오. 도라 뉴각노롤 향호여 왈'.
59) 나삭: '내색'의 방언.
60) 수: '술'의 오기.
61) 삼공(三公): 의정부에서 국가의 주요 정책을 결정하는 일을 맡아보던 세 벼슬.
62) [교감] 하관의게 수욕고 칙호믈 바드니: 경북대본 '하관이 샹관을 경멸호며 샹관이 하관으게 경칙호니'. 회동서관본 '하관이 상관으로 더브러 언어 외롭호얏스오니'.

엇지 도리(道理)리요? 잇찌 밧긔 젹국(敵國)이 업고 국튀민안(國泰民安)ㅎ니, 가히 볍(法)을 발힐 씨라. 학싱(學生)이 고인(古人)만 못ㅎ나 허물을 주칙(自責)ㅎ며 벌주(罰酒)를 먹나니, 힝혀 광망(狂妄)ㅎ말고 히 넉이지 말지여다."

좌위(左右ㅣ) 묵묵ㅎ고 당휘 노(怒)를 도로혀 말ㅎ고저 ㅎ더니, 니휘 좌우로 ㅎ야곰 잔을 부어 거우르니, 빅관이 다 놀나 낫낫치 도라보고, 당시랑이 급히 이려나 잔을 앗고 손을 머무려 우어 왈,

"현휘 평일(平日)의 혼 준 슐을 먹지 못ㅎ더니 연(連)ㅎ야 열두 비(杯)를 먹으니, 엇진 도린고? 쳥컨디 노(怒)를 긋치고 고집지 말나."

이에 동지(童子ㅣ) 잔을 아스니, 휘 크게 취하야 답(答)지 아니코 좌우로 ㅎ야곰 수리를 가져오라 ㅎ야, 젼(殿)의 나려 수리 타고 수빅 추종(騶從)과 빅모황월(白旄黃鉞)을 거나려 표연(飄然)이 도라가니, 빅관이 젼(殿)의 나려 보니고 다시 올나 좌정(坐定)ㅎ니, 시랑이 연을 망영(妄靈)되다 칙(責)ㅎ고, 뉴각노는 심히 불평ㅎ야 젼혀 흥(興)이 업셔ㅎ며, 뎡어시63) 쏘흔 황공ㅎ야 ㅎ니, 형경이 예수(例事) 지상(宰相)이 아니라 준절(峻節)ㅎ고 엄정(嚴正)ㅎ며 미물ㅎ고 쓱쓱ㅎ야 됴당(朝堂)의 셔도 크게 공경ㅎ는 바요, 쳔지 공경ㅎ시며 수랑ㅎ시는 사람이여날, 일시 취중의 쥬흥(酒興)이 발ㅎ야 말을 희롱으로 ㅎ고, 제 기안ㅎ야64) 스스로 벌(罰)ㅎ야 주(酒)를 무궁이 먹고 도라가믈 축겁(着怯)ㅎ야 일즉 자연65)ㅎ고 훗터진 후, 명일(明日)의 장휘 니휘 부중(府中)의 이라미 칭병ㅎ고 보지 아니ㅎ거날, 년이 글을 지어 스죄(謝罪)혼디, 니휘 짐짓 거절코져 ㅎ야 절교서(絶交書)를 써 가인(家人)으로 ㅎ야곰 니녀 보니니, 년이 쏘흔 노(怒)ㅎ야 도라가다.

---

63) [교감] 뎡어시: 회동서관본 '쟝샹셔'.
64) [교감] 기안ㅎ야: 사재동B본 '미안ㅎ야'.
65) [교감] 자연: 사재동B본 '파연(罷宴)'.

이젹의 형경의 유뫼(乳母ㅣ) 그 소져(小姐)의 고집ᄒᆞ믈 크게 근심ᄒᆞ야 다시 ᄀᆡ우(開諭)코져 ᄒᆞ나 긔식(氣色)이 준졀(峻節)ᄒᆞ니 감이 못ᄒᆞ고, 쳔ᄉᆞ만상(千思萬想)ᄒᆞ나 홀일업서 싱각다못ᄒᆞ야,[66] 일일은 ᄒᆞᆫ 게교(計巧)룰 싱(각)고 당상셔 부중의 이라니, 상셰 홀노 서헌(書軒)의 안졋다가 유모ᄅᆞᆯ 보고 반겨 문왈,

"요ᄉᆞ니 네 상공이 날노 졀교셔룰 짓고 폐문칭병(閉門稱病)ᄒᆞ니, 조뎡(朝廷)의 가서도 만나지 못ᄒᆞ야 면목(面目)을 보완 지 오륙 삭(朔)이려니, 엇지 오날날 네 이라려나요?"

유뫼 ᄌᆡᄇᆡ(再拜) 왈,

"우리 소졔(小姐ㅣ) 여화위남(女化爲男)[67]홈으로써 즘즛 상공을 졀교(絶交)ᄒᆞ시나, 엇지 실졍(實情)이리잇고?"

휘 ᄃᆡ경(大驚) 왈,

"유랑(乳娘)[68]이 무ᄉᆞᆷ 말고?"

유뫼 문득 함소(含笑)ᄒᆞ고 좌우ᄅᆞᆯ 도라보거날, 당휘 ᄎᆞ언(此言)을 드르미 양안(兩眼)이 경동(驚動)ᄒᆞ고 긔운이 삭막(索莫)ᄒᆞ야, 이에 유모랄 쳥ᄒᆞ야 방중(房中)의 드려가 졍셩(精誠)으로 무라니, 유뫼 형경의 죵신ᄃᆡᄉᆞ(終身大事)룰 크게 녁이난지라. 엇지 즉은[69] 혐의(嫌疑)룰 도ᄅᆞ보리오. 젼후수말(前後首末)과 죵두지미(從頭至尾)룰 일일히 직고(直告)ᄒᆞ고, 다시 이라디,

"소졔(小姐ㅣ) 고집ᄒᆞ시미 여ᄎᆞ(如此)ᄒᆞ니, 아모려나 그 깁흔 ᄯᅳ즐 ᄀᆡ유(開諭)ᄒᆞᄉᆞ 뉵네(六禮)[70]로써 마ᄌᆞ소셔."

---

66) [교감] 쳔ᄉᆞ만상ᄒᆞ나 홀일업서 싱각다못ᄒᆞ야: 회동서관본 '만단으로 싱각ᄒᆞ다가'.
67) 여화위남(女化爲男): 여자가 변장하여 남자처럼 행세함.
68) 유랑(乳娘): 형경의 유모를 높여 이른 말.
69) [교감] 즉은: 사재동B본 '격은'.
70) 육례(六禮): 혼인의 여섯 가지 예법.

휘 쳥필(聽畢)의 안식(顔色)이 푸라고 셩안(星眼)이 둥구려 ᄒᆞ야 어린 듯 입을 봉(封)ᄒᆞ고, 수족(手足)을 동인다시 안ᄌᆞ 혼 시(時)나 진나되 움죽이지 못ᄒᆞ더니, 반향(半晌)⁷¹⁾의 홀연 셔안을 치며 크게 소리ᄒᆞ여 탄왈,

"유랑아, 유랑아! 이 진짓 물가? 명쳔(明天)이 보시나니 네 엇지 나를 이러툿 농(弄)ᄒᆞᄂᆞᆫ다? 져 니형은 날노 더부러 죽마붕우(竹馬朋友)요 조졍디신(朝廷大臣) 원훈(元勳)이라. 엇지 이련 일이 이시리요?"

유뫼 왈,

"옛 목난⁷²⁾이 이시니, 엇지 우리 소져(小姐)랄 고히 넉이ᄂᆞᆫ이잇가?"

당휘 이윽히 묵묵ᄒᆞ다가 ᄯᅩ혼 고당디소(鼓掌大笑) 왈,

"과연 올토다! 이형니 빅ᄉᆞ(百事)의 의심된디 업스디 일즉 날노 더부려 혼곳히 안지 아니며, 니 져의 손을 줍으미 극히 호활(豪豁)혼 인물이로디 문득 아미(蛾眉)를 찡그고 놀나ᄂᆞᆫ 빗치 잇거날, 니 싱각ᄒᆞ되 '졔 마음이 경갈ᄒᆞ야 그런가' ᄒᆞ엿더니, 과년 올토다. 이런 년괴(緣故ㅣ) 잇도다! 니 반다시 계교로 항복 바드리라."

유뫼 도라가니라.

---

71) 반향(半晌): 반나절.
72) 목란(木蘭): 중국의 서사시 「목란사」의 주인공. 아버지를 대신해 남장하고 싸움터에 나간 뒤 공을 세우고 고향으로 돌아왔다고 한다.

쟝연이 형경의 본색을 밝히기 위해 형경을 압박하다

댱휘 어린 닷 밋친 닷 명일 조회(朝會)의 드려 쥬왈,

"쳥쥐후 니형경이 직亽(職事)를 출히지 아니ᄒ고 집의 드려 잇亽오니, 신 등(臣等)이 그 뜻즐 아지 못ᄒ리로소이다."

상이 씨다라ᄉ 명조(命招)ᄒ시니, 니휘 마지못ᄒ야 궐즁(闕中)의 드려가 슉비(肅拜)ᄒ온디, 상이 찰직(察職) 아니믈 듕칙(重責)ᄒ신디, 휘 면관ᄉ죄(免冠謝罪) 왈,

"소신(小臣)의 쳔질(天疾)이 비경(非輕)ᄒ와 오리 국ᄉ(國事)를 폐(廢)ᄒ오니, 죄 크도소이다."

상이 ᄭᅮ지져 골ᄋᆞᄉᄃᆡ,

"결문 신히(臣下ㅣ) 엇지 미양 병(病)로라[1] ᄒ고 벼슬을 아니 다니리요?[2] ᄒ물며 경의 안식을 보 괴뵈(氣魄)[3] 풍영(豐盈)ᄒ야 조곰

---

[1] [교감] 병로라: 사재동B본 '병든다'.
[2] [교감] 벼슬을 아니 다니리요: 경북대본 '국亽를 다亽리지 아닛ᄂ뇨'.
[3] [교감] 보 괴뵈: 사재동B본 '보니 긔뵈'. '긔뵈'는 '기백(氣魄)'인 듯함.

도 병식(病色)이 업거날, 무숨 연고로 칭병(稱病)ᄒ야 짐을 업수이 넉이나뇨? 짐이 만일 젼일(前日) 공(功)을 도라보지 아니ᄒ면 결짠코 용셔(容恕)치 아니ᄒ리라. 요ᄉ이 공상⁴⁾ 밀이여 구산(丘山)ᄀᆞ티 문년각(文淵閣)의 ᄡ여시니, 널노 ᄒ야곰 문연각 당변(長番)⁵⁾ 퇴학ᄉ(太學士)를 솜나니, 조곰도 퇴만(怠慢)치 말나."

형경이 다만 쳥죄(請罪)ᄲᅮᆫ이려라. 즉시 각즁(閣中)의 이라니, 임의 당변ᄒ야 나갈 긔약(期約)이 업ᄂᆞᆫ지라. 심듕(心中)의 경아(驚訝)하말 이긔지 못ᄒ더라.

각즁(閣中) 이션 지 니십여(二十餘) 일 후 당학ᄉ의 입변(立番)이라. 원간⁶⁾ 일곱 퇴학ᄉ 변(番)을 드니 형경은 당변이요, 기여(其餘) 뉵(六) 혹ᄉ(學士)ᄂᆞᆫ 일삭(一朔)식 드ᄂᆞᆫ지라. 몬져 드려온 교디(交代)의⁷⁾ 당학시 드니, 연이 드려와 조의(朝衣)를 볏고 이학ᄉ를 힝(向)ᄒ야 돈수죄쳥(頓首請罪) 왈,

"소졔(小弟 ᅵ) 외람이 연형⁸⁾으로 더부려 교게(交契)를 마ᄌᆞ더니, 일조(一朝)의 셜연(失言)ᄒ기로셔⁹⁾ 졀교셔를 바드니 일쯕 참괴(慙愧)ᄒ고 뉘웃분지라.¹⁰⁾ 서로 보지 못ᄒ연 지 반년(半年)이라. 금일 션풍(仙風)을 브라보니 아지 못게라. 다시 뎡심(定心)을 곳쳐 지긔(知己)를 허(許)하리잇가?"¹¹⁾

---

4) 공상: '공사(公事)'의 오기.
5) 장변(長番): 관청에 장기간 머무르며 교대하지 않고 숙직하는 사람.
6) 원간: '워낙'의 옛말.
7) [교감] 몬져 드려온 교디의: 사재동B본 '몬져 드러온 뉴학ᄉ 교디의'.
8) 연형: '현형(賢兄)'의 오기.
9) [교감] 일조의 셜연ᄒ기로셔: 경북대본 '일시 실언ᄒᄆᆞ로써'.
10) 뉘웃분지라: '시달리는지라'의 옛말.
11) [교감] 금일 션풍을 브라보니 아지 못게라. 다시 뎡심을 곳쳐 지긔를 허하리잇가: 회동서관본 '오눌날 형안을 디ᄒ오니 도로혀 참괴ᄒ여이다. 바라건디 죄를 ᄉᆞᄒ고 견의를 ᄯᅳᆫ치 마르소셔'.

니휘 당상셔롤 노(怒)ᄒ야 졀교ᄒ엿더니, 금일 만나미 관(冠)을 수기고 ᄉ믜로 낫츨 가리와 보지 아니ᄒᆞ딕,12) 연이 젼(前) 갓투면 긋칠 거시로딕 임의 근본(根本)을 알고 니상셔롤 보미,13) 그 션풍화뫼(仙風花貌ㅣ) 니목(耳目)의 현눈(眩亂)ᄒ야 졍신이 어리며 살이 가려워 스ᄉ로 ᄉ랑함과 깃부미 녹츌(露出)ᄒ니,14) 능히 억졔치 못ᄒ야 연망(悁忙)이15) 나아가 머리랄 두다려 골오디,16)

"현형아, 십삼 연 친붕우롤 ᄒᆞᆫ 일노 인ᄒ야 이려툿 미물ᄒ시니잇가?"

짐짓 ᄭ려 빌며 복수족두17)ᄒ야 황야(皇爺) 면젼(面前)의셔 쳥죄(請罪) 사례(謝禮)도곤 더ᄒᆞᆫ디라.18) 니휘 쳬면(體面)을 도라보미 마지못ᄒ야 몸을 두로혀 손으로 당학ᄉ롤 붓드려 이라ᄒ고, 무롭을 쓰려 안ᄌ ᄉ믜롤 드려 작업19) 왈,20)

---

12) [교감] 니휘 당상셔롤 노ᄒ야 졀교ᄒ엿더니 금일 만나미 관을 수기고 ᄉ믜로 낫츨 가리와 보지 아니ᄒᆞ딕: 회동서관본 '리휘 원리 쟝후로 더부러 너무 친압홈을 ᄌ긔의 근본이 탈노될가 념녀ᄒ야 거짓 졀교셔를 보뇌엿더니 이날을 당ᄒ야는 쟝후를 보고 관을 숙이며 얼골을 외면ᄒ고 구타여 졉어치 아니ᄒ니'.
13) [교감] 연이 젼 갓투면 긋칠 거시로딕 임의 근본을 알고 니상셔롤 보미: 회동서관본 '쟝휘 ᄯ호 ᄉ례치 아니ᄒ랴만은 임의 그 근본을 드럿는지라. 이날 만나미'.
14) [교감] 녹츌ᄒ니: 사재동B본 '유츌ᄒ니'.
15) 연망(悁忙)이: 다급하게.
16) [교감] 그 션풍화뫼 니목의 현눈ᄒ야 졍신이 어리며 살이 가려워 스ᄉ로 ᄉ랑함과 깃부미 녹츌ᄒ니 능히 억졔치 못ᄒ야 연망이 나아가 머리랄 두다려 골오디: 회동서관본 '그 션풍화용이 시로이 눈의 현란ᄒ고 졍신이 살는ᄒ야 심신이 아득ᄒᆫ지라. 구지 갓가이 나아가 돈수 ᄉ 왈'.
17) 복수족두: 정확지 않으나 '손과 발을 뒤집다'라는 뜻의 '복수족도(覆手足倒)'인 듯함.
18) [교감] 현형아 십삼 연 친붕우롤 ᄒᆞᆫ 일노 인ᄒ야 이려툿 미물ᄒ시니잇가? 짐짓 ᄭ려 빌며 복수족두ᄒ야 황야 면젼의셔 쳥죄 사례도곤 더ᄒᆞᆫ디라: 회동서관본 '형이 져근 허믈을 인ᄒ와 이곗ᄀ지 이러툿 박졀이 구시ᄂ니잇고 ᄒ며 ᄭ러 공슌이 ᄒ니'.
19) 작업: '공손하게 인사하다'는 뜻의 '작읍(作揖)'인 듯함.
20) [교감] 니휘 쳬면을 도라보미 마지못ᄒ야 몸을 두로혀 손으로 당학ᄉ롤 붓드려 이라ᄒ고 무롭을 쓰려 안ᄌ ᄉ믜롤 드려 작업 왈: 회동서관본 '리휘 마지못ᄒ야 도라보며 몸을 도로혀 ᄉ례 왈'.

"쳔싱(賤生) 이형경이 초려필부(草廬匹夫)21)로 힝혀 성인(聖人) 유풍(遺風)을 이어 열위(列位) 존인(尊人)으로 더부려 지음(知音)22)을 열며 치 줍기룰23) 감심(甘心)ᄒᆞ나, 엇지 교되(敎徒) 되(리)요? 이려므로 불감(不堪)호 거슬 벼펴 졀교ᄒᆞᄂᆞᆫ 글을 보니엿더니, 존공(尊公)이 이럿툿 ᄒᆞ니, 쳥컨디 옛날 지긔(知己)룰 이을지니 힝심(幸甚)이니다."

당휘 크게 깃겨 돈수ᄉᆞ죄(頓首謝罪)24)ᄒᆞ고 졉담(接談)ᄒᆞ니, 쇄락(灑落)ᄒᆞᆫ 말솜과 쳥아(淸雅)ᄒᆞᆫ 소리 또훈 유화(柔和)ᄒᆞ고 맹열(猛烈)ᄒᆞ니, 다시곰 솔피나 아마도 여틱(女態) 업ᄂᆞ디라.25) 십분(十分) 고히 넉이나 두어 날이 되되 ᄉᆞ식(辭色)을 뵈지 아니ᄒᆞ고, 글 짓고 읽어 친친(親親)ᄒᆞᆫ 긔식이 젼일(前日)과 ᄒᆞᆫ가지오 졍의(情誼) 조곰도 감(減)치 아낫더니, 오월(五月)의 다다라ᄂᆞᆫ 놀이 심히 더우나 니휘 나삼(羅衫)과 니의(裏衣)26)룰 벗디 아니ᄒᆞ고 눕거날, 당학시 참지 못ᄒᆞ야 문왈,

"드라니 '현후의 가슴 가온디 화혐(火焰)의 허물이 잇다' ᄒᆞ니 올ᄒᆞ냐?"

휘 소왈,

"니게 엇지 이련 고이(怪異)ᄒᆞᆫ 거시 이시리오?"

년니 답왈,

"형이 그라도다. 엇지 붕우룰 외디(外待)ᄒᆞ나뇨? 쳥컨디 귀경ᄒᆞ여지라."

---

21) 초려필부(草廬匹夫): 신분이 낮고 보잘것없는 사내.
22) 지음(知音): 마음이 통하는 친한 벗.
23) 치 줍기룰: 주도권을 잡고 조종하기를.
24) 돈수사죄(頓首謝罪): 머리를 조아려 사죄함.
25) [교감] 당휘 크게 깃겨 돈수ᄉᆞ죄ᄒᆞ고 졉답ᄒᆞ니 쇄락훈 말솜과 쳥아훈 소리 또훈 유화ᄒᆞ고 맹열ᄒᆞ니 다시곰 솔피나 아마도 여틱 업ᄂᆞ디라: 회동서관본 '쟝휘 다시 치ᄉᆞᄒᆞ고 ᄒᆞᆫ가지로 담화하며 동졍을 살피되 조금도 녀틱 업지라'.
26) 이의(裏衣): 속옷. 내복. [교감] 회동서관본 '속옷'.

이휘 지삼(再三) 업셔라 ᄒᆞ거날, 연이 위김질²⁷⁾노 보려 ᄒᆞ되, 휘 조곰도 동(動)치 아니ᄒᆞ고 손으로 ᄒᆞᆫ 변 밀치니, 연이 돗²⁸⁾ 아리 것구려지되 다시 나아가고져 ᄒᆞ되,²⁹⁾ 이휘 그 수상(殊常)ᄒᆞ믈 보고 경아(驚訝)ᄒᆞ야 급히 이려 안ᄌᆞ 이라되,

"형이 소졔(小弟)로 교우 십예(十餘) 연의 엇지 오날날 흉격(胸膈)의 허믈을 뭇고, ᄯᅩᄒᆞᆫ 이리 보고져 ᄒᆞ나뇨?"

연이 ᄎᆞ언(此言)을 듯고 싱각ᄒᆞ되,

'내 당당이 드란 디로 이라고 피박(逼迫)ᄒᆞ야 보리라.'

ᄒᆞ고 이에 낫빗찰 졍(正)히 ᄒᆞ고 이로되,

"내 현형(賢兄)으로 더부려 관표(管鮑)의 지긔(知己)ᄅᆞᆯ 허(許)하연지 오리더니, 형이 '목눈(木蘭)의 소임(所任)을 디(代)ᄒᆞ엿다' ᄒᆞ니,³⁰⁾ 니려무로 실ᄉᆞ(實事)ᄅᆞᆯ 알고져 ᄒᆞ미로다."

휘 쳥파(聽罷)의 조곰도 수괴(羞愧)ᄒᆞ미 업고 안식을 변치 아녀 이에 날희여³¹⁾ 답왈,

"현형(賢兄)의 말을 드ᄅᆞ니, 소졔(小弟) 스ᄉᆞ로 실소(失笑)ᄒᆞ믈 ᄭᆡᄃᆞᆺ지 못ᄒᆞ리로다. 이졔 소져(小弟)ᄅᆞᆯ 여ᄌᆞᄅᆞ ᄒᆞ여도 벼슬은 아이지³²⁾ ᄋᆞ니리라.³³⁾ 불과 싀긔(猜忌)ᄒᆞᄂᆞᆫ 쓰지니, 족히 두렵지 아니ᄒᆞ거니와 (아)지 못게라. 뉘 이련 말을 형다려 니라더뇨?"

---

27) 위김질: '우김질'의 방언.
28) 돗: 돗자리.
29) [교감] 연이 돗 아리 것구려지되 다시 나아가고져 ᄒᆞ되: 단국대본 '연이 돗 ᄋᆞ리 거구러져 겨유 이러나 다시 나아가고져 ᄒᆞ되'. 회동서관본 '쟝휘 안졋다가 ᄯᅩ 나아 ᄋᆞ지거날'.
30) [교감] 형이 목눈의 소임을 디ᄒᆞ엿다 ᄒᆞ니: 회동서관본 '형이 남ᄌᆞ가 ᄋᆞ니라 ᄒᆞ니'.
31) 날희여: '쳔쳔히'의 옛말.
32) 아이지: 'ᄲᅢ앗지'의 옛말.
33) [교감] 이졔 소져ᄅᆞᆯ 여ᄌᆞᄅᆞ ᄒᆞ여도 벼슬은 아이지 ᄋᆞ니리라: 경북대본 '불과 날노 벼슬을 못ᄒᆞ게 ᄒᆞ미라'. 회동서관본 '예로부터 녀지 엇지 남ᄌᆞ 되리오'.

연이 져의 ᄉ식(辭色)이 ᄃᆡ연(泰然)ᄒᆞ믈 낭신당의(將信將疑)34)ᄒᆞ야35) 답왈,

"과연 다란 사람의 말이 아니라, 이곳 형의 유뫼 소졔다려 여ᄎᆞ여ᄎᆞ이라거날, 형이 엇지 소기나뇨? ᄯᅩ훈 남ᄌᆞ면 말이 업사려니와, 만일 여질진ᄃᆡ 엇지 조곰도 긔탄(忌憚)ᄒᆞ미 업셔 일월(日月)을 가리오고, 음양(陰陽)을 밧고아 님군을 소기며, 셰상(世上)을 농(弄)ᄒᆞ뇨? 형이 당시(當時)하야ᄂᆞᆫ 이럿툿 ᄒᆞ거이와, 맛ᄎᆞᆷᄂᆡ 소기지 못ᄒᆞᆯ가 ᄒᆞ노라."

니휘 크게 우어 왈,

"긔구(崎嶇)ᄒᆞ고 고이(怪異)ᄒᆞ다! 당형이 불의(不意)에 날노 ᄒᆞ여곰 '남화위여(男化爲女)36)ᄒᆞ다' ᄒᆞ니, 엇지 우읍지 아니리요? 형이 이려 툿 ᄒᆞ니 명일 천자긔 '엿ᄌᆞ(女子)오라' 상표(上表)ᄒᆞ여 벼살을 갈고 물너가리니, 형은 근심치 말나."

연니 쳥파의 그 쥰졀ᄆᆡᄆᆡ(峻截洗洗)37)ᄒᆞ믈 보고 다시 말을 붓치지 못ᄒᆞ야, ᄯᅩ훈 몸으로써 핍박(逼迫)고져 ᄒᆞ나,38) 졔 졍역(精力)이 과안(過人)39)ᄒᆞ고 용믱이 상장(相當)ᄒᆞ야 쳔군만만지듕40)의셔 상장(上將)의 머리 버희기을 낭즁(囊中) 든 것 ᄂᆡ 듯ᄒᆞᆫ지라. 셰속(世俗) 유약(柔弱)훈 여ᄌᆞ(女子)의 비기리오? 연이 ᄯᅩ훈 겸젼(兼全)ᄒᆞ야41) 셰속(世俗) 붓 두로ᄂᆞᆫ 문관(文官)의 뉘(類) 아나, 형경의 용녁(勇力)의ᄂᆞᆫ 밋지 못ᄒᆞᄂᆞᆫ 비라. 스스로 짐죽ᄒᆞ야 나아가지 못ᄒᆞ니, 이휘 안년(晏然)히 금침(衾枕)을 덥고 ᄌᆞ약(自若)히 ᄌᆞᄂᆞᆫ지라. 심ᄒᆞ(心下)의 이다라

---

34) 장신장의(將信將疑): 얼마쯤은 믿지만 한편으로는 의심함. 반신반의.
35) [교감] ᄉ식이 ᄐᆡ연ᄒᆞ믈 당신당의ᄒᆞ야: 경북대본 'ᄋᆞ식이 타연홈을 보고 쟝찻 의심ᄒᆞ야'.
36) 남화위녀(男化爲女): '여화위남(女化爲男)'의 오기.
37) 쥰졀ᄆᆡᄆᆡ(峻截洗洗): 태도가 엄숙하면서도 쌀쌀맞음.
38) [교감] 몸으로써 핍박고져 ᄒᆞ나: 회동서관본 '친압고자 ᄒᆞ나'.
39) [교감] 과안: 사재동B본 '과인(過人)'.
40) 쳔군만만지듕: '쳔군만마지즁(千軍萬馬之中)'의 오기. [교감] 사재동B본 '쳔군만마지즁'.
41) [교감] 연이 ᄯᅩ훈 겸젼ᄒᆞ야: 사재동B본 '연이 ᄯᅩ훈 용녁이 겸젼ᄒᆞ야'.

로말 이긔디 못ᄒᆞ야 두어 날이 되어더니, 일일은 쳔지 형경을 후원으로 부르스 시절경(時節景)을 두고 글을 지으라 ᄒᆞ시니, 휘 응구쳡디(應口輒對)⁴²⁾ᄒᆞ야 셔셔 칠언ᄉᆞ운(七言四韻)을 어더 옥수(玉手)로 밧드려 드리니, 상이 칭춘ᄒᆞ시고 ᄉᆞ랑ᄒᆞᄉᆞ 입어 게시던 주ᄌᆞ젹 연의⁴³⁾와 옥ᄃᆡ(玉帶)를 주시니,⁴⁴⁾ 휘 ᄉᆞ은ᄒᆞ고 종일토록 시립(侍立)ᄒᆞ엿다가 물너 각즁(閣中)의 도라오니, 호련(忽然) 졍신(精神)이 어즐ᄒᆞ고 슈족(手足)이 쩔여 긔운을 슈습(收拾)디 못ᄒᆞ고 눈을 감아 인ᄉᆞ(人事)를 모라더라. 이는 디강(大綱) 말근 셰상을 소기지 못홀 거시 음양(陰陽)이라. 이형경이 십숨 연 남장(男裝)을 ᄒᆞ야 우흐로 쳔ᄌᆞ와 버거 만조빅관이며 ᄉᆞ히(四海) 빅셩이 다 남ᄌᆞ로 아라 벼슬은 공휘(公侯丨) 되고 공(功)은 원훈(元勳)⁴⁵⁾이 되어ᄂᆞᆫ지라. 엇지 마ᄎᆞᆷᄂᆡ 조흔 거시 완젼(完全)ᄒᆞ며 당가(張家)의

긔츅(己丑)⁴⁶⁾ 칠월(七月) 초이일(初二日) 셔(書)ᄒᆞᄂᆞ 글시 망측망측(罔測罔測)ᄒᆞ다.

이형경젼 권지이(卷之二) 챵을긔봉(昌乙奇逢)

만년⁴⁷⁾이 연울 바리리오?⁴⁸⁾ 이려무로 조련(猝然)ᄒᆞᆫ 병이 드러 불의

---

42) 응구쳡대(應口輒對): 묻는 대로 막힘없이 대답함.
43) 주ᄌᆞ젹 연의: '임금이 잔치 때 입던 붉은색 계통의 옷'인 듯함.
44) [교감] 주ᄌᆞ젹 연의와 옥디를 주시니: 경북대본 '연의와 옥피를 쥬시니'. 회동서관본 '금포와 옥디를 주시니'.
45) 원훈(元勳): 나라를 위하여 훌륭한 일을 한, 임금이 아끼는 신하.
46) 긔츅(己丑): 1829년이나 1889년일 것으로 추정된다.
47) 만년: '만령(萬靈, 모든 신령)'의 오기인 듯함.
48) [교감] 당가의 만년이 연울 바리리오: 사재동B본 '쟝가의 만연이 년을 베우리요'. 단국대본 '댱가의 만녕이 년을 베우리요'.

(不意)예 혼절(昏絶)ᄒᆞ니 연이 디경ᄒᆞ야 약을 쓰니, 겨유 정신을 출히 거날 붓드려 ᄌᆞ리예 누인 후 수일(數日)이 지나되, 병이 더옥 침듕(沈重)ᄒᆞ야 식음을 젼폐(全廢)ᄒᆞ고 능히 문서(文書)ᄅᆞᆯ 출히지 못ᄒᆞ나 심듕(心中)의 싱각ᄒᆞ되,

'상이 눌을 칭병혼ᄃᆞ ᄒᆞ시더니, 이ᄂᆞᆫ 실병(實病)이라. 엇지 견듸며, 당학시 다시 의심을 발(發)ᄒᆞ아 날을 괴롭게 ᄒᆞ면 내 긔운이 허약ᄒᆞ야 저의 핍박(逼迫)ᄒᆞ말 능히 병듕(病中)의 막지 못ᄒᆞᆯ 거시니,[49] ᄲᆞᆯ이 병소(病所)ᄅᆞᆯ 옴겨 나아가 죠라[50] ᄒᆞᆯ 거시라.'

ᄒᆞ고 조회을 나와[51] 표(表)을 쓰려 ᄒᆞ니, 약ᄒᆞᆫ 셤지(纖指) ᄯᅥᆯ여 능히 셩ᄌᆞ(成字)ᄅᆞᆯ 못ᄒᆞᄂᆞᆫ디라.[52] 년이 저의 위티(危殆)ᄒᆞ말 보고 샹연(愴然)이 눈물을 나리와 샹감(傷感)ᄒᆞ기ᄅᆞᆯ 마디아니ᄒᆞ더라.

상이 형경의 표(表)ᄅᆞᆯ 보시고[53] 나아가 조리(調理)ᄒᆞ야 츌직(察職)ᄒᆞ라 ᄒᆞ시니, 형경이 나갈 시 연이 손을 줍고 등을 어라만저 왈,

"형의 병 이려툿 위즁ᄒᆞ니, 소졔(小弟)의 심간(心肝)에 녹ᄂᆞᆫ 듯ᄒᆞ더라. 형은 소졔의 뜻줄 막지 몰나."

언필(言畢)의 오슬 그르고 핍박(逼迫)고져 ᄒᆞ니, 휘 그 긔식(氣色)은 보고 ᄌᆞ긔(自己) 스ᄉᆞ로 병듕(病中) 약질(弱質)의 능히 고지을[54] 목디 못ᄒᆞᆯ 줄 알고, 미우(眉宇)ᄅᆞᆯ 찡긔고 안식(顔色)을 추게 ᄒᆞ야 이로되,

"연형[55]이 소졔(小弟)ᄅᆞᆯ 이러툿 권념(眷念)ᄒᆞ니 은혜 눈망(難忘)이

---

49) [교감] 능히 병중의 막지 못ᄒᆞᆯ 거시니: 사재동B본 '능히 벙어리앗지 못ᄒᆞᆯ 거시니'.
50) 죠라: '죠리(調理)'의 오기. [교감] 사재동B본 '죠리'.
51) 조회를 나와: '종이를 꺼내'라는 뜻인 듯함.
52) [교감] 약ᄒᆞᆫ 셤지 ᄯᅥᆯ여 능히 셩ᄌᆞᄅᆞᆯ 못ᄒᆞᄂᆞᆫ디라: 회동서관본 '손이 ᄯᅥᆯ니여 쓰지 못ᄒᆞᄂᆞᆫ지라. 장휘 그 병이 위즁흠을 보고 계ᄉᆞᄒᆞ야 리후의 병을 알외오니'.
53) [교감] 상이 형경의 표ᄅᆞᆯ 보시고: 사재동B본 '상이 드르시고'.
54) 고지을: '고집을'의 오기. [교감] 사재동B본 '그 그력을'.
55) 연형: '현형(賢兄)'의 오기.

어이와, 표풍(表風)⁵⁶⁾ ᄒᆞ기 쉬오니 씌을 그르디 말나."

설파(說罷)의 손을 썰치고 의연(毅然)이 이려 안ᄌᆞ 소릐롤 가듬아 좌우(左右)롤 불너 관ᄃᆡ(冠帶)롤 입고 튀연(泰然)이 나가니, 당학ᄉᆡ 앗기말 마지아니ᄒᆞ더라.⁵⁷⁾

휘 집의 도라와 유모을 불너 발년ᄃᆡ즐(勃然大叱)⁵⁸⁾ 왈,

"무ᄉᆞᆷ ᄉᆞ룸이 쓰츨 정정(正正)이 못ᄒᆞ고 ᄆᆞ옴을 곳치지 못ᄒᆞ나뇨?⁵⁹⁾ 니 부모 게실 적븟터 남장ᄒᆞ되 긋찌⁶⁰⁾ 오히려 니 쓰즐 막지 못ᄒᆞ야 게시거날, ᄒᆞ말며 네 엇지 형경의 쳘심(鐵心)과 옥셕(玉石) ᄀᆞᆺᄐᆞᆫ 쁘즐 두루허라⁶¹⁾ ᄒᆞ나뇨?⁶²⁾ 이제 장상셔ᄃᆞ려 니 근본을 일너 날노 ᄒᆞ야곰 음양(陰陽)을 곳치ᄂᆞᆫ 죄인이 되게 ᄒᆞ야 영화(榮華)로쎠 욕(辱)을 밧긔 ᄒᆞ니,⁶³⁾ 엇지 도리리요? 니 써곰 양휵(養慉)ᄒᆞᆫ 은혜롤 도라보아 죄롤 ᄉᆞ(赦)ᄒᆞ거니와, 다시 이런 말이 이실진ᄃᆡ 결단코 니 ᄌᆞ슈(自手)⁶⁴⁾ᄒᆞ야 너의 염여(念慮)롤 끄치리라."

물을 맛ᄎᆞ며 침상의 누으니, 유뫼 학ᄉᆞ의 밍녈(猛烈)ᄒᆞᆫ 물 보고 크게 두려 ᄒᆞᆫ 말도 못ᄒᆞ고 물너나니라.

---

56) 표풍(表風): 바람에 쏘임.
57) [교감] 당학ᄉᆡ 앗기말 마지아니ᄒᆞ더라: 회동서관본 '장휘 아연이 여기더라'.
58) 발연대질(勃然大叱): 왈각 성을 내며 크게 꾸짖음.
59) [교감] 무ᄉᆞᆷ ᄉᆞ룸이 쓰츨 정정이 못ᄒᆞ고 ᄆᆞ옴을 곳치지 못ᄒᆞ나뇨: 회동서관본 'ᄉᆞ룸이 뜻을 곳치면 마음이 둘이 되ᄂᆞ니'.
60) [교감] 긋찌: 경북대본 '션친이'.
61) 두루허라: '돌리려'. '바꾸려'의 옛말.
62) [교감] 쁘즐 두루허라 ᄒᆞ나뇨: 경북대본 '쯧을 허트러 근본을 누셜ᄒᆞ여 텬하 죄인을 민들녀 ᄒᆞᄂᆞ요'.
63) [교감] 영화로쎠 욕을 밧긔 ᄒᆞ니: 사재동B본 '영화로쎠 욕을 밧고게 ᄒᆞ니'.
64) [교감] ᄌᆞ슈: 경북대본 'ᄌᆞ문(自刎)'.

영경이 형경에게 본색을 밝히라고 권유하다

휘 병이 침즁(沈重)ᄒ야 날이 오리고 달이 지나되 가감(加減)이 업스니, 쳔지 크게 근심ᄒᄉ 틱의(太醫)¹⁾ 경오문으로 간병(看病)ᄒ시니, 츠의(此醫)눈 당금(當今)의 편작(扁鵲)²⁾이라. 의슐(醫術)이 묘(妙)홀 분 아니라 ᄯᅩᄒᆫ 신긔(神奇)ᄒ더니, 니날 슈명(受命)ᄒ야 니후부(李侯府)의 이다니, 냥악시 소온 혼ᄀ지로 드려가 병을 볼시, 이씨 영경의 연(年)이 십ᄉ 셰라. 늠늠ᄒᆫ 긔골(氣骨)이 그 믹랑(媒娘)³⁾으로 더부려 나리지 아니ᄒ더니, 니예 나와 틱의와 당학ᄉ을 마즈니 후(侯)의 병소(病所)의 니라니, 휘 혼미(昏迷)ᄒ야 금금(錦衾)의 싸엿거날, 틱의 영경을 향ᄒ야 니라디,

"공지(公子ㅣ) 잠간 존형(尊兄)을 붓드려 안ᄌ셔 든 진믹(診脈)ᄒᄉ

---

1) 태의(太醫): 임금이나 왕족의 병을 치료하던 의원.
2) 편작(扁鵲): 중국 전국시대의 의사로 중국 최고의 명의로 평가됨. 장상군에게 의술을 배웠는데 환자의 오장을 투시하는 경지까지 이르렀다고 한다.
3) 매랑(妹娘): 남의 누이를 높여 이르는 말.

이다."

공지 나아가 겨요 붓드러 안치니, 퇴의 좀간 믹을 보고 물너나 신식(身色)이 경아(驚訝)ᄒ야 눈을 좌우롤 도라보고, 쏘혼 니후(李侯)롤 양구(良久)이 살피며 말을 아니커날, 당학시 문왈,

"병셰(病勢) 엇더ᄒ요?"

퇴의 부답(不答)ᄒ고 손으로 영경을 잇ᄒ고[4] 당(堂) 밧긔 나와 문왈,

"소의(小醫) 일즉 의슐(醫術)ᄒ야 맛지 못홀 젹 업ᄉ더니, 공ᄌ는 그 이지[5] 마라. 존형(尊兄)[6] 상공 좌우 믹이 다 여믹(女脈)이요 남믹(男脈)은 업ᄉ니 괴상(怪狀)ᄒ며, 쏘 병셰 풍진셜혼(風塵雪寒)[7]의 상(傷)혼 빈 아니요, 경등ᄉ쳐(輕動徙處)[8]의 상혼 빈 아니라. 스스로 하날이 별(罰)을 ᄂ리와 실ᄉ(實事)롤 낫타는 후 병이 ᄎ도(差度)의 들이라. 감히 져근 약으로 곳칠 빈 아니로소이다."[9]

영경이 의연디경[10]ᄒ야 머리롤 슉이고 침음(沈吟)ᄒ기롤 양구(良久)히 ᄒ다가 낫빗출 졍(正)히 하고 답왈,

"션ᄉ의 말을 드르니 소셩(小生)이 쏘한 의심 잇ᄉ되, 가형(家兄)이 일즉 이런 긔식이 업ᄉ니 니 역시 모르ᄂ지라. 혹 형뎨(兄弟) ᄉ이을 휘[11]한 일이 잇ᄂ가 미심(未審)ᄒ오니, 죠용이 살펴 알연이와,[12] 진실

---

4) [교감] 잇ᄒ고: 사재동B본 '잇글고'.
5) 그이지: '감추지'의 방언.
6) 존형(尊兄): 또래끼리 상대방을 높여 이르는 말.
7) 풍진셜한(風塵雪寒): 바람에 날리는 먼지와 눈이 온 뒤의 추위.
8) 경동사쳐(輕動徙處): 함부로 몸을 놀리고 거처를 옮김.
9) [교감] 스스로 하날이 별을 ᄂ리와 실ᄉ롤 낫타는 후 병이 ᄎ도의 들이라. 감히 져근 약으로 곳칠 빈 아니로소이다: 경북대본 '하놀이 병을 ᄂ리오시미 아니면 증셰을 갈 일이 업시니 달니 곳칠 길 업도소이다'.
10) 의연디경: '아연대경(啞然大驚, 어안이 벙벙할 정도로 매우 놀람)'의 오기.
11) [교감] 휘: 사재동B본 '은휘(隱諱)'.
12) [교감] 죠용이 살펴 알연이와: 회동서관본 '종용이 살핀 후에 상주홀 거시오'.

노 만무(萬無)홀가 ᄒᆞ노라."

틱의 소왈,

"소의(小醫) 비록 화틱(華佗)¹³⁾의 쳥나¹⁴⁾을 엇지 그릇 올고¹⁵⁾ 지존지귀(至尊至貴)ᄒᆞ신 공후디신(公侯大臣)의 병을 경만(輕慢)이 이라리오? 실노 황명(皇命)을 밧ᄌᆞ와 디신을 간병ᄒᆞ고 도라가 계쥬(啓奏)¹⁶⁾ᄒᆞ눈 말을 싱각ᄒᆞ니, 바로 ᄒᆞ즉 황망(慌忙)ᄒᆞᆫ 죄룰 바들 거시오, 쑴이고져 ᄒᆞ즉¹⁷⁾ 긔군지죄(欺君之罪)¹⁸⁾룰 당ᄒᆞ리니, ᄉᆞ셰(事勢) 눈쳐(難處)ᄒᆞ야 공ᄌᆞ(公子)긔 알외미니이다."

공지 돈수(頓首) ᄉᆞ례 왈,

"소싱이 ᄌᆞ셔이 아라 명일의 와 회보(回報)ᄒᆞ리다."

틱의 졈두(點頭) 물너나니, 댱휘 그 긔식 수상ᄒᆞᆷ 보고 고히 넉이나 무룰 고지 업서 도라가니라.

이날 황혼의 휘(侯ㅣ) 정신을 진정(鎭靜)ᄒᆞ야 미음 두어 술을 먹고 영경다려 왈,

"틱의 병 보고 무어시라 ᄒᆞ더뇨?"

공지 왈,

"녕의 병이 고이ᄒᆞᆯ 쁜 안이라, 극히 놀나온 말을 ᄒᆞ더이다."

휘 왈,

"무슴 말이려요?"

공지 답왈,

---

13) 화타(華佗): 중국 후한 말기에서 위나라 초기에 유명한 명의. 약제의 조제뿐 아니라 침질에 능하고, 외과수술에도 뛰어났다.
14) 쳥나: '쳥낭(靑囊, 화타가 지은 의서)'의 오기. [교감] 사재동B본 '쳥낭'.
15) [교감] 비록 화틱의 쳥나을 엇지 그릇 올고: 사재동B본 '화틱의 쳥낭을 엇지 못ᄒᆞ엿시나 편죽의 연공은 비화ᄂᆞ니 엇지 그릇 알고'.
16) 계주(啓奏): 신하가 글을 써서 임금에게 아뢰던 일.
17) [교감] 쑴이고져 ᄒᆞ즉: 회동서관본 '은휘ᄒᆞ면'.
18) 기군지죄(欺君之罪): 임금을 속인 죄.

"여추여추ᄒᆞ니 엇지 놀납지 아니리요?"

휘 디경 왈,

"이 엇진 말고? 당추(將次) 큰일이 나리로다. 유뫼 댱연과 동심(同心)ᄒᆞ야 랑셜(浪說)ᄒᆞ미로다."19)

공지 머리ᄅᆞᆯ 흔들고 왈,

"불가(不可)ᄒᆞ야이다. 엇지 이련 일 이시리요? 틱의 스스로 아는 빅오, 타인(他人)의게 쵹(觸) 드른 빅 아니러이다."20)

휘 이윽히 혜아리는 듯ᄒᆞ다가 문왈,

"이려면 엇질고?"

공지 그 누의 무라믈 보고 암희(暗喜)ᄒᆞ야 옷슬 염의오고 씌ᄅᆞᆯ 정히 ᄒᆞ야 ᄭᅮ려 안ᄌᆞ 왈,

"뎌뎨(姐姐ㅣ) 소졔(小弟) 어린 소견을 구ᄒᆞ시니, 감히 간담(肝膽)을 쏘다 고(告)치 아니ᄒᆞ리잇가? 형이 비록 쳔긔(天機)ᄅᆞᆯ 두루혀는 슈단(手段)이 계시나, 근본은 감초지 못ᄒᆞᆯ지라. 국가(國家)로 일너도 샹여(相如)21)와 샴듸(三代) 젹 여후(呂后)22) 무측쳔(武則天)24)이 다 일홈이 유전(流傳)ᄒᆞ되24) 녀틱(女態)ᄅᆞᆯ 볏지 못ᄒᆞ여시니, ᄒᆞ말며 여염(閭閻)

---

19) [교감] 유뫼 댱연과 동심ᄒᆞ야 랑셜ᄒᆞ미로다: 회동서관본 '유뫼 댱상셔게 고ᄒᆞ야 창셜ᄒᆞᆷ민가'.
20) [교감] 틱의 스스로 아는 빅오 타인의게 쵹 드른 빅 아니러이다: 경북대본 '어의 진믹흔 후 스스로 알미오 다른 사ᄅᆞᆷ의 니른 빅 아니러이다'.
21) 샹여(相如): 전한 때의 문인인 사마상여, 부(賦)에 뛰어났으며, 탁문군과의 사랑으로 유명하다. 영경이 거론할 인물은 역사적으로 이름을 날린 여성이어야 하기에 남자인 상여는 잘못 제시한 듯하다. 회동서관본은 이를 고려하여 상여 대신 중국 신화에서 인간의 창조와 혼인을 주관했다는 '여와(女媧)'로 바꾸었다.
22) 여후(呂后): 중국 전한의 시조 유방의 황후. 유방이 죽은 뒤 실권을 잡고 여씨 정권을 수립했으며, 유방의 총비 척부인을 심하게 핍박하는 등 폭정을 저질렀다.
23) 무측쳔(武則天): 중국 유일의 여성 황제인 측천무후. 당나라 고종 때 국호를 주(周)로 고치고 황제가 되어 15년 동안 중국을 통치했다.
24) [교감] 샹여와 샴듸 젹 여후 무측쳔이 다 일홈이 유전ᄒᆞ되: 회동서관본 '상고에 녀와씨와 녀휘 지혜 비범ᄒᆞ야도'.

조고만 녀지(女子ㅣ) 고집ᄒ야 즐겨 사람을 셤기지 아일진디 쳐주(處子)로 늙글지언졍 진실노 지열(宰列)노 죵신(終身)튼 못ᄒ리니, 이 난쳐(難處)ᄒ미 네 가지라. 졔일(第一)은 뎌졔(姐姐) 나히 만토록 희미히 슈염(鬚髥) 나지 아니면 견지(見者ㅣ) 슈상(殊常)이 넉일 거시오, 졔이(第二)눈 뎌졔 취쳐(娶妻)ᄒ 후 쇼졔(小弟)를 혼인ᄒ 거시여날, 형이 취쳐 아니ᄒ고 날을 혼인ᄒ면 ᄎ례 밧고이고, 져뎨 몬져 취쳐홀진디 가히 엇던 녀주를 어더와 엇지 쳐치(處置)ᄒ며, 그 난쳐ᄒ미 둘이요, 졔삼(第三)은 여주의 몸으로 십삼 연 셰상을 소기더니, 니졔 유뫼 실언(失言)ᄒ야 댱학시 아랏고 틱의 의심ᄒ니, 졈졈 챵셜(彰泄)ᄒ면 크게 조치 아일 거시오, 졔ᄉ(第四)는 쳔주긔 말이 가고 만죠(滿朝ㅣ) 다 녀주로 알진디, 형이 남지라도 힝셰(行勢)ᄒ기 괴로오려든 더욱 녀주로셔 춤괴(慙愧)치 아니리요. 붓그려오미 네히니, 쳥컨디 져졔(姐姐)눈 싱각ᄒ사 둉인(衆人)의 의심을 발티 아니ᄒ고25) 수모(紗帽)를 가져 화관(花冠)을 밧고시고 죠복(朝服)을 가져 의상(衣裳)을 밧고수 셩여(聖女)의 춍(寵)을 엇고, 반소(班昭)26)의 힝실(行實)을 가져 규방(閨房) 가온디 녀학시(女學士ㅣ) 되시면, 소졔의 원(願)이로소이다.”

　니휘 듯기를 다ᄒ미 변연(幡然)히27) 낫빗츨 곳치고 탄식 왈,

　“어지다, 니 아히여! 직언졍논(直言正論)이로다. 타일(他日)의 입신(立身)ᄒ미 죡히 션인(先人)의 유풍(遺風)을 쩌려바리지 아니며, 나의 아오 되미 붓그렵지 아니리로다. 다만 가셕(可惜)홀 손 나의 십 년 공부야! 눈의 쳔하(天下) 사람을 업수이 넉이며 빅뇨(百僚)로 더부려 지

---
25) [교감] 둉인의 의심을 발티 아니ᄒ고: 사재동B본 '둉인의 의심을 발치 아니ᄒ고 논힉 나지 아녀셔 스스로 표을 올여 진졍을 샹달ᄒ고'.
26) 반소(班昭): 중국 후한 때의 시인이자 재녀(才女). 동생 반고가 『한서』를 미쳐 완성하지 못하고 세상을 떠나자 이를 마무리지었으며 황후와 귀인의 스승이 되었다. 졍슉한 부녀의 도를 논술한 『여계』 7편도 지었다.
27) 번연히: 갑자기.

열(宰列)을 출히민, 닉 몸이 머리 지어[28] 말근 명망(名望)이 쳔하의 진동ᄒᆞ더니, 일조(一朝)의 규즁(閨中) 잔미(屠微)ᄒᆞᆫ 녀ᄌᆞ(女子ㅣ) 되말 슬허ᄒᆞ노라."

영경 왈,

"형이 그 ᄒᆞ나흘 알고 둘은 모라ᄂᆞᆫ쏘다. 흔갓 벼슬 놉흐말 앗기ᄉᆞ엇지 구구(區區)히 슬허ᄒᆞ시리요. 예로붓터 명궁ᄌᆡ샹(名公宰相)이 쟝녹(爵祿)을 헌신갓치 바리고, 혹 은이[29] 되며 쳐시(處士ㅣ) 되ᄂᆞ니, 조고만 명(名)을 엇지 족히 이라리오? 형이 아녀ᄌᆞ(兒女子)의 몸으로써 이럿ᄐᆞᆺ 영귀(榮貴)ᄒᆞ야 임의 남ᄌᆞ의 ᄉᆞ업이 지낫거날, ᄯᅩ 무어살 부족ᄒᆞ야 명쳘보신지칙(明哲保身之策)[30]을 싱각지 아니시니, 셰상 ᄉᆞ람이 다 져져(姐姐) ᄀᆞᆺ던들 영명(榮名)의 무수졀(無守節)이 업고, 빅숙졔(伯叔齊)[31] 수양산(首陽山)이 무용(無用)ᄒᆞ야 환노(宦路)의 이려나리로다."

셜파(說罷)의 고댱ᄃᆡ소(鼓掌大笑)ᄒᆞ니, 휘 의연(毅然) 부답(不答)ᄒᆞ고 손으로 벽을 쳐 갈오ᄃᆡ,

"가석가석(可惜可惜)이라!"

ᄒᆞ더라.

명일의 티의 이라려 병을 보고 계주(啓奏)ᄒᆞᆯ 물을 무르ᄃᆡ, 니후 침식(沈色)[32]이 만안(滿顔)ᄒᆞ야 왈,

"니 스ᄉᆞ로 샹(上)긔 쥬(奏)ᄒᆞᆯ 말이 이ᄉᆞ이, 여려 말 말고 물너가라."

---

28) [교감] 머리 지어: 경북대본 '머리 되더니'.
29) [교감] 은이: 사재동B본 '은시(隱士)'.
30) 명철보신지책(明哲保身之策): 총명하고 사리에 밝아 일을 잘 처리하여 자기 몸을 잘 보존함.
31) 백숙제(伯叔齊): 은나라 말에서 주나라 초기의 현인인 백이와 숙제. 주나라 무왕이 은나라의 주왕을 죽이고 천하를 통일하자 '주나라 음식은 먹지 않겠다'며 수양산으로 들어가 굶어죽었다. [교감] 단국대본 '백이숙제'.
32) 침색(沈色): 침울한 기색.

틱의 지비(再拜) 왈,

"소인이 감히 당돌ᄒᆞ미 아니라, 황야(皇爺) 면젼(面前)의셔 노야(老爺) 병환을 무어시라 ᄒᆞ리잇가?"

휘 발년디로(勃然大怒)ᄒᆞ야 베기를 물이치고 이려 안자며 눈을 부릅쓰고 셔안(書案)을 쳐 고셩디즐(高聲大叱) 왈,

"셩상(聖上)이 널노 디신(大臣)을 간병ᄒᆞ시니, 네 맛당이 공경ᄒᆞ야 약을 다사릴 ᄯᆞ룸이여날, 감히 픠려지언(悖戾之言)³³)을 창셜(創設)ᄒᆞ야 디신을 훼방(毁謗)ᄒᆞ니 엇지 도리요? 만일 셩상의 보니신 비 아니면 네 엇지 죄를 면ᄒᆞ리요? 니 본디 초토(草土)³⁴)의 젹상(積傷)ᄒᆞᆫ 병(病)이 발(發)ᄒᆞ엿거날, 네 감히 하날이 나리온 앙왈³⁵)의 병이라 ᄒᆞ고 ᄯᅩ 여믹(女脈)이라 ᄒᆞ니, 엇지이 이럿탓 업수이 넉이나뇨?"

틱의 그 엄슉ᄒᆞᆫ 호령(號令)이 뇌셩(雷聲) 갓타말 보고 경황(驚惶)ᄒᆞ야 고두쳥죄(叩頭請罪)³⁶)ᄒᆞᆫ디, 영경이 급히 나아가 형을 기유ᄒᆞ야 노(怒)를 긋친 후 틱의다려 왈,

"션ᄉᆡᆼ의 신긔ᄒᆞ신 믹법(脈法)이 비상희ᄒᆞ(非常稀罕)ᄒᆞ나, 일족 가형(家兄)³⁷)의 신상(身上)의 의심되미 업ᄉᆞ이, 맛당이 젹상ᄒᆞᆫ 증셰(症勢)도 ᄀᆡ수(㤼羨)ᄒᆞ미 올ᄒᆞᆯ가 ᄒᆞ나이다."

틱의 여셩(厲聲)³⁸)ᄒᆞ야 디답ᄒᆞ고 도라가 쳔ᄌᆞ(天子)긔 젹상ᄒᆞᆫ 병이라 알외니, 상이 (왈)

"쳥거(遷居)³⁹)하ᄉᆞ 쥬야(晝夜) 시칙⁴⁰)ᄒᆞ야 곳치라."

---

33) 패려지언(悖戾之言): 도리에 어긋나고 사나운 말.
34) [교감] 초토: 회동서관본 '초려(草廬)'.
35) 앙왈: '앙얼(殃孽, 지은 죄에 대한 앙갚음으로 받는 재앙)'의 오기. [교감] 사재동B본 '앙얼'.
36) 고두쳥죄(叩頭請罪): 머리를 조아리며 죄 줄 것을 청함.
37) 가형(家兄): 남에게 자신의 형을 일컫는 말.
38) 여셩(厲聲): 성이 나서 크게 소리를 침. 또는 그 소리. 여기서는 '큰 소리'라는 뜻으로 쓰였다.
39) 쳥거: '쳔거(遷居)'의 오기. [교감] 사재동B본 '쳔거'.
40) 시칙: '시측(侍側)'의 오기. [교감] 사재동B본 '신측'. 단국대본 '시측'.

ᄒᆞ신이, 틱의 수명(受命)ᄒᆞ야 이후부즁(李侯府中)의 이라니, 영경이 마즈 별실(別室)의 두고 시시(時時)로 드려가 약을 다사리게 ᄒᆞ니, 틱의 이후(以後)ᄂᆞᆫ 감히 훈ᄉᆞ(閑辭)⁴¹⁾룰 도노치⁴²⁾ 못ᄒᆞ고,⁴³⁾ 니휘 영경의 말을 드른 후ᄂᆞᆫ ᄆᆞ음을 좀간 두루혀 여ᄌᆞ의 소임(所任)을 ᄒᆞ고져 ᄒᆞᄂᆞᆫ 고로 병셰룰 노ᄒᆞ니,⁴⁴⁾ 가히 슌쳔ᄌᆞ(順天者)ᄂᆞᆫ 충(昌)ᄒᆞᄂᆞᆫ 줄을 알너라.

---

41) 한사(閑辭): 쓸데없는 말. 다른 말.
42) 도노치: '드러내지' 또는 '토로하지'의 뜻인 듯함. [교감] 사재동B본 '드놋치'. 단국대본 '드오치'.
43) [교감] 틱의 수명ᄒᆞ야 이후부즁의 이라니 영경이 마즈 별실의 두고 시시로 드려가 약을 다사리게 ᄒᆞ니 틱의 이후ᄂᆞᆫ 감히 훈ᄉᆞ룰 도노치 못ᄒᆞ고: 회동서관본 '어의 마지못ᄒᆞ야 리상셔 부즁에 니르러 다만 약으로 다ᄉᆞ리고 다른 말은 못하더라'.
44) [교감] 여ᄌᆞ의 소임을 ᄒᆞ고져 ᄒᆞᄂᆞᆫ 고로 병셰룰 노ᄒᆞ니: 회동서관본 '녀ᄌᆞ의 도를 힝코ᄌᆞ ᄒᆞ니 병셰 날노 감셰 되니'.

형경이 천자에게 본색을 실토하다

니휘 티의롤 도라보니고 빅 가지로 상량(商量)호나 뭇츰니 남즈로 종신(終身)홀 게교(計巧) 업고, 영경이 겻틱셔 빗눈¹⁾ 말숨이며 스죄(謝罪)로 간쳥(懇請)호니, 인비셕목(人非石木)이라,²⁾ 졈졈(漸漸) 쯔줄 곳쳐 두어 달이 지난 후 병셰 쾌츠(快差)호니, 가듕(家中)의 영(令)을 나리외 큰 셜연(設宴)을 비셜(排設)호고 만조공경(滿朝公卿)을 다 쳥호니, 잇찌 히니(海內) 승평(昇平)호고 형경이 묘당디산³⁾으로 그 중병(重病)이 호리고,⁴⁾ 쏘 디연(大宴)호믈 듯고 빅뇨(百僚ㅣ) 일시의 모드니 수쳔(數千) 인이라. 휘 이날 머리의 즈금관(紫錦冠)을 쓰고 몸의 홍금포(紅錦袍)롤 입고 허리에 옥디롤 빗기고, 듕반⁵⁾을 마즈 작

---
1) [교감] 빗눈: 사재동B본 '비눈'.
2) [교감] 영경이 겻틱셔 빗눈 말숨이며 스죄로 간쳥호니 인비셕목이라: 회동서관본 '연경의 말이 이곳투니 인비목석이어든 엇지 고집호리오'.
3) 묘당디산: '묘당대신(廟堂大臣)'의 오기. [교감] 사재동B본 '묘당대신'.
4) 호리고: '낫고'의 옛말.
5) 듕반: '듕빈(衆賓)'의 오기. [교감] 사재동B본 '듕빈'.

츠(爵次)로 좌(座)룰 졍ᄒᆞ민, 존빈(尊賓) 졔공(諸公)과 기츠(其次) 빅관(百官)이 다 병츠(病瘥)ᄒᆞ말 치하(致賀)ᄒᆞ니, 휘 ᄉᆞ례 왈,

"국은(國恩)을 입숩고 열위(列位) 셩여(省慮)ᄅᆞᆯ 바다 싱도(生道)ᄅᆞᆯ 어더ᄂᆞ이다."

좌긱(座客)이 일시의 치하ᄒᆞᄂᆞᆫ 글을 올이니, 니휘 바다 좌우로 ᄒᆞ야곰 벽샹(壁上)의 둘너 븟친 후 눈을 드려 보기ᄅᆞᆯ 다ᄒᆞ고, 손ᄉᆞ(遜辭) 왈,

"미셰(微細)ᄒᆞᆫ 형경을 졔공이 이럿툿 표댱(表章)ᄒᆞ시니, 엇지 참괴(慙愧)치 아니리오."

드듸여 슐을 나와 두어 슌비(巡杯) 지나니, 뉴각뇌 소왈,

"니현휘 평싱 사ᄅᆞᆷ을 모호지 아니ᄒᆞ더니, 금일 졸연(猝然) 대연을 비셜ᄒᆞ니 아지 못게라. 무손 년괴(緣故) 잇난냐?"

샹셰 호련(忽然) 젹젹(慼慼)ᄒᆞ야 옥 갓튼 얼골의 거울 ᄀᆞᆺ튼 양목(兩目)으로죠츠 쌍누(雙淚) 두어 쥴을 나리와 답왈,

"학싱이 명되(命途ㅣ) 긔박(奇薄)ᄒᆞ야 유호(遺恨)ᄅᆞᆯ 면치 못ᄒᆞ야 쌍친(雙親)을 여희고, 외로온 ᄉᆞ졔(師弟)로 더부려 일신(一身) 샹의(相依)ᄒᆞ야 여려 츈츄(春秋)ᄅᆞᆯ 지닉니, 경물(景物)을 보면 슈호(愁恨)이 이려나고 잔을 잡으미 비회(悲懷) 간졀ᄒᆞᆫ 고로 능히 쥬셕(酒席) 비셜(排設)ᄒᆞᆯ 쥴을 모라더니, 니변의 병이 드려 싱도(生道)ᄅᆞᆯ 바라디 못ᄒᆞ엿더니, 니졔 졔공의 유렴(留念)ᄒᆞᄆᆞᆯ 힘입어 지싱(再生)ᄒᆞ니, 스ᄉᆞ로 댱슈(長壽)ᄒᆞᄆᆞᆯ 깃거ᄒᆞ야 열위(列位)ᄅᆞᆯ 쳥ᄒᆞ야 쥰(盞)을 날이고져 ᄒᆞ미라. 무슴 연괴 이ᄉᆞ리요?"

좌즁(座中)이 딕취(大醉)ᄒᆞ야 ᄌᆞ연 감창(感愴)ᄒᆞ더라.

---

6) 표장(表章): 좋은 성과를 내었거나 행실이 훌륭함을 세상에 널리 알려 칭찬함. 또는 그러한 일로 명예로운 증서나 훈장 따위를 줌.
7) 사제(師弟): 법계상 아우뻘인 사람.

휘 좌우(左右)로 ᄒᆞ야곰 영경을 부라니, 공ᄌᆡ(公子ㅣ) 승명(承命)ᄒᆞ야 의ᄃᆡ(衣帶)를 졍(正)히 ᄒᆞ고 나와 녜필(禮畢)ᄒᆞᆫ 후의 말셕(末席)의 안ᄌᆞ니, 푀일(飄逸)ᄒᆞᆫ 거동과 관옥(冠玉) ᄀᆞᆺ튼 용뫼(容貌ㅣ) 쇄락ᄒᆞ고 긔이쥰수(奇異俊秀)ᄒᆞ야 셩안(盛顔)이 아아(峨峨)ᄒᆞ고8) 단슌(丹脣)이 항홈(含紅)9)ᄒᆞ며 긔딜(氣質)이 늠늠ᄒᆞ고 풍치(風采) 양뉴(楊柳) ᄀᆞᆺ투니, 좌우 놀라고 사랑10) 왈,

"진짓 현후의 아이11)오, 시랑(侍郞)12) 소공ᄌᆡ(小公子)로다. 년긔(年紀) 멋치나 ᄒᆞ뇨?"

공ᄌᆡ(公子ㅣ) 피셕(避席) ᄃᆡ왈,

"셰상 아란 지 십ᄉᆞ 년이로소이다."

댱시랑이 나아오라 ᄒᆞ야 옥수(玉手)를 줍고 툰(歎) 왈,

"이형(李兄) 비록 기셰(棄世)ᄒᆞ엿시나 족히 셕(惜)지 아니리로다. 니상셰 쳥츈소년으로 봉후(封侯)의 부귀(富貴)를 밧고, 이 아희 긔골(氣骨)이 ᄯᅩᄒᆞᆫ 상셔의 아ᄅᆡ 되지 아니ᄒᆞ니, 엇지 아람답지 아니리요?"

인(因)ᄒᆞ야 니후ᄃᆞ려 왈,

"현휘 일죽 영졔(令弟)의 혼ᄉᆞ(婚事)를 갈힐진ᄃᆡ, 니게 더려온 녀ᄋᆡ(女兒ㅣ) 잇ᄉᆞ니 밋딍이 원낭(鴛鴦)의 아ᄅᆞᆷ다온 쌍을 일우미 엇더ᄒᆞ뇨?"

휘 딕(희)ᄒᆞ야 ᄉᆞ례 왈,

"노션ᄉᆡᆼ(老先生)이 만일 더려이 아니 넉이ᄉᆞ 어린 아우로써 동상(東床)13) 의탁(依託)ᄒᆞ실진ᄃᆡ, 그 은덕을 엇지 측냥(測量)ᄒᆞ리잇가?"

---

8) 아아(峨峨)하고: 위엄이 셩(盛)하고.
9) 항홈: '함홍(含紅)'의 오기. [교감] 사재동B본 '함홍'.
10) 사랑: '시랑(侍郞)'의 오기. [교감] 사재동B본 '시랑'. 회동서관본 '쟝시랑'.
11) 아이: '아우'의 방언.
12) 시랑(侍郞): 여기서는 이형경의 부친 '이시랑'을 일컬음.
13) 동상(東床): 남의 새 사위를 높여 이르는 말.

당공(張公)이 되희ᄒᆞ야 언약 굿게 ᄒᆞ니, 어ᄉᆞ(御使) 박홍과 예부시등(禮部侍中) 위셩몽14)이 다 이후(李侯)로 쥭마붕우(竹馬朋友)라. 이에 소왈,

"현휘(賢侯ㅣ) 역시 취쳐(娶妻) 이닌15) 공물(貢物)노쎠 엇지 아오롤 몬져 졍혼(定婚)ᄒᆞ나뇨?"

　휘 답소(答笑) 왈,

"나는 본되 삼십 후 취쳐ᄒᆞ려 ᄒᆞ나니, 이십 셰의 혼인이 엇지 이라지 아니리오?"

　위시등 왈,

"그리면 영졔(令弟)도 ᄉᆞ십 후 취쳐ᄒᆞ라."

　샹셰(尙書ㅣ)16) 답왈,

"ᄉᆞ룸의 마음이 다 각각이라. ᄉᆞ졔(師弟)는 졍히 날 곳지 아닌다라. 틱일(擇日)ᄒᆞ야 금년이라도 셩혼(成婚)케 ᄒᆞ련도다."

　상셔 당연이 참지 못ᄒᆞ야 소왈,

"그리면 아아17)를 몬져 셩혼ᄒᆞ고 형이 나종의 취쳐ᄒᆞ면 션후(先後)도 축(倒錯)지 아니랴?"

　휘 왈,

"권도(權道)18)로 일을 힝(行)ᄒᆞ미라. 죠(고)만 예졀(禮節)이 츌입(出入)ᄒᆞ나 허물이 업셔시니, 션인(先人)의 교훈(敎訓)이라. 관계치 아니니라."19)

---

14) [교감] 위셩몽: 사재동B본 '위성용'.
15) [교감] 취쳐 이닌: 사재동B본 '취쳐 아닌'. 회동서관본 '취쳐치 아니코'.
16) 샹셔(尙書): 여기서는 '이형경'을 일컬음.
17) 아아: '아이'의 방언. [교감] 회동서관본 '계씨(季氏, 다른 사람의, 남동생을 높여 이르는 말)'.
18) 권도(權道): 목적을 달성하고자 그때그때 형편에 따라 임기응변으로 일을 처리함.
19) [교감] 권도로 일을 힝ᄒᆞ미라 죠만 예졀이 츌입ᄒᆞ나 허물이 업셔시니 션인의 교훈이라 관계치 아니니라: 회동서관본 '미시 권되 잇ᄂᆞ니 무슴 허물이 잇ᄉᆞ리오'.

모다 그 쳥졀(清絶)호믈 칭춘호되, 오직 쟝상셔는 호곳 어린[20] 스룸곳치 니후를 바라볼 싸룸이오, 쥬식(酒食)을 이졋더라.[21]

이날 쇼년 명수들이 춤츄고 노라 부라되니, 휘 홀노 옥비(玉杯)를 단순(丹脣)의 졉(接)호야 거우로미 업스며, 인인(人人)이 춤츄라 권호되 종(從)치 아니호고, 노리 부르르 호나 종시(終是) 응(應)치 아니호거날, 졔긱(諸客)이 지삼(再三) 권호니, 샹셰 답왈,

"노릭 부룰 줄 모루노라."

호고, 옛날 가수(歌詞)를 몰게 을퍼 곡조를 굿초니, 가셩(歌聲)이 완젼(完全)호야 버들 우희 쇠소리 소리며 화지(花池)예 잉뮈(鸚鵡ㅣ) 말호는 듯 옥셩(玉聲)이 낭낭(朗朗)호야 이원(哀怨)호고 쳐량(凄涼)호니, 좌위(左右ㅣ) 칭춘 안이호리 업더라. 모두 무심(無心)호되 홀노 쟝상셔 이후(李侯)의 벼슬 부리고 물너날 쥴 알더라.

셔양(夕陽)의 파연(罷宴)호니 졔긱이 훗터질시, 니휘 좌(座)의 나아가 존을 줍고 눈물을 흘여 오열(嗚咽)호다가 날호여[22] ᄀᆞ로되,

"학성이 년긔(年紀) 소년으로 댱녹(爵祿)이 분(分)의 과(過)호고, 드르이 흥진비릭(興振悲來)요 고진감니(苦盡甘來)라 호니, 학성이 연긔 소연(少年)의 이 벼슬이 죡호 줄을 아지 못호고 댱녹을 탐호면, 샹쳔(上天)이 죄룰 니리오실지라.[23] 조만(早晚)의 이 벼슬을 부리고 깁히 은거(隱居)호랴 호나니, 오날날 즐기던 일이 춘몽(春夢)이 될 거시니, 엇지 늣겁지[24] 아니리오? 비록 지하(地下)의 도라가나 열위 존인(尊人)의 지극호던 졍을 엇지 이즈며, 황야(皇爺)의 은틱을 밧드려 뫼올

---

20) 어린: 황홀감이나 상심 등으로 인해 얼떨떨한.
21) [교감] 오직 쟝상셔는 호곳 어린 스룸곳치 니후를 바라볼 싸룸이오 쥬식을 이졋더라: 회동서관본 '쟝후는 짐작호는 비라 어린 듯호야 리후를 도라볼 ᄯᆞ름이러라'.
22) 날호여: '느리게'의 옛말.
23) [교감] 니리오실지라: 사재동B본 '누리실지라'.
24) 늣겁지: '느껍지'. '어떤 느낌이 마음에 북받쳐서 벅찬'의 옛말.

날이 끈쳐지니, 엇지 슬푸지 아니리오? 명일의 표(表)를 올녀 ᄉ직(辭職)ᄒᆞ리니, 졔공(諸公)은 학ᄉᆡᆼ을 위ᄒᆞ야 셩샹(聖上)긔 벼ᄉᆞᆯ ᄀᆞᄅᆞ주심을 알외면 소졔(小弟) 몸이 ᄆᆞᆺ도록 군형(群兄)의 셩은(盛恩)을 명심(銘心)ᄒᆞ리이다."

졔빈(諸賓)이 경아(驚訝) 왈,

"현휘 바야흐로 당연(壯年)이오, 국가 공신으로 쟝녹(爵祿)이 외롭치 아니커날, 엇지 폐죡(廢爵)ᄒᆞ라 ᄒᆞ시ᄂᆞ뇨?"

휘 아람다온 얼골의 슬푼 빗츨 ᄯᅴ여 ᄎᆞ툰(嗟歎) 왈,

"희희(喜喜)라, 말솜이여! 학ᄉᆡᆼ인들 무고(無故)히 쳥츈(靑春)의 당녹(爵祿)을 헌신ᄀᆞ치 ᄇᆞ리고져 ᄒᆞ리오마는 부득이 ᄒᆞ미라. 임의 ᄯᅳ줄 졍ᄒᆞ미 모든 말솜이 이ᄀᆞᆺᄒᆞ나 밋지 못ᄒᆞ리로소니다.25) 아지 못게라. 금일 졔공을 니별(離別)ᄒᆞ니, ᄒᆞ일ᄒᆞ시(何日何時)의 다시 뵈오리오. 두리건듸26) 두 변 만날 날이 업고 두 변 즐길 날이 업슬가 ᄒᆞ흡ᄂᆞ이, 일만 변 바라나니 졔공ᄃᆡ신(諸公大臣)과 모든 빅관(百官)은 공명(功名)을 죽빅(竹帛)27)의 드리오고, 형경의 나죵 업ᄉᆞ물 효측(效則)ᄒᆞ지 마라소셔."28)

도로29) 졔붕(諸朋)다려 왈,

"셕일(昔日)의 소졔(小弟) 연형으로 더부려 관표(管鮑)의 지음(知音)이러니, 소졔(小弟) 불ᄒᆡᆼ(不幸)ᄒᆞ야 환노(宦路)의 ᄯᅳ지 업셔 물너나민 연형으로 더부려 니별(離別)ᄒᆞ니, 다시 모들 날이 없ᄂᆞ듸라. ᄇᆞ라나니

---

25) [교감] 임의 ᄯᅳ줄 졍ᄒᆞ미 모든 말솜이 이ᄀᆞᆺᄒᆞ나 밋지 못ᄒᆞ리로소니다: 회동서관본 '임의 ᄯᅳᆺ을 졍ᄒᆞ얏ᄉᆞ오니 엇지ᄒᆞ리오'.
26) 두리건듸: '두려워하건대'의 옛말.
27) 죽백(竹帛): 서적. 그중에서도 역사를 기록한 책. 종이가 발명되기 전에는 대쪽이나 헝겊에 글을 기록해서 생긴 말이다.
28) [교감] 형경의 나죵 업ᄉᆞ물 효측ᄒᆞ지 마라소셔: 회동서관본 '현경의 ᄉᆞ직홈을 본밧지 마ᄋᆞ소셔'.
29) [교감] 도로: 회동서관본 'ᄒᆞ고'.

계형(諸兄)은 스군슐인30)의 츙효(忠孝)를 혼결ᄀᆞ치 닥고, 옛놀 교유(交遊)ᄒᆞ던 소졔도 잇지 말나."

 셜푸(說罷)의 쩌날시 너룬 스미로 낫츨 ᄀᆞ리오고 크게 슬허 유쳬(流涕)ᄒᆞ니, 말근 눈물이 쌍쌍(雙雙)ᄒᆞ야 금포(錦袍)의 이음츳ᄂᆞ지라,31) 졔긱(諸客)이 불승경아(不勝驚訝)ᄒᆞ야 조흔 말솜으로 위로ᄒᆞ고 모다 그 ᄂᆡ력(來歷)은 모르ᄃᆡ, 져의 슬허ᄒᆞ물 보고 감동ᄒᆞ야 눈물을 흘이더라.

 임의 일모셔손(日暮西山)ᄒᆞᄆᆡ 일시(一時)의 각각 훗터질시 니휘 ᄇᆡ별(拜別)ᄒᆞᄆᆡ, 당상셰 이후(李侯) 슬허ᄒᆞ물 보고 ᄯᅩᄒᆞᆫ 의심ᄒᆞ되,

 '졔 본ᄃᆡ 셩졍(性情)니 밍열(猛烈)ᄒᆞ니 ᄎᆞ마 녀복(女服)을 못ᄒᆞ야 ᄌᆞᄉᆞ(自死)32)ᄒᆞ야 눈쳐(難處)ᄒᆞ물 모라고져 ᄒᆞᄆᆡᆫ가?'

 놀나 임별(臨別)의 후(侯)의 손을 줍고 팔을 어라만져 이로ᄃᆡ,

 "현형아, 명일의 소졔(小弟ㅣ) 다시 올 거시니, 가듕(家中)의 연괴(緣故ㅣ) 업ᄂᆞ냐?"

 휘 손을 부리고 왈,

 "ᄂᆡ일 연괴 업ᄉᆞ면 형을 쳥(請)ᄒᆞ리라."

 혼ᄃᆡ, ᄃᆞ휘 믁연(默然)이 노랴가다.

 휘 빈긱(賓客)을 보ᄂᆡ고 ᄂᆡ당(內堂)의 드려와 난간을 두다려 통곡ᄒᆞ물 ᄭᅢ닷지 못ᄒᆞ거날, 영경이 ᄌᆡ삼(再三) 관우(寬慰)ᄒᆞᄃᆡ,33) ᄇᆞ야흐로 눈물을 거두고 탄왈(歎曰),

 "가히 앗갑도. 즐기미 오날ᄲᅮᆫ이로다!"

 ᄒᆞ더라.

---

30) 스군슐인: '스군스친(事君事親)'의 오기. [교감] 사재동B본 '스군스친'.
31) 이음츳ᄂᆞ지라: 줄줄이 이어지는지라.
32) [교감] ᄌᆞᄉᆞ: 회동서관본 '자쳐(自處)'.
33) [교감] 관우ᄒᆞᄃᆡ: 사재동B본 '위로ᄒᆞᄃᆡ'.

명일 상셰 조복(朝服)을 곳치고 거울을 드려 얼골을 빗최미, 은은흔 지샹(宰相)의 골격(骨格)이 잇눈지라. 니휘 옥디(玉帶)를 어라만져 툰식ᄒᆞ믈 긋치지 아이ᄒᆞ고, 표(表)를 지어 ᄉᆞ미[34]에 너코 궐하(闕下)의 이라러 쳔ᄌᆞ(天子)긔 드리니, 샹이 보시미 갈ᄋᆞᄉᆞ디,

"디원슈 겸 쳥주후 병부샹셔 티학ᄉᆞ 소신(小臣) 이형경은 돈수뵉비(頓首百拜)ᄒᆞ고 일만(一萬) 변 죽으믈 무롭써 감히 주샹(主上) 폐하긔 표를 올니ᄂᆞ이다. 소신은 본디 규즁(閨中)의 수션(修繕) 다ᄉᆞ리ᄂᆞᆫ 여지라. 신의 아비 일죽 죽ᄉᆞ오니 가산(家産)이 훗터디고, 어린 오라비 숨 셰 넘지 못흔지라. 신의 나히 오히려 십 셰라. 죽은 부모의 영구(靈柩)로써 당ᄎᆞᆺ(將次) 션영(先塋)의 도라가기를 브ᄅᆞ디 못ᄒᆞ고 쳔ᄉᆞ만샹(千思萬想)ᄒᆞ미, 부득이[35] 여힝(女行)을 바리고 여화위남(女化爲男)ᄒᆞ와 부모의 샹ᄉᆞ(喪事)을 다ᄉᆞ려 숨 연을 지니미, 어린 ᄆᆞ음의 긋칠 줄을 아지 못ᄒᆞ고 또흔 외로이 쳐(處)ᄒᆞ미 강포(强暴)흔 ᄉᆞ롬의 겁측을 두려 범ᄉᆞ(凡事)를 남ᄌᆞ로셔 ᄒᆞᆸ더니, 폐국(弊國)[36]의 인지(人才) ᄲᅢ시믈 듯줍고 경과(慶科)[37]를 귀경ᄒᆞ야 요힝(僥倖)으로 ᄎᆞᆷ방(參榜)ᄒᆞ야 용문(龍門)[38]의 오ᄅᆞ죽 문호(門戶)를 보젼(保全)홀가 ᄒᆞ와 참예(參預)ᄒᆞ엿ᄉᆞᆸ더니, 쳔은(天恩)이 망극ᄒᆞ와 금방(金榜)의 올나 옥당(玉堂)의 츙수(充數)ᄒᆞ온지라. 인ᄒᆞ야 폐하의 듕(重)히 쓰시믈 입ᄉᆞ와 조고만 공(功)으로 벼슬이 각노(閣

---

34) ᄉᆞ미: '소매'의 방언.
35) [교감] 죽은 부모의 영구로써 당ᄎᆞᆺ 션영의 도라가기를 브ᄅᆞ디 못ᄒᆞ고 쳔ᄉᆞ만샹ᄒᆞ미 부득이: 회동서관본 '부모 숨상을 례로 지닐 길이 업ᄉᆞ와 쳔만 혼탄ᄒᆞ옵다가 마지못ᄒᆞ와'.
36) [교감] 폐국: 사재동B본 '폐하(陛下)'.
37) 경과(慶科): 나라에 경사가 있을 때, 이를 기념하고자 연 과거.
38) 용문(龍門): 중국 황허강 중류의 여울목. 잉어가 이곳을 뛰어오르면 용이 된다는 전설이 있다. 이에 어려운 관문을 통과하여 크게 출세함을 등용문이라 하였다.

老)의 이라고 부귀(富貴) 공후의 모쳠(茅簷)³⁹⁾ᄒᆞ니,⁴⁰⁾ 엇지 외람(猥濫)치 아니며 황감(惶感)치 아니리잇가? 주고(自古)로 사람이 족(足)ᄒᆞᆫ 줄을 아지 못ᄒᆞ면 쳔앙(天殃)이 나리ᄂᆞ니, 신이 셰상을 ᄉᆞ긴 지 십 연 밧기라. 녀ᄌᆞ의 몸으로 영총(榮寵)과 쟉녹(爵祿)이 이럿툿 ᄒᆞ고 엇지 쳔앙이 업ᄉᆞ릿가? 두리오믈 이긔디 못ᄒᆞ와 스스로 물너나고져 ᄒᆞ오나, 감히 셩총(聖聰)⁴¹⁾을 긔망(欺妄)치 못ᄒᆞ올 거시라. 솜가 졍으로⁴²⁾ 상달(上達)ᄒᆞ옵고, 디ᄉᆞ마 쳥쥐후 금인(金印)과 병부상셔 병부(兵符)와 티학ᄉᆞ 관면(冠冕)⁴³⁾을 드리고 궐하(闕下)의셔 기다리옵ᄂᆞ니다.⁴⁴⁾ 앙우쳔쳥⁴⁵⁾ᄒᆞ소셔."

ᄒᆞ엿더라.

상이 보시기ᄅᆞᆯ 다ᄒᆞ시매 ᄃᆡ경(大驚)ᄒᆞ사 셔안(書案)을 치시며 왈,

"셰상의 이런 일이 어듸 잇ᄉᆞ리오?"

다시 잡아 보시고 탄왈,

"놀납고 아람답다, 형경의 일이여! 소소(小少) 녀ᄌᆡ(女子ㅣ) 엇지 이런 담약(膽略)이 잇듯던고? 짐이 맛당이 표댱(表章)ᄒᆞ야 ᄯᅩ흔 위로ᄒᆞ리라."

ᄒᆞ시고 즉시 비답(批答)⁴⁶⁾ 왈,

---

39) 모쳠(茅簷): 초가지붕 처마. 여기서는 '(처마처럼) 높았다'는 의미다.
40) [교감] 공후의 모쳠ᄒᆞ니: 회동서관본 '공후에 놉핫ᄉᆞ오니'.
41) 셩총(聖聰): 임금의 총명.
42) [교감] 졍으로: 회동서관본 '진졍을'.
43) 관면(冠冕): 갓과 면류관. 벼슬아치를 비유하는 말. 여기서는 '태학사가 쓰는 관모'를 일컫는다.
44) [교감] 기다리옵ᄂᆞ니다: 사재동B본 '죄을 기ᄃᆞ리옵ᄂᆞ니'.
45) 앙우쳔쳥: '우러러 임금의 건강을 기원한다'는 '앙우쳥젼(仰祐天晴)'인 듯함.
46) 비답(批答): 상소에 대한 임금의 답변.

"경의 아람다온 소〈(疏辭)⁴⁷⁾룰 술피니, 일즉 놀납고 칭춘(稱讚)
ㅎ눈 부눈 경의 규듕약딜(閨中弱質)노 십여 연 남장을 ㅎ되 쳔히(天下
ㅣ) 모라믈 툰식(歎息)ㅎ나니, 고금을 의논(議論)ㅎ미 경 굿툰 지(者
ㅣ) 몇 亽롬이 잇나뇨? 당(壯)ㅎ 농밍(勇猛)은 목눈(木蘭) 염파(廉頗)
와 마완(馬援)의 지지 아니ㅎ고, 또 겸ㅎ야 문필(文筆)이 쌍젼(雙全)ㅎ
야 옥당의 휘필(揮筆)ㅎ미 농시비등(龍蛇飛騰)ㅎ고, 적진(敵陣)의 나
이가면 상장(上將)의 머리 버히기롤 손두협⁴⁸⁾굿치 ㅎ고, 군병(軍兵)
을 거나려 젹병(敵兵)을 당(當)ㅎ면 주아부(周亞夫)⁴⁹⁾의 명풍(名風)
잇고, 각듕(閣中)의 츔예ㅎ면 와룡(臥龍)의 지나미 잇셔, 짐을 섬긴 디
팔 연의 출장입샹(出將入相)ㅎ야 그윽혼 도젹(蹈跡)과 낫타눈 호공풍
젹⁵⁰⁾ 묘당(廟堂)의 진동ㅎ니, 짐이 앗기믈 수죡(手足)굿치 ㅎ고 亽랑
ㅎ믈 골육(骨肉)굿치 ㅎ야, 틱즈(太子)난 두어 날 보지 못ㅎ여도 죡히
견디되, 경(卿)은 하로만 보지 못ㅎ면 쳔추(千秋)굿치 넉여, 익궁(掖
宮) 니직(內閣)의 당변(長番)ㅎ야 조모(朝暮) 좌우에 두나, 경이 급암
(汲黯)⁵¹⁾의 졀족(節操)⁵²⁾을 겸ㅎ야 심(心)으로 짐이 亽랑ㅎ눈 듕(中)
또혼 공경ㅎ더니, 니졔 여화위남(女化爲男)ㅎ엿던 말과 남화위여(男
化爲女)ㅎ눈 소亽(疏辭)롤 보니, 짐니 써곰 좌우수죡(左右手足)을 일흔
듯혼지라. 남장ㅎ미 여즈의 쓰지 크고 긔특ㅎ믈 탄복ㅎ나니, 엇디 죄
잇亽리오? 다만 병부상셔(兵部尙書) 딕亽마(大司馬)눈 아녀즈(兒女子)

---

47) 소사(疏辭): 상소한 글.
48) 손두협: '손을 뒤집다', 곧 '아주 쉽다'는 뜻인 듯함.
49) 주아부(周亞夫): 중국 한나라 때 장군. 문제 때 흉노가 침략했는데 이를 세류에서 방어해
문제의 총애를 받았다.
50) 호공풍젹: '뛰어나고 많은 공적'을 뜻하는 '호공풍적(豪功豊積)'인 듯함. [교감] 단국대본 '효
공츅적'.
51) 급암(汲黯): 전한 무제 때의 정치가. 황제의 명령서를 고쳐 이재민을 구휼했으며, 무제의
잘못을 고치도록 직언하여 무제가 그를 두고 '사직을 지탱하는 신하'라 칭송하였다.
52) 절족(節族): 골육 관계인 집안 식구. '결조(節操, 절개와 지조)'의 오기로 볼 수도 있다.

의 소임(所任)이 아니라 인(印)을 거두려이와, 경이 비록 여지ᄂᆞ 젼공(戰功)이 듕(重)ᄒᆞ니 본직(本職) 쳥쥬후 금인(金印)을 도로 나리오나니 부귀룰 누리고, 퇴학ᄉᆞ룰 번(番)드려 단니지 아니ᄒᆞ나 졀족명(絶足命)53)을 ᄯᅩ흔 거두지 아니ᄒᆞ나니, 관면(冠冕)을 ᄀᆞ지고 안심ᄒᆞ야 기리 후직(侯職)을 안함(安舍)54)ᄒᆞ라."55)

상셔 보기룰 못ᄎᆞᄆᆡ 셩은(聖恩)을 감동ᄒᆞ나 외람(猥濫)홈으로써 ᄉᆞ양ᄒᆞ야,

"쳥쥐후와 퇴학ᄉᆞ을 거두소셔."

상소ᄒᆞᄃᆡ, 상이 다시 조셔(詔書)룰 나리와 위루56)ᄒᆞ고 유화(宥和)57)ᄒᆞᄉᆞ 그 ᄆᆞ음을 위로(慰勞)ᄒᆞ시고, 니시(內侍)로 ᄒᆞ야곰 쳥쥐후 금인과 퇴학사 관면을 보니ᄉᆞ 지슘 젼(傳)ᄒᆞ시니, 휘 쳔은(天恩)이 망극ᄒᆞ믈 ᄉᆞ비ᄉᆞ은(四拜謝恩)ᄒᆞ고 눈물을 흘녀 니시다려 왈,

"부덕(不德)흔 몸으로 다시 셰상을 소기고 음양을 밧곤 죄닌(罪人)이여날 황야(皇爺)의 셩덕(聖德)이 여ᄎᆞᄒᆞ시니, 일만 번 죽ᄉᆞ오나 엇지 폐하의 셩은(聖恩)을 이즈리오? 더욱 규듕(閨中)의 깁히 드려 견마(犬馬)의 졍셩(精誠)을 못 볘푸믈 슬허ᄒᆞ나니, 아지 못게라 어나 시예 다시 용안(龍顏)을 뵈오릿가?"

말노좇ᄎᆞ 쳑쳑(慽慽)흔 거동(擧動)이 옥셕(玉石)이 감동홀 듯ᄒᆞ니,

---

53) 절족명(絶足命): '부절족명(不絶足命, 발길을 끊지 말고 왕래하라는 명령)'의 오기인 듯함.
54) 안함(安舍): 편안하게 누림. [교감] 단국대본 '안향(安享)'. 회동서관본 '안령(安寧)'.
55) [교감] 다만 병부상셔 디사마는 아녀즈의 소임이 아니라 인을 거두려이와 경이 비록 여지ᄂᆞ 젼공이 듕ᄒᆞ니 본직 쳥쥬후 금인을 도로 나리오나니 부귀룰 누리고 퇴학스룰 번드려 단니지 아니ᄒᆞ나 졀족명을 ᄯᅩ흔 거두지 아니ᄒᆞ나니 관면을 ᄀᆞ지고 안심ᄒᆞ야 기리 후직을 안함ᄒᆞ라: 회동서관본 '대ᄉᆞ마 이부상셔는 녀즈의 쇼임이 아니시고로 인슈를 거두려니와 녯날 문장과 공후는 등한치 아니 쳥쥬후와 퇴학ᄉᆞ 인슈는 도로 쥬ᄂᆞ니 부귀를 누리고 관면을 씌여 짐의 ᄉᆞ모ᄒᆞᄂᆞᆫ 뜻을 져바리지 말고 ᄉᆞ직을 안령케 ᄒᆞ라'.
56) 위루: '위무(慰撫)'의 오기인 듯함. [교감] 단국대본 '위곡'.
57) 유화(宥和): 상대를 용서하고 사이좋게 지냄.

틱감(太監)58)이 칭찬 왈,

"어지다, 현후의 그 츙효(忠孝) 이럿툿 ᄒ시도다!"

ᄒ고 드려가 상긔 알외니, 상이 더옥 감동ᄒ고 긔특이 넉이스,

"비록 츌스(出仕)ᄒ지 아니나 범스(凡事)룰 여나59) 빅관(百官)ᄀ치 ᄒ라."

ᄒ시니, 이휘(李侯ㅣ) 조셔룰 밧ᄌ와 병부(兵部)와 디스마(大司馬) 인(印)을 드리고, 젼쥐후 금인을 거두어 빗기 ᄎ고 홍포옥디(紅袍玉帶)와 상노아60) 홀(笏)을 도로 밧ᄌ와 추종(騶從)을 거나리고 격거사마(翟車駟馬)로 집의 도라오니, 일노(一路)의 광치(光彩) 시롭거날, 인인(人人)니 칭춘 왈,

"남ᄌ(男子)로 잇실 졔 빅뇨(百僚)의 읏듬이요, 본식(本色)이 나타나 오히려 틱학스 관면과 공후의 존귀(尊貴)ᄒ물 완젼(完全)ᄒ야 부귀 ᄒ미 혼결ᄀ투니, 엇던 영웅(英雄)과 벼슬 ᄀᄒ 스람이 후(侯)의 쪽이 될고?"

ᄒ더라.

니휘 집의 드려와 툰식ᄒ물 무지아니ᄒ고, 바로61) 벼솔이 예와 갓타나 님의 여ᄌ 되어논지라, 츄종과 아역(衙役)62)을 분부(分付)ᄒ야,

"빅여(百餘) 인(人)식 변(番)드려 문(門)만 직희라."

ᄒ고, ᄯ 가졍(家丁) 복부(僕夫)63)룰 ᄒ령(下令) 왈,

"아모 스람이나 와도 니 명(命) 업시 드리지 몰나."

---

58) 틱감(太監): 환관의 우두머리.
59) 여나: '여느'의 방언.
60) 상노아: '상아(象牙)'인 듯함. [교감] 사재동B본 '사모아'. 회동서관본 '사모옥'.
61) 바로: '비록'의 오기. [교감] 사재동B본 '비록'.
62) 아역(衙役): 수령이 지방 관아에서 사사롭게 부리던 사내종.
63) 복부(僕夫): 종으로 부리는 남자.

분부ᄒᆞ기ᄅᆞᆯ 맛고64) 이후(以後)ᄂᆞᆫ 폐문불츌(閉門不出)ᄒᆞ야 문(門)이 도 보지 아니ᄒᆞ더라.

이ᄣᅢ의 만조ᄇᆡᆨ관(滿朝百官)이 이형경의 근본을 듯고 ᄃᆡ경(大驚)치 아니리 업고, 각노(閣老) 진손65)은 듯고 셔안(書案)을 쳐 탄왈,

"국가의 쥬셕(柱石)66)이 업고 조졍(朝廷)의 직인(直人)이 업고 초야(草野)의 ᄉᆞ히지닉(四海之內)에 인ᄌᆡ(人才)가 업셔시니, 일노 좃ᄎᆞ 아국(我國) ᄃᆡ명(大明)의 명분(名分)과 츙양(忠良)이 쇠(衰)ᄒᆞ지라. 조졍의 불ᄒᆡᆼ(不幸)이 형경의게 더ᄒᆞ도다."

인ᄒᆞ야 망연(茫然)이 눈물을 흘이니, 그러미 나라의 어진 신ᄒᆞ가 집집이 업단 말이 올호미려다.

젼 한님(前翰林) 엄싱은 듯고 크게 깃거 왈,

"이졔야 나의 ᄯᅳ즐 페리로다."

ᄒᆞ니, 진실노 이상셔의 츙직(忠直)과 문ᄌᆡ(文才)을 알이려.67)

---

64) 맛고: '마치고'.
65) [교감] 진손: 회동서관본 '유각노'.
66) 주셕(柱石): 가장 중요한 자리인 인물이나 가장 중요한 구실을 하는 사람을 비유하는 말.
67) [교감] 알이려: 사재동B본 '알니러라'.

형경이 장연의 청혼을 거절하다

어시(於是)예 상셔 댱연이 조보(朝報)[1]룰 듯고 비로소 유모의 말이 진젹(眞的)ᄒ던 줄 씨다라 셰셰(細細)히 상양(商量)ᄒᄆᆡ 심신(心身)이 황홀ᄒ야 아모라타 못홀너라. 부모 졔형(諸兄)으로 더부려 상양ᄒᄆᆡ 시랑이 이로ᄃᆡ,

"져의 오라비 나히 어리고, ᄯᅩᄒᆞᆫ 이학시 규듕쳐지(閨中處子ㅣ) 아니라 공후디신이니, 네 글시로 그 ᄯᅳᆮ즐 보미 가(可)하다. 하말며 졔 샹시(常時) 널노 더부려 지극혼 교도(交道)로 ᄌᆡ모(才貌)와 연긔(年紀) 샹덕(相敵)ᄒᆞ이 혼시(婚事ㅣ) 되지 못홀가 근심은 업ᄉᆞ리라."

상셰 슈명(受命)ᄒ야 나오니, 양(兩) 형이 소왈,

"ᄉᆞ뎨(師弟) 무ᄉᆞᆫ 복(福)으로 요조슉여(窈窕淑女)와 원융공후(元戎公侯)[2] 겸혼 ᄃᆡ댱(大將) 부인을 어드려 ᄒᆞ나뇨? 두리건ᄃᆡ 네 ᄯᅳᆮ과 갓

---
1) 조보(朝報): 승정원에서 처리한 일을 매일 기록하여 반포하던 관보.
2) 원융공후(元戎公侯): 군사의 우두머리를 지낸 공후.

치 슌(順)티 못홀가 ᄒᆞ노라."

연이 답소 왈,

"형댱(兄丈)이 엇지 대ᄉᆞ(大事)의 불길(不吉)ᄒᆞᆫ 물을 ᄒᆞ야 쇼뎨(小弟) 심간(心肝)을 농(弄)ᄒᆞ시나뇨?"

모다 셔로 웃더라.

샹셰 졍신을 가다듬아 마음을 진졍ᄒᆞ고 일변 일봉셔(一封書)를 닷가 이후부듕(李侯府中)의 보니니, 입변(立番) 슈문댱(守門將)이 바다 ᄎᆞᄎᆞ(次次) 드려 ᄂᆡ관(內官)이 바다 학ᄉᆞ(學士) 안샹(案上)의 올니니, 학ᄉᆡ 바다 셔안(書案)의 노코 이윽히 침음(沈吟)ᄒᆞ야 ᄯᅥ여 보지 아니ᄒᆞ거ᄂᆞᆯ, 공지(公子ㅣ) 상(床) 가의 뫼셔다가 문왈,

"형이 무슴 연고(緣故)로 깃거 아니시나뇨?"

샹셰 답지 아니ᄒᆞ고 ᄂᆡ호여 ᄀᆡ간(開簡)ᄒᆞ니, 기셔(其書)의 왈,

"댱연은 돈슈ᄌᆡ비(頓首再拜)ᄒᆞ고 삼가 셔간(書簡)을 닷가 쳥쥬후 니학ᄉᆞ ᄉᆞᆼ하(床下)3)의 올이나이다. 슬푸다! 옛놀 듁마붕우(竹馬朋友)로 동연동관(同年同官)을 ᄒᆞ야 관포의 지긔를 비고4) 뉴관댱(劉關張)5)의 ᄒᆞᆫ날 죽지 아니믈 앗기며, 너 주면 나도 주고 일방(一房)6)의 동쳐(同處)ᄒᆞ여 믹믹권권(脈脈拳拳)7)ᄒᆞᆫ ᄯᅳ지 오륜(五倫)의 들을8) 겸ᄒᆞ고 삼강(三綱)의 ᄒᆞ나헐9) 참예(參預)ᄒᆞ엿더니, 쳔만쳔만(千萬千萬) 몽미(夢寐) 밧 군휘(君侯ㅣ) 규방 가온ᄃᆡ 여학ᄉᆞ(女學士) 되다 ᄒᆞ니, 소뎨(小弟)로 ᄒᆞ야곰 간담(肝膽)이 무여지ᄂᆞᆫ 닷 하10) 황홀ᄒᆞ니 아모라타

---

3) [교감] ᄉᆞᆼ하: 회동서관본 '좌하(座下)'.
4) [교감] 비고: 사재동B본 '비호고'.
5) 유관장(劉關張): 『삼국지연의』에 나오는 유비, 관우, 장비.
6) [교감] 일방: 회동서관본 '한 부중'.
7) [교감] 맥맥권권(脈脈拳拳): 서로 뜻이 통하고 참된 마음으로 정성스럽게 지킴.
8) 들을: '둘을'의 오기. [교감] 사재동B본 '둘을'.
9) [교감] ᄒᆞ나헐: 사재동B본 'ᄒᆞᄂᆞ흘'.
10) 하: 매우. 몹시.

못ᄒᆞᆫ 둥, ᄯᅩᄒᆞᆫ 탄식ᄒᆞᄂᆞᆫ 바ᄂᆞᆫ 현후(賢侯)로 ᄒᆞ야곰 깁히 지음(知音)을 일허시믈 슬허ᄒᆞ미라. 하날을 우려려 품슈(稟受) 그릇토 불원(發怨)ᄒᆞ믄 현후의 우화지모11)와 댱강듸히(長江大海) 갓튼 지조는 이르도 몰고, 젹진(敵陣)의 나아가 갑쥬(甲胄)를 ᄀᆞᆺ초고 창검(槍劍)을 춤추며 활을 메고 말을 달이는 여지(女子ㅣ) 고금(古今)을 혜아리나 그 둘이 업건마는, 엇지 이련 지조로 남지 되디 못ᄒᆞ야 십 연(十年) 공명(功名)이 그림의 쩍이 되고, 소계(小弟)로 ᄒᆞ야곰 독졍ᄒᆞ고12) 조우(遭遇)ᄒᆞᆫ 디긔(知己)를 일케 ᄒᆞ나뇨?

셰셰(細細)히 싱각ᄒᆞ고, ᄒᆞᆫ 변 밥 먹을 졔 여려 변 탄식ᄒᆞ고, ᄒᆞᆫ 변 줌줄 졔 셰 번 늣겨 인(因)ᄒᆞ야 혜아리미, 이 ᄯᅩᄒᆞᆫ 쳔명(天命)인가 경희(驚喜)ᄒᆞ믈 씨돗지 못ᄒᆞ야 어린 소견으로써 알외나니, 바르건디 쾌허(快許)하야 당초(當初)의 현후로 더부려 붕우의 디긔(知己)되믈 헛되지 마라소셔. 슷밧싀 현후는 규듕쳐지(閨中處子)요 연은 외간남지(外間男子)라, 니외(內外) 격(隔)ᄒᆞ미 만이(萬里) 갓타야 못춤니 지음(知音)을 완전키 어려온지라. 이들오온 ᄆᆞ음이 방촌(方寸)의 가득ᄒᆞ니, 만일 현휘 님의 동교(東郊)13)의 글14)을 을푸미 업고,15) 니 ᄯᅩᄒᆞᆫ 남교(南橋)의 슉여(淑女)16)를 만나지 못ᄒᆞ여시니, 만일 여려 지조와 ᄒᆞᆫ쳔(寒賤)ᄒᆞᆫ 문호(門戶)를 념(厭)아이 넉일진디 기리 관져지낙(關雎之樂)17)을 쳔만(千萬) 바라나니 즐겨 혀(許)ᄒᆞ시라. 현휘 허하시미 이시

---

11) [교감] 우화지모: 사재동B본 '옥화지모(玉華之貌)'.
12) 독졍ᄒᆞ고: '유독 졍해놓고'라는 뜻의 '독졍(獨定)하고'인 듯함. 단국대본 '득졍ᄒᆞ고'.
13) [교감] 동교: 회동서관본 '도요(桃夭, 쳐녀가 나이로 보아 시집가기에 적절한 때)'.
14) 동교(東郊)의 글: '봄날 교외에서 결혼하고 싶은 마음을 쓴 글'인 듯함.
15) [교감] 만일 현휘 님의 동교의 글을 을푸미 업고: 사재동B본 '만일 완견코져 ᄒᆞ건디 ᄯᅩᄒᆞᆫ 어렵지 아니ᄒᆞ니 현휘 임의 동교의 글을 옮푸미 업고'.
16) 남교(南橋)의 슉녀(淑女): 당나라 때 운교부인의 말을 들은 배항이 남교에서 션녀인 운영을 만났다는 젼설이 있음.
17) 관져지락(關雎之樂): 군자와 숙녀가 만나 부부의 졍을 즐김.『시경』「국풍國風 주남」편의

면 년이 즉시 퇵일(擇日)ᄒ야 뉵예(六禮)를 ᄀᆞ초리니, 힝혀 미(微)ᄒᆞᆫ 졍경(情景)을 고(告)ᄒ노라. 모월(某月) 모일(某日)의 긔주후 댱연은 ᄌᆡᄇᆡ(再拜) 셔(書)룰 (ᄒ노라)."

ᄒ엿더라.

휘 보기룰 ᄆᆞ촌 후 미우(眉宇)룰 씽긔고 탄왈,

"댱연언 아람다온 션비여날, 엇지 구ᄎᆞ(苟且)ᄒ미 이갓투야 니 ᄯᆞᆺ즐 모ᄅᆞ는고?"

공ᄌᆡ(公子ㅣ) 간왈(諫曰),

"져져(姐姐) 근본이 나타나니 혼ᄉᆞ(婚事) 늣지 아니타 ᄒ실진ᄃᆡ, 당후룰 ᄇᆞ리고 엇던 ᄌᆞ(者)룰 취ᄒ라 ᄒ시나요? ᄯᅢ을 타 답셔(答書)룰 ᄎᆞᄎᆞ ᄒ시면 아람다올가 ᄒ나이다."

휘 소왈,

"도지기일(徒知其一)이요 미지기이(未知其二)로다.[18] 니 몸이 비록 아녀ᄌᆞ나 셩상(聖上) 총ᄒᆡ(寵愛)시물 입ᄉᆞ와 죽위(爵位) 군공(君公)의 잇거놀, 엇지 졸지의 규듕잔물(閨中殘物)이 되리오ᄆᆞ는, 네 션견(善見)으로써 진졍(陳情) 글을 올여시나, 오히려 후직(侯職)을 가져 빅뇨(百僚)의 읏듬이라. 삭망(朔望)[19]으로 도회(朝會)ᄒ야 쳔안(天顔)ᄭᅴ 뵈옵기룰 영풍영월(詠風詠月)ᄒ며[20] 이ᄃᆡ로 동신(終身)ᄒ야 방(房) ᄭᅵ온ᄃᆡ[21] 지상(宰相)이 되고,[22] 죽은 후 비(碑)에 삭여 왈 '디명(大明) 쳥주후 튀학ᄉᆞ 니형경이 비'라 ᄒ야 국은(國恩)을 잇지 아니ᄒ고, 조종

첫번째 작품의 첫구인 '관관져구(關關雎鳩)'는 '다정하게 어울리는 암수의 물수리'라는 뜻으로 '금슬 좋은 부부'를 칭하는 말이 되었다. 이 시는 '군자가 숙녀를 얻으면 도움이 된다'는 뜻을 담고 있다.
18) 도지기일(徒知其一)이요 미지기이(未知其二)로다: '하나만 알고 둘은 모른다'는 뜻.
19) 삭망(朔望): 음력 초하룻날과 보름날.
20) [교감] 쳔안ᄭᅴ 뵈옵기룰 영풍영월ᄒ며: 회동서관본 '쳔안을 뵈옵고 ᄯᅢᄯᅢ 음풍영월ᄒ야'.
21) ᄭᅵ온ᄃᆡ: 'ᄀᆞ온ᄃᆡ'의 오기.
22) [교감] 이ᄃᆡ로 동신ᄒ야 방 ᄭᅵ온ᄃᆡ 지상이 되고: 회동서관본 '죵신토록 즐기다가'.

(祖宗)을 광현(光顯)호야 니 쓰줄 쾌히 호고져 호눈다라. 엇디 댱연의 아람다온 부인(婦人) 되기롤 원호리오?"

공지 어히업셔 디답(對答)홀 말을 싱각호더니, 혹시(學士]) 침음양구(沈吟良久)의 부술 드려 답셔(答書)롤 지어 댱흐23) 부중(府中)의셔 온 수문댱(守門將)을 쥬라 호니, 가인(家人)이 밧드려 젼(傳)호니, 하리(下吏) 가지고 도라가 봉셔(封書)롤 올이니, 댱휘 십분(十分) 촉급(着急)호야 연망(悁忙)이 쩌혀 보니, 기셔(其書)의 왈,

"퇴학ᄉ 이형경은 공경호여 댱상공 족하(足下)의 상셔(上書)호노라. 쳔만의외(千萬意外)예 수출(手札)을 보니, 일즉 참괴(慙愧)호고 또훈 경황(驚惶)호야 답셔(答書)호미 불가(不可)호되, 젼일(前日) 훈가지로 ᄉ군(事君)호던 의(義)을 싱각호야 념치(廉恥)롤 무릅쓰고 우열(憂慮)을 전달(傳達)호니, 쳥컨디 거두어 빗최라.24) 당초(當初)의 연소(年少)훈 의ᄉ(意思)로 망영(妄靈)된 죄롤 ᄉ회(四海)예 어드미 되고, 쳔ᄀ(千家)의 인인(人人)의 우음을 취(取)호미라. 나의 불민(不敏)호미라. 이졔 씨다라미 추회(追悔)호미 극(極)호야 낫드려 사롬 보기롤 붓그려 호더이, 현후(賢侯)의 수출(手札) 중 ᄉ의(辭意)롤 보니 중ᄎ(將次) 짱을 파고 들고져 호되, 능히 ᄯᅳᆺ과 ᄀᆞᆺ지 못홈롤 툰(歎)호노라. 비록 옛날 교계(交契) 후(厚)호나 불과 훈 조졍(朝廷)의셔 ᄌ로 보아 면슈(面首)25)이 익을 ᄯᆞᆫ이요, ᄋᆞ시(兒時) 젹 동학(同學)훈 후 셔로 추ᄌ 보와심롤 의논(論)호나, 엇지 감히 관표(管鮑)의 지음(知音)이 되여시며, 상셔롤 법(法) 브드시미 잇사리오? 뉴관장(劉關張)은 만고 영웅으로 셩명(姓名)이 죽빅(竹帛)의 드리워셔도 오히려 신(信)을 완젼치 못

---

23) 댱흐: '댱흐스'의 오기. [교감] 단국대본 '댱학ᄉ'.
24) [교감] 우열을 전달호니 쳥컨디 거두어 빗최라: 경북대본 '우회롤 딘달호나니 쳥컨디 거두어 용납호라'. 회동서관본 '회포를 베푸나니 쳥컨디 비루훈 ᄯᅳᆺ을 더러이 아니호실가 호ᄂᆞ이다'.
25) [교감] 면슈: 사재동B본 '면목(面目)'.

호엿거날, 호믈며 소관(小官)은 규듕여조요 현후는 조졍딘신이라, 남예(男女ㅣ) 길이 다라고 닌외(內外)호미 현격(懸隔)호야 또호 족하(足下)로쎠 무 움을 현(顯)치 아니호고,26) 명공(名公)이 또호 소관(小官)으로 상셔(上書) 고의(故意)호야 결악(結約)이 업고, 이졔 건곤(乾坤)으로 들미27) 만셩(萬姓)28)이 긔소(譏笑)호야 나의 어림을 우움 짜람이라. 엇지 스괴오므로쎠 셩친(成親)29)호자 호시나요? 소관(小官)이 또호 몸을 조히 호야 종신토록 봉직(奉職)을 직희여 나라 벼슬을 욕(辱)지 아니호고, 남의 집의 드려가 며나리 되기룰 원치 아니호는 고로 감히 명을 밧지 못호눈지라. 힝혀 우직(愚直)호믈 농셔(容恕)홀지어다. 폐직(廢職) 쳥쥐후 퇴학스 니형경은 지비호야 올이노라."

호야더라.

댱휘 보기룰 다호고 디경호야 황망(慌忙)이 셔안을 두다려 이라디,

"니 혼시(婚事ㅣ) 손두협 갓홀가30) 호더니, 엇지 이럴 쥴을 알이요?"

양(兩) 형이 디소(大笑) 왈,

"우리 아니 이라더야? 이학시 (順)순히 홀이 업스리라."

연이 도로혀 원망(怨望) 왈,

"이(二) 형이 길스(吉事)의 불길혼 언담(言談)을 호스 혼시 미졍(未定)호미라. 졔형(諸兄)의 타시로다."

시랑이 소왈,

"무어시라 호엿관디, 져리 낙다(落膽)31)호여 호나요?"32)

---

26) [교감] 남예 길이 다라고 닌외호미 현격호야 또호 족하로쎠 무움을 현치 아니호고: 경북대본 '남녜 길이 다르거놀 엇지 규듕 녀즈룰 이러툿 욕호미 심호뇨'.
27) 건곤으로 들미: '하늘 같은 지아비와 땅 같은 지어미가 된다면'의 뜻인 듯함.
28) 만셩(萬姓): 온 백성.
29) 셩친(成親): 친척이 됨. '혼인'을 달리 이르는 말.
30) [교감] 손두협 갓홀가: 경북대본 '여반쟝일가'.
31) 낙다: '낙담(落膽)'의 오기. [교감] 사재동B본 '망연(茫然)'.
32) [교감] 시랑이 소왈 무어시라 호엿관디 져리 낙다호여 호나요: 경북대본 '이찌 시랑이 니당

휘 쌍수(雙手)로 글을 밧드려 올오니, 시랑이 보고 쏘흔 경아(驚訝) 왈,

"졔 샹(常)히 셩졍(性情)이 상활(爽闊)ᄒᆞ고 술질33)ᄒᆞ야 싱ᄂᆡ(生內)34)예 마암을 곳치지 아니리니, 셔수(書辭)로 보건ᄃᆡ 혼ᄉᆞ(婚事ㅣ) 되지 못홀 거시니, 너ᄂᆞᆫ 과(過)히 헛된 염여(念慮)를 몰나. ᄂᆡ 다시 아ᄅᆞᆷ다온 슉여를 구하야 너의 지죄를 져바리지 아니리라."

상셰 왈,

"히ᄋᆡ(孩兒ㅣ) 쏘흔 슉녀(淑女)에 업ᄉᆞᆯ가 근심ᄒᆞ미 아니라, 다만 형경 갓타 이ᄂᆞᆫ 둘이 업ᄉᆞᆯ리라. 형경 곳 아니면 소지(小子ㅣ) 밍셰(盟誓)ᄒᆞ야 취쳐(娶妻)ᄒᆞ기를 원치 아니ᄒᆞ나이다."

시랑 왈,

"네 ᄯᅳ지 구드나, 졔 쏘흔 견강(堅剛)ᄒᆞ니 엇지ᄒᆞ리요?"

연이 묵묵무언(默默無言)이러라.

당휘 심ᄉᆞ(心事ㅣ) 울울불낙(鬱鬱不樂)ᄒᆞ고 좌왜(坐臥ㅣ) 불령(不逞)ᄒᆞ야35) 침식(寢食)을 젼폐(全廢)ᄒᆞ고 병이 침펴36)ᄒᆞ니, 풍광(風光)이 날노 감(減)ᄒᆞ고 화용(花容)이 수쳑(瘦瘠)ᄒᆞ야 수월(數月)이 지나미 긔운이 쇠약(衰弱)ᄒᆞ야 나의(羅衣)를 이긔지 못ᄒᆞ니, 부모 졔형(諸兄)이 고히 넉이나, 엇지 니후 ᄉᆞ(事)를 인(因)ᄒᆞ야 난 병인 줄을 알이요? 의약(醫藥)을 힘쎠 ᄒᆞ되 효험(效驗)이 업고, 쏘흔 디단치 아니ᄒᆞ니 각별 의려(疑慮)ᄒᆞ미 업더라.

ᄋᆞ로 조ᄎᆞ나와 보교 쇼왈 무어시라 ᄒᆞ엿관ᄃᆡ 져리 당황ᄒᆞ뇨'.
33) 술질: '솔직(率直)'의 오기인 듯함.
34) 생내(生內): 살아 있는 동안.
35) [교감] 좌왜 불령ᄒᆞ야: 사재동B본 '좌왜 불폐ᄒᆞ야'. 단국대본 '좌애 불평ᄒᆞ야'.
36) 침펴: '침편(侵遍, 침입하여 두루 퍼짐)'의 오기. [교감] 사재동B본 '침면'.

천자의 제교로 형경과 장연이 혼인하다

맛초아 못추와[1] 상(上)이 연으로 호야곰 진왕 틱부(太傅)[2]를 호이사 디현지도(大賢之道)로 フ라치시게 호시니, 진왕은 상(上)의 친주(親子)(요) 졍궁(正宮)[3]의 싱(生)훈 비라. 바야흐로 시연(時年)이 십일 셰라. 상이 편이(偏愛)호사미 틱주(太子)의 넘은 고로 만조뵉관 듕 덕힝(德行)이 겸비(兼備)훈 디신(大臣)을 쎄수 틱수(太師)랄 호이시니, 상셰 비록 연소(年少)호나 지덕(才德)이 겸젼(兼全)호믈 듕(重)히 넉이시미려라.

틱뷔(太傅ㅣ) 슉비(肅拜)호고 왕궁(王宮)의 나아가 왕(王)을 요순지도(堯舜之道)로 인도(引導)호야 게어로미[4] 업더니, 일일은 진왕 읍손

---

1) 맛초아 못추와: 중복 표기의 오류. [교감] 사재동B본 '맛초아'.
2) 태부(太傅): 왕세자의 교육을 담당한 벼슬.
3) 졍궁(正宮): 황후나 왕비를 후궁에 상대하여 이르는 말.
4) 게어로미: 게으름이.

디룰5) 타 풍월(風月)을 읍더니, 홀연 형경을 싱각ᄒᆞ고 졀귀(絶句) 이수(二首)룰 지어 샹ᄉᆞ(想思)ᄒᆞᄂᆞᆫ 뜻을 붓치미, 스ᄉᆞ로 소리 나말 씨돗지 못ᄒᆞ더니, 홀연 뒤흐로셔 피옥(佩玉) 소리 나거날, 도라보니 이ᄂᆞᆫ 곳 진왕이라. 틱뷔 디경ᄒᆞ야 ᄒᆞ더라.

원닉(元來) 왕이 나히 어리나 셩질(性質)이 숙셩(熟成)ᄒᆞ고 영민(英敏)ᄒᆞᆫ지라. 이날 디닉(大內)6)로붓터 나와 그 ᄉᆞ부(師傅)의 거동을 보니, 미우(眉宇)히 시름이 가득ᄒᆞ야 글을 읊거날, ᄃᆞ다야 피옥 소리 날가 ᄒᆞ야 양(兩) 옥슈(玉手)로 붓들고 ᄀᆞ몬ᄀᆞ몬이 거려드러니 샹ᄉᆞ(想思)ᄒᆞᄂᆞᆫ 글어여날, 듯기룰 밋고 옥피(玉佩)룰 노흐니 소리 쟝연(鏘然)7)ᄒᆞᆫ지라. 틱뷔 왕인 쥴 알고 급히 이러 마자 왈,

"젼히(殿下ㅣ) 엇지 잣최 업시 와 신(臣)을 놀닌ᄂᆞ요? 옛글의 일너시되, '문(門)의 들 졔 소리ᄒᆞᆷ는 ᄉᆞ룸을 알게 ᄒᆞ미요, 당(堂)의 오롤 졔 눈을 두라지8) 아니ᄒᆞᆷ는 사름의 허물을 볼ᄀᆞ 두리너니', 젼히(殿下ㅣ) 당당(堂堂)이 쳔승군왕(千乘君王)9)으로 엇지 가만ᄒᆞᆫ 거룸으로 ᄉᆞ룸의 뒤을 좃ᄎᆞ 엿드라미 잇살잇고?"

왕이 염용(斂容) 샤(謝) 왈,

"션싱(先生)의 말삼을 졔ᄌᆞ(弟子ㅣ) 엇지 지완(遲緩)ᄒᆞ야 거힝(擧行)ᄒᆞ미 더라리오?10) 일시(一時) 실쳬(失體)ᄒᆞᄆᆞᆯ 션싱은 관셔(寬恕)ᄒᆞ라. 다만 과인(寡人)의 일도 그라거(니)와 션싱의 일도 그른 일이 잇ᄂᆞ가 의심(疑心)ᄒᆞ노라."

---

5) [교감] 읍손 디룰: 사재동B본 '업손 씨'.
6) 대내(大內): 임금이 거쳐하는 곳.
7) 쟝연(鏘然): 옥이나 쇠붙이 등이 울리는 소리.
8) 두라지: 두리번거리지.
9) 쳔승군왕(千乘君王): 병거(兵車) 천 대를 갖출 힘이 있는 임금.
10) [교감] 더라리오: 사재동B본 '더되리요'. 단국대본 '더디리요'.

티비 졍금(整襟)¹¹⁾ 문지(問之)호디, 왕이 답소(答笑) 왈,

"과인은 드라니, '션셩이 사히지니(四海之內)룰 안공(眼孔)¹²⁾호는 사룸이라' 호고, 쏘 작위(爵位) 공후(公侯)여날 무삼 연고로 방탕(放蕩) 경박주(輕薄子)의 상사편(想思篇)을 숭상(崇尙)호야 외오나니잇가? 이 과인의 의심호는 비라."

긔츅(己丑) 지월(至月)¹³⁾ 임소일¹⁴⁾ 추필(趨筆落書)¹⁵⁾노라. 글시 망쳑(罔測)호다. 보시는 이 글시 웃숨는 듯호소이다.

니형경젼 권지이 창을긔봉

댱휘 쳥필(聽畢)의 쳑연(戚然)이 슬혀 사죄(謝罪) 왈,

"신이 젼하(殿下)의 덕업(德業)을 돕숩지 못호고 반일(放逸)혼 글을 지존(至尊)긔 들이오니 죄 만사무셕(萬死無惜)이라. 쏘혼 듕졍(中情)의 간졀혼 비라. 젼하는 고이히 넉이지 마라소셔."

왕이 져의 슬허호믈 보고 경아하야 좌우룰 물이치고 졍셩(精誠)으로 무른디, 연이 쏘혼 긔망(欺罔)티 못호야 실사(實事)룰 고호니, 왕이 소왈,

"이는 아조 쉬오니, 혹싱(學生)이 셩지(聖旨)룰 쳥호야 션싱의 원(願)을 일우미 엇더호뇨?"

상셔 사례 왈,

---

11) 졍금(整襟): 옷깃을 가지런히 함.
12) 안공(眼孔): '식견(識見)의 범위'를 비유적으로 이르는 말.
13) 지월(至月): 동짓달인 음력 11월.
14) 임소일: 미상. 육십갑자의 열아홉째인 '임오일(壬午日, 19일)'의 오기인 듯하다.
15) 추필(趨筆落書): 붓을 달려 함부로 씀.

"만일 디왕(大王)이 신의 유훈(遺恨)을 푸라시면 엇지 쎠 덕을 갑흐리잇마는, 다만 형경의 쓰즌 쳔위(天威)라(도) 도라혀지 못홀가 ᄒᆞ나이다."

왕 왈,

"니 디존(至尊)긔 ᄌᆞ시 주(奏)ᄒᆞ야 되도록 ᄒᆞ이,16) 션싱은 소려(銷慮)ᄒᆞ라."

퇴뷔 ᄉᆞ례ᄒᆞ고 퇴(退)ᄒᆞ다.

진왕이 조복(朝服)을 곳디고17) 국니(宮內)예 드러가 (상을) 뫼셔 말ᄉᆞᆷᄒᆞ다가18) 그 ᄉᆞ부(師傅)의 졍유(精由)19)를 황야긔 쥬ᄒᆞ니, 샹(上)이 드라시고 디희(大喜) 왈,

"댱이(張李) 양인(兩人)은 옥제(玉帝) 명(命)ᄒᆞ신 쳔샹(天上) 일이라. 짐이 졍(正)히 젼교(傳敎)20)ᄒᆞ아 사혼(賜婚)21)코져 ᄒᆞ더니, 댱연이 임의 쓰지 이시면 더옥 아람다온디라. 명일 니 쾌(快)히 조셔(詔書)ᄒᆞ야 셩혼(成婚)케 ᄒᆞ리라."

왕이 다시 쥬왈,

"비록 셩지(聖旨)를 나리오시나 되지 못ᄒᆞ리라."

샹 왈,

"어인 말고?"

왕이 혀경의22) ᄉᆞ양(辭讓)ᄒᆞ믈 진주(陳奏)ᄒᆞ니, 상이 소왈,

"ᄒᆞᆫ 계교(計巧) 잇다."

---

16) [교감] ᄒᆞ이: 사재동B본 'ᄒᆞ리니'.
17) [교감] 곳디고: 사재동B본 '고치고'.
18) [교감] 뫼셔 말ᄉᆞᆷᄒᆞ다가: 경북대본 '샹을 뫼와 조용이 말ᄉᆞᆷᄒᆞ다가'.
19) 졍유(精由): 사유(事由).
20) 젼교(傳敎): 임금의 명령.
21) 사혼(賜婚): 임금이 허락하거나 명령한 결혼.
22) 혀경의: '형경의'의 오기.

ᄒ시고 명일의 연을 명초(命招)ᄒ시니, 댱휘 즉시 드려가미 젼젼(殿前)의 인견(引見)ᄒ사 문왈,

"짐이 진왕의 쥬ᄉ(奏辭)ᄅᆞᆯ 듯고 경의 디원(至願)을 일우리니, 다만 경이 젼일(前日)의 형경으로 지조ᄅᆞᆯ 결우미 ᄉᆞ긔ᄇᆡᆨ가(史記百家)논이라도 믈고 잡계ᄉ(雜界事)²³⁾논 뉘 나ᄒᆞ뇨?"

댱휘 이윽이 ᄉᆡᆼ각ᄒ다가 부복(俯伏) 주왈,

"잡계(雜界)가 형경이 신(臣)도고 ᄶᆞ라고 신은 둔(鈍)ᄒ니이다."

샹 왈,

"ᄉᆞ법(射法)이 엇더ᄒ뇨?"

(댱휘) 주왈,

"져는 ᄇᆡᆨ발ᄇᆡᆨ듕(百發百中)ᄒ고, 신은 ᄇᆡᆨ 번 발ᄒ야 팔십여(八十餘) 번은 맛치나니다."

샹이 우문(又問) 왈,

"검뮈(劍舞]) 엇더ᄒ뇨?"

듸왈,

"신의 무(舞)는 셔리 갓고, 형경의 무는 무지기 갓ᄒ니이다."

샹 왈,

"그리면 경의 검뮈 낫도다."

연 왈,

"그러티 아니ᄒ니이다. 보검(寶劍)이 셔리 굿ᄒ되 ᄒᆞᆫ곳 빗치 변드겨 셔리 갓ᄒ나, 엇지 두어 ᄌᆞ 칼노 열 길 무지기ᄅᆞᆯ 민드는 무검(舞劍)을 당ᄒ리잇가?"

상이 무연(憮然)이 잠잠(潛潛)ᄒ야 계시다가 왈,

"경이 임의 져ᄅᆞᆯ ᄒᆞᆫ 가지도 이그지 못홀 작시면 당ᄎᆞᆺ(將次) 형경을

---

23) 잡계사(雜界事): 잡기(雜技)와 관련된 일. [교감] 회동서관본 '잡술(雜術)'.

엇지 항복 바드리요? 다만 계교를 힝ᄒᆞ리니, 짐이 명일 글졔를 니여 경(卿) 두 사ᄅᆞᆷ을 줄 거시니, 경이 면져 지엇다가 여ᄎᆞ여ᄎᆞᄒᆞ라."

 드듸여 글졔를 미리 이ᄅᆞ시니, 상셰 황공ᄉᆞ은(惶恐謝恩)ᄒᆞ고 도라가 평ᄉᆡᆼ(평생) 지조를 다ᄒᆞ야 글을 지어 디후(待候)ᄒᆞ더라.

 명일의 상이 ᄌᆞ졍젼(資政殿)24)의 셔옥피(瑞玉牌)25) 둘룰 나리와 쳥쥬후 니형경과 긔쥬후 당연을 부ᄅᆞ시니, 형경이 쪼ᄒᆞᆫ 의심치 아니ᄒᆞ고 조복(朝服)을 갓초고 쥬렴(珠簾) 지운 수뤼ᄅᆞᆯ 타고 궐듕(闕中)의 이ᄅᆞ니, 틱감(太監)이 인도ᄒᆞ야 ᄌᆞ졍젼의 니ᄅᆞ니, 썰이 거려 단지(段地)26)의 다다라 만셰(萬歲) 부ᄅᆞ기ᄅᆞᆯ 파(罷)ᄒᆞ미, 상이 쪼ᄒᆞᆫ 흔연(欣然)이 반기ᄉᆞ 좌편(左便)의 자리 주시고 소왈,

 "경이 셕일(昔日)의 짐으 수죡(手足)이 되엿더니, 당ᄎᆞ시(當此時)ᄒᆞ여 비록 깁히 드럿시나 차마 잇지 못ᄒᆞ고, 쪼ᄒᆞᆫ 경의 죵신디(ᄉᆞ)를 근심ᄒᆞ야 아ᄅᆞᆷ다온 부셔(夫壻)27)ᄅᆞᆯ 어더 공덕(功德)을 갑고져 ᄒᆞ더니, 이졔 다시 보미 경이 일월(日月)의 엄장(嚴壯)ᄒᆞᆫ 빗츨 ᄭᅮ져 옥 갓ᄒᆞᆫ 군ᄌᆞ(君子ㅣ)라. 의심컨디 경이 남ᄌᆞ(男子)로셔 짐을 소기ᄂᆞᆫ가 ᄒᆞ노라."

 학시 쳥파(聽罷)의 경아ᄒᆞ아 졍식(正色)고 쳥죄(請罪) 왈,

 "소신(小臣)의 긔군지죄(欺君之罪)ᄂᆞᆫ 만ᄉᆞ무셕(萬死無惜)이온 듕, 금일 젼교(傳敎)ᄅᆞᆯ 듯ᄌᆞ오니 더옥 황공ᄒᆞ여이다."

 상 왈,

 "짐이 오날 경을 부ᄅᆞ먼 다ᄅᆞᆫ 일이 아니라, 경의 나히 ᄇᆞ야흐로 소연(少年)이요, 쪼 쳐ᄌᆞ(處子)오 부모 업사니, 짐이 군부(君父)를 겸ᄒᆞ야

---

24) 자정전(資政殿): 임금이 평소에 거처하는 궁전. 여기서 임금이 신하들과 함께 정무를 보고 나랏일을 의논하였다.
25) 서옥패(瑞玉牌): 천자의 지위를 상징하는 구슬로 만든 패.
26) 단지(段地): '옥계(玉階, 대궐 안 섬돌)가 시작되는 곳'을 뜻하는 듯함.
27) 부서(夫壻): 남편.

방심(放心)치 못홀 거시라. 싱각건디 한미(寒微)훈 유싱(儒生)은 경(卿)의게 불가(不可)호고, 지샹(宰相) 등 갈히미 년소디신(年少大臣)으로 지죄 쌍젼(雙全)호고 취쳐(娶妻) 아니 니논 당연 밧긔 업사니, 진정(眞情)으로 권(勸)호나니, 경은 수양치 몰고 금월(今月)이라도 틱일(擇日)호야 뉵녜(六禮)를 굿초라."

학시 용모(容貌)를 곳치고 돈수(頓首) 왈,

"금일 젼교 이러툿 호옵시니, 미신(微臣)이 빅 번 죽사오나 셩은을 엇지 틱만(怠慢)호리잇고? 슈화(水火) 즁이라도 피(避)치 못호오려든 더 혼취(婚娶)를 샹양(辭讓)호릿가마는, 어린 소견의 소회(所懷) 잇셔 셩교(聖敎)를 봉힝(奉行)치 못호오니, 불승황공(不勝惶恐)호여이다."

샹이 불열(不悅) 왈,

"무산 소회뇨?"

학시 다시 이려 졀호고 부복 주왈,

"신이 셰속(世俗) 여주의 일을 답답이 넉이와 당초붓터 여도(女道)을 힝치 아니려 원(願)호미 잇숩더니, 부뫼 몰(歿)혼 후 씨랄 타 긔당(欺裝)28)호야 망영(妄靈)된 의수(意思) 지어 폐화(陛下)와 만조(滿朝)랄 속이문 차마 여힝(女行)을 못호미옵더니, 이졔 맛춥니 싱존29)을 그이지30) 못호야 비록 도당31)의 깁히 감초이오나, 항혀 폐하의 총유32)호시논 은졍(恩情)을 입사와 후직(侯職)을 거두지 아니시니, 쳔위(天威)를 비려 강도(强盜)를 막고 무음을 맑게 호야 평싱을 맛고져 호나니니, 폐호논 술피소셔."

28) 긔장(欺裝): 복장을 속임.
29) 싱존: '셩존(聖尊)'의 오기. 회동서관본 '셩죠(聖祚, 임금의 지위를 높이는 말)'.
30) 그이지: 속이지.
31) 도장: 부녀자가 거처하는 방.
32) 총유: '총애(寵愛)'의 오기. [교감] 회동서관본 '총이'.

상이 슌셜(順說)노 푸지 못홀 줄을 아라시고 갈아사디,

"짐(朕)이 경의 평싱을 염여(念慮)하고 연의 지조도 사랑하야 아름다온 가모(家母)³³)룰 어더쥬라 홈(이)러니, 경이 사양홀진디 짐이 경과 연으로 어젼(御前)의셔 한 계(題)로 글을 지어 몬져 밧치며 후(後)의 밧치물 분간(分揀)하야, 경이 몬져 밧치면 경의 원(願)을 좃고, 경이 나종의 밧치면 경의 쁘줄 일우지 못하고 짐의 쁘줄 좃ᄎ리라."

학시(學士) 졍(正)히 불가(不可)홀물 간(諫)코져 하다가 문득 싱각하되,

'댱연이 비록 조식(曹植)의 칠보시(七步詩)와 와와³⁴) 쳔안(天眼)³⁵)을 이르넌 지죄 잇스나, 셕일(昔日)의 날과 글 지을 젹 만흐디 니 미양(每樣) 다 지어 두어 번 음영(吟詠)한 후(後)의야 셩편(成篇)하던 거시니, 샹명(上命)을 슌(順)히 좃ᄎ 쾌히 이기고 도라가리라.'

하야 지비 왈,

"셩교(聖敎)룰 봉힝(奉行)하리이다."

상이 흔연(欣然)이 연을 부라시니, 샹셰 밧비 드러와 뵈외미, 황애(皇爺ㅣ) 우으시고 글 지을 쁘줄 이라시니, 연이 작일(昨日) 맛촌 일이 잇는디라. 그ᄌᆞ 사양 왈,

"신은 본디 소학(所學)이 노둔(魯鈍)하니, 엇지 감히 형경의 션지(仙才)룰 ᄃᆞ토리잇가? 아니 예나님만³⁶) 갓지 못하니이다."

지삼(再三) 사양호디, 상이 여려 슌(順) 젼(傳)하ᄉᆞ 각각 문방ᄉᆞ우(文房四友)룰 양후(兩侯) 알픠 주시고, 한 그림을 삭병³⁷)의 글나 하시

---

33) 가모(家母): '가부(家夫)'의 오기.
34) [교감] 와와: 사재동B본 '셔셔(徐庶, 유비의 책사)'. 유비에게 제갈량을 천거했으나, 조조가 자신의 어머니를 인질로 잡아가 부득이 조조에게 투항하였다.
35) 쳔안(天眼): 모든 것을 막힘없이 꿰뚫어보는 능력.
36) 아니 예나님만: 하지 않는 것만. [교감] 사재동B본 '이예 아님만'.
37) [교감] 삭병: 회동서관본 '벽샹(壁上)'.

니, 두 졔후(諸侯) 눈을 드려보미, 혼 가지 미화(梅花) 은연(隱然)이 보은[38] 거슬 먹음고 혼빵 쳥학(靑鶴)이 나라오난 쳬(體)라.[39] 글졔 비록 풍아(風雅)호나 심(甚)히 니박[40]호야 붓 털치기 어려온 듕(中)[41] 샹이 다시 오십 수(首)씩 지으라 호시니, 실노 쟝이(張李) 양인(兩人) 곳 아니면 셩핀(成篇)키 어렵고, 니학수의 긔지(奇才) 곳 아니면 창졸(倉卒)의 일우기 어랍더라. 샹이 쪼혼 그 글졔 심히 어려온 줄 아르시니, 댱샹셔는 미리 일너 지음이 잇눈 고로 부디 어렵도록 호야 형경을 항복(降服) 바드려 호미라.

니학시 엇지 져의 쐬룰 알이요? 다만 필연(筆硯)을 나와 화젼(華牋)을 펴며 글을 지을시, 옥슈셥지(玉手纖指) 총망(悤忙)호야 필호(筆下)의 풍운(風雲)이 이러느고 용시비등(龍蛇飛騰)호니, 경각(頃刻) 수이예 금슈(錦繡)룰 펴며 주옥(珠玉)이 훗터져 향풍(香風)이 동동(動動)호니, 쓰기 맛고 거두어 올이려 호더니 문득 보니, (샹이 발셔 댱샹셔의 글을 보시눈지라. 심호의) 디경호야[42] 낫빗출 변(變)호더니, 샹이 댱연의 글을 보시고 칭찬호시며, 쪼 니학수의 (시젼을 가져다가 보시니 문법이 표일호고 자쳬) 쇄락(灑落)호야[43] 댱혹수의 시젼(詩箋)의 더은지라. 심듕(心中)의 더욱 놀나고 만이 탄복 왈,

---

38) 보은: '붉은'의 오기인 듯함.
39) [교감] 혼 가지 미화 은연이 보온 거슬 먹음고 혼빵 쳥학이 나라오난 쳬라: 사재동B본 '혼 가지 매홰 은연이 붉은 거슬 먹음고 혼 쌍 빅학이 나루오난지라'. 경북대본 '일지 미화의 혼 빵 빅학이 오루눈 쳬라'. 회동서관본 '혼 가지 미화 붉은 긔운을 씌엿눈지라. 빅학 혼 쌍이 치운을 헷치고 반공에 나눈 거동이미'.
40) [교감] 니박: 경북대본 '허탄(虛誕)'.
41) [교감] 글졔 비록 풍아호나 심히 니박호야 붓 털치기 어려온 듕: 경북대본 '글졔 심히 어려온지라'. 회동서관본 '글졔 심히 허탄호야 쌜니 짓기 어려온지라'.
42) [교감] 문득 보니 디경호야: 사재동B본 '문득 보니 샹이 발셔 댱샹셔의 글을 보시눈지라. 심호의 디경호야'.
43) [교감] 니학수의 쇄락호야: 사재동B본 '니학수의 시젼을 가져다가 보시니 문법이 표일호고 자쳬 쇄락호야'.

'연의 시논 극진이 아룸다온나 오히려 미리 지은 거시오, 형경은 창졸간(倉卒間)의 신속ᄒᆞ미 장강디히(長江大海) ᄀᆞᆺᄒᆞᆫ지라. ᄀᆞ지록 군식(窘塞)ᄒᆞ미 업고 의ᄉᆞ(意思) 졈졈 공교ᄒᆞ며 긔묘ᄒᆞ야 밋ᄎᆞ리 업고, 상활(爽闊)ᄒᆞ며 싁싁ᄒᆞ야 진실노 그 둘이 없사리로다.'

시로이 긔특이 너기시나 ᄉᆞ색(辭色)지 아니시고, 다만 이로ᄉᆞᄃᆡ,

"조흔 글이로다."

ᄒᆞ시고, 인ᄒᆞ야 댱연다려 왈,

"짐이 경을 위ᄒᆞ야 아람다온 부인을 쳔거(薦擧)ᄒᆞ나니, 경은 맛당이 공경ᄒᆞᄆᆞᆯ 화예(花蕊)⁴⁴⁾ᄀᆞᆺ치 ᄒᆞ라."

ᄯᅩ 이학ᄉᆞᄃᆞ려 왈,

"짐이 경으로 더부려 언약ᄒᆞᆫ ᄆᆞᆯ 황여ᄀᆞᆺ치 ᄒᆞ라."

ᄯᅩ 니학ᄉᆞᄃᆞ려 왈⁴⁵⁾,

"짐이 경으로 더부려 언약(言約)ᄒᆞᆫ ᄆᆞ리 이사니 두 번 이라지 아니 나니, 경은 육례로써 댱연을 마자 부덕(婦德)을 닷가 짐의 쥬혼(主婚)ᄒᆞᆫ 뜻을 져ᄇᆞ리지 말나."

형경이 홀 ᄆᆞ리 업셔 다만 부복 ᄉᆞ(례) 왈,

"셩샹(聖上) 덕퇴(德澤)이 여ᄎᆞ(如此)ᄒᆞ시니, 소신(小臣)이 엇지 긔역(拒逆)ᄒᆞ미 잇ᄉᆞ릿가마는, 몸이 명뷔(命婦ㅣ) 되오면 후직(侯職)을 양역(兩役)지 못ᄒᆞᆯ지라. 삼가 금ᄌᆞ⁴⁶⁾룰 도로 드리고 퇴조(退朝)ᄒᆞ야지이다."

셜파(說罷)의 인슈(印綬)⁴⁷⁾와 관면(冠冕)을 글너 명젼(正殿) 아리

---

44) [교감] 화예: 사재동B본 '황여(皇女)'.
45) 짐이 경으로 더부려 언약ᄒᆞᆫ ᄆᆞᆯ 황여ᄀᆞᆺ치 ᄒᆞ라. ᄯᅩ 니학ᄉᆞᄃᆞ려 왈: 중복 필사의 오류.
46) [교감] 금ᄌᆞ: 경북대본 '인슈(印綬)'.
47) 인수(印綬): 병권을 가진 무관이 발병부(發兵符) 주머니를 매어 차던, 길고 넓적한 끈. 여기서는 '공후가 차던 끈'을 일컫는다.

노코 ᄉ비(四拜)ᄒ니, 상이 그 깃거 아니믈 이라시고 잠소(潛笑) 왈,

"경(이) 당당호 ᄃ신으로 명뷔 되니, 금슈(錦繡) 우희 곳츨 더ᄒ라. 경은 안심ᄒ야 ᄉ양치 믈ᄂ. 인슈와 관면을 거두(어) 가져다가 샹망(朔望)으로 조회(朝會)ᄒ라."

형경이 구지 ᄉ양ᄒ고 밧지 아니ᄒᄃᆡ, 상이 노왈(怒曰),

"짐은 은총(恩寵)을 특별이 ᄒ거날, 경이 엇지 너모 셜만(褻慢)⁴⁸⁾ᄒ야 명(命)을 좃지 아니나뇨?"

형경이 돈슈(頓首) 왈,

"신이 당초 후직(侯職)을 ᄉ양치 아니ᄒ고믄 벼슬을 직힐가 ᄒ미러니, 니졔 그려치 아냐 댱년이 공후의 거(居)ᄒ엿고 신이 ᄯ호 공후로 써 댱연의 가뫼(家母ㅣ) 되면, 만ᄃᆡ(萬代)예 긔담(奇談) 되야 인인이 비소(鼻笑)ᄒ며 신의 어리고 용열ᄒ믈 우슬 분 아냐, ᄯ호 폐ᄒ(陛下)의 벼살 거두지 아니믈 하놀리니,⁴⁹⁾ 쳥컨ᄃᆡ 쥬상(主上)은 술피소셔."

상이 우으시고 위로 왈,

"경은 방심(放心)ᄒ라. 짐이 비록 불명(不明)ᄒ나 범사(凡事)랄 슬피나니, 경의 공(功)으로 엇지 이라 ᄉ양ᄒ리오? 다만 본직(本職)을 거두고 댱언슬 ᄌ미ᄌ⁵⁰⁾ 짐의 ᄯᅳᆺ을 엇도이 닉이시 날시어나."

혹시 훌일업셔 인슈와 관면을 거두고 단지(段地)의셔 ᄉ은(謝恩)ᄒ니, 당샹셰 희식(喜色)이 만안(滿顔)ᄒ야 ᄉ은ᄒ고 슈릐롤 모라 표연(飄然)이 도라갈시, 니학사ᄂ 노긔(怒氣) 분분(紛紛)ᄒ야 혁거(革車)롤 지촉ᄒ야 집의 도라오니, 공지(公子ㅣ) 나아와 명초(命招)ᄒ시던 일을 뭇고 그윽이 깃거ᄒ나, 혹ᄉᄂ 은은이 깃거 아야 쥬야(晝夜) 심ᄉ(心事)울 번민(煩悶)ᄒ야 병(病)이 되엿더라.

---

48) 셜만(褻慢): 하는 짓이 무례하고 거만함.
49) [교감] 하놀리니: 사재동B본 '탄ᄒ리니'.
50) ᄌ마ᄌ: '마ᄌ'의 오기.

잇찌 쟝상셔 집의 도라와 셩지(聖旨)를 젼ᄒ고 슈말(首末)을 고ᄒ니, 시랑이 깃거 어사(御史) 뎡듕도로 ᄒ야곰 듕미(仲媒)를 이후부듕(李侯府中)의 보닌디, 학시 공ᄌ로써 디졉(待接)ᄒ고 몽농(朦朧)이 허혼(許婚)ᄒ니, 인(因)ᄒ야 길일(吉日)을 ᄐᆡᆨᄒ야 셩예(成禮)홀시 상이 만조빅관과 어젼풍뉴(御前風流)로 댱후의 위의(威儀)51)를 도으라 ᄒ시고, 쏘 이후를 금은치단(金銀綵段)과 범사긔구(凡事器具)를 바로 졔왕공(諸王公)52)와 다라미 업게 (ᄒ라) ᄒ시니, 여나53) 후빅(侯伯)과 달이 넉이시미 이럿툿 ᄒ니, 고금(古今)의 업손 일이러라.

인ᄒ야 길일이 다다라미 긔구의 풍비(豊備)ᄒᆞ믄 입으로 긔록(記錄)지 못홀너라. 댱휘 옥안녕풍(玉顔英風)의 깃부믈 ᄯ여 길복(吉服)을 ᄀᆞ초고 빅아금안54)의 홍양산(紅陽傘)을 밧치고, 만조빅관이 좌우로 옹위(擁衛)ᄒ야 젼후(前後)의 고악(鼓樂)이 반공(半空)의 어라여 풍유소55) 십 이(里)에 들이더라. 니후부듕의 이라니 쏘흔 거록ᄒ미 양기(兩家) 차등(差等)이 업더라.

좌위(左右ㅣ) 댱후를 인(도)ᄒ야 듕쳥(中廳)의 이라려 유리상(琉璃床)의 진쥬(珍珠) 기력이를 젼(傳)ᄒ미, 치의홍샹(彩衣紅裳)이 쌍쌍(雙雙)이 향쵹(香燭)을 밧드려 니쳥(內廳)으로 인도ᄒ니, 금슈(錦繡) 치일(遮日)은 하날을 밧드럿고, 오식(五色) 댱막(帳幕)은 ᄉ면(四面)을 둘너시며, 휘황(輝煌)ᄒᆞᆫ 치셕(彩石)은 ᄯᆞ흘 가리와시니, 부루보미 요지연(瑤池宴)56)과 다라미 업더라.

---

51) 위의(威儀): 보통 '위엄 있고 엄숙한 태도나 몸가짐'을 뜻하나, 여기서는 '위엄 있고 예법에 맞는 혼례 행차와 차림새' 등을 통칭함.
52) [교감] 졔왕공: 사재동B본 '졔왕공주(諸王公主)'.
53) 여나: '여느'의 방언.
54) 빅아금안: '빅마근안(白馬金鞍)'의 오기. [교감] 사재동B본 '백마금안(白馬金鞍)'.
55) 풍유소: '풍류 소리'의 오기. [교감] 사재동B본 '풍류 소리'.
56) 요지연(瑤池宴): 중국 신화 속 선녀 서왕모가 산다는 연못인 요지에서 베푸는 잔치. 서왕모가 삼천 년에 한 번씩 이곳에서 잔치를 열어 옥황상제에게 반도를 진상했다는 이야기가 전한다.

휘 교비(交拜)룰57) ᄆᆞᄎᆞ민 이윽고 피옥 소릭 정정(丁丁)ᄒᆞ며 향늬 코을 거사리더니, 칠보(七寶) 장유(裝紐)훈 시예(侍女) 슈빅여 인이 학ᄉᆞ룰 옹위ᄒᆞ야 운모병풍(雲母屛風)을 반기(半開)ᄒᆞ고 나죽이 나아와 곤비58)룰 몿ᄎᆞ민, 댱휘 잠간 눈을 드러 니학ᄉᆞ룰 솔피니, 셕일(昔日) 은 남장으로 조복(朝服) ᄀᆞ온딕 웅쟝표일(雄壯飄逸)훈 ᄌᆡ상(宰相)의 풍치려니, 금일 보민 옥용화안(玉容花顔)이 연연ᄌᆞ약(娟娟自若)59)ᄒᆞ 야 곤손(崑山)60) 미옥(美玉) 곳고, 셤셤셰요(纖纖細腰)61)ᄂᆞᆫ 촉나(蜀 羅)62)룰 뭇근 듯ᄒᆞ야 댱복(章服)63)을 이긔지 못ᄒᆞᄂᆞᆫ 거동(擧動)이 셰 최(細草ㅣ) 춘풍(春風)을 만놋듯 경경라64)ᄒᆞ야 진실노 요조슉녀(窈窕 淑女)라.

(장연이) 싱(각)건딕,

'져려틋훈 약질(弱質)이 댱창디검(長槍大劍)을 드려 젹진(敵陣)의 츌 입(出入)ᄒᆞ야 샹댱(上將)의 머리 베히기룰 츄풍낙엽(秋風落葉)갓치 ᄒᆞᄂᆞᆫ 용믹 잇ᄉᆞ믈 엇지 싱각ᄒᆞ리오?'

심ᄒᆞ(心下)의 반갑고 깃부미 만신(滿身)의 가득ᄒᆞ야 희희낙낙(喜喜 樂樂)훈 빗출 감초지 못ᄒᆞ더라.

좌위(左右ㅣ) 바ᄅᆞ보미 댱후의 옥안녕풍을 화최(花草ㅣ) 춘풍을 맛ᄂᆞᆫ 듯훈 풍치와 니학ᄉᆞ의 운빙화안(雲鬢花顔)과 난초 곳튼 긔딜(氣質)

---

57) 교비룰: '교배할 준비를'의 오기인 듯함.
58) 곤비: '교배(交拜)'의 오기.
59) 연연자약(娟娟自若): 아름답고 어여쁘면서도 천연스러움.
60) 곤산(崑山): 중국 전설상의 높은 산. 중국의 서쪽에 위치하며, 좋은 옥이 난다고 한다.
61) 섬섬세요(纖纖細腰): 곱고 가녀린 허리.
62) 촉라(蜀羅): 중국 촉나라에서 나는 좋은 비단.
63) 장복(章服): 옛날 벼슬아치들의 공복(公服). 지금은 전통 혼례 때 신랑이 입는 옷이나 여기 서는 '신부의 혼례복'을 일컫는다.
64) [교감] 경경라: 사재동B본 '경경요라'. '가볍게 흔들리는 모습'을 뜻하는 듯함.

이 실노 차등(差等)이 업눈디라. 좌위 탄복ᄒᆞ믈 마지아야⁶⁵⁾ 왈,

"이눈 딘실(眞實)노 샹계(上帝) 명ᄒᆞ신 빅셰양필(百世良匹)이라."

ᄒᆞ더라.

임의 일모셔샨(日暮西山)ᄒᆞ니 졔긱(諸客)이 각각 훗터지고 댱휘 동방(洞房)의 나아가니, 니윽고 홍샹(紅裳) 시예(侍女) 화쵹(華燭)을 줍고, 유뫼(乳母ㅣ) 이후(李侯)를 붓드려 드려와 각각 샹(床)의 좌졍(坐定)ᄒᆞ고 합환주(合歡酒)를 ᄂᆞ호미, 댱휘 참지 못ᄒᆞ야 소왈,

"소졔(小弟ㅣ) 박ᄒᆡᆼ(薄幸)으로 현형(賢兄)의 사랑ᄒᆞ시믈 입ᄉᆞ와 디긔(知己)를 허(許)하엿더니, 금일 다시 관져지낙(關雎之樂)이 이셔 쳔고(千古)의 미담(美談)이 되니, 소졔(小弟) 심시(心事ㅣ) 쾌(快)ᄒᆞ니, 형(兄)은 쎠 엇더타 ᄒᆞ시나뇨?"

후시 졍식(正色) 왈,

"니 용열(庸劣)ᄒᆞ야 의논(議論)ᄒᆞᆫ 둘을 모라니, 엇더게 넉이리요? 다만 그디 진왕을 쵹(囑)ᄒᆞ야 변ᄉᆞ빅츌(變詐百出)⁶⁶⁾노 날을 속엿ᄉᆞ니, 변심(變心)이 댱뷔(丈夫) 아니라⁶⁷⁾ 항복(降服)지 아니나니, 금일(今日)이 비록 느겨시나 그디 가히 최당시⁶⁸⁾랄 짓고 니 합즁시⁶⁹⁾를 지어⁷⁰⁾ 뉘 몬져 지미 잇ᄂᆞᆫ고 (겨루ᄉᆞ이다). 니 만일 다시 지미 잇거든 그디로 동쳐(同處)ᄒᆞ고, 그디 지미 잇거든 각침각화(各寢各火)⁷¹⁾ 부부의 도롤 긋ᄎᆞ리라."

---

65) 마지아야: '마지아냐'의 오기.
66) 변사백츌(變詐百出): 온갖 꾀로 이리저리 속임.
67) [교감] 진왕을 쵹ᄒᆞ야 병시빅츌노 날을 속엿ᄉᆞ니 변심이 댱뷔 아니라: 경북대본 '진왕 견하를 부쵹ᄒᆞ여 변시빅츌ᄒᆞ여 사름 속이미 쟝부의 ᄒᆡᆼᄉᆡ 아니라'. 회동서관본 '그디 황샹게 쳥ᄒᆞ야 나를 쇽이니 이는 쟝부의 힝셰 아니라'.
68) 최당시: 미상.
69) 합즁시: 미상.
70) [교감] 그디 가히 최당시랄 짓고 니 합즁시를 지어: 회동서관본 'ᄒᆞᆫ가지로 합궁시를 지어'.
71) 각침각화(各寢各火): 잠자리와 식사를 따로따로 함.

연이 디경(大驚)ᄒᆞ야 이로디,

"나의 지조 둔(鈍)ᄒᆞ믄 현후(賢侯)의 아는 비라. 엇지 부슬 드려 당션72)ᄒᆞ리요?"73)

학ᄉᆡ 노왈(怒曰),

"어젼(御前)의셔 짓던 글갓치 신속(迅速)ᄒᆞ라."

당휘 져의 이가탄 말을 듯고 연망(悁忙)이 몸을 굽혀 칭ᄉᆞ(稱辭) 왈,

"학ᄉᆡᆼ(學生)이 어젼의셔 셔댱74)ᄒᆞᆷ은 현후(明見)의 보이시니, 엇지 두 번 일너 슈괴(羞愧)ᄒᆞ미 이러나게 ᄒᆞ시나뇨? 빌건디 이현후(李賢侯)ᄂᆞᆫ 술펴보라."

니휘(李侯ㅣ) 비로소 노(怒)를 풀고 역소(亦笑) 왈,

"니 그디로 더부려 년긔(年紀) 셔로 ᄀᆞᆺ고 문회(門戶ㅣ) 샹당(相當)ᄒᆞ니 욕(辱)되미 업손지라. 엇지 여려 번 이라리요ᄆᆞᄂᆞᆫ, 혼인(婚姻)의 구ᄎᆞ(苟且)하말 염(厭)ᄒᆞ미라."

ᄒᆞ더라.

ᄒᆞᆫ가지로 샹(床)의 나아가 부용당(芙蓉堂)을 치우고 원앙금침(鴛鴦衾枕)의 셔로 존즁(珍重)ᄒᆞᆯ시, 견권(繾綣)75)ᄒᆞᆫ 은졍(恩情)이 틱산ᄒᆞ히(泰山河海) ᄀᆞᆺ더라.

명일의 양휘(兩侯ㅣ) ᄒᆞᆫᄀᆞ지로 (이)시랑 양위(兩位) ᄉᆞ당(祠堂)의 현알(見謁)ᄒᆞᆯ시, 이후와 공ᄌᆞ의 비감(悲感)ᄒᆞᆷ은이라도 말여이와, 유모와 비복 등이 슬푸믈 머금고 깃거ᄒᆞ더라. 이날 시랑 집의셔 녜(禮)로ᄡᅥ 신부(新婦)를 ᄆᆞ즐시, 믄조(滿朝) 명부(命婦)와 종족(宗族) 부인니 훤

---

72) 댱션: '쟁션(爭先, 서로 앞서려고 다툼)'의 오기인 듯함. [교감] 회동서관본 '징젼(爭戰)'.
73) [교감] 엇지 부슬 드려 댱션ᄒᆞ리요: 경북대본 '엇지 부슬 드러 즈웅을 결ᄒᆞ리오'.
74) 셔댱: '션쟝(先場, 과거시험장에서 맨 먼저 글장을 바치던 일)'의 오기. [교감] 사재동B본 '션쟝'.
75) 견권(繾綣): 서로 생각하여 잊지 못함.

당(萱堂)76)의 열좌(列坐)ᄒᆞ엿시니, 년소(年少) 부인닉 춘식(春色)을 머금어 향긔(香氣)를 씨엿시니, 일식(日色)이 무광(無光)ᄒᆞ더라.

이휘 셩젹(成赤)77)을 다ᄉᆞ려 칠보(七寶) 슈리예 슌금(純金) 덩78)을 옹위ᄒᆞ야 노의홍샹(綠衣紅裳)ᄒᆞᆫ 시예(侍女ㅣ) 슈쳔(數千) 인이 젼후(前後)의 시위(侍衛)ᄒᆞ야 댱휘부즁(張侯府中)의 이라니, 댱가(張家) 시쳡(侍妾) 슈빅 인이 덩을 마즈 닉쳥(內廳)으로 다다라는, 임의 시랑 부인이 졔부(諸婦)와 동족(同族) 소연 부인닉 졔긱(諸客) 부인닉 열라(列羅)ᄒᆞ야 당(堂)의 가득ᄒᆞ더라.

신부의 덩을 열미 유뫼 혹ᄉᆞ(學士)를 붓드려 나아오니, 홍샹시예(紅裳侍女) 무수이 좌우로 뫼시고 칠보혼 시예 두 쳥79)이 명초(明綃) 선(扇)과 파리(玻璃)채를 줍고 길을 인도ᄒᆞ미, 학시 셤셤옥슈(纖纖玉手)로 조뉼(棗栗)을 놉히 드려 구고(舅姑)긔 나아오니, 시랑 붓쳬(夫妻ㅣ) 폐빅(幣帛)을 밧고 눈을 드려 신부를 보니, ᄒᆞ아(閑雅)ᄒᆞᆫ 거동과 념념(艶艶)ᄒᆞᆫ 틱되(態度) 엇지 셰속(世俗) 홍분미식(紅粉美色)의 비기리요? ᄒᆞᆫ 번 보미 눈이 시고 목이 갈(渴)ᄒᆞ야 좌ᄎᆞ(坐次)를 이젓더라.

학시 예(禮) 못ᄎᆞ오니, 시랑이 명ᄒᆞ야 좌(座)를 졔부(諸婦) 중의 ᄯᅩ로 졍(定)ᄒᆞ고, ᄉᆞ랑ᄒᆞ고 두려ᄒᆞ믈 황여(皇女)ᄀᆞ치 ᄒᆞ야, 깃부믈 머금고 희식(喜色)이 만안(滿顔)ᄒᆞ야 신부를 위로 왈,

"현부(賢婦)의 고심(苦心)으로 이졔 이리되니 비록 불평(不平)ᄒᆞ려이와, 이 ᄯᅩᄒᆞᆫ 쳔명(天命)이라. 가문(家門)의 경ᄉᆞ(慶事)요, 옹(翁)의 복(福)이로다."

---

76) 훤당(萱堂): 남의 어머니를 높이는 말. 여기서는 '신랑 장연의 모친이 거처하는 내당'을 일컫는다.
77) 셩젹(成赤): 혼인날 신부가 얼굴에 분을 바르고 연지를 찍는 일.
78) 덩: 공주나 옹주가 타던 가마.
79) [교감] 쳥: 사재동B본 '쌍(雙)'.

학ᄉᆡ 썅슈(雙手)로 ᄯᅡ을 집혀 공경 문파(問罷)80)의 옥치(玉齒)를 여려 디왈,

"소첩(小妾)이 당연(昨年)의 망영(妄靈)도이 녀화위남(女化爲男)ᄒᆞ와 셰상을 속이온 죄 만ᄉᆞ거날 셩언(聲言)이 여ᄎᆞᄒᆞ시니, 참괴(慙愧)ᄒᆞ오ᄆᆞᆯ 이긔지 못ᄒᆞ로소이다."

언파(言罷)의 신ᄉᆡᆨ(身色)이 ᄌᆞ약(自若)ᄒᆞ야 옥ᄐᆡ(玉態) 담담(淡淡)ᄒᆞ니, 시랑이 탐혹(耽惑) 과ᄋᆡ(過愛)ᄒᆞ야 지삼 위로ᄒᆞ더라.

잇ᄯᅢ 소연 부인니 츈ᄉᆡᆨ(春色)을 머음고 광치(光彩)를 ᄌᆞ랑ᄒᆞ더니, ᄒᆞᆫ 변 이학ᄉᆞ를 보ᄆᆡ 탈ᄉᆡᆨ(脫色)ᄒᆞ야 화용(花容)이 여토(如土)ᄒᆞ고 얼골이 무광(無光)ᄒᆞ더라. 다만 니후의 엄졍 썩썩ᄒᆞᄆᆞᆯ 브ᄅᆞ볼 ᄯᆞᄅᆞᆷ이오, 각각 그 몸을 도라보와 두려ᄒᆞ며 조심ᄒᆞ더라. 죵일토록 즐기다가 낙극진ᄎᆔ(樂極盡醉)ᄒᆞ고 일모셔산(日暮西山)ᄒᆞ니 졔ᄀᆡᆨ(諸客)이 도라갈 ᄉᆡ, 이학ᄉᆞ의 아ᄅᆞᆷᄃᆞ오ᄆᆞᆯ 치하(致賀)ᄒᆞ야 입의 긋치지 아니ᄒᆞ더라.

---

80) 문파(問罷): 문안을 마침.

위영의 참소로 형경이 시가를 나오다

학시 비록 댱부(張府)의 이시나 본부(本府) 위의(威儀)를 거나려고[1] 유슌(柔順)ᄒ며 화열(和悅)ᄒ미 합가(闔家)[2]의 가득ᄒ미, 셩졍(性情)이 밍열(猛烈)ᄒ고 긔딜(氣質)이 쳥결(淸潔)ᄒ야 ᄉ치(奢侈)ᄒ믈 취(取)치 아니ᄒᄆ로, 상시(常時) 굴근 깁오시 잡노리기를 썰고 옥피(玉佩) ᄒᆫ 줄믄 ᄎ니, 그 쳥덕(淸德)이 이려툿ᄒ더라. 비록 치의시예(彩衣侍女) 슈풀ᄀᆞ치 쪄지어 혼가(閑暇)ᄒ되, 학ᄉ 침젼(寢殿)의눈 두 쌍 여동(女童)이 방ᄉ(房事)를 밧들고, 혹 항화(香火)와 슐을 부을 ᄲᅮᆫ이러라.

연이 ᄯᅩ훈 져의 져러툿 고요 단엄(端嚴)ᄒ믈 더옥 공경ᄒ야 일시(一時)를 쩌나지 말고져 ᄒ나, 학시 깃거 아냐 일식(一朔)의 망일(望日)만 머물나 ᄒ고 기여(其餘)난 허쳐[3] 아냐 외당(外堂)으로 보니니, 샹셰 능히 져어(制御)치 못ᄒ야 소왈,

---

1) [교감] 본부 위의를 거나려고: 회동서관본 '본디 위의를 씌웠고'.
2) 합가(闔家): 온 집안.
3) 허쳐: '허(許)치'의 오기. [교감] 사재동B본 '허치'.

"날을 방 밧긔 니치시니, 댱촛(將次) 혼주 주라 ᄒ시나냐?"

학ᄉ 왈,

"혼ᄌ 자나 둘이 자나 니 알 빈 잇시리오? 니 방안의만 잇지 몰나. 방의 일을 형경이 죵단(縱斷)ᄒ랴."

샹셰 어히업셔 디소(大笑)ᄒ고 ᄂ가니, 유뫼 가만이 이ᄒ다러 왈,

"앗가 '샹공(相公)이 혼주 주라' ᄒ실 젹, '챵녀(娼女)와 ᄌ소셔' ᄒ야 샹공으로 ᄒ야곰 부인의 덕을 더옥 공경키 ᄒ실 것 아니잇가?"

혹시 디소(大笑) 왈,

"어미는 가소로온 말 말나. 졔 니 침소(寢所)의 괴로이 머물ᄆ '나아가 주라' 권(勸)ᄒ야 임의 외당의 나아가시니, 챵녀(娼女)를 춋고 시부면 ᄎᄌ볼 거시라. 졔 어린아히(兒孩)나니 니 남이 ᄀ로치는 ᄃ로 ᄒ리라.⁴⁾ 내라셔 이리ᄒ라 져리ᄒ라 권ᄒ면 죽히 다ᄉ(多事)ᄒ며 남이 날을 우리니, 어미는 날노쎠 공교(工巧)로온 ᄭ로 춍(寵)을 어드라 ᄒ냐뇨?"

유뫼 묵묵 미소ᄲᆫ이러라.

잇찌 영경의 나히 십오 셰라. 옥안녕풍(玉顔英風)이 날노 시로와 비길 ᄃ 업더라. 당시랑 집의셔 퇴일(擇日)ᄒ여 셩예(成禮)ᄒ니, 긔구(器具)의 댱(壯)ᄒ면 당휘의 셩친(成親)홀 젹과 다라미 업더라.

이날 공지 길복(吉服)을 ᄀᆺ초고 위의(威儀)를 거나려 댱부(張府)의 이라려 교ᄇ(交拜)를 파(罷)ᄒ고 빅양(百樣)으로 댱소져를 마주 도라올ᄉ, 시랑 붓쳬 셔랑(壻郎)의 쳥아(淸雅)ᄒᆫ 풍도(風度)를 과이(過愛)ᄒ야 소뎌(小姐)를 각별 경겨(警戒)ᄒ야 니부(李府)로 보닐ᄉ, 일노(一路)의 싱소고악(笙簫鼓樂)⁵⁾이 훼쳔(誼天)ᄒ야 부듕(府中)의 이라러 부

---

4) [교감] 졔 어린아히나니 니 남이 ᄀ로치는 ᄃ로 ᄒ리라: 사재동B본 '졔 어린아히 아니니 남이 가라치는 디로 ᄒ리라'.

5) 생소고악(笙簫鼓樂): 생황, 피리, 북 등 온갖 악기로 연주하는 음악.

로 가묘(家廟)의 올나 참알(參謁)호시, 학사와 영경이 슬푸믈 이긔디 못호더라.

인호야 좌졍(坐定)호니⁶⁾ 연연ᄌ약(娟娟自若)호며 온공화슌(溫恭和順)호고 명명쎡쎡호미 곤손(崑山) 미옥(美玉) ᄀᆞᆺ호디라. 니휘 크게 깃거 두긋기고⁷⁾ 사랑호믈 녜(例)의 넘게 호더라. 인호야 안둔(安屯)호미 부뷔 화락(和樂)호야 은졍(恩情)이 날노 더호더라.

학시 이후(以後)눈 일삭(一朔) 망일(望日)은 댱부(張府)의 잇고 망일은 본부(本府)로 와 영경의 부부로 화락호야 즐기니, 댱소졔 니후(李侯)를 존구(尊舅)ᄀᆞᆺ치 호고, 공ᄌᆞ(公子)의 공경호고 두려호믈 엄부(嚴父)ᄀᆞᆺ치 호더라. 이히 지노미 영경 쏘 급졔(及第)호야 한림의 졔히니, 족히 가셩(家聲)을 잇고 그 누의 풍역(風力)을 일치 아냣더라.⁸⁾

잇씨 댱상셔의 춍쳡(寵妾) 위영은 옛날 니휘(李侯) 셤겨지라 호던 챵여(娼女)라. 맛춤니 댱연의 구물⁹⁾의 결여 득춍(得寵)호더니,¹⁰⁾ 이 휘 입문(入門) 후눈 져는 문득 힝노인(行路人)이 된디라,¹¹⁾ 크게 함원(含怨)호야 그윽이 히(害)홀 쁘지 잇시나 감히 싱의(生意)치 못호더라.

시랑 부인 녀씨는 셩되(性度ㅣ) 피려(悖戾)호고 위인(爲人)이 피악부졍(悖惡不正)호 고로 시랑이 마양(每樣) 칰(責)호야 졔가(齊家)호미 슉연(肅然)호되 곳치지 못호더라. 샹히¹²⁾ 니학사의 쳥쳥(淸淸)홈과

---

6) [교감] 인호야 좌경호니: 사재동B본 '댱소졔 학ᄉ긔 지비호고 물너 경좌호니'.
7) 두긋기고: '아끼고' 또는 '사랑하고'의 고어.
8) [교감] 그 누의 풍역을 일치 아냣더라: 경북대본 '그 누의 종젹을 일치 아냐시니'.
9) 구물: '그물'의 방언. [교감] 사재동B본 '긔물'.
10) [교감] 맛춤니 댱연의 구물의 결여 득춍호더니: 경북대본 '죵니 샹셔의 나뷔 잡눈 그믈의 걸녀 가장 춍이호더니'.
11) [교감] 이휘 입문 후눈 져는 문득 힝노인이 된디라: 회동셔관본 '리학ᄉ로 작비혼 이후로눈 운영을 춍이호미 졈졈 쇠호눈지라'.
12) 샹히: 항상.

견강(堅剛)호물 못맛당이 넉이고, 져의 인물이 상활(爽闊)13)호야 구 추(苟且)치 아닌지라. 녀씨 셩되(性度) 푸러져 강단(剛斷)이 업고, 지물(財物)을 앗기며 간교(奸巧)혼 스룸을 조히 넉이니, 젼쵹지수(天屬才士)14)와 만고영웅(萬古英雄)의 며나리롤 쓰지 마즈호리요? 심히 그룻 녀어 마양 시랑과 상셔롤 꾸지져 왈,

"삼부(三婦) 니학수 조졍디신이로다 호야 방주교만(放恣驕慢)호니, 니 집의 가(可)호랴!"

상셔는 드롤 따롬이요, 시랑은 요두불열(搖頭不悅)15) 왈,

"졔(第) 삼부 니학수는 오수주론16) 잇고17) 허리의 금인(金印)을 빗겨시며 작위(爵位) 일품(一品)의 잇시되, 온슌(溫順)혼 수덕(四德)18)과 쳥졍(淸淨)혼 인물이며 엄슉(嚴肅)혼 긔되(氣度ㅣ) 고금의 드무리니, 니는 니 아희 쾌(快)혼 복(福)이오 가문의 빗는 경시(慶事)라. 그딕 차마 엇지 져런 말을 호나요?"

녀씨 불열(不悅)호야 답(答)지 아니호더라.

이휘19) 우영20)을 보고 편이(偏愛)호며, 그 간교(奸巧)홈과 영민(英敏)호물 수랑호야 주로 불너 보고, 연을 권(勸)하야 우딕(優待)하라 혼디, 댱휘 쏘흔 모명(母命)을 좃추 일삭(一朔)의 삼 일식 추주니, 위영이 더옥 방주(放恣)호야 믹양 니후(李侯)를 소춤(訴讒)호야21) 녀씨

---

13) 상활(爽闊): 느낌이나 성격이 시원하고 산뜻함.
14) 쳔쵹재사(天屬才士): 하늘이 내린 재주 있는 사람.
15) 요두불열(搖頭不悅): 머리를 흔들며 못마땅하게 여김.
16) 오수주론: 미상.
17) [교감] 니학수는 오수주론 잇고: 경북대본 '현부는 소소녀지 아니오'.
18) 사덕(四德): 여자로서 갖추어야 할 네 가지 덕으로 마음씨[婦德], 말씨[婦言], 맵시[婦容], 솜씨[婦功]를 의미함.
19) 이휘: '녀씨'의 오기. [교감] 사재동B본 '녀찌'. 경북대본 '이후'(以後).
20) 우영: '위영'의 오기.
21) [교감] 소춤호야: 사재동B본 '모함(謀陷)호야'.

긔 고호디, 크게 고지드려 니후롤 깁히 미워호되 감히 꾸짓도 못호고 호갓 초죠(焦燥)호더니, 일일은 녀씨 댱조(長子) 협과 초조(次子) 안과 삼조(三子) 연과 총부(冢婦) 김씨 초부(次婦) 하씨 등으로 더부려 쵸당(草堂)의 모화 놀며, 위영을 불너 손을 줍고 등을 두다려 우어 왈,

"이는 속셰지인(俗世之人)이 아냐 션지(仙者ㅣ) 호강(下降)호여나니, 연은 모라미 즁디(重待)룰 뫼굿치 호라."

휘 소왈,

"디댱뷔(大丈夫ㅣ) 임의 슉여룰 두고 챵여(娼女)룰 듕디(重待)호리잇가?"

녀씨 변식(變色) 왈,

"이학사논 음악(淫惡)호 게집이라. 얼골인들 위영의게 미츠리요?"
김씨 하씨 등이 그윽이 웃더고,22) 계자(諸子)는 무언(無言)이러라.

문득 시예(侍女ㅣ) 고왈,

"이휘 오시나이다."

모다 도라보니, 휘 머리예 조금관(紫錦冠)을 쓰고 몸의 홍삼(紅衫)을 붓쳐 눈두시 좌듕(座中)의 다다르니, 츄푸(秋波) 굿호 양목(兩目)은 일월(日月)이 빗치 업고, 도화(桃花) 굿호 양협(兩頰)은 옥(玉)으로 둣굿고, 푸란 머리논 흑운(黑雲) 어라인 둣(호고), 셤셤셰요(纖纖細腰)와 봉황(鳳凰) 굿호 엇기 표표(飄飄)호야 노논 졔비 굿호니, 긔긔묘묘(奇奇妙妙)호야 진실노 만고 일인(一人)이라. 금관(錦冠)의 면유(冕旒)23)논 낫출 그리와시니, 명월(明月)이 흑운(黑雲)의 니왓논 듯 슈(秀)호24) 골격과 유호(有閑)호 풍되(風度) 좌우롤 동(動)호고, 쇄락호 광치 일실(一室)의 휘황호더라. 향긔(香氣) 동(動)호논 중 옥피(玉佩)논 옷 소이

---

22) [교감] 웃더고: 사재동B본 '웃고'.
23) 면류(冕旒): 면류관의 앞뒤에 늘어뜨린 구슬꿰미.
24) [교감] 슈혼: 사재동B본 '슈슈혼'.

예 말계 울미, 멸이셔 보미 넉시 어리고 굿ㄱ이 오미 낫빗츨 곳치고 옷살 쓰다듬야 공경ᄒ니, 어진 사ᄅᆞᆷ은 조히 넉이고 부정(不正)ᄒ니 뮈워ᄒ미 올터라.

계인(諸人)이 일시(一時)의 이러나니, 녀부인이 ᄯᅩᄒᆞᆫ 급히 이러마ᄌᆞ 왈,

"현휘 이라시니 연샹(宴床)의 광치(光彩) 빈승(倍勝)ᄒ도소이다."

드듸여 방셕(方席)을 노코 안ᄌᆞ말 쳥ᄒᆞᆫ듸, 휘 비ᄉᆞ(拜謝) 왈,

"부인이 이럿톳 후이(厚愛)ᄒ시니 덕(德)을 이긔여 갑습지 못ᄒ려이와, 다만 쳡(妾)은 부인 슬ᄒᆞ(膝下)의 모졈25)ᄒᆞᆫ 사ᄅᆞᆷ이여놀, 존괴(尊姑ㅣ) 엇지 쳡의 츌입(出入)의 반다시 이려 마ᄌᆞ사 쳡으로 ᄒᆞ야곰 황공ᄒᆞ게 ᄒᆞ시며 언예(言語ㅣ) ᄯᅩ 과도(過度)ᄒ시니, 이 ᄯᅩᄒᆞᆫ 원(願)이 아니로소이다."

여부인이 사(謝)왈,

"현후ᄂᆞᆫ 국가듸신이라. 노인이 엇지 이런 ᄌᆞ식으로ᄡᅥ 싀어민 쳬ᄒᆞ리요?"

학시 믁연이 깃거 아냐 몸을 두루혀 동셔(同壻)들 안잔 듸 ᄒᆞᆫ가지로 안ᄌᆞ니, 댱협 등이 웃고 녯날 동졉(同接)ᄒᆞ야 사괴던 말을 이라고 디소(大笑) 왈,

"굿씨 엇지 연의 부인 될 줄을 알이요?"

니휘 ᄯᅩ한 웃고 화답(和答)ᄒᆞ야 유슌(柔順)ᄒᆞᆫ 긔딜(氣質)과 ᄲᅦ혀ᄂᆞᆫ 용모(容貌) 우영26)이 밋츨 비리오. 녀씨 속으로 불열(不悅)ᄒ되 사식(辭色)지 아니ᄒ나, 니휘 그 존고(尊姑) 긔식(氣色)이 고이(怪異)ᄒᆞᄆᆞᆯ 보고 믄득 이려 침젼(寢殿)으로 도라가니, 연의 양형(兩兄)이 시

---

25) 모졈: '모쳠(慕瞻, 우러러 사모함)'의 오기인 듯함. '한 귀퉁이에 참여한다'는 뜻으로 볼 수도 있다. [교감] 사재동B본 '모쳠'. 경북대본 '모쳠'.
26) 우영: '위영'의 오기.

로이 흠탄(欽歎)ᄒ야 샹셔의 큰 복을 치하(致賀)ᄒ야 입의 긋치지 아니
ᄒ니, 녀씨 디로(大怒)ᄒ야 안으로 드려가니, 인(因)ᄒ야 파(罷)ᄒ다.
　일일은 학시 심회(心懷) 울울ᄒ야 황당27)과 누각(樓閣)의 두로 거러
ᄒ고디 다다라니, 위영이 오현금(五絃琴)을 두ᄉ리며 당샹(堂上)의 거
려안ᄌ 요동(搖動)치 아니커날, 니휘 디로(大怒)ᄒ야 ᄭ지져 왈,
　"구고(舅姑)도 오히려 나의 츌입(出入)의 셩쳬(聖體)를 움작이시고,
졔슉졔형(諸叔諸兄)이 ᄒ당(下堂)ᄒ야 봉숭(奉送)ᄒ미 잇거든, ᄒ믈며
너 쳔인(賤人)이 엇지 감히 이럿ᄐᆺ 티만(怠慢)ᄒ리요?"
　이예 영(令)을 나리와
　"칼을 씌워 하옥(下獄)ᄒ라."
　ᄒ고, 슉소(宿所)의 도라와 샹셔ᄅᆞᆯ 칙(責) 왈,
　"그디 됴졍지열(朝廷宰列)노 졔가(齊家)ᄒ미 이러ᄒ야 쳔쳡(賤妾)
분의(分義)ᄅᆞᆯ 츌히지 못ᄒ니 ᄒ심ᄒ도다. 니 비록 녀진나 군후(君侯)
ᄀᆞᆺᄒᆞᆫ 남진ᄂᆞᆫ 항복지 아니노라."
　댱휘 소왈,
　"현후의 말솜도 가(可)커이와, 고인(古人)이 이르되, '집의 현쳐(賢
妻)와 나라희 현상(賢相)이라' ᄒ니, 니 비록 국가의 근노(勤勞)ᄒ야 가
니(家內) 불엄(不嚴)ᄒ나 부인이 션치(善治)ᄒᆞᆯ 거시여날, 남의 집 일 보
ᄃᆞᆺ ᄒ고 나의 가모(家母)의 도ᄅᆞᆯ 젼폐(全廢)ᄒ야 구구(區區)히 눌을
칙(責)ᄒ시ᄂᆞ냐?"
　혹시 소왈,
　"그디ᄂᆞᆫ 가히 셰긱28)이라 ᄒ리로다."
　샹셰 디소(大笑)ᄒ야 이라디,

---

27) 황당: '화당(花堂)'의 오기. [교감] 사재동B본 '화당'. 회동서관본 '화원'.
28) 셰긱: '셰긱(說客)'의 오기. [교감] 사재동B본 '셰객'.

"요스이 모친이 위영을 편이(偏愛)ᄒ시니, 그 버라시 사오납도다."

니휘 침음양구(沈吟良久)의 스챵(紗窓)을 열치고 하관(下官) 뎡현 등을 불너 분부(分付) 왈,

"챵여(娼女) 위영이 크게 무례(無禮)ᄒ니, 별로 솜십 장(杖)을 즁타(重打)ᄒ라."

ᄒ눈 호령이 츄샹(秋霜) 갓투니, 이윽고 명현이 봉명(奉命)ᄒ야 위영을 엄치(嚴治)ᄒ다.

이러구려 슈월(數月)이 되여더니, 위영이 학스을 각골(刻骨)이 원망(怨望)ᄒ야 이후(李侯)의 글시을 어더 간부셔(間夫書)을 지여 녀부(인)을 뵈고 츤조ᄒ니,29) 여씨 디로ᄒ야 시랑을 뵈고 찌놀며30) 우려 왈,

"니 당초(當初)부터 더러운 인물인 쥴을 알고 깃거 아니커놀, 그듸와 연이 후ᄒ야31) 밋쳣더니, 오날 보니 어더ᄒ요?"

시랑이 머리을 흔드려 왈,

"그러치 그러치32) 아니ᄒ다. 이는 반다시 간인(奸人)의 간게(奸計)로다. 구의(口外)예 닉지 말나."

셔씨33) 발작(發作) 왈,

"노옹(老翁)은 져의 셰(勢)룰 두려 아쳠(阿諂)ᄒ나냐? 그리 두렵거든 닉 쳐치(處置)하리라."

이예 솜ᄌ(三子)룰 불너 고셩디즐(高聲大叱) 왈,

"네 니 셔간(書簡)을 보라."

ᄒ고, 쏘 연을 ᄉ자지져 왈,

---

29) 츤조ᄒ니: '참소(讒訴)ᄒ니'의 오기.
30) [교감] 찌놀며: 사재동B본 '쮜놀며'.
31) [교감] 후ᄒ야: 사재동B본 '혹(惑)ᄒ야'.
32) 그러치 그러치: '그러치'의 중복 필사 오류.
33) [교감] 셔씨: 사재동B본 '녀시'.

"네 요괴(妖怪)로온 필옥ᄒᆞ야[34] 쳬면(體面)과 위의(威儀)룰 아조 폐(廢)ᄒᆞ고, 위영은 나의 ᄉᆞ랑ᄒᆞᄂᆞᆫ 며나리여날, 무죄(無罪)히 니후로 다ᄉᆞ리게 ᄒᆞ야 별곤(別棍) 삼십(三十)토록 치니, 니 무산 일고? 당ᄎᆞᆺ(將次) 니후를 니쳠족 ᄒᆞ냐, 두엄작 ᄒᆞ냐?"

상셰 비록 고지듯지 아니냐, ᄯᅩᄒᆞᆫ 의심ᄒᆞ야 날호여 답왈,

"소지 ᄯᅩᄒᆞᆫ 의심이 업지 아니ᄒᆞ오니, 댱ᄎᆞᆺ 엇지ᄒᆞ리잇가?"

녀씨 왈,

"쾌(快)히 니치라."

댱협 등이 간왈(諫曰),

"져 ᄉᆞ룸이 이련 일이 업ᄉᆞ리니, 모친은 슬피소셔."

녀씨 디로 왈,

"당(唐)젹 무측쳔(武則天)이 위와후[35]와 쳔ᄌᆞ(天子)룰 겸(兼)ᄒᆞ야셔도 힝실(行實)이 사오나오니, ᄒᆞᆫ 명부(命婦)와 졔후(諸侯)로ᄡᅥ 본듸 ᄉᆞ오나온 힝실을 참으랴? 쾌(快)히 내치라."

셜파(說罷)의 일위(一位) 부인(夫人)이 유안(柔顔)의 우음을 먹음고 낭연(朗然)이 답왈,

"부인 말ᄉᆞᆷ이 지극 맛당ᄒᆞ여이다."

도라보니 이ᄂᆞᆫ 곳 이학시라. 녀씨 경아(驚訝)ᄒᆞ야 말ᄒᆞ고져 ᄒᆞ더니, 학시 미우(眉宇)의 노ᄉᆡᆨ(怒色)이 가득ᄒᆞ야 연을 가라쳐 즐왈(叱曰),

"녜 날을 의심ᄒᆞ야 눈쳐(難處)히 녁닐진듸[36] 니 당당이 도라가려이와, 평일의 네 (지)긔로라 ᄒᆞ던 말니 븟그럽지 아니랴! 불과(不過) 위영이 녀씨 부인 총(寵)을 미더 날을 모함ᄒᆞ니, 니 비록 용열ᄒᆞ나 존젼

---

34) [교감] 요괴로온 필옥ᄒᆞ야: 사재동B본 '요괴로온듸 혹ᄒᆞ야'.
35) 위와후: '위왕후(魏王后)'의 오기. [교감] 사재동B본 '위왕후'.
36) [교감] 녜 날을 의심ᄒᆞ야 눈쳐히 녁닐진듸: 회동서관본 '상공이 임의 의심ᄒᆞ야 결단ᄒᆞ기 눈쳐ᄒᆞ거든'.

(尊前)의셔 위영이 녀부인 춍을 미더 날을 모함ᄒᆞ니,37) 댱연 너 ᄒᆞᆫ 필뷔(匹夫)흘38) 져쥬39) ᄉᆞ힉(査覈)40)고져 ᄒᆞ되, 스룸이 다 나의 구츠ᄒᆞ물 우울지라. 쳥이불쳥(聽而不聽)ᄒᆞ야41) 도라가노라."42)

도43) 구고(舅姑)를 향ᄒᆞ야 나죽이 하직(下直) 왈,

"쳡이 크게 녀ᄒᆡᆼ(女行)의 버셔는 죄 잇난지라. 존부(尊府)의 머무러 쳥덕(淸德)을 더러이지 못ᄒᆞ야 집의 가 ᄒᆡᆼ실(行實)을 닷그려 물너가나이다."

녀시년 줌줌(潛潛)ᄒᆞ고, 시랑은 탄왈,

"노부(老夫)의 졔가(齊家)ᄒᆞ미 불엄(不嚴)ᄒᆞ야 요괴로온 일을 졔(制)치 못ᄒᆞ야 현후(賢侯)의 신상(身上)의 미차니, 불승참괴(不勝慙愧)ᄒᆞ도다. 니졔 현후의 본부(本府)로 가기을 쳥ᄒᆞ니, 노뷔 감히 금(禁)치 못홈은 현후의 ᄯᅳᆺ즐 슌(順)히 좃치미ᄅᆞ. 타일(他日) 년의 죄을 ᄉᆞ(赦)ᄒᆞ고 다시 모드물 ᄇᆞ라노라."

학ᄉᆡ 문득 안식(顔色)을 고치고 염용지비(斂容再拜) ᄉᆞ례ᄒᆞ직(謝禮下直)ᄒᆞ고, 혁거(革車)을 지쵹ᄒᆞ야 옥모황월44)의 이이45) 군졸(軍卒)를 거나려 표년(飄然)의 도라가니, 좌즁(座中)은 어린46) 덧ᄒᆞ고 녀시은 그게 깃거ᄒᆞ너라.47)

---

37) 위영이 녀부인 춍을 미더 날을 모함ᄒᆞ니: 중복 필사의 오류.
38) [교감] 댱연 너 ᄒᆞᆫ 필뷔흘: 사재동B본 '위영을'.
39) [교감] 져쥬: 사재동B본 '죄 주어'.
40) ᄉᆞ힉(査覈): 실제 전후 사정을 자세히 조사하여 밝힘.
41) [교감] 쳥이불쳥ᄒᆞ야: 사재동B본 '경히 불평ᄒᆞ야'.
42) [교감] 쳥이불쳥ᄒᆞ야 도라가노라: 경북대본 '쾌히 도라가ᄂᆞ니 거리끼지 말지어다'.
43) [교감] 도: 사재동B본 'ᄯᅩ'.
44) 옥모황월: '옥모화월(玉貌花月)'의 오기. [교감] 사재동B본 '옥모화월'.
45) 이이: '아역(衙役, 수령이 지방 관아에서 따로 부리던 사내종)'의 오기. [교감] 사재동B본 '이역'.
46) 어린: 얼떨떨한.
47) [교감] 좌즁은 어린 덧ᄒᆞ고 녀시은 크게 깃거ᄒᆞ더라: 회동서관본 '가즁 상히 모다 불평ᄒᆞ야 셔로 도라보ᄋᆞ 묵묵히 안즈시되 오작 여부인과 운영이 대희홈을 이기지 못ᄒᆞ더라'.

위영이 형경을 죽이려 자객을 보내다

이휘 본부의 도라와 한림과 댱씨를 디(對)ᄒ야 그 곡졀(曲折)을 이라니, 혼림이 디로(大怒)ᄒ야 댱씨를 디ᄒ야 즐왈,

"나의 미랑(妹娘)은 국가 디신이요, 댱후와 듕마지음(竹馬之音)[1]으로 부부지의(夫婦之義)를 허(許)하얏시되, 음언(淫言)으로 구박ᄒ엿거날 기여(其餘)를 이라냐? 니 비록 그디와 수연(數年) 졍(情)이 중(重)ᄒ나 결단코 동낙(同樂)지 아니리니, 네 집의 도라가 드룬 부(夫)를 어더 살나."

댱씨 믈이여눌,[2] 학시 급히 말여 왈,

"현졔(賢弟) 일작 셩현(聖賢)의 글을 일거 비례(非禮)예 말을 슴갈 거시여날, 댱씨를 능욕(凌辱)ᄒ야 션븨 힝실(行實)을 상(傷)히오나요?"

---

1) 죽마지음(竹馬之音): 어렸을 때부터 같이 놀며 자란 절친. 죽마고우.
2) [교감] 믈이여눌: 사재동B본 '묵묵이여눌'.

한림 왈,

"졔 상긔3) 형을 욕ᄒᆞ니, 소졔(小弟ㅣ) 엇지 져를 욕지 못ᄒᆞ리요?"

혹시 소왈,

"불년(不然)ᄒᆞ다. 너를 만 권(萬卷) 셔(書)를 ᄀᆞᆯ으쳣거날, 엇지 그리 통(通)치 못ᄒᆞ요? 쳔고(千古)의 사룸이 어지니와 ᄉᆞ오나오니 만커날, 네 말 ᄀᆞᆺᄒᆞᆯ진ᄃᆡ 공ᄌᆞ(孔子)와 도쳑(盜跖)4)이 엇지 서로 현격(懸隔)ᄒᆞ리요? 불현ᄌᆞ(不賢者)ᄂᆞᆫ ᄃᆡ현ᄌᆞ(大賢者)를 법(法) 밧지 못ᄒᆞ고, ᄃᆡ현ᄌᆞᄂᆞᆫ 불현ᄌᆞ를 보면 더옥 힝실(行實)을 둣글 거시여날, 엇지 문목5) 져와 ᄀᆞᆺᄉᆞ리요? ᄒᆞ물며 댱씨ᄂᆞᆫ 어진 부인이라. 네 누의ᄀᆞᆺ치 사오납지 아니니 맛당이 공경ᄒᆞ라."

공지(公子ㅣ) 강잉(强仍)ᄒᆞ야 사례ᄒᆞᄃᆡ. ᄎᆞ후(此後) 댱씨를 면목불견(面目不見)ᄒᆞ니, 혹시 (한림에게) 권왈(勸曰),

"네 비록 우의지심(友愛之心)6)이나, 종ᄉᆞ(宗嗣)의 즁(重)ᄒᆞ물 ᄉᆡᆼ덧지 아냐 무죄(無罪)ᄒᆞᆫ 녀ᄌᆞ을 박ᄃᆡ(薄待)ᄒᆞᄂᆞ요? 댱씨 엇지 사오ᄂᆞ온 오라비를 ᄀᆞᆯ으치리요? ᄒᆞ물며 네 ᄂᆡ 말을 듯지 아니ᄒᆞ니, 장씨을 ᄎᆡᆨ(責)지 못ᄒᆞ리로ᄃᆞ."

공지 ᄉᆡᆼ각ᄒᆞᄃᆡ,

'져계(姐姐ㅣ) 괴로이 장씨을 권(勸)ᄒᆞᆷ은 종ᄉᆞ를 위ᄒᆞ미니, ᄂᆡ 맛당이 아람ᄃᆞ온 여ᄌᆞ을 취ᄒᆞ야 져져의 권ᄒᆞᄂᆞᆫ 바을 막고 분(忿)ᄒᆞ믈 풀이라.'

ᄒᆞ고 가마니 구혼(求婚)ᄒᆞ야, ᄐᆡ혹사(太學士) 백흥의 여ᄌᆞ로ᄡᅥ 지취

---

3) [교감] 졔 상긔: 사재동B본 '져 장긔(張哥)'.
4) 도쳑(盜跖): 중국 춘추시대의 큰 도적. 현인 유하혜의 아우로 수천 명을 거느리고 천하를 횡행하였다고 전한다. 공자와 같은 성인과 대조되는 악한 사람을 비유한다.
5) [교감] 문목: 사재동B본 '문득'. 회동서관본 '무도흔'.
6) 우애지심(友愛之心): 형제간 또는 친구 간의 아끼는 마음.

(再娶)할시, 한님이 본디 침즁(沈重)ᄒᆞ고 단염(端嚴)ᄒᆞ여 사긔(事機)을 쥬밀(周密)이 ᄒᆞ니, 학ᄉᆞᄂᆞᆫ 아득히 모로더라.

밋 상여7) 놀 길복을 입고 드러와 ᄒᆞ직ᄒᆞᆫ디, 혹시 디경 왈,

"사계(師弟) 읏지 신낭(新郞)의 옷슬 입어ᄂᆞᆫ요?"

ᄒᆞᆫ디, 한님이 웃고 실ᄉᆞ(實事)을 고ᄒᆞ니, 학ᄉᆡ 어린다시 말을 아니코 안젓다가 낫빗츨 변ᄒᆞ고 왈,

"니 비록 용열ᄒᆞ나 네 엇지 취품(就稟)치 아니ᄒᆞ고 니런 거죄(擧措) 닛나뇨?"

한림이 그 긔식(氣色)이 좃치 아니믈 보고 즉시 쳥죄(請罪) 왈,

"소졔 실노 그랏ᄒᆞ야사옵8) 댱씨룰 동낙(同樂)지 아니려 ᄒᆞ미라. 엇지 져져룰 경(輕)히 넉이미 잇ᄉᆞ릿가?"

혹시 왈,

"녜 슉믹(菽麥)을 분별(分別)홀 거시여날, 부뫼 아니 게시고 내게 고(告)치 아니면 뉘게 고ᄒᆞ리요? 네 님의 고치 아냐시니, 지취(再娶) 후ᄂᆞᆫ 내 눈의 뵈지 못ᄒᆞ리라."

ᄒᆞᆫ님이 낫빗츨 곳치고 ᄭᅮ러 ᄀᆞ로디,

"이랄진디 오날날 혼인을 푸셜(破設)ᄒᆞ고 형 안젼(眼前)의 쩌나지 아니리이다."

드디여 길복을 벗고 시죄9)여놀, 댱씨 ᄎᆞ언(此言)을 듯고 이예 이라러 학ᄉᆞ긔 뵐ᄉᆡ, 한림은 눈을 ᄂᆞ죽이 ᄒᆞ고 고기룰 슉엽지 아니ᄒᆞ더라.10)

혹시 댱씨룰 디ᄒᆞ야 탄왈,

---

7) 상여: '성례(成禮)'의 오기. [교감] 사재동B본 '셩예'.
8) [교감] 그랏ᄒᆞ야ᄉᆞ옵: 사재동B본 '그룻ᄒᆞ얏ᄉᆞ오나'.
9) 시죄: '시좌(侍坐)'의 오기. [교감] 사재동B본 '시좌'.
10) [교감] 고기룰 슉엽지 아니ᄒᆞ더라: 사재동B본 '고기을 슉여 보지 아니ᄒᆞ더라'.

"니 불명(不明)ᄒ야 ᄒᄂᆞᆺ 동싱(同生)을 ᄀᆞᆯ 치지 못ᄒᆞ므로 고이(怪異)ᄒᆞᆫ 집법(執法)11)을 니여 낭ᄌᆞ(娘子)를 무단(無斷)이 박디ᄒ고 지취코져 ᄒ니, 엇지 ᄉᆞ롬을 디하야 붓그럽지 아니리오."

댱씨 념용(斂容) ᄉᆞ례 왈,

"부인(夫人)이 소소(小小)ᄒᆞᆫ 쳡을 유렴(留念)ᄒ시니, 은혜 빅골난망(白骨難忘)이여니와, 다만 남ᄌᆞ의 쳐쳡(妻妾) 두미 고이치 아니ᄒᆞ옵거날, 오날날 혼인을 푸ᄒ면 일졍 긔단(起端)이 되고, 져 집 여ᄌᆞ의 평싱이 불상ᄒ니, 비록 혼님이 젼도(顚倒)ᄒ오나 잠간 농셔(容恕)ᄒ시면 힝심(幸甚)이라. 삼가 소회(所懷)를 알외나이다."

학ᄉᆡ 이윽히 혜아리다가 드라12) 한님다려 왈,

"니 결단코 헛(許)치 아닐너니, 댱소져의 말이 올흔다라. 길일(吉日)을 어그릇지 말나."

한림이 칭ᄉᆞ(稱謝)ᄒ고 니렴(內念)의 댱씨를 더옥 긔특이 넉이되 ᄉᆞ식(辭色)지 아니ᄒ고, 위의(威儀)를 ᄀᆞᆺ초아 빅량(百樣)으로 신부(新婦)를 ᄆᆞᄌᆞ 도라오니, 아름답고 표묘(表妙)ᄒ야 미화(梅花)의 고은 빗치 머무러시나, 뉴한졍졍(幽閑貞靜)13)ᄒᆞᆫ 댱씨의 밋지 못ᄒᆞᆯ너라. 할림(翰林)이 집짓 혹(惑)ᄒ야 댱씨를 소디(疏待)ᄒ니, 댱씨 비록 ᄒᆞᆫ(恨)이 깁푸나 ᄉᆞ식지 아니ᄒ더라. 학ᄉᆡ 짐죽ᄒ야 알고 할림을 ᄆᆡ양 칙ᄒ고 달니여 왈,

"네 져러ᄒ면 댱가(張家)의셔 니 부족(不足)이라 ᄒ고 더옥 구츠히 넉이리니, 고집지 말나."

---

11) 집법(執法): 법령을 굳게 지킴. 여기서는 '방법' 또는 '꾀'라는 뜻으로 쓰였다.
12) 드라: '다시'의 뜻으로 쓰인 듯함. [교감] 사재동B본 '도로'.
13) 유한정정(幽閑貞靜): 여자가 인품이 조용하고 그윽하며 행실이 곧고 깨끗함.

호되, 할림이 그 악모(岳母)¹⁴⁾ 녀씨롤 무이¹⁵⁾ 녁여 맛참니 쓰줄 두루혀지 아니호더라.

니젹의 댱상셔 니후(李侯) 노(怒)롤 씌여 분분(紛紛)이 도라가미, 혼 말도 못 호고 심시(心事) 울울(鬱鬱)호여 하더라. 위영은 니휘 분(忿)을 먹음어 져룰 히(害)홀가 두려 ᄀ모이 ᄌ직(刺客)을 보니 니후롤 히호려 호니, 추인(此人)은 보건인¹⁶⁾이라. 년(年)이 삼십이(三十二) 셰(歲)나 신댱(身長)이 삼 쳑(三尺)이 못호되 담약(膽略)이 과인(過人)호야 날니미 다란 ᄌ직의 지나며, 혼 비도(飛刀)랄 가져 형가(荊軻)¹⁷⁾의 콜이 날니지 아니물 웃논지라. 셩명(姓名)은 댱휘영이니, 쳔금(千金)을 주고 이휘(李侯) 죽임물 의논(議論)호디, 휘영이 흔연(欣然) 왈,

"니논 소댱(小將)의 소임(所任)이라. 낭ᄌ(娘子)논 근심치 마라소셔."

호고, 집의 도라와 쳐 황씨다려 수말(首末)을 이라고, 혼ᄌ 보검(寶劍)을 품고 쳥주후 부즁(府中)으로 ᄀ니라.

이날 휘(侯ㅣ) 쳥듕(廳中)의 ᄂ와 경식(景色)을 보며 현금(玄琴)을 농(弄)호더니, 믄득 일진광풍(一陣狂風)의 쏫글이 날이며 후(侯)의 쓴 관(冠)이 버셔지니라. 좌위(左右ㅣ) 디경(大驚)호고 휘 고히넉여 혼 괘(卦)랄 엇고 소왈,

"추등(此等)이 속졀업시 명(命)을 지촉호미로다."

시여(侍女)로 호여곰 관(冠)을 가져오라 호야 소화(燒火)호고, 이예 날이 져물미 침젼(寢殿)을 조히 쓰리 즙거놀 놋치 아니호고¹⁸⁾ 그린¹⁹⁾

---

14) 악모(岳母): 쟝모(丈母).
15) 무이: '밉게'의 방언.
16) 보건인: '복건인(福建人)'의 오기. '복건'은 중국 지명이다.
17) 형가(荊軻): 중국 전국시대의 자객. 위나라 사람으로, 연나라 태자 단이 부탁해 진시황을 암살하려 했으나 실패하고 처형당하였다.
18) 조히 쓰리 즙거놀 놋치 아니호고: 의미 모호. '종이가 바람에 날리거늘 놓지 아니하고'라

촉(燭) 여라문[20]을 발히고,[21] 젼일(前日) 쓰던 보검을 졍(精)이 가라 벼기 밋틔 너코 타연(泰然)이 자니, 좌우 시녜(侍女ㅣ) 감히 뭇지 못ᄒ고 크게 고이히 넉이더라.

야심(夜深)ᄒᆞ미 다 둘 스러져 ᄌᆞ거날, ᄌᆞ직 휘영이 충틈으로 보고 깃거 몸을 흔드려 일진풍(一陣風)이 되여 드러가 칼을 드러 이후을 티니, 문득 업ᄂᆞᆫ지라. 놀나 혜오디,

'니 앗가 충밧기셔 보니, 분명 벼기에 누어더니, 엇지 보지 못홀소냐?'

ᄒ고 급히 좌우를 도라보니, 좌편 촉영(燭影) 아리 훈 미인(美人)이 홍상(紅裳)을 쓰을고 취숨(翠衫)을 붓치며 미미(微微)히 웃거날, 휘영이 문왈,

"네 엇던 사름인다?"

기인(其人)이 답(答)지 아니코 우편(右便)으로 가거날, 청쥐흰 줄 알고 비수(匕首)를 니여 치니, 문득 미인이 간디 업거날, 급히 돌쳐 보니 동편(東便) 쵹ᄒᆞ(燭下)의 셧거날, ᄌᆞ직이 쏘 비수를 드려 치니 댱연(錚然) 싸히 써러지고,[22] 미인은 쏘 셔편(西便) 쵹하의 셧거날, 황망(慌忙)이 비수를 거두어 ᄒ수(下手)[23]코져 ᄒ더니, 홀연 미인은 보지 못ᄒ고, 다만 훈 줄 무지기 댱즁(堂中)의 쌔치며[24] 음풍(陰風)이 이러나 셔리와 눈 빗치 방듕(房中)의 가득ᄒ야 촌 긔운이 뼈의 사ᄆᆞᆺᄎ 눈이

는 뜻인 듯하다.
19) 긔린: '기다란'인 듯함.
20) 여라문: 여남은. 열이 조금 넘는 수.
21) [교감] 날이 겨물미 침견을 조히 쓰리 줍거놀 놋치 아니ᄒ고 긔린 촉 여라문을 발히고: 경북대본 '날이 겨믈미 침당의 도라와 쵹을 붉히고'.
22) 쟁연(錚然): 쩽그랑 소리. [교감] 경북대본 '징연이'.
23) 하수(下手): 손을 대어 사람을 죽임.
24) [교감] 쎄치며: 사재동B본 '쎄치며'.

258

박뵈고[25] 넉시 활홀ᄒᆞ니,[26] 휘영 디경하야 ᄯᅩᄒᆞᆫ 비수ᄅᆞᆯ 춤추어 디젹(對敵)ᄒᆞ니, 왼[27] 방의 찬 긔운이 ᄀᆞ득ᄒᆞ며 미인이 셔편으로 ᄀᆞ거날, 휘영이 동편으로 ᄀᆞ ᄆᆞ주 ᄊᆞ호니, 살긔등등(殺氣騰騰)ᄒᆞ되 고요ᄒᆞ야 촛불도 동(動)치 아니ᄒᆞ니, 가히 긔특ᄒᆞᆫ 지조러라.

ᄊᆞ홀 졔 시여(侍女) ᄒᆞ나히 잠을 ᄭᅢ야 보니, 방즁(房中)이 젹젹(寂寂)ᄒᆞ되, 잇다감 셔리빗과 번ᄀᆡ빗치 이려나거날, 고히녁여 양구(良久)히 보되 ᄉᆞ롬이 업거날, 디경ᄒᆞ야 니후(李侯)를 ᄭᅢ와 고(告)ᄒᆞ랴 몸을 두루혀 침병(枕屛)[28]을 힝(行)ᄒᆞ더니, 믄득 학시 크게 불너 왈,

"쾌히 져거슬 셔려져 니라."[29]

모든 시예(侍女ㅣ) 일시(一時)의 놀나 이려나 보니, ᄒᆞᆫ ᄉᆞ롬이 ᄯᅩ히 것구려졋고 혈쉬(血水ㅣ) 방즁의 ᄀᆞ득ᄒᆞ야시니, 넉시 몸의 붓지 야냐 다시 보니, 학시 나븨 눈셥을 거사리고 봉안(鳳眼)을 부름 ᄯᅥ 우수(右手)의 사룸의 머리를 줍고 좌수(左手)의 징광검을 줍아 동역(東域) 쵹하(燭下)의 셧시니, 살긔등등ᄒᆞ고 위풍이 늠늠ᄒᆞ야 용(龍)이 ᄒᆡ즁(海中)의 잇고 밍회(猛虎ㅣ) 산간(山間)의 안즛ᄂᆞᆫ 둣ᄒᆞᆫ지라.

시여들이 혼비븩산(魂飛魄散)ᄒᆞ야 수족(手足)을 ᄯᅥ더니, 휘 긔운(氣運)을 나리오고 피 흐로ᄂᆞᆫ 머리를 싸히 ᄯᅥ지고, 샹(床) 우히 거러안즈며[30] 소왈,

"만일 나의 보검 곳 아이더면 그놈 져어(制御)ᄒᆞ기 어럽더라."

시예 ᄭᅮ려 주왈,

"이 엇지 일이니잇가?"

───

25) 박뵈고: '발뵈고(잠깐 보이고)'의 오기. [교감] 사재동B본 '밤뵈고'.
26) 활홀ᄒᆞ니: '황홀ᄒᆞ니'의 오기. [교감] 사재동B본 '황홀ᄒᆞ니'.
27) 왼: '온'의 방언.
28) 침병(枕屛): 머리맡에 치는 병풍.
29) [교감] 쾌히 져거슬 셔려져 니라: 회동서관본 '쌜니 이거슬 치우라'.
30) 거러안즈며: 걸터앉으며.

학시 왈,

"아직 져거살 셔러져 니라."

이리 굴졔 가즁(家中)이 진동ᄒᆞ니, 할림(翰林) 듯고 급히 나와 보고 디경 왈,

"이 어일이니잇고?"

혹시 왈,

"이곳 위영의 시긘 비라."

드디여 죽엄31) 겻치 나아가 그 츤 뇨피(腰牌)32)롤 보니, '보건 장휘영'이라 다ᄉᆞᆺ ᄌᆞ(字)을 쎠거놀, 혹시 ᄒᆞ림ᄃᆞ려,

"요피을 글너 감초라."

ᄒᆞ고, 죽엄을 거두 니치고 ᄃᆞ시 상(床)의 올나 편니 ᄌᆞ이, 잇찌 쳔지(天子ㅣ) 셜연(設宴)ᄒᆞ사 빅관을 모화실시, 황휘(皇后) 또 니젼(內殿)의 즌치ᄒᆞᄉᆞ 만조명부(滿朝命婦)을 다 ᄎᆞᆷ예(參預)ᄒᆞ시니, 장시랑 부인도 가더라.

---

31) [교감] 죽염: 사재동B본 '죽엄'.
32) 요패(腰牌): 군졸, 사령, 별배 등이 허리에 차던 신분을 나타내는 패.

위영의 소행이 밝혀지고, 형경이 돌아가다

상이 혹소을 부르¹⁾ 젼젼(殿前)의 이르미, 흔연 소왈,
"경이 즁연의 부인이 되니 엇더 여기ᄂ요?"
혹시 홍표(紅袍)을 붓치고 옥ᄃᆡ(玉帶)을 도도며 ᄉ비복지(四拜伏地)
쥬왈,
"소신(小臣)이 셩은을 입ᄉ와 명부(命婦) 되오나, 본ᄃᆡ 명의(名義) 업사니, 믈너 본가(本家)의 잇셔 쳣 ᄯᅳ즐 직의나이다."²⁾
상이 놀나 연고(緣故)를 무르시니, 형경이 실ᄉ(實事)룰 고ᄒᆞ며 조곰도 은휘(隱諱)ᄒᆞ미 업사니, 상이 쥬(奏)를³⁾ 드라시미 학시 말슴이 조용ᄒᆞ고 ᄎᆞ례(次例) 잇ᄉ며, 굿ᄒᆞ여 연과 여씨를 불명케⁴⁾ 이라지 아니ᄒᆞ되, ᄌᆞ가(自家)의 이미(曖昧)ᄒᆞ믈 명빅(明白)히 하며 젹당(適當)

---

1) [교감] 부르: 사재동B본 '브르시니'.
2) [교감] 직의나이다: 사재동B본 '직희ᄂ이다'.
3) [교감] 쥬를: 사재동B본 '그 주ᄉ(奏辭)을'.
4) 불명케: '분명케'의 오기.

히 하야, ᄉ의(辭意) 평안(平安)ᄒ며 고요ᄒ야 맛치 사랑ᄒ던 이비 압피셔 말함과 다라지 안이니, 샹니 더옥 공경ᄒ시고 사랑ᄒᄉ 평신(平身)ᄒ라 ᄒ시고, 장시랑과 상셔를 칙왈(責曰),

"퇴학ᄉ 니형경은 묘당(廟堂)의 큰 신히(臣下)요, 긱실(閨室)의 웃듬 니라. 짐이 총유ᄒ믈⁵⁾ 슈족(手足)갓치 ᄒ더니, 졔 녀ᄌ(女子)로라 ᄒ거날, 이다오물⁶⁾ 먹음고 본직(本職)을 맛겨 그 공덕을 갑흐니, 엇지 당연의 안히 되미 무어시 부족ᄒ며, 경의 며ᄂ리 되미 엇지 불가(女可)ᄒ리요? 음언(淫言)으로 모함(謀陷)ᄒ야 니치니, 이는 형경을 업슈이 넉이미 아ᄂ라 벼슬을 경(輕)히 경히⁷⁾ 넉이미라. 벼슬을 경히 넉이미 아냐 짐을 능멸(凌蔑)이 넉이미라."

언필(言畢)의 소리 발년(勃然)ᄒ시니, 시랑 부지(父子ㅣ) 졍(正)히 황공ᄒ야 ᄃㅣ답고져 ᄒ더니, 샹이 호령(號令)ᄒᄉ 위영를 잡아다가 엄문(嚴問)ᄒ시니, 위영이 젼후죄상(前後罪狀)과 자직(刺客) 보닌 일을 고ᄒᄃㅣ, 샹 왈,

"그 ᄌ직이 어ᄃㅣ 가뇨?"

위영이 고왈(告曰),

"그놀 칼을 품고 쳥쥐휘 부즁(府中)으로 간 후 아모리 된 쥴을 몰나이다."

샹이 형경다려 무ᄅᄉ신ᄃㅣ, 학시 실상을 고ᄒ고 사ᄅᆷ으로 ᄒ야곰 요피(腰牌)을 ᄀ져다가 뵈오니, 샹이 위ᄉ(衛士)를 불ᄒᄉ 댱휘영 쳐(妻)를 ᄌ바다가 젼젼(殿前)의 꿀이시고, ᄌ직의 수급(首級)을 뵈여 왈,

"이거시 네 가뷔(家夫)야?"

ᄌ직 쳐(妻) 고왈,

---

5) 총유ᄒ믈: '총애(寵愛)ᄒ믈'의 오기. [교감] 회동서관본 'ᄉ랑ᄒ야'.
6) [교감] 이다오물: 사재동B본 '이달오믈'.
7) 경히 경히: 중복 필사의 오류.

"이는 곳 쳡신(妾臣)의 가뷔라. 홀눈8) 금빅(金帛)을 만이 가져와 집의 두고 누가, 간 지 수슘(數三) 식(朔)이로되 종격(蹤迹)이 업순지라. 일을 못 일워 외방(外方)의 머무는フ 호엿더니, 이럴 줄을 알이잇고?"

샹이 'ᄌ직은 볼셔 죽엇고 쳐는 무죄(無罪)라' 호야 북건의 니치시고, 위영은 '위형(威刑)을 굿초와 요춤(腰斬)9)호라' 호시고, 좌우을 도라보와 우어 골아ᄉ디,

"댱연 부ᄌ(父子)는 드라라. 셰샹 ᄉ룸이 연지분(臙脂粉)으로 ᄂᆺ출 ᄀ리오고 기름으로 머리룰 숌여 조흔 방셕(方席)과 수션(修繕) 다사리는 녀ᄌ로도 죄 업시 니치지 못호거날, 형경이 비록 ᄉ오납더라 호야도 짐의 낫출 볼 거시어날, 어디룰 남으로 아고10) 무슨 지조 미진(未盡)호야 박디(薄待)호미 잇나요?"

시랑이 복복11) 사죄 왈,

"신이 션조(先朝) 노신(老臣)으로 폐하의 녕총(榮寵)을 부지(父子ㅣ) 과도(過度)이 입ᄉ고,12) 겸(兼)호와 형경 갓흔 슉여로 연의게 혀혼(許婚)호시니, 산은디덕(山恩大德)13)이 구쳔(九天)의 ᄉ못ᄎ니, 엇지 박디호미 잇스리잇ᄀᄆᄂ, 다만 신이 용열(庸劣)호와 졔가(齊家)룰 못훈 년괴(緣故)오니, 죄 극(極)호도소이다."

샹셔는 참식(慚色)이 만안(滿顔)호야 묵묵 ᄉ죄(謝罪)려라.

일모셔산(日暮西山)호미 후원(後苑)14)의 모든 명뷔 퇴조(退朝)호고 댱연 부ᄌ(父子)도 퇴조할시, 형경이 샹긔 비알호직(拜謁下直)호니, 황

---

8) [교감] 홀눈: 사재동B본 '그놀'.
9) 요참(腰斬): 중죄인의 허리를 베어 죽이는 형벌.
10) [교감] 남으로 아고: 사재동B본 '나무라고'.
11) 복복: '부복(俯伏)'의 오기. [교감] 사재동B본 '부복'.
12) 입ᄉ고: '입습고'의 오기.
13) 산은대덕(山恩大德): 산처럼 높고 큰 덕. [교감] 회동서관본 'ᄒ해 ᄀᄉ온 은덕'.
14) 후원(後苑): 대궐 안에 자리한 정원.

야(皇爺ㅣ) 금빅(金帛)을 각별(各別) 상수(賞賜)ᄒᆞ시고, 인ᄒᆞ야 소왈,

"경은 댱가(張家)의 가 부도(婦道)를 닷그라. 짐이 맛참니 공주(公主)와 다라미 업도다."15)

학시 눈물을 흘여 쳔은(天恩)을 스례ᄒᆞ고 댱가의 가지 아니ᄂᆞᆫ ᄯᅳᆺ을 주(奏)ᄒᆞ니, 셩(上)이 함구(緘口)ᄒᆞ시더라.

잇ᄯᅢ 댱시랑이 도라와 여부인을 지다려 셩지(聖旨)와 위영의 초ᄉᆞ(招辭)16)를 이라고 크게 ᄭᅮ지자니, 녀씨 묵연(黙然)이 말이 업더라.

명일의 시랑이 샹셔로 ᄒᆞ여금 위의(威儀)를 거나려 이학ᄉᆞ를 마자 오라 ᄒᆞ니, 샹셰 수명(受命)ᄒᆞ야 니후부중(李侯府中) 이라려 보니, 두 층(層) 큰 문의 여라믄 ᄉᆞ룸이 안좃고 문하(門下)의 불근 셰문17)을 굿게 다다시니,18) 나ᄋᆞ가 문을 열나 ᄒᆞ되 문 안의셔 사룸 디답ᄒᆞ넌 소릐 업거날, 누샹(樓上) 사룸을 불너 열나 ᄒᆞ니, 그것들이 모르는 체ᄒᆞ고 디답지 아니ᄒᆞ니, 샹셰 디로(大怒) 왈,

"너희 비록 이한림 딕 종(從)이나, 엇지 공후(公侯) 디가(臺駕)19)를 보고 문 우희셔 뭇는 물을 응(應)치 아니ᄒᆞ나뇨?"

좌우(左右)로 ᄒᆞ야곰 달이를 노코 올나가 잡아 나리오라 ᄒᆞ니, 누샹(樓上) 인인(人人)이 아하 니소 왈,

"샹공(相公)도 지샹(宰相)이어이와, 우리도 지샹의 가인(家人)이로다."

댱휘 왈,

"네 불과 쳥쥐후 문직이여이와, 나는 곳 쳥쥐휘 가뷔(家夫ㅣ)라. 니

---

15) [교감] 공주와 다라미 업도다: 사재동B본 '공쥬와 다라게 아니ᄒᆞ노라'.
16) 초사(招辭): 죄인이 자기 범죄 사실을 진술하던 말.
17) 셰문: '쇠문'의 오기인 듯함.
18) [교감] 불근 셰문을 굿게 다다시니: 경북대본 '두 짝 붉은 문이 닷쳣고'.
19) 대가(臺駕): 고귀한 사람이 타는 가마.

후는 오히려 니 수하(手下)여던, 더옥 너희 등이 엇지 무례(無禮)ᄒ
뇨?"

가인(家人)이 손벽 치고 ᄒᆞᄒᆞ 대소 답왈,

"상공이 비록 쳥ᄎᆔ후 가뷔시나 ᄌᆞ고(自古)로 부부(夫婦)는 젹거(謫居)[20]ᄒᆞ거이와, 우리 현후는 댱원(壯元)이시고 상공은 봉후(封侯)[21]요, 우리 현후는 대도독(大都督)이시고 상공은 부도독(副都督)이시니, 품ᄎᆞ(品次)를 결울진대 뉘 나흐뇨?"

댱휘 대로ᄒᆞ야 칼을 비혀[22] 들고 크게 소리ᄒᆞ며 몸을 날여 누상의 올나 가인을 죽이려 ᄒᆞ니, 그 가인들이 ᄯᅱ여나려 다라나이, 샹셰 더옥 노ᄒᆞ야 칼을 들고 ᄯᅱ여 좃ᄎᆞ 부로 후당(後堂)으로 드려 가더니 문득 보니, 압 눈간(欄干)의 니휘 ᄐᆡ연(泰然)이 안ᄌᆞ 거문고를 두ᄉᆞ리며 징광검 갓ᄒᆞᆫ 보검(寶劍)을 노화시되, 좌우의 ᄒᆞᆫ ᄉᆞ룸 업고 인적(人跡)이 젹젹(寂寂)ᄒᆞ거날, 쳐암[23]은 상셰 노긔대발(怒氣大發)ᄒᆞ야 부로 당상(堂上)의 치다라 니후를 지라고져 ᄒᆞ야 올나가되, (형경이) 젹연(寂然)이 모ᄅᆞ는 쳬ᄒᆞ고 거문고를 타거날, 상셰 고셩(高聲) 왈,

"니형경아, 진실노 모라는 쳬ᄒᆞ고 교만(驕慢)ᄒᆞᆫ다?"

니휘 드란 쳬 아니니, 상셰 크게 ᄭᅮ지져 왈,

"네 조고만 쳔인(賤人)이 엇지 문이(門吏)[24]를 부촉(附囑)[25]ᄒᆞ야 공후대신을 욕ᄒᆞ며, 니 대려오되 요동(搖動)치 아니리요? ᄲᅡᆯ이 날 녹(辱)ᄒᆞ던 가인(家人)을 잡아니여야 죄를 면(免)ᄒᆞ리라."

학시 쳥파(聽罷)의 거문고를 긋치고져 ᄒᆞ다가 다시 타거날, 상셰

---

20) 젹거(謫居): 귀양살이를 함. 여기서는 '별거(別居)'의 뜻으로 쓰였다.
21) 봉후: '부장원(副壯元)'의 오기인 듯함.
22) [교감] 비혀: 사재동B본 '쎄혀'.
23) 쳐암: '처음'의 방언.
24) 문리(門吏): 문을 지키던 구실아치.
25) 부촉(附囑): 부탁하여 맡김. 부추김.

두르드려 현금(玄琴)을 쎄여 아스니, 학시 비로소 문왈,

"이곳지 비록 피폐(疲弊)호나 어사(御賜)호신 집이오, 쥬인(主人)이 미미(微微)호나 조정명관(朝廷名官)이오, 문회(門戶ㅣ) 호미(寒微)호나 수(仕) 퇴휘(台侯ㅣ)26)라. 엇던 지(者ㅣ) 머러이27) 관(冠)을 쓰고 몸의 오슬 입어실진디, 감히 이 칼을 들고 쳥쳔빅일(靑天白日)의 후빅(侯伯) 지엄지(至嚴地)예 드러와 더러온 욕(辱)이 규중(閨中)의 밋나요?"

샹셰 디왈,

"니 쏘흔 후빅(侯伯)이라, 엇지 이곳의 못 오리요? 네가 가지록 방주(放恣)홀다?"

혹시 왈,

"니 임의 네 게집이 아니여날, 드려와 핍박(逼迫)호믄 무숀 일고?"

샹셰 왈,

"니 부모의 명(命)을 밧주와 이예 조흔 쯔스로 너롤 다리러 왓거날, 네 엇지 가인을 시겨 욕호나뇨?"

휘 닝소(冷笑) 왈,

"니 너롤 욕호라 ᄀᆞ르칠 졔, 네 보와나냐?"

샹셰 왈,

"비록 본 즉이 업스나, 엇지 네 소의(素意)롤 모르리요?"

혹시 왈,

"짐작도 잘호는듸. 그 가인이 무어시라 호더냐?"

샹셰 꾸지던 말을 다 이라니, 혹시 왈,

"그 가인이 다 올흔 말이오, 흔 말도 졸욕28)(叱辱)이 업스니, 네 엇지 욕이라 호나뇨?"

---

26) 태후(台侯): 조선시대 공문서나 간찰 따위에 2품 이상의 벼슬아치에게 쓰던 존칭.
27) 머러이: '머리에'의 오기. [교감] 사재동B본 '머리의'.
28) 졸욕: '질욕(叱辱, 꾸짖으며 욕함)'의 오기.

샹셰 잇씨 노긔(怒氣) 좀간 풀어져 쳐암 젼동(顚動)²⁹⁾ㅎ물 뉘웃더니, 혹시 믄득 칼을 들며 크게 쑤지져 갈오디,

"니 너로 더부려 팔구(八九) 셰붓터 붕우 되야, 십삼(十三) 연(年) 만의 네 안히 되야 일작 그릇흔 일이 업거날, 이예 삼 연(三年)의 여부인이 위영의 참소(讒訴)를 듯고 스긔(辭氣) 불평(不平)커날 니 도라왓더니, 황샹(皇上)이 명ㅎ신 후 진실노 조흔 뜨스로 날을 다리라 와실진디, 맛당 스졔(謝罪)로써 보고 날을 보미 올커날, 믄득 칼을 들고 죽이고져 ㅎ니, 긔(其) 무솜 조흔 쯔지요? 부부의 졍(情)이 이려리오? 네 즐겨 도라가면 말여이와, 그러치 아니면 내 쾌히 죽어 너히 모음을 싀원케 ㅎ리라. 또 니 분(忿)을 이즈리라."

ㅎ고, 문득 지결(自決)코져 ㅎ더니, 당(堂) 뒤으로셔 문득 흔 스람이 급히 나와 칼을 앗고 붓드러 가며 크게 불너 왈,

"모든 가인은 져 도젹(盜賊)을 그어³⁰⁾ 니치라."

ㅎ니, 니는 할림(翰林) 영경이라.

당휘 무참(無慘)ㅎ야 그 누의도 ᄎᄌ보지 못ㅎ고 바로 도라와, 시랑긔는 감히 바로 고치 못ㅎ야, 다만,

"오지 아니ㅎ러이다."

알왼디, 시랑 왈,

"네 명일 다시 가 션언(善言)으로 기유(開諭)ㅎ라."

연이 수명(受命)ㅎ고 숙소(宿所)의 도라와 나지 경식(梗塞)을 샹양(商量)³¹⁾ㅎ미 심히 뉘웃쳐 이로디,

---

29) 젼동(顚動): 이리저리 날뜀. [교감] 사재동B본 '젼도(顚倒)'.
30) 그어: '끌어'의 오기. [교감] 사재동B본 '끄어'.
31) 샹양(商量): 헤아려 생각함.

'이후(李侯) 날을 미³²⁾바드미여날,³³⁾ 니 도로혀 급훈 셩(性)을 일위여 져예 싸지니, 붓그럽지 아니리오? 니 니일 가셔 亽죄(赦罪)를 쳥(請)ᄒᆞ리라.'

종야(終夜)토록 불미(不寐)ᄒᆞ야 명일의 부모긔 ᄒᆞ직ᄒᆞ고 쳥쥐후 부중의 니ᄅᆞ니, 본부(本府) 이역(衙役)과 ᄒᆞ리(下吏) 문간의 머엿시니, 니 곳 혹亽의게 조회(朝會)ᄒᆞᄂᆞᆫ ᄒᆞ리(下吏)라.

문간의 머무러 亽룸 업기를 기다려 드러가 게하(階下)의 복지(伏地) 왈,

"졸부(拙夫) 댱연을 죽여 셜혼(雪恨)ᄒᆞ소셔."

혹시 급히 몸을 일워 亽룸으로 ᄒᆞ야곰 붓드려 올나오라 ᄒᆞ니, 댱휘 그윽이 깃거ᄒᆞ나 亽양(辭讓) 왈,

"죄지은 亽룸이 엇지 상당(上堂)ᄒᆞ리요?"

혹시 졍ᄉᆡᆨ(正色) 왈,

"피치(彼此) 亽문일맥(斯文一脈)³⁴⁾이라. 비록 혐원(嫌怨)이 잇시나, 엇지 국쟉(國爵)을 신상(身上)의 두고 몸을 경(輕)히 ᄒᆞ리요?"

샹셰 비로소 올나 안ᄌᆞ니, (혹亽) 좌우를 명ᄒᆞ야 ᄎᆞ과(茶果)를 드려 권(勸)ᄋᆞ기를 파(罷)ᄒᆞ니, 옥시 몸을 움쥭여 치샤(致謝) 왈,

"존ᄀᆡᆨ(尊客)이 누쳐(陋處)의 임ᄒᆞ시니, 비인(卑人)이 감히 시좌(侍坐)치 못ᄒᆞ니, 쳥컨디 허믈을 말나."

드디여 댱(堂) 안으로 드러가니, 샹셰 그 힝지(行止)³⁵⁾를 보건디, 옛날 붕우로 디졉(待接)ᄒᆞ고 조곰도 부부의 의리(義理) 업ᄂᆞᆫ다라. 연이 이연(哀然)ᄒᆞ야 죽일(昨日) 일을 쳔 번 뉘웃고 만 변 이달와 한림도

---

32) [교감] 미: 사재동B본 '믹'.
33) 미바드미여날: '시험삼아 떠본다'는 뜻인 듯함.
34) 亽문일맥(斯文一脈): 똑같이 유학을 공부하는 사람.
35) 행지(行止): '행동거지(行動擧止)'의 준말.

초주 보지 못ᄒ고 누의을 부르니, (누의) 칭병(稱病)ᄒ고 누오지 아닛 눈지라. 홀일업셔 도라오니, 시랑이 아주(兒子)의 환(還)ᄒ몰 보고 명일의 친니 이부(李府)의 가니, 할림(翰林)이 공경ᄒ야 당(堂)의 올이고 녜필(禮畢)ᄒ니, 시랑 왈,

"너는 노(怒)하야 날과 연의 형제(兄弟)룰 보지 알닐 시 올커니와, 니 ᄯᆞᆯ좃ᄎ 엇지 보니지 아니나뇨?"

할림이 비록 홀몰이 만흐나 통가(通家)ᄒᆫ 어룬의 겸ᄒ야 악뷔(岳父)미, 아직 잠잠ᄒ고 묵묵히 스례ᄒ니, 긔되(氣度ㅣ) 쳥아(淸雅)ᄒ야 풍치(風采) 쇄락(灑落)ᄒ더라.

학시 시랑 왓시물 듯고 표진(鋪陳)을 곳치고 쳥(請)ᄒ야 볼 시, 녜뫼(禮貌ㅣ) 공순(恭順)ᄒ고 긔상이 유화(柔和)ᄒ며 언담(言談)이 ᄌ약(自若)ᄒ니, 시랑이 ᄯᅩᄒᆫ 녀부인과 연의 그라몰 이라며 도라가말 쳥(請)ᄒ니, 학시 옷기살 염의오고 스례 왈,

"디인(大人)이 부르시되 졍신(精神)이 어리고 인³⁶⁾ 미거(未擧)ᄒ야 부힝(婦行)을 아지 못ᄒᆞ옵나니, 고요이 잇셔 허물을 닥가지이라."

시랑이 직삼 위로ᄒ고 다시곰 근쳥(懇請)ᄒ니, 학시 문득 면관히대(免冠解帶)³⁷⁾로 쳥죄(請罪) 왈,

"쳡(妾)이 존명(尊命)을 거역ᄒᆫ 죄 즁(重)ᄒ오이 스죄(赦罪)룰 쳥ᄒ나이다."

시랑이 그 ᄯᅳ지 구드물 보고 연을 불너 보게 ᄒ고 하회(和解)ᄒ믈 기유ᄒ니, 혹시 비록 활발ᄒ나 디의(大義)룰 알지라, 온순ᄒ고 나죽ᄒ야 흐르는 듯ᄒ더라. 날이 져물미 시랑이 아주(兒子)³⁸⁾룰 머물고 도

---

36) 인: '인사(人事)'의 오기. [교감] 사재동B본 '인시'.
37) 면관해대(免冠解帶): '관을 벗고 허리띠를 푼다'는 뜻으로, 사죄하는 동작이나 몸짓을 의미함.
38) 아자(兒子): 아들 '장연'을 일컬음.

라가다.

  상셰 침소(寢所)의 이르니, 혹시 낫빗출 불히고 꾸지저 왈,

"네 인면수심(人面獸心)이여든[39] 어니 면목(面目)으로 뇌 침젼(寢殿)의 드려오리요?"

  (하고) 시여(侍女)로 하여곰,

"댱샹공을 붓드려 한림 곳으로 가라."

  샹셰 춤괴(慙愧)하야 탄식고 다릭고져, 하되 졔 바야흐로 노긔등등(怒氣騰騰)하니, 다시 말을 하다가는 일졍(一定) 좃치 아닌 거죄(擧措ㅣ) 이실지라. 묵연(默然)이 싱각하되,

  '니 비록 굴(屈)하야 비나, 엇지 명망(名望)이 나리며 벼슬이 문혀지랴? 셰샹 사람이 용열(庸劣)한 여자(女子)의게도 비나니 만흐니, 하물며 니학사(李學士) 갓흔 부인의게 비라(지) 못할 일이랴! 위증(魏徵)[40]이 비록 안해게 낫출 상(傷)히오나 용열타 말이 업고, 소인종이 박후의게 목을 히야 부리나[41] 어리다 웃지 아니니, 니 이 두 사람의게 바라지 못할 거시니, 혹 쳐자(妻子)의게 비라 못할 일이랴!'

  혜여[42] 샹(床) 머리예 나아가 슬피 이걸(哀乞)하되, 니휘 동(動)치 아니하더니, 연(連)하야 두 숫 번의 니라려 말삼이 혈셕(鐵石)이 녹는 듯하니, 학시 노(怒)를 잠간 긋치고 왈,

"상하(床下)의셔 자라."

  하니, 샹셰 옷슬 입은 치 누어 날을 시오되, 감히 혹사(學士)긔 갓가이 나아가지 못하고, 혹시 쬐한 노하미 깁흐노 맛참니 끄어니치 못하

---

39) 인면수심이여든: '인면수심이 아니여든'의 오기.
40) 위징(魏徵): 당나라 초기의 공신이자 학자. 아내에게 맞아 얼굴을 상한 일이 있었다고 한다.
41) 소인종이 박후의게 목을 히야 부리나: 관련 고사 미상.
42) 혜여: '(그리)하여'의 뜻인 듯함.

니, 지아비 즁(重)ᄒᆞ물 이학시도 더옥 알이려라. 학시 그 긔샹(氣像)과 셩졍(性情)이로되, 그 몸을 용납(容納)ᄒᆞ고 방즁(房中)의 머무라이, 인졍(人情)이 이려톳 ᄒᆞ더라.

명일의 댱후ᄂᆞᆫ 디궐(大闕)의 가고 학시 한림과 댱씨ᄅᆞᆯ 디(對)ᄒᆞ야 샹셔의 거동(擧動)을 이라며, 혹 노ᄒᆞ고 혹 웃더라.

이날 댱부(張府)의셔 위의(威儀)ᄅᆞᆯ ᄀᆞᆺ초와 보니여 오기ᄅᆞᆯ 쳥ᄒᆞ고, ᄯᅩ 시랑의 셔간(書簡)이 니ᄅᆞ려 ᄉᆞ의(辭意) 위곡간졀(委曲懇切)⁴³⁾ᄒᆞ니, 학시 시러곰⁴⁴⁾ 마지못ᄒᆞ야 댱부의 이라려 구고(舅姑)긔 븨알(拜謁)ᄒᆞ니, 시랑은 도라오ᄆᆞᆯ 치하(致賀)ᄒᆞ고 여씨ᄂᆞᆫ 참괴(慙愧)ᄒᆞ물 머음고 공슌(恭順)히 디졉(待接)ᄒᆞ며 두려ᄒᆞ더라.

학시 물너와 졔슉(諸叔)과 졔형(諸兄)을 셔로 볼 시, 면면(面面)이 반기며 별회(別會)ᄅᆞᆯ 벼푸더라. 휘 인ᄒᆞ야 머물미 온화ᄒᆞ고 고요ᄒᆞ야 조곰도 노(怒)하엿던 사ᄅᆞᆷ ᄀᆞᆺ지 아니ᄒᆞ더라. ᄎᆞ후(此後) 샹셔로 더부려 부부간 은졍(恩情)이 돈년(敦然)ᄒᆞ야 맛ᄎᆞᆷ니 붕우로 디졉ᄒᆞ더라.

잇ᄯᅢ 니할림(李翰林)이 비로소 댱씨ᄅᆞᆯ 후디(厚待)ᄒᆞ고 위로 왈,

"닉 일 연(一年)을 그듸 박디ᄒᆞᆷ은 그듸 죄 아이라, 실노 악모(岳母)을 훈내미라."

ᄒᆞ더라.

---

43) 위곡간졀(委曲懇切): 자세하고 간절함.
44) 시러곰: '능(能)히'의 옛말.

후처 고씨가 형경을 존경하며 따르다

일일은 댱샹셰 퇴조(退朝)ᄒ야 오ᄂ 질[1]의 고경젼을 ᄎᄌ 드려가니,[2] 경젼이 황망이 관대(冠帶)ᄅᆞᆯ 졍졔(整齊)ᄒ고 나와 마ᄌ 공경(恭敬) 문왈,

"샹공이 누ᄉ(陋舍)의 임(臨)ᄒ시니, 감격ᄒᄆᆞᆯ 이긔디 못ᄒ도소이다."

샹셰 취안(醉顔)을 봉예(奉禮)ᄒ고[3] 흔연 답소(答笑) 왈,

"연일(連日)ᄒ야 노형(老兄)을 보지 못ᄒ니, 비인지망(卑人之亡)[4]이 나ᄂ 고로,[5] 국시(國事) 여산(如山)ᄒ되 ᄇᆞ리고 왓노라."

---

1) 질: '길'의 방언.
2) [교감] 일일은 댱샹셰 퇴조ᄒ야 오ᄂ 질의 고경젼을 ᄎᄌ 드려가니: 회동서관본 '일일은 장 티위 슐을 취ᄒ고 공젼을 ᄎᄌ거니'.
3) [교감] 샹셰 취안을 봉예ᄒ고: 회동서관본 '취안을 들고'.
4) 비인지망(卑人之亡): 비천한 사람의 죽음.
5) [교감] 연일ᄒ야 노형을 보지 못ᄒ니 비인지망이 나ᄂ 고로: 회동서관본 '그 ᄉᆞ이 이형을 보지 못ᄒ야 졍이 간졀키로'.

한림이⁶⁾ 스례ᄒ고 쥬찬(酒饌)을 드려 권ᄒ더라.

원리 경젼은 샹셔의 동관(同官)이라. 본디 일여(一女) 잇스니, 용뫼(容貌ㅣ) 아룸답고 지죄 민쳡(敏捷)ᄒ니 부뫼 스랑ᄒ더니, 니날 쟝샹셔를 ᄀ문이 여어보고⁷⁾ 어린 ᄯ지 디혹(大惑)ᄒ야 부모긔 댱샹셔 비필(配匹) 되말 고(告)ᄒ니, 부뫼 망영(妄靈)되믈 ᄭ지자니, 소계(小姐ㅣ) 이로ᄡ 샹회(傷懷)ᄒ야 병이 침중(沈重)ᄒ지라. 고한림이 할일업셔 댱시랑을 보고 수말(首末)을 고ᄒ고, 샹셔의 지취(再娶)를 부르고 쳔만(千萬) 기유(開諭)ᄒ니, 시랑이 싱각ᄒ되,

'니휘 니 집의 온 지 팔 연이로디 연으로 화락(和樂)지 아냐 마양(每樣) 외당(外堂)의 니친ᄃᆞᄒ니, 더옥 고씨를 취(取)ᄒ야 불 우희 기름을 더울가 두려'

아직 히미(稀微)히 디답ᄒ고, 니당(內堂)의 드려와 니후를 쳥ᄒ니, 학시 젼도(顚倒)이 좌ᄒ(座下)의 다다라미, 시랑이 몸을 이려 마즈 좌졍(坐定)ᄒ 후 고한림의 구혼함과 그 쳐ᄌᆞ(處子)의 유병(有病)ᄒ믈 셜파(說破)ᄒ야 혹ᄉ ᄯ줄 무르니, 혹시 흔연 디왈,

"엇지 쳡(妾)다려 무라실 비리오? 뉵녜(六禮)를 ᄀ초와 져 집 여ᄌᆞ의 원(怨)을 푸르소셔."

시랑이 칭ᄉ(稱謝) 왈,

"현부(賢婦)의 어진 덕은 임ᄉ(任姒)⁸⁾의 덕냥(德量)도 지나지 못ᄒ리로다."

학시 스례ᄒ고 퇴(退)ᄒ다.

시랑이 고가(高家)의 긔별(奇別)ᄒ고 틱일(擇日)ᄒ야 고씨를 ᄆ즈

---

6) [교감] 한림이: 사재동B본 '고한림이'.
7) 여어보고: 엿보고.
8) 임사(任姒): 현모양처의 전형으로 알려진 주 문왕의 어머니인 태임과 주 무왕의 어머니 태사.

오니, 샹셰 깃거 아냐 혜오디,

'여지 남ᄌᆞ로 상ᄉᆞ(想思)ᄒᆞ야 병이 되다 ᄒᆞ니, 극히 가소(可笑)로다. 족히 그 인물을 알이로다.'

ᄒᆞ고, 비록 셩예(成禮)ᄒᆞ야 부듕(府中)의 두나, 뭇도 아니ᄒᆞ고 하로도 가 보지 아니니, 이ᄂᆞᆫ 그 인물(人物)얼 구ᄎᆞ(苟且)히 넉이미라. 고씨ᄂᆞᆫ 그런 줄 아지 못ᄒᆞ고 니후 슉소(宿所)로 와 져의 신션(神仙) ᄀᆞᆺᄒᆞᆫ 얼골을 바라고 ᄌᆞ최를 ᄯᆞ로니, 샹셰 더옥 긔(怪)히 넉니고, 니후ᄂᆞᆫ 불샹 넉여 졔 이란 즉 반다시 후디(厚待)ᄒᆞ더니, 일일은 학ᄉᆡ 졍히 심야(深夜)를 당(當)ᄒᆞ야 누으려 ᄒᆞᆯ 졔 문득 고씨 이라니, 학ᄉᆡ 홈소(含笑)ᄒᆞ고 흔ᄀᆞ지로 말ᄒᆞ더니, 고씨 문왈,

"현휘(賢侯ㅣ) 일즉 문댱(文章)을 허(許)ᄒᆞ다' ᄒᆞ니,[9] 아지 못게라. 쳡(妾)도 주옥(珠玉)을 어더 보리잇가?"

학ᄉᆡ 심ᄒᆞ(心下)의 그 무례(無禮)ᄒᆞᆷ 미안(未安)ᄒᆞ야 싱각ᄒᆞ되,

'니 비록 져의 동열(同列)이라 ᄒᆞ나 그 실(實)은 현격(懸隔)ᄒᆞ거날, 엇지 심야(深夜)의 츌입(出入)ᄒᆞ야 써곰 지조를 결우고져 ᄒᆞᄂᆞᆫ ᄯᅳᆮ즐 깃거 아냐.'

강잉(强仍)ᄒᆞ야 답왈,

"니 본디 지죄 업ᄉᆞ니, 네 허언(虛言)을 듯도다."

고씨 소왈,

"'샹공과 디(對)ᄒᆞ야 셔로 챵화(唱和)ᄒᆞ시ᄂᆞᆫ 거시 만 편(篇)니나 ᄒᆞ다' ᄒᆞ니, 엇지 거잣말이리오? 쳡도 좀간 문목(文目)을 통(通)ᄒᆞ더니, 금일 쵹ᄒᆞ(燭下)의셔 현후로 더부려 셩편(成篇)ᄒᆞ야 울열(愚劣)을 졍(定)ᄒᆞ고져 ᄒᆞ나이다."

학ᄉᆡ 소왈,

---

9) [교감] 현휘 일즉 문댱을 허흔다 ᄒᆞ니: 회동서관본 '일작 현후의 문쟝을 드란 지 오린지라'.

"긔 무어시 어려오리오? 네 몬져 지으라."

고씨 사미로셔 화젼(華牋)을 니여 혹수긔 드리거날,[10] 학시 날호여 펴보니 수운뉼시(四韻律詩)라. 필법(筆法)과 수의(辭意) 쪼호 아름답거날, 이에 찬향(讚揚)[11] 왈,

"너의 문댱(文章)은 소댱(小將)[12]의 우히라. 우리 굿호 사름은 부슬 것고 먼이 피호리라."[13]

졍언(靜言) 간(間)의 샹셰 드려와 소이(笑而) 문왈,

"부인이 무어슬 피호리라 호느뇨?"

학시 이여[14] 고씨의 글을 뵈여 왈,

"아름다오말 칭춘(稱讚)호미라."[15]

샹셰 졍(精)히 보더니, 고씨 왈,

"현후의 화답(和答)호시믈 쳥호나이다."

학시 소왈,

"네 글을 보니, 평일 나의 약간 문지(文才) 소삭(消索)[16]호야 스스로 학수(學士) 벼슬을 갈고 멀이 피호야 하인(下人)의 침소[17]룰 면(免)코져 호노라. 엇지 감히 추운(次韻)호리오?"

호고 못촘니 짓지 아니호고, 샹셔는 가장 괴로이 넉이이, 고씨 좀간 긔식(氣色)을 보고 도라가니, 샹셰 소왈,

---

10) [교감] 고씨 사미로셔 화젼을 니여 혹수긔 드리거날: 회동서관본 '공씨 손으로 화젼을 니여 글을 써 올니거놀'.
11) [교감] 찬향: 경북대본 '크게 칭찬'.
12) [교감] 소댱: 경북대본 '소亽(小士)'.
13) [교감] 우리 굿호 사름은 부슬 것고 먼이 피호리라: 경북대본 '우리 갓튼 사름으로 감히우렷지 못호여 부슬 곳고 멀니 피호리로다'.
14) 이여: 이에.
15) [교감] 아름다오말 칭춘호미라: 경북대본 '이 글을 칭찬호미로소이다'.
16) 소삭(消索): 점점 줄어 다 없어짐.
17) 침소: '치소(嗤笑)'의 오기. [교감] 사재동B본 '치소'.

"가소(可笑)ㅎ다, 고씨 여주여! 이 온슌(溫順)혼 일이 아니로다."

혹시 소왈,

"니 글의셔 놋도다."

샹셰 역소(亦笑) 왈,

"부인의 션지(仙才)는 나도 감히 우려치[18] 못ᄒ거날, ᄒ물며 졔 엇지 ᄯ로리오?"[19]

학시 미소부답(微笑不答)ᄒ더라.

명일의 고씨 혹ᄉ긔 글 지으믈 구ᄒ니, 혹시 즐겨 아녀 왈,

"부디 보려홀진디 금삭(今朔) 표습일[20]의 쳔지(天子ㅣ) 틱감(太監)으로 ᄒ야곰 니게 글과 시ᄅᆞᆯ 구ᄒ실 거시니, 그젹의 와 보ᄅᆞ."

고씨 심듕(心中)의 우어 왈,

'졔 반ᄃᆞ시 글을 아지 못ᄒᄂᆞᆫ 고로 핑게 ᄒᄆᆡ로다.'

ᄒ더니, 믓초와 습일(三日)의 ᄯᅩ 학ᄉ긔 가니, 혹시 디궐(大闕)의 갈 글을 지어노코 음영(吟詠)ᄒ니, 옥셩(玉聲)이 쇄락ᄒ야 음운(音韻)이 변식(變色)ᄒ야 형산(荊山)[21]의 옥(玉)을 보ᄋᆞᄂᆞᆫ 듯ᄒ니, 고씨 심하(心下)의 놀나 드려가 글을 아ᄉ 보니, 필법(筆法)이 사ᄅᆞᆷ을 놀닉고 문쳬(文體) 귀신을 통ᄒᄂᆞᆫ지라. 엇지 져의 귀귀(句句) 뜻 젹여 셩편(成篇)홈과 비기리오?[22] 호호(浩浩)ᄒ며 표표(表表)ᄒ야 니빅(李白)의 지조와 일반이라. 심듕(心中)의 디경하야 젼일(前日) 져ᄅᆞᆯ 희롱ᄒ던 줄을

---

18) [교감] 우려치: 사재동B본 '우러치'.
19) [교감] 샹셰 소왈 가소ᄒ다 고씨 여ᄌᆞ여 이 온슌훈 일이 아니로다. 혹시 소왈 니 글의셔 놋도다. 샹셰 역소 왈 부인의 션지는 나도 감히 우려치 못ᄒ거날 ᄒ물며 졔 엇지 ᄯᅩ로리오: 경북대본 '혹시 쇼왈 가히 우읍도다 공시여 군후의 노식을 보고 겁니여 가ᄂᆞᆫ쏘다. 샹셰 역소 왈 이ᄂᆞᆫ 온슌훈 ᄉᆞ덕이니 녀ᄌᆞ의 소장이라. 그디갓치 완만ᄒᆞ랴'.
20) 표습일: '초삼일(初三日)'의 오기. [교감] 사재동B본 '초삼일'. 경북대본 '죠일일'.
21) 형산(荊山): 중국의 산 이름. 이곳에서 나는 흰 구슬은 보물로 취급되었다.
22) [교감] 엇지 져의 귀귀 뜻 젹여 셩편홈과 비기리오: 회동서관본 '엇지 심상훈 녀ᄌᆞ의 셩편ᄒᄂᆞᆫ 지조로 비기리오'.

씨다라 디참사죄(大慙謝罪)²³⁾호니, 학시 다만 웃더라.

휘 금삭(今朔) 망일(望日)의 디궐의 조회(朝會)하고 도라와 조복(朝服)을 버셔 침병(枕屛)의 걸고 구고(舅姑)긔 뵈오려 드려가니, 고씨 이라려 학사는 업고 조복이 잇거날, 보고 홀연 입고져 하야 관을 드려 쓰며 그 면뉴(冕旒)를 보니, 진주와 옥으로 꾸며 금쉬(錦繡ㅣ) 영농(玲瓏) 하거날 고씨 칭찬하더니, 믄득 시여(侍女) 향연이 드려와 보고 디경 왈,

"소졔(小姐ㅣ) 뉘 오시라 하고 감히 입나뇨? 셜이 버스라."

고씨 겁 니여 다라나니, 학시 듯고 디소(大笑) 왈,

"졔 임의 입고즈 하니, 엇지 어려오리오?"

하고, 드디여 쥬문(奏文)²⁴⁾하고²⁵⁾ 부인 직쳡(職牒)²⁶⁾을 어더 고씨를 쥬니, 고씨 (일노조ᄎ) 봉관화리²⁷⁾로 명뷔(命婦ㅣ) 되이라.

---

23) 대참사죄(大慙謝罪): 매우 부끄러워하며 용서를 빔.
24) 주문(奏文): 임금께 아뢰는 글.
25) [교감] 쥬문하고: 경북대본 '황샹긔 쥬문하고'.
26) 직첩(職牒): 벼슬아치의 임명장.
27) 봉관화리: '봉관화의(鳳冠華衣, 신분이 높은 여성들이 큰 행사 때 쓰고 입던 관과 의복)'. [교감] 사재동B본 '봉관화의'.

형경과 쟝연이 같은 날 셰샹을 떠나다

학시 댱부(張府)의 잇션 지 숨 연이 지나되 옛 훈(恨)을 잇지 못ㅎ고 심시(心事ㅣ) 골돌¹⁾ㅎ니, 샹셰 비록 은졍(恩情)이 깁흐나 발뵈지²⁾ 못ㅎ고 심시 골돌ㅎ야 ㅎ더니, 일일은 슐이 취ㅎ고 드러와 혹ᄉᆞ를 보니, 휘 잠간 촉샹(觸傷)ㅎ야 금침(衾枕)을 비겨시니, 옥면봉안(玉面鳳眼)과 팔ᄌᆞ츈산(八字春山)³⁾이 더옥 긔이(奇異)ㅎ야 쳔지영긔(天地靈氣)를 먹음은 듯, 미월(眉月)⁴⁾ 갓흔 눈썹을 징긔고 츄파(秋波) 굿흔 냥목(兩目)이 나죽ㅎ야 은은흔 병식(病色)이 이시니, 샹셰 가쟝 놀나 문병(問病)ㅎ고 촉하(燭下)의셔 그 옥안(玉顔)을 보믹, 능히 츈졍(春情)을 억졔(抑制)치 못ㅎ되 감히 발뵈지 못ㅎ고, 다만 쳑연(戚然)이 슬허 샹연(潸然)

---

1) [교감] 골돌: 사재동B본 '골몰(汨沒)'.
2) 발뵈지: '드러내지'의 옛말.
3) 팔자춘산(八字春山): 미인의 고운 눈썹을 비유하는 말.
4) 미월(眉月): 눈썹같이 생긴 초승달.

이 눈물이 도화(桃花) 굿흔 양협(兩頰)의 이음ᄎ5) 흐라니, 학시 경아(驚訝) 왈,

"그딕 무ᄉ 연고로 져리 슬허하나요?"

샹셰 좌우의 인젹 업ᄉ믈 보고 연망이 상하(床下)의 ᄭ우려 슬피 비려 왈,

"ᄌ직아, 당연이 현후로 더부려 엇던 부뷔뇨? 시운(時運)이 부졔(不齊)ᄒ야 위영의 참시(慘事ㅣ) 이려나니, 다만 모친 말솜을 순슈(順受)홀 ᄯᆞ롬이요, 두로 믈이 업ᄉ믄 현휘 임의 아로실 거시오. 칼을 가지고 현후긔 무례ᄒ믄 본딘 쳔(天)혼 셩(性)이 급ᄒ니, 현휘 ᄯᅩ혼 불히 아라실 거시여날, 이졔 구한(舊恨)을 잡아 연을 뇽납(容納)지 아니시니, 연이 당ᄎᆞᆺ(將次) 당부(張府)의 위의(威儀)와 딕신(大臣)의 쳬면(體面)을 잇고 이결(哀乞)ᄒ니, 금야(今夜)나 사(赦)ᄒ시리잇가?"

학시 불쾌(不快)ᄒ미 옥면(玉面)의 ᄀᆞ득ᄒ야 답왈,

"형경이 현후(賢侯)롤 미안(未安)ᄒ미 아니라, 본마음의 붓그려오미 ᄀᆞ득ᄒ야 감히 동낙(同樂)지 못ᄒ미니, 엇지 념녀(念慮)ᄒ시리오? 본딕 쳔(賤)혼 ᄯᅳᆺ을 (ᄒ번) 졍ᄒ면 곳치기 어려오믄 현후의 아는 비라. 스ᄉᆞ로 쳥념(淸廉)ᄒ믈 깃거ᄒ야 틱평(泰平)을 밧두지 못ᄒ나이 힝혀 고이히 넉이지 말고, ᄯᅩ혼 념여을 과도(過度)이 마라소셔."

샹셰 더옥 ᄆᆞ음이 급ᄒ야 ᄀᆞ로딕,

"현휘 엇지 이럿탓 무지(無知)하리요? 연과 현휘 삼십(三十)이 거의요, 부뷔 된 지 오륙 연의 ᄒᆞ낫 골뉵(骨肉)이 업ᄉ니, 언졔 당옥(璋玉)6)의 션션7)ᄒ믈 보와 종ᄉᆞ(宗嗣)의 등(重)ᄒ믈 의탁(依託)ᄒ리

---

5) 이음ᄎ: 줄줄이 이어져.
6) 장옥(璋玉): '아들'을 뜻함.
7) 션션: 시원하거나 거침이 없는 모양.

오?"8)

학시 경식 왈,

"그디 날을 조롱ᄒᆞᆫ도다. 고씨 쏘훈 너의 부인이라. 엇지 굿ᄒᆞ야 댱옥의 션션ᄒᆞ믈 나니 형(兄)을 기ᄃᆞ리리오?"9)

샹셰 탄식고 더옥 슬혀 왈,

"만일 그디 말 ᄀᆞᆺᄒᆞᆯ진디 니 이려툿 굴(屈)치 아니리니, 즈직아, 젼일(前日) 벗스로 ᄉᆞ괼 젹은 온화ᄒᆞ터니, 엇지 도로혀 부부의 졍이 벗만 못ᄒᆞ요? 댱ᄎᆞᆺ 나로써 어린 ᄉᆞ나희 되게 ᄒᆞ나냐? 금야나 농ᄉᆞ(容恕)ᄒᆞ소셔."10)

말노 좃ᄎᆞ 누쉬(淚水ㅣ) 나솜(羅衫)의 젹ᄉᆞ니, 학시 져 거동을 보아 잠간 감동ᄒᆞ야 싱각ᄒᆞ되,

'니 싱니(生內)예 화락지 아냐 맛참니 옛 벗으로 ᄉᆞ괼 젹갓치 하랴터니, 니졔 이렷툿 ᄒᆞ니 쏘훈 감격고, 나의 긔상(氣像)을 좃ᄎᆞ 졔 졈졈 구ᄎᆞ(苟且)ᄒᆞ야 위의(威儀) 쳬면(體面)을 다 일흐니, 써곰 지아비 셤길 예(禮) 아니라.'

ᄒᆞ야, 이예 웃고 날ᄒᆞ여 답왈,

"그디 만일 칼흘 들고 날을 죽이랴 아니면 화동(和同)ᄒᆞ리라."11)

---

8) [교감] 부뷔 된 지 오륙 연의 ᄒᆞᆫ 골뉵이 업ᄉᆞ니 언제 댱옥의 션션ᄒᆞ믈 보와 죵ᄉᆞ의 듕ᄒᆞᆯ 의탁ᄒᆞ리오: 경북대본 '셩혼ᄒᆞ연 지 쟝초 칠 년의 쟝옥이 업ᄉᆞ니 신후을 뉘게 의탁ᄒᆞ료'.
9) [교감] 언계 댱옥의 션션ᄒᆞᆯ 보와 죵ᄉᆞ의 듕ᄒᆞᆯ 의탁ᄒᆞ리오? 학시 졍식 왈 그ᄃᆡ 날을 조롱ᄒᆞᄂᆞᆫ도다. 고씨 쏘훈 너의 부인이라. 엇지 굿ᄒᆞ야 댱옥의 션션ᄒᆞ믈 나니 형을 기ᄃᆞ리리오: 회동셔관본 '어니 찌에 비취금침에 견권지졍과 부부지졍을 일룰지 아지 못ᄒᆞ니 일노써 근심ᄒᆞ노라. 리휘 졍식 디왈 니 마음을 탐지ᄒᆞ미 여ᄎᆞᄒᆞ나 엇지 뜻을 변ᄒᆞ리오. 공씨 쏘훈 잇시니 견권지졍이 고독ᄒᆞ기의 밋ᄎᆞ리오'.
10) [교감] 만일 그디 말 ᄀᆞᆺᄒᆞᆯ진디 니 이려툿 굴치 아니리니 즈직아 젼일 벗으로 ᄉᆞ괼 젹 온화터니 엇지 도로혀 부부의 졍이 벗만 못ᄒᆞ요? 댱ᄎᆞᆺ 나로써 어린 ᄉᆞ나희 되게 ᄒᆞ나냐? 금야나 농ᄉᆞᄒᆞ소셔: 경북대본 '만일 그디 말 ᄀᆞᆺᄐᆞᆯ진디 우리 냥인이 이싱은커니와 죽은 후라도 부뷔라 니르지 못ᄒᆞ리로다. 브라고 비ᄂᆞ니 현후는 졍심을 두루혀 싱을 용납ᄒᆞ여 쳔하 사롬의 치쇼를 면케 ᄒᆞ쇼셔'.
11) [교감] 그디 만일 칼흘 들고 날을 죽이랴 아니면 화동ᄒᆞ리라: 경북대본 '군휘 쳡을 옛날 지

샹셰 연망이 스레(謝禮)ᄒᆞ니, 혹시 시려곰 마지못ᄒᆞ야 안식(顔色)이 흔연(欣然)ᄒᆞ니, 비로소 구졍(舊情)의 환열(歡悅)ᄒᆞᄆᆞᆯ 니라니, 샹셔와 학시 다 연긔(年紀) 이십칠 셰라.12) 비록 봄이 느ᄌᆞ나 아리ᄯᅡ온 ᄌᆞ틱(姿態)와 쇄락ᄒᆞᆫ 풍치(風采) 십 셰 소아(小兒) ᄀᆞ트고 긔특ᄒᆞᆫ 인물이 날노 더으니, 일기(一家ㅣ) 다 항복(降服)ᄒᆞ더라.

셰월(歲月)이 오리믹 각각 옛일을 이져 화락(和樂)ᄒᆞ믹, 학시 ᄯᅩᄒᆞᆫ 고씨의 외로오믈 니라나, 샹셰 니도이13) 넉이거날, 학시 왈,

"져도 ᄉᆞ족(士族)이요, 나도 ᄉᆞ족이요, 그딕도 공후여날, 엇지 조금이나 층분(層分)이 이시리오?"

샹셰 소왈,

"제 어리고 음는(淫亂)ᄒᆞ니 엇지 써 ᄉᆞ랑ᄒᆞ며, ᄯᅩᄒᆞᆫ 틱후(太后)14)와 ᄀᆞᆺᄒᆞ리요?"

혹시 왈,

"불연(不然)ᄒᆞ다. 졔 과연 어리고 구ᄎᆞᄒᆞ거니와, 엇지 그로써 말을 솜아 박딕ᄒᆞ리요? 젼일 위영 ᄀᆞᆺᄒᆞᆫ ᄌᆞ(者)도 ᄉᆞ랑ᄒᆞ던 거시니, 니는 그려치 아냐 올ᄒᆞ니라."

드듸여 '일숙(一朔)의 망일(望日)은 머물나' ᄒᆞ고, '기여(其餘)는 나가라' ᄒᆞ니,15) 샹셰 ᄯᅩᄒᆞᆫ 도랑(度量)이 너른지라. 그 쓰즐 븟다 혹 고씨긔 가 ᄌᆞ더라.

잇ᄯᅢ 쳔지 샹셔 부부를 춍은(寵恩)ᄒᆞᄉᆞ미 날노 더으ᄉᆞ 상ᄉᆞ(賞賜)ᄒᆞ

그로 홀진딕 쳡이 맛춤닉 감격지 아니리잇고'. 회동서관본 '샹공이 칼노써 나를 죽이고ᄌᆞ ᄒᆞ더니 금일은 엇지 이걸ᄒᆞ시ᄂᆞ뇨'.
12) [교감] 샹셰 연망이 스레ᄒᆞ니 혹시 시려곰 마지못ᄒᆞ야 안식이 흔연ᄒᆞ니 비로소 구졍의 환열ᄒᆞᄆᆞᆯ 니라니 샹셔와 학시 다 연긔 이십칠 셰라: 경북대본 '샹셰 연망이 스레ᄒᆞ고 간졀이 쳥ᄒᆞ여 비로쇼 동낙ᄒᆞ니 환흡ᄒᆞᆫ 은졍이 흡연홈과 공경듕딕ᄒᆞᄆᆞᆯ 긔록지 못홀너라'.
13) 니도이: '멀거나 무심하게'의 옛말.
14) 태후: 쳥주후인 형경을 높여 말한 '현후(賢侯)'의 오기인 듯함.
15) [교감] 나가라 ᄒᆞ니: 사재동B본 '내여 보니니'.

신 거시 도로의 이어시니, 그 영귀(榮貴)ᄒᆞ미 결우리 업더라. 혹시 연(連)ᄒᆞ야 뉵ᄌᆞ일녀(六子一女)를 싱(生)ᄒᆞ고, 고씨긔ᄂᆞᆫ 숨ᄌᆞ이녀(三子二女)를 싱ᄒᆞ니, 양셔의 번승(繁盛)ᄒᆞᆫ 영홰(榮華) 비길 씨 업ᄉᆞ니, 샹셰 미양 ᄌᆞ녀(子女)를 어라만져 유희(遊戱)ᄒᆞ며, 학ᄉᆞ를 ᄃᆡ(對)ᄒᆞ야 고ᄉᆞ(古事)를 이라며 즐기더라.

댱시랑 부체(夫妻ㅣ) 영화(榮華)를 누리다가 쳔연(天然)으로 도라가니, 졔ᄌᆞ부(諸子婦)16) 이홰(哀毁)ᄒᆞ미 과도(過度)ᄒᆞ야 위의(威儀)를 ᄀᆞᆺ초와 예로써 션산(先山)의 안장(安葬)ᄒᆞ다.

잇ᄯᅵ 니훈림(李翰林)의 벼슬이 놉하 상국(相國)의 올나 댱부인긔 팔ᄌᆞ숨여(八子三女)를 싱(生)ᄒᆞ고 박부인긔 오ᄌᆞ뉵녀(五子六女)를 싱ᄒᆞ니, 휘 깃거ᄒᆞ고 슬허ᄒᆞ야 모든 질아(姪兒) ᄉᆞ랑ᄒᆞ미 긔출(己出)의 넘고, ᄆᆞ양 냥미17) 모드면 셔로 탄왈,

"우리 셕일(昔日)의 유훈(遺恨)를 면치 못ᄒᆞ야 부모를 여히고 의지(依支) 업던 일과 잇ᄯᅵ 영화(榮華)로으미 엇지 쳔의(天意) 아니리오?"

ᄒᆞ고, 더옥 복(福)을 조심ᄒᆞ더라.

이려구려 유유(悠悠)ᄒᆞᆫ 셰월을 훌훌이 보니여 각각 ᄌᆞ여(子女)의 영화를 보고, 이승샹 부쳐(大妻)ᄂᆞᆫ 회년(回年)18) 지난 후 기세(棄世)ᄒᆞ니, 혹시 부즁의 도라가 지동19)를 붓들고 통곡ᄒᆞ니, 초목(草木)이다 슬허ᄒᆞᄂᆞᆫ ᄃᆞᆺᄒᆞ더라.

셰월이 여류ᄒᆞ야 학시 팔십이 지낫더니, 일일은 모욕ᄌᆞ계(沐浴齋戒)ᄒᆞ고 침당(寢堂)을 조히 쓸고 새 오ᄉᆞᆯ ᄀᆞ로입고 단졍이 안ᄌᆞ 부슬 드려 ᄌᆞ긔 명졍(銘旌)을 쓰고, 유셔(遺書) ᄒᆞᆫ 중을 써 ᄌᆞ여(子女)를 못

---

16) [교감] 졔ᄌᆞ부: 사재동B본 '졔ᄌᆞ제뷔(諸子諸婦)'.
17) 냥미: '남미(男妹)'의 오기. 사재동B본 '남미'.
18) 회년(回年): 회갑(回甲).
19) 지동: '기둥'의 방언.

기고, 입으로 졀귀(絶句) 빅 귀룰 음영ᄒᆞ니, 곡죄(曲調ㅣ) 이원(哀怨)ᄒᆞ고 쳐창(悽愴)ᄒᆞ야 모든 ᄌᆞ예(子女ㅣ) 다 쳬읍(涕泣)ᄒᆞ니, 학ᄉᆞ 손을 저어 꾸지져 왈,

"니 즐겨ᄒᆞ거날, 너히 엇지 슬허하ᄂᆞᆫ다?"

(ᄒᆞ고), 드디여 관면(冠冕)과 조복(朝服)을 ᄡᅥ 봉(封)ᄒᆞ고, 청쥐후 금인(金印)을 글너 표(表)롤 ᄡᅥ ᄌᆞ여(子女)롤 맛기며,

"쳔ᄌᆞ(天子)긔 드리오라."

ᄒᆞ고, 도상[20] 샹셔다려 왈,

"그디도 오라지 아녀셔 명(命)이 진(盡)ᄒᆞ리라."

혼 후, 다란 말 아니코 오직 입의 씃지 아닛ᄂᆞᆫ 거ᄉᆞᆫ 글일너니, 이윽고 졸(卒)ᄒᆞ니 향연(享年)이 팔십이(八十二) 셰라.

상셰 술허 통곡ᄒᆞ기룰 과도히 ᄒᆞ다가 긔운이 진(盡)ᄒᆞ야 ᄌᆞ여드려 왈,

"내 이졔 죽으리이로다."

ᄒᆞ고, 유셔롤 쓰고 명졍을 ᄯᅩ 친(親)히 쓴 후 니날 숨경(三更)의 졸ᄒᆞ니, 자여의 슬푸말 엇지 다 층양(測量)ᄒᆞ리요? 부뷔(夫婦ㅣ) 혼날 도라가니 향운(香雲)이 집을 둘너ᄡᅩ고, 밋 빙소[21]ᄒᆞ기룰 당(當)ᄒᆞᄆᆡ 향니 자옥ᄒᆞ야 샹츄[22] 갓지 아니ᄒᆞ더라.

쳔ᄌᆡ ᄯᅩ훈 드르시고 크게 슬허ᄒᆞᄉᆞ 상셔 부부롤 '왕후(王侯) 예로 장(葬)ᄒᆞ라' ᄒᆞ시고, 댱후로 츙녈공(忠烈公) 셰우시고 니후로 문졔[23]을 셰우시니, 댱연 부부의 두 미(墓)[24] 완년이 이셔 각각 힝젹(行蹟)

---

20) [교감] 도상: 사재동B본 '도라'.
21) 빙소: '빈소(殯所)'의 옛말.
22) [교감] 샹츄: 사재동B본 '상측'. '상측'은 '상사(喪事)'의 옛말이다.
23) 문졔: 이형경의 전생이 '문창성(文昌星)'으로 설정되어 있는 바, '문창공(文昌公)'의 오기인 듯함.
24) [교감] 미: 사재동B본 '비'(碑).

을 비문의 스여 후셰(後世)예 알게 ᄒ시ᄃ. 고씨 ᄯ또 졸ᄒ니 녜로써 안장ᄒᄃ.

샹국 영경의 ᄌ손이 ᄃᄃ로 챵셩(昌盛)ᄒ니, 사람이 ᄃ 그 부모의 음덕(陰德)이라 ᄒ더라. 이젹의 댱후 부부의 장ᄉ(葬事) 지닐 졔, 샹셔와 학사 ᄌ여의 몽중(夢中)의 왈,

"우리ᄂ 당초의 틱을진(太乙眞)과 문챵셩(文昌星)이려니, 진(眞)은 댱가(張家)의 나고 문충셩은 니가(李家)의 나 아름ᄃ온 여지 되야 남ᄌ의 ᄉ업을 일우고 빅연 부뷔 되엿더니, '긔ᄒ(期限)이 ᄎᆫ 후 다시 올나와 예 소임(所任)을 츌히노라' ᄒ고 학(鶴)의 등의 올나 가거날, 놀나 씨다라니 슈다(數多) ᄌ여의 몽죄(夢兆ㅣ) ᄒ가지라. 시로이 슬푸고 ᄯ또ᄒᆫ 긔이히 넉이더라. ᄃᄃ로 ᄌ손이 번셩ᄒ야 후셰여 긋치지 아니터라.

이젹의 션빅 유안의 쳐 왕국구의게 줍혀갈 졔 이학ᄉᆡ 어ᄉ로셔 구ᄒ지라. 경씨로 더부려 은인(恩人)이 되어 문ᄀ(門客)25)이 되엿더니, 이 가듕(家中) 일을 모ᄅ 일이 업ᄂ 고로 특별이 젼(傳)을 지어 후셰예 젼파(傳播)ᄒ노라.

긔츅(己丑) 납월(臘月)26) 초팔일(初八日) ᄉ시(巳時)27) 츄필낙셔(趨筆落書)ᄒ노라. 글시 망측망측 오ᄌ(誤字) 낙셔(落書)ᄒ여싸오니, 보시나니 눌너28) 살피소셔. 비록 글시ᄂ 망칙ᄒ나 단문29)으로 지필(紙筆)

---

25) 문객(門客): 권세 있는 집안의 식객.
26) 납월(臘月): 음력 12월.
27) 사시(巳時): 십이시의 열한째 시. 오전 9시부터 11시까지이다.
28) 눌너: 참거나 인내하고.
29) 단문(短文): 글을 아는 것이 넉넉하지 못함.

글너 벗기노라.30) 공(功)은 극(極)히 드려스오니, 보시난 니 웃지 마라소셔.31)

---

30) 벗기노라: 베끼노라.
31) 이 필사본의 경우, 세 부분으로 나뉜 필사 후기로 보아, 기축년 7월 2일 필사를 일시 중단했다가, 기축년 11월 19일 권지일(卷之一)의 필사를 마치고, 권지이(卷之二)는 기축년 12월 8일에 완전히 끝낸 것으로 보인다.

해설

사회적 자아실현을 최우선으로 여긴 여성, 이형경

▰ 『이형경전』의 의의

『이형경전』은 한동안 19세기 말에서 20세기 초에 창작된 작품으로 추정됐다. 그러나 18세기 전반의 문헌에서 주인공 '이현경'에 대한 이야기가 발견되면서 그 창작 시기가 훨씬 이전임이 밝혀졌다. 창작 시기상으로 볼 때 『이형경전』은 우리 소설사에서 최초의 본격적인 여성영웅소설로 꼽을 만하다. 『이형경전』은 초기 여성영웅소설의 서사 모형을 확립한 작품으로 평가되기도 하며, 『하진양문록』 『부장양문록』 『홍계월전』 『정수정전』 『방한림전』 같은 후대의 여성영웅소설은 물론 가문소설인 『유이양문록』, 개화기 대한일보에 연재된 『여영웅』 등에도 영향을 미친 것으로 확인된다. 즉 『이형경전』은 적어도 18세기 초에 창작된 초기 여성영웅소설이면서 후대의 여성영웅소설과 가문소설 등에도 많은 영향을 미친 작품이다.

『이형경전』의 의의와 가치는 최초의 여성영웅소설이라는 말만으로는 부족하다. 여주인공 이형경은 젠더를 거부하거나 무시하고 사회적 자아실현을 강력하게 추구하는 인물이다. 남주인공 장연은 여주인공의 탁월한 능력을 기꺼이 인정하고 그를 흠모하는 인물로 형상화되어 있다. 이런 남녀 주인공의 형상은 여느 여성영웅소설에서는 쉽게 찾아볼 수 없다. 또한 『이형경전』은 시가媤家의 절대적 권위를 부정하는 등 가부장적 이념과 체제에 대해서도 새로운 의식을 표출한다. 단순히 새로운 캐릭터의 등장이 아니라 당시 이러한 의식을 가진 이들의 흐름을 볼 수 있다는 면에서 『이형경전』은 우리 소설사를 넘어서 사회·문화사적으로도 진지하게 다뤄야 할 작품이라 하겠다.

현재 『이형경전』의 이본은 총 7종(필사본 5, 구활자본 2)이 있으며, 이본의 제목은 『이형경전』, 『이현경전』, 『이학사전』 등으로 표기되어 있다. 이 책은 현존 최고본으로 알려진 사재동A본 『이형경전』을 기본 텍스트로 삼았기에 18세기 초 문헌에는 주인공의 이름이 '이현경'으로 나오지만 고민 끝에 이 책의 제목을 『이형경전』으로 붙였다.

여주인공의 주체성과 진취성

주인공 형경은 우리 고소설에서는 찾기 힘든 여성상이다. 대부분의 여성영웅소설에서 주인공은 탁월한 무용武勇으로 외적을 물리치는 공을 세워 높은 지위에 오른다. 형경도 마찬가지로 외적이 침입했을 때 순무사와 대원수로 참전하여 큰 공을 세우고 높은 지위에 오른다. 하지만 형경은 세 가지 측면에서 다른 여성 영웅들과 구별된다.

첫째는 사람을 남녀로 구분하려는 사회적 분류 체계나 관념인 젠더를 확실하게 거부한다는 점이다. 형경은 이부시랑을 지낸 이영도의 1남 1녀 중 첫째 딸로 태어나는데, 세 살 때부터 남자처럼 글 읽기에 힘쓰고 여덟 살 무렵부터는 부모의 반대에도 불구하고 남자옷을 입고 남자처럼 행동한다. 이는 형경이 남자든 여자든 '사람이 세상에 나서 성인의 유풍에 따라 문장을 이루고 직언정론으로 사군사친해야 한다'고 생각했기 때문이다. 따라서 형경은 사람을 남녀로 구분짓는 사회적 분류 체계나 관념을 인정하지 않겠다는 의지를 가지고 남장을 했다고 볼 수 있다.

형경이 젠더를 거부했다는 사실은 교우관계를 통해서도 알 수 있다. 『홍계월전』과 『정수정전』의 여주인공은 남장을 하긴 하나 과거에 급제해서야 외간 남자와 접촉한다. 여자가 남장을 했다고 할지라도 조선 후기 통념상 여자가 외간 남자와 접촉하는 일은 도리에 어긋난다고 간주되었기 때문이다. 그런데 형경은 과거에 급제하기 전부터 장시랑의 세 아들을 비롯하여 정관, 박홍, 위문 등 재상가 소년들과 절친하게 지낸다. 유모가 이를 걱정하자 형경은 '결혼하지 않고 평생 남장으로 늙겠다'며 장연 등과 교류를 이어간다. '남녀칠세부동석'이라는 말이 사회적 규범으로 작동했던 조선 후기에 재상가 소년들과 내외 없이 어울린 형경의 행동은 분명 사회적 규범과 젠더 규범에 맞서는 행위라고 할 수 있다.

이러한 태도의 차이는 여자임이 밝혀진 이후 형경의 언행에서도 드러난다. 『홍계월전』과 『정수정전』의 여주인공은 본색이 드러나자 특별한 갈등 없이 남주인공과 결혼하는 등 당시 사회가 여성에게 요구한 삶을 받아들인다. 그런데 형경은 더는 사회적 활동을 할 수 없게 된 현실을 개탄하면서 홀로 음풍영월하다 죽고자 한다. 그래서 장연이 간곡하게 청혼해도 '남의 며느리 되기를 원치 않는다'며 단호하게 대꾸하고, 천자가 혼사를 권해도 '평생 규중 여자의 일을 답답하게 여겼다'며 거절한다. 여자임이 밝혀진 뒤에도 형경은 성별에 입각한 여자의 삶을 거부한 셈이다. 비록 천자의 계교로 인해 부득이 장연과 결혼은 하지만, 형경이 당대 사회가 요구했던 여성적인 삶을 거부하는 뜻을 지녔음은 분명하다.

둘째, 형경은 강직하면서도 유능한 관리였다. 전근대사회에서 유능한 관리가 갖춰야 할 첫째 조건은 문장력이다. 그런데 형경은 당대 최고의 문장가로 그려진다. 형경은 세 살 때부터 글 읽기에 힘써 여덟 살 때는 '붓을 잡으면 문장이 장강과 대해를 헤치는 듯했다'고 한다. 열두 살 때는 문장이 당세에 맞설 상대가 없었으며, 열다섯 살 때는 과거에 응시하여 장원급제한다. 형경이 당대 최고의 문장가라는 서술과 평가는 여자라는 사실이 밝혀진 이후에도 변함이 없다. 천자가 형경과 장연을 결혼시키기 위해 계교를 부린 것은 형경의 글재주가 장연보다 뛰어남을 잘 알고 있었기 때문이다.

형경은 문장력도 탁월했지만 올곧고 능력 있는 관리로 그려진다. 형경이 감찰원 도어사가 되었을 때 천자의 장인 왕세충이 권세를 믿고 선비의 아내를 납치하자 이를 징계토록 한다. 또한 어사부의 문을 열어 백성들이 자유롭게 드나들면서 억울한 사정을 고하게 하여 벼슬아치들이 장난을 치지 못하고 도로에서 남녀가 길을 나누어 다니게 만든다. 즉 형경은 백성을 수탈하는 부패한 관리들을 탄핵하거나 징치하는 등 애민의식을 지닌 이상적인 관리로 형상화되어 있다.

형경은 탁월한 정치적 식견과 결단력도 갖췄다. 천자가 미복 차림으로 나타나 숙부인 주왕과 승상 대경의 모반 대책을 묻자 형경은 '국법에는 사정을 둘 수 없기 때문에 주왕의 모반이 확실하다면 군사를 일으켜 공격해야 한다'고 아뢴다. 또한 천자 시해 음모를 예견하고 주왕을 교전 중에 죽이는 등 정세와 상황을 정확하게 간파해 보국안민하는 성과를 거둔다. 이런 점에서 『이형경전』은 여성도 기회만 주어진다면 얼마든지 강직하고 유능한 관리가 될 수 있다는 것을 생생하게 그려낸 작품이라고 하겠다.

셋째, 형경은 사회적 자아실현 욕망이 매우 강한 인물이라는 점을 눈여겨볼 만하다. 형경은 어려서부터 '성인의 유풍을 본받아 문장을 이루고 직언정론으로 사군사친하겠다'는 뚜렷한 목적을 갖고 이를 실현하기 위해 최선을 다한다. 그래서 부모가 반대하여도 글공부에 전념했으며, 결혼마저도 아예 생각지 않았다.

"내가 비록 여자이나 죽을 때까지 결혼하지 않으리라. 세속 여자들이 지아비를 두려워하여 귀중하게 여기고, 시부모를 공경하여 밥상을 받들고 국을 맛보는 등 시중을 드는 일과 수시로 술을 빚어 손님 대접하기를 불평하며, 문을 닫고 담에 둘러싸인 깊은 규방에서 바느질이나 하는 것은 내가 차마 못할 일이니라. 차라리 붉은 도포를 입고 옥대를 찬 적거사마로 이름이 역사책에 오르고, 몸은 공후가 되어 임금을 섬기고 나라를 지키는 것이 옳으니, 다시는 그런 말을 하지 말라."

형경이 문연각 학사가 되었을 때 유모가 후일을 걱정하자 형경은 죽을 때까지 결혼하지 않겠다며 두 가지 이유를 든다. 하나는 '세속의 여자들처럼 지아비를 두려워하고 시부모를 공경하는 일은 할 수 없다'는 것이며 다른 하나는 '깊은 규중에 갇혀 세상을 원망하며 바느질이나 하는 일은 차마 할 수 없다'였다. 형경이 거론한 이 두 가지는 당시 여성들의 질곡을 정확하게 간파한 일일 뿐 아니라 성평등을 지향하는 오늘날의 의식과도 맞닿아 있다. 이러한 의식을 토대로 형경은 자기 이름이 역사책에 오르고 공후가 되어 사군보국事君保國하겠다고 단언한다. 즉 형경은 어려서부터 타인에 종속된 삶이 아니라 자신의 의지에 따른 주체적인 삶을 꿈꾼, 곧 사회적 자아를 실현하겠다는 욕망과 의지가 매우 강한 인물이라 하겠다.

이후에도 유모, 선친의 혼령, 남동생 영경 등이 형경에게 '남자 행세를 그만두고 여자의 도'를 행하라고 정신적으로 압박하고, 그로 인해 형경은 앓아 누워 육체적인 고통도 겪는다. 그럼에도 결코 사회적 자아실현의 뜻을 굽히지 않는다. 본색이 밝혀진 뒤에도 형경은 장연의 청혼을 거절할 뿐만 아니라, 천자가 장연과 결혼하라고 요구해도 자신은 평생 홀로 늙다가 죽은 뒤 묘비에 '대명 문연각 태학사 겸 청주후 이형경의 묘'로 쓰이길 원한다며 단호하게 거절한다. 형경은 죽은 뒤에도 '누구의 아내나 누구의 딸'이 아닌 주체적 개인으로 기억되기를 바란 것이다.

이러한 형경의 형상은 다른 여성 영웅들과 차별화된다. 『홍계월전』의 계월은 어떤 뚜렷한 목적이나 지향 때문이 아니라 부모의 뜻에 따라 남장을 하였다. 또한 본색이 드러난 이후 계월은 남자가 되지 못함을 탄식하지만, 남주인공의 부친인 여공의 은혜를 갚겠다며 기꺼이 남주인공과 결혼한다. 『정수정전』의 수정은 자발적으로 남장을 하나 이는 부모의 원수를 갚기 위함이었다. 또한 수정은 남장을 하기 전부터 부모끼리 정혼했던 '장연의 집안 사람'임을 자처하는 등 결혼도 거부하지 않는다. 『방한림전』의 관주도 자발적으로 남장을 하지만, 그 목적이 입신양명하여 가문을 빛내기 위함이었다는 점에서 형경과는 구별된다. 이런 면을 두루 고려할 때, 주체적으로 사회적 자아를 실현하기 위해 온몸을 던진 형경은 실로 고소설은 물론 근대소설에서도 찾기 어려운 참신하면서도 진취적인 여성이었다고 하겠다.

새로운 남성상의 등장

『이형경전』의 남주인공 장연도 두 가지 측면에서 다른 여성영웅소설의 남주인공과 구별된다. 첫째는 여주인공이 자기보다 능력과 지혜가 뛰어나다는 사실을 기꺼이 인정하고 여주인공을 존중한다는 점이다. 『홍계월전』과 『정수정전』의 남주인공은 여주인공의 탁월한 능력을 인정하기보다는 불쾌해하거나 여주인공과 공을 다툰다. 그런데 『이형경전』의 장연은 형경의 처지나 상황이 변해도 시종일관 형경의 능력을 인정하고 존경한다. 형경이 과거시험 때 답안지를 신속하게 작성해서 제출하는 모습을 보고 '이형의 재주는 칠보시를 짓던 조식보다 낫다'고 칭찬하거나 남방을 평정하고 돌아온 뒤 천자에게 '형경의 묘책과 용맹을 일일이 보고'한다. 부모에게도 '험지인 남방에서 살아 돌아온 것은 순전히 형경의 묘술과 용맹 덕분'이었다고 말하는 등 형경의 지혜와 용맹을 칭송한다. 이러한 장연의 태도는 형경의 본색이 드러난 이후에도 변함이 없다.

장연이 즉시 궁궐로 들어가니, 천자가 대전에서 만나 물으셨다. "짐이 진왕의 말을 듣고 경의 지극한 소원을 이뤄주려고 하니라. 경이 예전에 형경과 재주를 겨룰 때, 역사와 제자백가에 대한 식견은 거론할 필요도 없고, 잡술은 누가 더 나은가?" 장연이 이슥히 생각하다가 땅에 엎드려 아뢰었다. "잡술도 형경이 신보다 빠르고, 신은 둔하나이다." (중략) 천자가 실망하여 한동안 침묵하다가 말씀하셨다. "경이 이미 한 가지도 이길 수 없다면, 장차 형경을 어떻게 굴복시키리오? 계교를 쓸 수밖에 없도다. 짐이 내일 글제를 내어 두 사람에게 줄 터이니 경은 미리 글을 지어 여차여차하라." 그러고는 장연에게 미리 글제를 알려주셨다.

형경이 여자임이 밝혀진 뒤 천자는 장연과 형경을 결혼시키기 위해 계교를 쓰는데, 이때도 장연의 태도는 달라지지 않는다. 천자는 역사와 제자백가 등 학문적 지식은 형경이 장연보다 뛰어남을 익히 알기에 잡술의 우열을 묻는다. 이에 장연은 활쏘기와 검무 등 잡술도 형경이 자기보다 뛰어나다고 대답한다. 천자는 장연이 형경을 이길 방법이 없다며 탄식하다가 결국 장연에게만 시제를 미리 알려준 뒤 장연과 형경에게 시를 짓게 한 것이다.

이렇듯 장연은 형경의 성별이 무엇이건 모든 점에서 자기보다 뛰어난 인물임을 기꺼이 인정하고 칭송한다. 이러한 장연의 마음과 태도는 결혼한 뒤에도 변함이 없다. 고씨가 형경과 글재주를 다투려 하자 장연은 "신선 같은 부인의 재주는 나도 감히 우러러보지 못하거늘, 하물며 고씨가 어찌 따라오겠소?"라고 대꾸한다. 이런 점에서 『이형경전』의 장연은 여성영웅소설은 물론 우리 고소설에서 찾아보기 어려운 새로운 남성상이라고 하겠다.

둘째는, 여주인공을 깊이 사랑하면서 그에게 신의를 지키려고 애쓴다는 점이다. 『홍계월전』과 『정수정전』의 남주인공은 여주인공에게 애정을 표출한 적이 없다. 결혼한 날 '곡진하게 부부의 정을 나누었다'는 정도가 애정 표현의 전부라 해도 과언이 아니다. 그런데 『이형경전』의 장연은 형경을 남달리 사랑한다. 형경의 본색이 드러나기 전부터 '형경과 같은 사람을 아내로 삼고 싶다'고 말하며, 형경의 본색이 드러난 이후에는 적극적으로 형경에게 청혼한다. 형경에게 거절당하자 장연은 침식을 전폐하는 등 상사병에 걸리며, 형경과 결혼하게 되었을 때는 '천고의 희사'라며 기쁨을 감추지 못한다. 결혼한 뒤에도 형경을 지극히 사랑해 총첩寵妾 위영과 멀어지는 등 형경에게 신의를 고수한다. 위영이 형경을 참소했을 때 모친 때문에 형경과 갈등을 빚긴 하지만, 형경에 대한 장연의 깊은 사랑은 결코 변함이 없었다.

이렇듯 『이형경전』의 남주인공 장연은 앓아 누울 정도로 형경을 열렬히 사랑하는데, 이런 인물형은 여성영웅소설에서는 드물다. 고소설 가운데 장연과 유사한 인물로는 『윤지경전』의 윤지경, 『숙영낭자전』의 백

선군, 『효의정충예행록』의 정정윤과 진창현, 『수매청심록』의 이중백 정도가 떠오를 뿐이다. 그러나 『이형경전』이 이들 작품보다 먼저 창작된 것이 분명하므로 여주인공을 열애하는 장연의 형상은 '원조 사랑꾼'이라는 면에서 선구적인 의의가 있다고 하겠다.

당대의 사회질서에 맞서다

이외에도 『이형경전』은 시가의 절대적 권위를 부정하는 등 가부장제에 대해 부정적인 의식을 보여준다. 형경은 장연과 결혼한 후 시부모를 정성스럽게 섬기지만, 일반적인 아내나 며느리와는 달리 처신한다. 결혼하자마자 장연에게 한 달 중 보름은 같은 침소를 쓰되 나머지는 외당에서 지내라고 권한다. 남동생 영경이 결혼하자 한 달 중 보름은 청주부(친정)에서 기거한다. 이는 조선 후기 규방 여성이라면 감히 상상할 수 없는 시가의 절대적 권위를 부정한 행위라고 할 수 있다.

이는 시어머니 여부인의 반응을 통해서도 파악할 수 있다. 여부인은 수시로 '형경은 교만방자하여 내 입에 물기미다'고 비난한다. 그럼에도 시아버지 장시랑과 남편 장연은 물론 서술자도 형경의 처신을 전혀 문제삼지 않는다. 서술자는 도리어 형경을 비난하는 여부인을 '성질이 패려하고 위인이 패악'한 인물이라고 평가한다. 즉 『이형경전』에서 시가의 절대적 권위를 인정하지 않는 형경의 행위는 당연한 일처럼 묘사된다. 이를 통해 시가의 절대적 권위를 부정하려는 의식이 반영되어 있음을 짐작할 수 있다.

시가의 절대적 권위를 인정하지 않으려 했던 형경의 태도는 위영의 모함이 밝혀진 이후 형경의 처신에서도 드러난다. 장시랑의 명을 받은 장연이 두 번이나 가서 시가로 돌아오라고 간청하지만 형경은 이를 모두 거부한다. 이에 시아버지인 장시랑까지 직접 찾아가 집안을 제대로 다스리지 못한 것을 사죄하면서 돌아오라고 간청하지만, 형경은 '이미 시부모께 쫓겨난 죄인'이라며 역시 거부한다. 이후 장연이 자기 잘못을 깨닫고 진심으로 사죄하자, 형경은 장연을 용서는 하지만 역시 시가로 돌아가지는 않는다. 다음날 장시랑이 직접 격식과 예의를 갖추고 가서 간청하자 그제야 형경은 비로소 시가로 돌아간다.

또한 아내인 형경이 부부관계를 주도한다는 점도 주목할 만하다. 가부장적 사회에서 보통 아내는 남편의 뜻에 따라야만 했다. '여필종부'라는 말이 있듯이, 순종과 인고를 여자의 미덕으로 간주했기 때문이다. 그런데 『이형경전』에는 아내가 부부관계를 주도하고, 남편은 생각이 다르면서도 아내에게 순종하는 모습으로 서사된다.

조선시대에는 시가와 가장의 권위가 절대적이었다. 칠거지악과 삼종지도라는 제도와 도덕률은 시가와 가장의 절대적 권위를 보장하고 여성의 주체성과 자율성을 억압하는 기제로 작동하였다. 그 결과 아내와 며느리는 남편과 시부모의 명령에 무조건 복종할 수밖에 없었다. 조선 후기에 널리 유포된 〈시집살이노래〉를 보면 이러한 아내와 며느리의 처지가 잘 드러난다. 이러한 시대에도 형경은 시아버지가 직접 찾아와 사죄하는데도 시가로 돌아가지 않았던 것이다. 여기에는 시가와 가장의 절대적 권위를 인정하지 않겠다는 의식이 분명하게 투영되어 있다고 하겠다.

【 참고문헌 】

1. 자료

『李馨慶傳』, 사재동 소장본(사재동A본).
『李賢慶傳』, 사재동 소장본(사재동B본).
『李學士傳』, 경북대 중앙도서관 소장본.
『李賢慶傳』, 단국대 율곡기념도서관 소장본.
『이현경전』, 박순호 소장본(『한글고소설자료총서』 제40권, 오성사, 1986).
『리학사전』, 이문당, 1918.
『리학사전』, 회동서관, 1925.

2. 논저

강문종, 「효의정충예행록 연구」, 한국학중앙연구원 박사학위논문, 2010, 1~233쪽.
강진옥, 「『이형경전(이학사전)』 연구 ―부도와 자아실현 간의 갈등을 통해 드러난 인간적 삶의 모색을 중심으로」 『고소설연구』 2, 한국고소설학회, 1996, 73~121쪽.
김경미, 「젠더 위반에 대한 조선사회의 새로운 상상 ―『방한림전』」 『한국고전연구』 17, 한국고전연구학회, 2008, 189~216쪽.
김인경, 「『이현경전』에 나타난 남장 모티프의 의미―주인공이 남성으로 살 수 있었던 이유를 중심으로」 『한국고전여성문학연구』 26, 한국고전여성문학회, 2013, 255~285쪽.

김충실, 「『이학사전』 연구」, 『연구논총』 13, 이화여자대학교, 1985, 31~44쪽.

김태영, 「여성우위형 여성영웅소설의 보조인물 연구 —『이형경전』『정수정전』『홍계월전』을 중심으로」, 성균관대학교 석사학위논문, 2016, 1~96쪽.

김태영, 「조선 후기 고전소설 속 여성 영웅의 소설사적 의미 — 여성의 삶에 대한 인식을 중심으로」, 고려대학교 박사학위논문, 2023, 1~177쪽.

박온화, 「『이형경전』 연구」, 한국교원대학교 석사학위논문, 1997, 1~126쪽.

박양리, 「초기 여성영웅소설로 본 『이현경전』의 성격과 의미」 『한국문학논총』 54, 한국문학회, 2010, 79~109쪽.

류준경, 「영웅소설의 장르관습과 여성영웅소설」 『고소설연구』 12, 한국고소설학회, 2001, 5~36쪽.

이병직, 「『이현경전』의 이본 연구」 『한국문학논총』 53, 한국문학회, 2009, 159~197쪽.

이병직, 「『이현경전』의 후대적 수용과 의미」 『한국문학논총』 55, 한국문학회, 2010, 161~191쪽.

이상구, 「『수매청심록』의 인물형상과 작가의식 —『창선감의록』과의 비교를 중심으로」 『고소설연구』 50, 한국고소설학회, 2020, 283~322쪽.

이상구, 「『이현경전』에 나타난 주인공의 형상과 가부장제의 양상」 『한국고전여성문학연구』 47, 한국고전여성문학회, 2023, 151~185쪽.

이지하, 「18·19세기 여성중심적 소설과 여성인식의 다층적 면모 — 국문장편소설과 여성영웅소설의 여주인공 형상화 비교」 『고소설연구』 31, 한국고소설학회, 2011, 111~142쪽.

이혜숙, 「『이학사전』의 구조와 의미」 『논문집』 13, 혜전대학, 1995, 323~345쪽.

장시광, 「여성영웅소설에 나타난 여화위남의 의미」 『한국고전여성문학연구』 2, 한국고전여성문학회, 2001, 301~338쪽.

전이정, 「『이형경전(이학사전)』 연구 — 여성영웅소설의 서사 구조 연구를 위한 시론」 『전농어문연구』 15·16합집, 2004, 133~152쪽.

전용문, 「『이학사전』의 구조와 인물성격 연구」 『고소설연구』 3, 한국고소설학회, 1997, 247~275쪽.

정병설, 「여성영웅소설의 전개와 『부장양문록』」 『고전문학연구』 19, 한국고전문학회, 2001, 207~235쪽.

정준식, 「초기 여성영웅소설의 서사적 기반과 정착 과정」 『한국문학논총』 61, 한국문학회, 2012, 31~59쪽.

조상우, 「고소설에 표출된 영웅의 양상과 그 역사적 의미―『최고운전』 『전우치전』 『전관산전』 『일념홍』 『여영웅』을 중심으로」 『동양고전연구』 71, 동양고전학회, 2018, 9~40쪽.

조용호, 「개화기 국한문소설 『여영웅』 연구」 『고소설연구』 16, 2003, 317~353쪽.

지연숙, 『장편소설과 여와전』, 보고사, 2003, 1~387쪽.

최호석, 「『설계전』 연구」 『고소설연구』 6, 한국고소설학회, 1998, 281~303쪽.

최호석, 「옥소 권섭의 소설 한역과 그 의미」 『고소설연구』 11, 한국고소설학회, 2001, 237~264쪽.

차옥덕, 「'여도(女道)' 거부를 통한 남성우월주의 극복」 『한국여성학』 15-2호, 한국여성학회, 1999, 219~252쪽.

한길연, 「국문장편소설과 소설사적 전변―단편 영웅소설과의 교섭양상을 중심으로」 『고소설연구』 50, 한국고소설학회, 2020, 139~186쪽.

문학동네 한국고전문학전집을 펴내며

우리가 고전에 눈을 돌리는 것은 고전으로 회귀하기 위해서가 아니다. 한국의 고전은 고전으로서 계승된 역사가 극히 짧고 지금 이 순간에도 발견되고 있으며 심지어 어떤 작품은 저 구석에서 후대의 눈길을 간절하게 기다리고 있기도 하다. 우리의 목표는 바로 이런 한국의 고전을 귀환시키는 것이다. 그러니까 고전 안에 숨죽이며 웅크리고 있는 진리내용들을 다시 불러들이고 그것으로 이 불투명한 시대의 이정표를 삼는 것, 이것이 우리의 궁극적인 목적이다.

문학동네 한국고전문학전집은 몇몇 전문가의 연구실에 갇혀 있던 우리의 위대한 유산을 널리 공유하는 것은 물론, 우리 고전의 비판적·창조적 계승을 통해 세계문학사를 또 한번 진화시키고자 하는 강한 열망 속에서 탄생하였다. 그래서 문학동네 한국고전문학전집은 이미 익숙한 불멸의 고전은 말할 것도 없고 각 시대가 새롭게 찾아내어 힘겨운 논의 끝에 고전으로 끌어올린 작품까지를 두루 포함시켰다. 뿐만 아니라 한국 고전의 위대함을 같이 느끼기 위해 자구 하나, 단어 하나에도 세밀한 정성을 들였다. 여러 이본들을 철저히 비교하는 과정을 거쳐 정본을 확정했고, 이제까지의 모든 연구를 포괄한 각주를 달았으며, 각 작품의 품격과 분위기를 충분히 살려 현대어 텍스트를 완성했다. 이 모두가 우리의 고전을 재발명하는 것이야말로 세계문학의 인식론적 지도를 바꾸는 일이라는 소명감 덕분에 가능했음은 물론이다. 부디 한국의 고전 중 그 정수들을 한자리에 모은 문학동네 한국고전문학전집이 그간 한국의 고전을 멀리했던 독자들에게 널리 읽히고 창조적으로 계승되어 세계문학의 진화를 불러오는 우리의, 더 나아가 세계 전체의 소중한 자산으로 자리하기를 기대해본다.

문학동네 한국고전문학전집 편집위원
심경호, 장효현, 정병설, 류보선

옮긴이 **이상구**

고려대학교 문과대학 국어국문학과를 졸업하고, 같은 대학에서 문학박사학위를 취득했다. 현재 순천대학교 사범대학 국어교육과에 재직하고 있으며, 순천대학교 사범대학장, 한국고전여성문학회장, 한국고소설학회장 등을 역임했다.
주요 저역서로는 『17세기 애정전기소설』『숙향전·숙영낭자전』『방한림전』『박씨전·금방울전』등이 있으며, 논문으로는 「숙향전의 문헌적 계보와 현실적 성격」「구운몽의 형상화 방식과 소설미학」등 40여 편이 있다.

한국고전문학전집 035
이형경전
ⓒ이상구 2025

초판 인쇄 2025년 1월 24일
초판 발행 2025년 1월 31일

옮긴이 이상구

책임편집 임혜지 | 편집 전민지 이희연
디자인 윤종윤 이주영 | 저작권 박지영 형소진 오서영
마케팅 정민호 서지화 한민아 이민경 왕지경 정유진 정경주 김수인 김혜원 김예진
브랜딩 함유지 박민재 김희숙 이송이 김하연 박다솔 조다현 배진성
제작 강신은 김동욱 이순호 | 제작처 영신사

펴낸곳 (주)문학동네 | 펴낸이 김소영
출판등록 1993년 10월 22일 제2003-000045호
주소 10881 경기도 파주시 회동길 210
전자우편 editor@munhak.com | 대표전화 031)955-8888 | 팩스 031)955-8855
문의전화 031)955-1928(마케팅), 031)955-2672(편집)
문학동네카페 http://cafe.naver.com/mhdn
인스타그램 @munhakdongne | 트위터 @munhakdongne
북클럽문학동네 http://bookclubmunhak.com

ISBN 979-11-416-0929-0 04810
       978-89-546-0888-6 04810(세트)

* 이 책의 판권은 지은이와 문학동네에 있습니다.
* 이 책 내용의 전부 또는 일부를 재사용하려면 반드시 양측의 서면 동의를 받아야 합니다.
* 잘못된 책은 구입하신 서점에서 교환해드립니다. 기타 교환 문의: 031)955-2661, 3580

www.munhak.com